住院醫生

Doing Harm

Kelly Parsons

凱利・帕森斯 ———著 吳宗璘 ———譯

序曲

我的病人快死了。

都是我的錯。

我盯著心肺急救小組進入這間除了一片空蕩之外，看起來毫無任何特殊之處的病房，正中間的病床躺著這名赤裸孱弱病患，大家在他的身旁忙得亂七八糟。

其中一個人拿著大小宛若巨型葡萄柚的粗厚塑膠球，對著病患奄奄一息的肺部強行注入新鮮空氣，另一個人則猛擠胸骨，以規律節奏壓迫心臟，宛若在榨柳橙汁一樣擠出血液，附近還有個人站著不動，但卻躍躍欲試，雙手已將電擊板高舉空中，隨時準備要對這具軟癱冰冷的肉軀補上電流。

我盯著眼前這幅殘酷的戲劇性畫面，呆若木雞，無能為力，只能傻傻地看著某條生命逐漸流逝。

都是我的錯。

病人的其中一隻手從床邊滑落而下，懸盪在地板附近，隨著壓胸動作不斷微微輕晃，宛若某種毛骨悚然的節拍器。以前在念醫學院的時候，某位解剖學講師曾經提點過我們，手是人體部位辨識度最高的部位之一，真的，它與腹腔、胸腔內那些叫不出名字的器官並不一樣，它可以立刻觸動我們的認知與同理心。他為了證實自己的觀點，從某具大體鋸下一隻手，讓全班輪流傳看，之後，又給了我們某顆脾臟。

當然，他說得沒錯。那隻手讓大家起毛的程度遠遠超過了脾臟，它只不過像是在太陽下曝曬過久的一大塊棕色海綿。我還記得那是某名女子的手，纖細小巧，模樣精緻，但因為泡在福馬林裡面而膚色死白。我不禁很好奇這隻手的主人，她是什麼模樣？過世時是年邁老者？還是年輕人？她從事什麼工作？是否已經完成了人生所有的願望？她對人生的期盼又是什麼？她有小孩嗎？孫子呢？死去時有親友相伴？還是孤單？

現在，我開始端詳自己病患懸垂之手的皺紋與隆凸之處，目光飄向瘦骨嶙峋的指關節，以及掌心的溝紋，不知道對方在這一生做過了哪些事：我開始想像那隻手以叉子將食物送入口中的畫面、因為憤怒而握拳、擦乾某個小孩臉頰的淚水，或是彈鋼琴、撫摸戀人的髮絲。

但現在一切都結束了。

我覺得……

我覺得怎樣？彷彿肚子被人揍了一下，就是這樣。不過，我認真問，確知是自己造成另一人喪命所引發的各種沉重情緒，到底是該怎麼排解？因為你的愚蠢無能或是其他原因，害得那個將性命誠心託付給你的人再也無法呼吸？

歉疚感，這是當然的。還有羞愧，悲傷，不可置信。還有，潛藏在這些悲憫心緒之下的某種自私之情，自然而然潛入我的意識之中，它充滿了算計與冷酷。

自憐。

每個人都會因為這件事而責怪我。

我搖頭，彷彿這個動作可以把它拋諸腦後，根本來不及成為心中的執念，現在萬萬不該擔心自己的前途。

但它卻緊咬我不放，我就是忍不住憂心忡忡。我工作如此認真，工時又這麼長，這樣真的不公平，不該發生這種事，這名病患不該落入性命垂危的險境。

但現在……反正就是這樣了。

好，我知道面對自己闖下的禍，已經不可能挽回了，我拚命想要搞清楚的是，到底是發生了哪些離奇事件，造成我必須面對人生中從所未有的悲慘時刻。

我不禁心想，哎——我怎麼會淪落到這步田地？

1

星期六
七月十一日

「史提夫？」莎莉的聲音從我樓上傳來，她在我們的臥房。「我差不多快可以出門了，女兒們都還好吧？」

「她們都很乖。」我不假思索回話，目光卻緊盯著樓下廁所的鏡子。我最後一次調整領帶，離開浴室，走向佔據客廳入口的嬰兒圍欄，它儼然像是戰俘營周邊的鐵刺圍牆，將寶寶活動區與我們這個小家的其他地方分隔為二，我開始觀察裡面的狀況。

凱蒂蹲在角落玩她的玩具瓦斯爐，亂翻塑膠鍋盤，悄悄自言自語，那張五歲臉龐的神情超專注。我現在才發現親友們常說的那些話果然是真的，只是我自己鮮少注意：凱蒂根本就是我的翻版，只有今天的雙尾造型黑色長髮跟我不一樣：綠色眼眸、長臉，還有招風耳。這時候，就在不遠處的安娜貝爾坐在學步車裡，認真觀察凱蒂，她正在運用十個月的小腦袋瓜思考這年紀所能想到的一切。她與她媽媽相像的程度，就與我和凱蒂如出一轍，黑直髮、同色眼眸，還有小巧的鼻子。

安娜貝爾看到了我，露出可愛笑容，開心猛拍前面的窄邊塑膠護架，跳上跳下而且還不斷揮手，簡直像是好幾個月沒見到我一樣。我像個白痴一樣對她回揮，整隻手大力來回，充滿了孩童的熱情。在她這個階段，對於揮手永不厭倦，我愛死了。「嗨，小貝貝。嗨，親愛的。」

凱蒂立刻旋身，「把拔！」她大聲尖叫，朝我跑過來，抱住我的大腿。這一點我也好愛，有誰不愛呢？當然，有時候煩得要死——好吧，其實是一直都很煩——但我實在難以想像怎麼會有人不想生小孩。「我在做晚餐！」

「哦，哇，快給我看。」

她放開我的腿，抓住我的手，帶我走到玩具瓦斯爐前面，慎重舀了一大匙白色的保麗龍碎粒，就是放在貨運箱裡的那種包裝材料，從塑膠鍋裡移到了某個小碗，然後交給了我。我滿腹猜疑，伸手戳進去，拿出了其中一顆如大拇指狀的碎粒。

「這些東西是從哪裡來的？」

「媽咪的箱子。」她伸手指向前門旁某個已經拆封的紙箱，最近的網購商品，許多保麗龍碎粒散落在周邊的龜裂油氈地板。「把拔快吃啊。」

「凱蒂，妳不應該玩這個，這麼小的東西不適合安娜貝爾。」

「可是小貝貝很喜歡。」

我的腹部突然一陣抽搐，「妳這話什麼意思？『小貝貝很喜歡』？」我立刻面向安娜貝爾，這才驚覺自從我進來之後，她一直沒吭聲，咯嚕或是咂嘴音都沒有，而且她雙頰鼓凸，宛若在嘴裡塞滿堅果的花栗鼠。她再次對我微笑，雙唇微開，讓我看到了白色的保麗龍。

我瘋狂挖出安娜貝爾嘴裡的那些碎粒——居然有一大堆——她鎮定自若，乖乖任我擺布，沒有哭叫也沒有絲毫的抵抗。等到我清除乾淨之後，我給了她一個塑膠波浪鼓，她塞進嘴裡，宛若無事一樣，然後又挨在凱蒂旁邊，她姊姊正在靜靜翻閱圖畫書。

「凱蒂，妳不能把那種東西塞入小貝貝的嘴裡。」

「為什麼？」

「因為會害她受傷。」

「為什麼？」聽得出她有一點不爽。

「她很可能會吞下去，最後生病。」

她抬高下巴，「小貝貝沒有生病，她喜歡我的晚餐。」

我實在很難跟她吵這個。我努力構思適切而堅定的答案，但不能牽涉到人體呼吸道解剖學的複雜描述，就在這時候，電鈴響了，我看了一下手錶。真準時，跟往常一樣。「反正，凱蒂……再也不可以這樣了。」我丟下這句很遜的話，站了起來。

「好啦。」她已經又開始翻她的圖畫書。

我拿起那個裝滿保麗龍碎粒的盒子，把它塞進附近的櫃子裡，開門，看到我岳母正仰頭盯著我，眼神嚴厲，沒有笑意。

「嗨，金太太。」

「嗯，史提夫。」她直接進來，我猶豫了一下，還是彆扭彎身擁抱她。她的雙臂摟住我的腰，輕輕拍了我的背一下，然後又立刻縮回去，退後一步，冷冷盯著我。

我不安挪動腳步，咳嗽。「我，嗯……金太太，我們非常感謝妳今晚幫我們照顧凱蒂與安娜貝爾，」

「史提夫，不客氣。」

凱蒂像是及膝高度的小火箭筒立刻衝向我的丈母娘，抓住她大腿尖叫大笑，安娜貝爾也笑得燦爛，在學步車裡激動蹦跳。

金太太的臉龐綻放開心笑容，「我的天，這種問候法讓人好開心哪！」凱蒂依然黏著她的大腿，她小心翼翼走了進來，展現出與嬌小身軀相左的強勁力道，一手抱起凱蒂，另一手撈起安娜貝爾，她對她們迅速拋出一連串的韓語，兩人咯咯笑得開心。

莎莉出現在樓梯底端，纖瘦身材穿了件柔滑的黑色雞尾酒禮服，她忙著夾珍珠耳環，雖然看起來很緊張，但還是保持優雅。「嗨，媽，謝謝妳過來，」她輕吻了一下她母親的臉頰，簡單討論了女兒們洗澡、晚餐，還有上床睡覺的細節。「我們應該會在十點鐘回來。」

「你們今晚要去哪裡？」

「我們要去參加史提夫同事辦的雞尾酒派對，然後再去吃晚餐。」

她母親點點頭，甚是讚許。「你們也該出去歡度一晚才是。」我明明就站在那裡，但金太太卻只對莎莉講話，彷彿屋內只有兩個人似的。

「媽，再見。」我們擁抱親吻凱蒂與安娜貝爾，道了晚安，過沒多久之後，我們就鑽進自己的天藍色豐田轎式休旅車Sienna，準備前往我老闆的家。

「我覺得妳媽媽終於對我和顏悅色了。」

「怎麼說？」

「她沒提到我的體重。」

「嗯。」

「也沒講到我的髮線。」

莎莉嘆氣，「你為什麼要因為她而讓自己今晚不開心呢？」

「我沒有，」其實明明有，「只不過……我的職業是醫生。妳也知道，丈母娘不是都很喜歡醫生女婿嗎？」

「她是啊，這也多少彌補你不是韓國人的缺點。」她已經塗好唇膏，正忙著弄蓬及肩黑髮。

我瞄了她一眼，開始生悶氣。這是我們婚姻生活中唯一的緊張根源，但她的反應居然這麼直率隨便——她母親對於女兒決定要嫁給非韓裔社群的男人一直很不爽，明明有了兩名健健康康的外孫女，而且我們多年來婚姻狀況穩定，她卻幾乎不為所動——實在太不尋常了。

「但還是無法完全彌補。」

「是啊，而且永遠不可能。」她把化妝鏡啪一聲推回原位，望著窗外。「但我想你早就知道了，我們可不可以聊點別的？」

「沒問題。」想必她現在一定是陷入充滿哲思的情境吧。我和她的長輩關係固然很差，但她與他們之間的糟糕程度更是遠超過我十倍之多，而她在他們面前的立場始終一致，這也是我如此愛她的主因之一。

莎莉有許多面向，大多數的特質都是成功的同義詞，而且都讓我十分欽佩：聰明、衝勁十足、睿智、自信。我知道大多數的人不覺得她漂亮——就某種客觀層面來說，純美學的觀點，真的，我很清楚這姿色相當平庸，也許，就算說長相普通都還是挑得出毛病。厚唇，還有與那張大臉與寬間距雙眼相比、比例過小的鼻子。但我可以老實說她超美，這絕對不是情人眼裡出西施，她具有可以掩蓋外表、難以言明的領袖氣質，那是一種令人嫉妒的天賦，走入某個擠滿人的空間，靠著天生本能評估現場情勢，然後以流暢的談吐魅力贏得每一個人的心。她不費吹灰之力，大家就是會喜歡她，而且是各式各樣的人。對我來說，這是一種神奇長才，要是我得靠這方式吃飯的話，鐵定會餓死。她也把這個天賦發揮得淋漓盡致，在莎莉生下凱蒂、辭去工作之前，事業本來一帆風順，她是我服務醫院人資部主管的高級助理，我們就是在那裡認識的。

我絞盡腦汁想要找別的話題，但卻一直想到安娜貝爾的保麗龍碎粒事件。我講了出來，我離開客廳、凱蒂趁機把包裝材料塞入妹妹嘴巴的過程是刻意輕描淡寫——只要是對女兒健康可能造成絲毫危害的事，莎莉就會變得超級敏感，這心態就像是母熊捍衛小熊。而我較為放任的教養態度惹她不爽也不止一次了。不過，等我說完之後，她卻只是仰頭大笑。「『她喜歡我的晚餐』。你知道嗎？我每天看著凱蒂，越來越覺得她跟你好像。」

我想到了凱蒂剛才的表情，彎身在那套愚蠢的玩具廚房前面，對於自己所做的事十分專注。

「因為她很聰明嗎？」

「不是，因為她好頑固。」

「哦。」我抓方向盤的力道變得更緊了一點。

莎莉拍了拍我的肩，深情款款。「我知道，你討厭聽到這種話，但這是實情，而且，根本不是壞事啊。因為你一心一意，所以你這些年來才能在你父母面前抬頭挺胸，更不用說面對我爸媽的時候了。而且你從不放棄，這一點讓我好愛你。不過，有時候真的讓我很痛苦。只要你下定決心，這世界上沒有任何力量可以逼你改變。即使你弄錯也一樣，尤其是你弄錯的時候，你一定聽得懂我在講什麼。」

「妳在凱蒂身上也看到了相同特質？」

「每一天都是如此。」

「外科醫生個性很頑固，也許她將來會成為外科醫生。」

莎莉扮鬼臉，「天，我希望不要。」

「嗯。好……妳知道大家是怎麼說外科醫生的嗎？」

「有時會出錯，但絕對自信滿滿。」

「靠，這個梗我以前用過了嗎？」

「只不過用了好幾百次而已。你第一次是在哪聽到的？」

「我不是很確定，應該是從寇利爾那裡聽來的。」

我們繼續前行，靜默了好一會兒之後，她又開口：「下禮拜一你要與寇利爾醫生見面對吧？」

「是啊。」

「他給你工作的機會有多高？」

我的內臟突然緊束成一坨小球，「我不知道。」

「還是不知道？你不是已經和他聊過了嗎？」

「沒有。」

「史提夫，我們真的得留在波士頓，我們的一切都在這裡。」

「妳是要我說什麼？」我們早就以各種不同方式討論過這件事，次數根本數不清了，我很清楚她多麼渴望留在波士頓。「機會又不是聊一聊就可以出現，而且，我幾乎確定西北醫院要找我去上班。」

「可是……你不想在西北工作。」

「西北的薪水很優渥。」

「我要講的重點不是這個，那不是大學醫院，你興趣缺缺。」

「我知道。」

「哈佛或麻省大學呢？」

「他們現在並沒有在徵人，」其實我並沒有說出口，我的理想工作也就只有那麼一個而已，而且對它渴望的程度勝過我生命中的一切，莎莉也心知肚明：在大學醫院工作，當大學醫學院的教授。

「你為什麼不在今晚詢問寇利爾醫生？想必他等一下心情很放鬆，樂意聊天。」

「我……我不知道，看看吧。」

「你什麼時候變得這麼猶豫不決？你剛才不是才說了嗎，」她聲音壓低八度，「你這個人絕對自信滿滿。」

「反正妳就是不能湊到我老闆身邊向他討工作，事情不能這樣處理。我們在講的是大學醫院，不是自己主動要求在大學工作，必須要受到邀請。過去這九年來在那裡我做牛做馬——」

「所以你對這件事更應該要主動出擊。」

「——而且我不希望現在搞砸。」

她的手指在扶手置物箱上頭不斷敲打節奏，「如果你不問他的話，又怎麼能得到確定的答案？也許他正在等你主動展現意願。」

我盯著馬路，噘起嘴巴。

「老實說，」她嘆氣，目光又望向窗外。「有時候我真不知道哪一個比較麻煩：是你呢？還是五歲的那一個？」

❖ ❖ ❖

寇利爾醫生住在韋爾斯利，他與他太太站在掛有精美吊燈的寬敞門廳，輕鬆招呼每個進門的客人。今年的春夏出奇乾燥，蚊子數目不多，所以他們乾脆敞開厚重的橡木大門，歡迎宜人的傍晚微風與川流不息的賓客。

每逢七月，我們的部門主任兼我的老闆寇利爾醫生，就會為他旗下的所有外科醫生舉辦一場雞尾酒派對，他與他的妻子總是把現場弄得相當體面。過了門廳之後，進入挑高的起居室，那高度宛若教堂的拱形天花板，我們部門的教職人員與住院醫生手裡拿著飲料，三五成群站在那裡，各組人數不一，組成分子也各不相同。在大家暢聊的同時，服務生們——身穿同樣白色正式襯衫與黑長褲的性感年輕女子——臉上掛著無神笑容，舉手端著放置開胃小點的銀盤。起居室的某一側有某個弦樂四重奏正在演奏古典音樂，而他們的正對面則是寇利爾的大理石桌面吧檯，有名酒保正忙著倒飲品。當然，這裡的浮誇程度比不上我父母家的派對，不過，還是不賴。而且，我的爸媽——其實我指的就是我母親——經常會有過頭演出，我比較喜歡這裡的氣氛。

寇利爾醫生自己就是演員查爾頓．希斯登的翻版，不是那個年輕、下巴方正、充滿貴氣、一九五〇年代版本的《十誡》查爾頓．希斯登，而是在一九六〇與七〇年代比較衰老又誇張的版本，就像是電影《人猿星球》、《最後一人》、《超世紀諜殺案》裡的那些角色一樣。而且相像的程度不只是一點點，而是相當神似，我常常懷疑寇利爾醫生是否真的在刻意模仿他。高大、瘦長、肌肉發達，還有即便到了一月中也依然能夠維持同等曬色的皮膚，他喜歡即興發表誇張演說，在這種時候，他那種肌肉發達的剛強氣概與刻薄的冷言諷語更顯得相得益彰。

他只有一個地方不像希斯登，就是手術室裡的音樂品味：喜歡音樂劇曲目，他特別偏好《西城故事》。想像一下《人猿星球》原版的泰勒上校，一邊哼唱〈我好漂亮〉一邊挖出某人的腎臟，你就可以大概明瞭與寇利爾醫生一起開刀是什麼感覺。

今晚他身穿淺棕色亞麻西裝，搭配粉紅色正式襯衫，沒有領帶，左胸有條摺得方正的佩斯里花紋真絲口袋巾。

等到寇利爾夫婦與另一名住院醫生結束談話之後，莎莉與我立刻趨前。「史提夫！」寇利爾醫生與我握了一下手，然後就全神貫注盯著莎莉，他露出溫暖笑容，親吻她的臉頰。「莎莉，晚安，歡迎蒞臨。」

寇利爾太太身材纖細，氣質優雅，棕色長髮已有參差灰白，她眼神和善，開口就是彬彬有禮的南方腔調。身穿無袖銀色洋裝的她亮麗有型，她先與我握手，然後擁抱莎莉。莎莉像連珠砲一樣問起門廳的那張搶眼邊桌（「去年沒看到這個對吧？」）寇利爾太太燦笑，大表讚許，沒錯，她上個月才買的，開始滔滔不絕詳述她挖到寶的那間古董店。

寇利爾醫生趁機找我談公事，「好，史提夫，當上總住院醫生的感覺如何？」

「寇利爾醫生，感覺棒透了。我已經期盼許久，不敢相信終於真的坐到這個位置。」

「很好。我最近因為開會出差，但我知道你上週接了新職，與你搭配的初級住院醫生是路易斯．馬丁尼茲。」

「是的，長官。」

「嗯，要找到比路易斯更勤奮的住院醫生是不可能的了，我相信你們一定會成為優秀雙人組。」

「謝謝，寇利爾醫生，截至目前為止，我很享受與他共事。」我不知道享受一詞是否適當——我跟這傢伙一點都不熟——但我們在上禮拜的合作績效不錯。

「他今晚會過來嗎？」

「不會，他得值班。」

「哦，總是有人得固守崗位。反正呢，史提夫，對於你未來擔任總醫師的這一年，我們報以深切期待。」

「也就是說，明年六月他畢業之後，您就會找他去上班嘍？」莎莉害羞插嘴，勾住我的臂膀。她與寇利爾太太結束寒暄，現在女主人已經在與另一位客人閒聊。「當然，我是超級偏心，不過，寇利爾醫生，我覺得他是個超棒的老公。」

寇利爾醫生咯咯笑個不停，有點煩人。只有我與莎莉在一起的時候，他才會在我面前笑成這樣。

我覺得血流奔竄到我的雙頰。

靠，她以為她在幹什麼？

「莎莉，想也知道他是好老公，而我們當然也很感激他目前對我們所做出的貢獻。不過，我們通常不會釋出教職……我想想看，」他的手撐住下巴，仔細端詳我。「史提夫，你大學念的是……資訊工程，對吧？芝加哥大學？」

寇利爾醫生知道旗下每一位住院醫生的教育與個人背景，這一點讓他頗為自豪。「是的，長官。」

「對，電腦資訊。是這樣的，芝大是非常好的學校，但我不知道我們這一科是否需要電腦專家，」寇利爾醫生對莎莉眨眼，「尤其是出身費城的人，你也知道我對於那些費城人的想法。」

我正打算要開口回應，但莎莉卻搶先一步。「不過，寇利爾醫生，千萬不要忘了，他還輔修文學。」她拍了拍我的手臂，「他真的具有文藝復興時代的靈魂，你要用他的右腦加左腦也不成問題。而且，他當年還是厲害的駭客，這一點在外科醫生身上很少見。」

「是嗎？」寇利爾醫生刻意擺出誇張姿態挑眉，「這一點我倒是不知道。史提夫，當駭客啊，我希望你沒有做違法的事。」

「這就要視狀況而定，」我還沒來得及講完，莎莉馬上插嘴，還伸手扣住我的臂膀。「就看你需要他幫你完成什麼樣的任務。」

寇利爾醫生仰頭，笑得暢懷。「所以他可以為病人開刀，侵入電腦系統，而且背誦莎士比亞的作品？讓人驚豔，真是多才多藝。」聽完他的蠢笑話，莎莉笑得開心，而我站在那裡勉強擠笑，呆呆望著我老闆與妻子以第三人稱的方式在討論我。

「寇利爾醫生，要是您想要叫他朗誦，無論什麼段落都不成問題。」

「我想也是，」寇利爾醫生咯咯笑，「好，我看看之後怎麼處理吧。」他的注意力突然飄向我們後方的其他賓客，同部門的某位資深醫生。「你們兩個要盡量玩得開心啊。」他臉上依然掛著笑，抓住他妻子的手肘，把她從我們面前帶開，走到另一位醫生的面前。

我們走了幾步，從門廳進入起居室，我立刻在莎莉耳邊低語，「妳剛在那裡搞什麼？」

「想要幫你啊。」她面無表情，從某個經過她身邊的女服務生那裡抓了一塊餅乾佐燻鮭魚。

「我們剛剛在車裡的時候不是已經說好了？依照我的方式辦事？」

她吞下那塊餅乾佐燻鮭魚，拿起雞尾酒餐巾紙擦拭手指上的餅乾屑。「我們最後並沒有達成任何共識。你乾脆就閉嘴不講話了，記得嗎？我逮到機會當然要好好利用，你有沒有看到寇利爾醫生的反應？」

「對，他嘲笑我。」

「史提夫，但他在示好。我跟你打包票，他下禮拜就會找你聊工作的事。」

「我跟妳打包票，他最後會把我轟出他的辦公室。」

不過，她注意到另一名住院醫生的太太，正好是她朋友，她離開我身邊，向對方微笑與揮手，她已經開始像花蝴蝶一樣奔走全場。

又一名女服務生走過來，為我送上香烤麵包佐番茄丁。我拿了一塊，聳肩，跟在莎莉後面，進入了人群之中。

2

星期一
七月十三日

清晨六點四十五分，我坐在大學醫院的餐廳裡，雙手捧住裝有特濃咖啡的馬克杯。現在是早晨的忙碌高峰時段，我懶洋洋望著雙眼迷濛、神色空茫的護士與醫技人員腳步蹣跚步入餐廳，準備要接早晨七點的班。他們拿了咖啡，還能夾住分裝炒蛋、培根、馬鈴薯餅的三個紙盤，準備到樓上的病房執勤。好幾個醫生也在這裡閒晃，大部分都是身穿醫院發放的手術衣、外加白色長袍的外科醫生，才剛剛完成早晨的工作，現在正養精蓄銳，等一下要進去手術室，繼續完成今天的工作。

我附近坐了一桌吵鬧的外科住院醫生，聚在一起用餐，交換病人的故事。他們突然爆出大笑，其中一人還不小心把咖啡灑到了白袍。他連聲髒話，抓起餐巾紙擦拭右胸，醜陋的褐色污漬噴滿了大學醫院的褐紅色刺繡紋章：某個雙蛇杖標誌，下方還有一句拉丁格言：「切勿傷到病人」。

我緩緩撫摸自己白袍上的大學醫院標誌。

大學醫院。

我喜歡當醫生，尤其是當這裡的醫生。

有誰不想呢？

由一棟棟別具風格的現代光鮮高樓大廈所組成的院區，與位於波士頓市中心的十九世紀低矮堅實建築互相聯通，大學醫院是頂尖醫學院的重點教學醫院，而且每年都持續列名在全球最佳醫院排行榜之中。

但對我來說，這地方的意義不僅是出現在某本雜誌的「最佳」名單而已，遠勝於此。我每天都在揣想要是能夠成為這裡的一分子，感覺一定格外不同；不然，就是會回憶那段讓我好不容易能夠站在這裡的多年苦讀歲月。將近在兩百五十年前，接受歐洲一流醫生訓練的那些醫師，在殖民時代的美國創建了大學醫院，它是流傳數世代優秀傳統的負責管家：源源不斷產出可靠先進醫療技術的麥加，與其等量齊觀的還有諸多諾貝爾獎得主、醫學院院長，以及全國醫療總監。

只有高手中的高手才能被選中來此受訓。

而我是其中之一。

能進入這裡真的不簡單。

我自顧自微笑，想起了念醫學院第一天的時候，第一個發表演說的講者：我們的院長。他是身材魁梧的胸腔外科醫師，以前是陸戰遊騎兵，硬是把自己塞進了三件式西裝，跟個坦克車一樣，氣勢相當驚人，尤其對於敏感的醫學院大一新生來說更是如此。他講了幾句敷衍的歡迎詞之後，從演講台後方走出來，脫去西裝，小心翼翼放在椅背，然後，走到了講台前方。這動作一氣呵成，友善，但充滿心計，在坐滿陌生人的演講廳裡面、立刻點燃了某種親暱感。然後，他語氣輕鬆，發表鼓舞士氣的談話，就像是在你要念大學的前夕、爸爸手捧熱巧克力坐在餐桌前給你的諄諄教誨。

他告訴我們要放輕鬆，我們已經達標，我們的母親們早已為我們感到驕傲，競逐已經結束，現在不需要繼續與成績曲線纏鬥，而是要專注成為優秀的醫生。

沒錯。

這是對一百二十名脫穎而出、具有肛門滯留型特質、A型性格的佼佼者所說的話，他們在過去這幾年當中心無旁鶩，全力剷除所有阻撓，才終於坐上這種人人豔羨的位置。

他是在開玩笑嗎？班上已經有一半的學生開始抄下他的話做筆記，有誰能夠責怪我們？我們是那種還沒學會爬行，學業表現就已經打敗同儕的那種人，我們是達爾文式混亂競爭的醫學預科的倖存者。我們是成功打敗學習鐘形曲線、進入最右端那一撮頂尖成績極樂世界的那種秀異分子。那是一種難以擺脫的痛苦心理狀態，而且我也一直走不出來，這一點我大方承認。靠著那樣的煎熬，我才能走到這一步。

路易斯，我現在一起共事的初級住院醫生，帶著一盤食物，無精打采坐入我對面的位置，懶洋洋跟我道早安，他伸手撫弄禿頭，然後是充滿血絲的雙眼，稜角分明的橄欖色臉龐，最後是冒出粗硬灰白鬍碴的下巴。就算不是特別帥，也絕對令人驚豔的面孔——又瘦又長，近乎憔悴，而且五官突出，從下巴一路延伸到頸部的一條條厚壯肌肉。大多數的週末他都在醫院待命，今天早上他不到六點就到了醫院巡房。

他拿出某張紙放在桌上，忙著做筆記。我啜飲咖啡，端詳我的這位早餐同伴。路易斯．馬丁尼茲比我晚幾年參加我們這項受訓計畫，不過這是我第一次與他每日共事。他的頭剃得光亮，宛若某種對抗髮線嚴重後退的挑戰姿態，這造型很適合他，也不知道為什麼，那突出的渾圓光頭就是給他增添了不少威儀，讓別人看不出他目前處於大學醫院專業食物鏈的下層。雖然看得出他現在十分疲憊，而且接下來還得迎接一整天的工作，但是那寬闊的雙肩與突出的下巴線條都看不出任何疲弱或投降的痕跡。他全身散發自信，透露出一股無懈可擊的權威感，就連在我身邊也一樣，而我明明是他的直屬長官。不過，這點並不會讓人不舒服。他不是傲慢或自以為是，純粹就是自信，這一點對我來說沒差。

路易斯是初級住院醫生，職責就是處理照護住院病患的各種實務問題：時時刻刻要處理開藥、照護問題、調整飲食、病症初期評估，出院文書作業等細碎問題，還有病患住院時不斷發生的各種小狀況。這些事項都很重要，但大多數都是吃力不討好的工作。依照醫學界的術語，我們把它稱之為雜務，而負責的實習醫生與初級住院醫生則是雜務猴。外科醫生痛恨雜務，但無論是哪一科，雜務的工作內容都鳥到不行。

我不需要再處理雜務。想當年我也跟路易斯一樣擔任過初級住院醫生，我已經在壕溝裡熬過了那段時光。現在輪到我監督路易斯，把我的所學傳授給他，大部分的時候其實是確保他不要犯蠢。截至目前為止，我只和他共事了約一個禮拜，這人看起來似乎不錯，沉默，一板一眼，作風嚴謹，而且通常不會表露自己的想法。我們幾乎都在討論公事，鮮少扯到其他的話題。他比我年紀大，至少是老了好幾歲。我聽說他念醫學院之前曾經在軍中服役，除此之外，我發現我其實對他所知不多——究竟是出身哪裡？讀的是哪一所學校？我一概不知，我提醒自己要多打聽一點此人的背景。

不過，他的確克盡職守，而且表現優異，相當優異。我完全不需要操心他會對病人做出什麼蠢事。而且他聆聽我指令的時候總是態度客氣，心神專注，只不過我懷疑他心裡其實偷偷在想，雖然我比他經驗老到，他自己可比我厲害多了。但這也沒什麼大不了。在醫療界，超級自信不算是特殊，當然更不能算是不健康的心態。大多數的醫生，不論是在哪一個訓練層級，哪一種科別，都覺得自己比後起之秀厲害，這種念頭給予你早晨爬起來工作所需的自信。而且，總而言之，最重要的還是路易斯遵從層層指令，完全依照我的吩咐形式。

在多數週間日的早晨，路易斯與我會在餐廳裡討論我們的病患以及當日的治療計畫。今天早上，就與每一天的早晨一樣，我手捧咖啡專注聆聽，不時插話提問，給予建議或指導，務求要全力照顧好病人。大多數的早晨，等到路易斯講完病患清單的各種狀況之後，我通常會再給路易斯一些工作，然後自己進入手術室，享受操刀過程。

今天早晨也一如往常。他報告完之後，我勾選工作列表——也就是雜務——我要他完成每一位病患的照護事項。增加克爾洛格先生的靜脈輸液，因為他有脫水現象；卡多札女士的疼痛治療改為口服藥；要給詹姆斯先生做物理治療，自從他動完手術之後就一直懶洋洋，不肯下床；為理查茲先生安排電腦斷層掃描，他一直發燒不退，而且過去這幾天一直有腹痛，我擔心他的腹腔某處可能有膿瘍。還有，要把唐小姐的出院文件準備好。

路易斯點頭，把我的指示逐一抄寫在那張紙上面。

「今天早上，我們有個醫學院學生開始跟我們一起執勤，」等到我們結束之後，他往後往椅背一靠，以掌心搓揉頭頂，宛若在擦門把一樣。「她剛才和我一起巡房，她現在正參加新生訓練之類的活動，但等一下會與我們在這裡會合。」

「她怎麼樣？」

「很聰明，十分熟悉醫院的運作。」

「喔，是嗎？」我沒什麼興趣，醫學院學生通常搞不太清楚狀況，所以自然也完全派不上用場。「她叫什麼名字？」

「綺綺，G-I- G-I。綺綺．麥克斯威爾，大家說她的名字應該是『GG』，是『黃金女孩』(Golden Girl)的縮說。因為她這個學生實在是太強了。聽說她在其他臨床單位值班時的表現無懈可擊。工作努力，態度進取，超聰明。」

綺綺。「你可以好好喘一口氣了，我想她一定可以幫你分擔一些雜務。」

「嗯，聽我說，」他瞄了一下四周，然後身體趨前、靠在桌邊對我講話。「史提夫，你結婚了吧？」聲音壓得極低，附近好嘈雜，我幾乎聽不到他的話。我點點頭，很好奇他起了這個頭，接下來會說什麼。「好，反正我就讓你知道前情摘要吧，」他聲音越壓越低，所以我必須立刻傾身向前才能聽清楚。「她也長得漂亮，身材好，很搶眼，有好幾個外科住院醫生想要搞她上床。」

「她有讓他們得逞嗎？」

「沒有。這就是我的重點，而且恰恰相反，她上個月正式投訴康諾爾斯，因為他在手術室摸她屁股。」

「康諾爾斯啊，」我捧腹大笑，「那傢伙就是個人渣，總是靠大老二思考，醫院裡有一半的護士都被他尬過。」

「嗯，」路易斯往後，手肘靠在椅背。「我自己是很希望保住工作，我想你也是，所以希望你明瞭這個狀況。」

「謝謝你，路易斯。」我對他的事先警告心存感激。我倒不會對她有興趣，長得漂亮也一樣，但在過去這幾個月當中，性騷擾是相當敏感的話題，尤其是某名神經外科教授數月前在外地開會的時候，亂摸了好幾名年紀只有他一半的女住院醫生。外科一直是男性主導的場域，男性更衣室式的集體意識顯然相當抗拒二十一世紀的性別平權觀念，尤其是類似這所大學的傳統之地。

反正，自從那名神經外科教授教授亂摸的事以公開、難堪，而且走法律途徑的方式爆發之後，醫院裡的每一名外科醫生——住院醫生與教授、男性與女性——都必須忍受一堂又一堂的性別意識訓練課程，而且每個禮拜都得收到電郵轟炸，提醒我們維持無敵意工作環境的重要性。在目前這種氛圍之中，要是在醫學院女學生面前說錯了什麼、做錯了什麼，或是行為舉止不恰當，尤其對象是直接受你管轄的下屬，很可能會讓你惹上大麻煩。路易斯剛才提到的外科住院醫生康諾爾斯，顯然是沒有參透這個道理。

我指了一下自己的婚戒，想要憋哈欠卻還是忍不住。「我沒問題。但還是謝了，反正想辦法讓她離我遠一點好嗎？」

「沒問題，」他抬高下巴，指向我背後的方向。「現在她來了。」

我在座位裡轉身，沿循他的目光、望向餐廳入口，棕髮高挑女生，身穿醫學院學生的標準白色短袍，目光飄移，掃視全場。她終於注意到路易斯，他揮手叫她過來。

你通常遠在一兩公里之外就可以認出這些醫學院學生：白色短袍，還有那種被車頭燈嚇傻的小鹿目光，讓他們在人群之中顯得十分突出，不過，當綺綺穿過餐廳尖峰時段人群的時候，我立刻看出她不是一般的學生。她的白色短袍內穿的是清爽的綠色外科手術衣，手裡拿著路易斯每日巡房記錄病人資料的白色三環式檔案夾。每一步所流露的堅定，與她臉上的專注神情若合符節。看來，這是一個很清楚自己的目的地，而且知道該怎麼到達那裡的女子。

她走到我們這一桌，開始自我介紹。我雖然想表示紳士風範，但必須在醫學院學生面前堅持外科醫生風格的權威，所以，我打量她的時候，依然坐著不動。她很高——非常高，幾乎與我一樣，而且我要是沒有彎腰駝背的話，也超過了一百八十五公分——非常纖長苗條，一頭深褐色大捲長髮垂落肩後，正好是優雅過肩的長度。深巧克力色的眼眸，突出的五官，但是顴骨兩端，還有微微朝天的小巧鼻廓卻突然變得柔和。我必須承認，路易斯說得沒錯：她很美，不像模特兒那麼正，因為她的體格略嫌粗壯，而且五官就是有點不太對稱。

不過，她絕對可算得上是好看——散發出某種充滿智慧，質樸、容易親近的魅力。而且，當她靠向桌子與我握手的時候，我忍不住注意到路易斯對她外表的描述果然精準。我現在完全理解路易斯為什麼要警告我——我也許婚姻幸福，但並沒有心如止水，而且那件手術衣雖然完全是實用導向，但卻充滿了魅誘，我必須克制自己貪探裡面風光的慾望。

她之所以幾乎一眼就讓人看出與眾不同，其實還有另一個原因，我比較難以解釋清楚的特質，隱晦難明，某種……定性。所有的舉動與語言都蘊藏了某種冷靜又令人著迷的自持力。當她自信朝我走來盯著我的雙眼，然後熟練地以胳肢窩扣住三環檔案夾，方便與我握手的過程當中，看得出這樣的自持，她的態度與動作完全沒有猶豫不定——宛若路易斯，但沒那麼霸氣。還有她的聲音，輕柔友善好舒心，就像電台音樂節目主持人一樣。

她的臉龐露出燦爛微笑，笑線在勻稱五官擴散開來，宛若小石頭投入一泓平靜深池所激出的漣漪。她的笑容大方熱情，而且極其自然，完全沒有任何扭捏，幾乎跟我女兒的笑顏一樣。而且，她的手觸感柔軟，動作流暢自若。

「幸會，綺綺，」我說道，「聽說妳可能有興趣走泌尿外科。」

「米契爾醫生，其實，我已經差不多決定就是要走這一科了，」她說道，「你們的工作很棒，腎臟手術、攝護腺手術——我覺得都很了不起。這是我的準實習階段，所以接下來的這四個禮拜我都會跟著你們。」醫學院學生在最後兩年會在大學醫院的各部門待兩到四週的時間才能拿到畢業學分，而準實習則是提供給有興趣接受更多高階任務的優秀學生。

「太好了，我只希望路易斯和我不會讓妳改變心意。」

「米契爾醫生，我覺得這是不可能的，」她回答的語氣很嚴肅，「我已經聽說了你許多偉大事蹟，還有馬丁尼茲醫生也是，能夠與兩位共事，真的讓我感到十分欣喜。」

路易斯與我互看了一眼。

她已經開始跟我們唬爛？

就算是這樣吧，我會在乎嗎？

我決定就直接收下這樣的讚美吧，至少現在是如此。「好，謝謝，還有叫我史提夫就好，我只是住院醫生——配不上任何的敬稱。」

她咯咯笑得好開心，路易斯只是勉強露出淺笑。

「好，史提夫。不過，說真的，」綺綺語氣懇切，「要是有我幫得上忙的地方，你們千萬不要客氣，我真的希望能夠全力協助。」

「小心不要亂許願，我們會真的把工作丟給妳。」

「這就是我到這裡來的目的。」

她小心翼翼把那份病人檔案放在我桌前，打開屁股口袋的老舊黑色真皮手機套小扣，把智慧型手機握在手中。

「我說真的，只要我能幫得上忙，吩咐我就是了，我會立刻把它記入我的第二顆腦袋。無論你們希望我做什麼，我都可以立刻記錄在我的每日行程表。等到我今晚到家之後，我會以表格列印出來，將一切整理就緒。不是什麼厲害軟體——只是Excel罷了。」

路易斯與我又互望了一下，她是玩真的嗎？但我必須承認，綺綺的熱情具有感染力。我通常會把她這樣的人當成拍馬屁的醫學院學生，完全置之不理，但我卻露出微笑。「沒關係，綺綺，路易斯與我等一下會和妳討論。我們現在時間不多，我得進手術室。」

她立刻把手機塞回屁股，宛若把槍丟回槍套一樣。「米契……呃，史提夫，沒問題。」

「路易斯今天早上會負責帶妳，讓妳熟悉環境，交付一些工作給妳。一般來說，我們希望妳能發揮的功能就像是實習醫師的等級一樣：在外科手術時幫忙、收集實驗室結果，處理一些雜務。哦，還有每個星期二早上，妳會與路易斯一起在住院醫生的診間看門診，可以嗎？」我還沒等到她回答，已經離開了包廂座位。

她驚呼，「太好了！」

路易斯開口，「哦對了，史提夫？」

「嗯？」我看著手錶，心思早已飄入了手術室。

「剛才我忘了告訴你——我的『艾林』帳號出狀況。早上巡房的時候它突然對我鬧脾氣，我現在被系統鎖住了。資訊部門還沒修好，我可不可以在早上先借用你的帳號？」

「沒問題。」我心不在焉答應了。「艾林」是大學醫院的電子醫療記錄系統。我們所有的醫囑與紀錄，包括了用藥處方，都必須透過電腦完成。如果沒有「艾林」帳號，路易斯就毫無用武之地，因為他不能為我們的病人開藥，而且綺綺也不能幫他，因為醫學院學生還不是醫師，沒有開藥的權限。要是路易斯今天早上無法為我們的病患開藥，那麼我們這輛經過仔細調校的公車，輪胎可能會脫落飛出，在我的那些主管的眼中，我的表現恐怕是一場糊塗。所以，我立刻在他的紙上寫了我的帳號名稱與密碼。

「謝謝你，史提夫，資訊部門說他們可以在今天中午修好。」

我瞄了一下綺綺，她笑得燦爛，張開雙唇彷彿想要講些什麼。

「再見了。」她沒機會開口，我已經轉身離去。

❖ ❖ ❖

我們今天的第一位病患，伯納德先生，是住在緬因州海岸的木匠。他因為罹患癌症而必須切除膀胱。我發現他已經待在準備區，這是位於手術室旁邊、有挑高天花板的大型空間，準備動手術的病患躺在輪床上，進入小隔間，等待被推入手術室之前的最後一次評估，而醫護們則在病患周邊奔忙，進行最後的檢查。

伯納德先生已經穿好醫院配發的標準病袍。自從我進入醫學院之後，已經出現許多令人驚嘆的醫療創新技術——臉部移植、愛滋病的神奇療藥，還有機器人在與鑰匙孔一樣大的切口內完成的複雜手術——我常常覺得很納悶，為什麼就是沒有人努力設計出更好的醫院病袍？真的，無論我到哪裡，病袍都長得一模一樣。輕薄通風涼颼颼，必須要靠各種複雜的繫帶才能固定，而且還有一項讓所有病患都感到痛苦不堪、令人詬病的特徵：從頸項到膝蓋的背部長條形開口，正好與屁股中縫完全對齊。

伯納德先生安靜坐在某個小隔間的輪床上，病袍後頭露出了屁股縫，他背後有一道形狀與觸感宛若「旅客之家」浴簾的塑膠隔布，它的目的是為了讓這些在中央區耐心等候手術的病患能夠保有些許隱私。伯納德先生身材壯碩，肌肉緊實，一頭濃密深色頭髮已出現斑白。準備區護士已經取下他的金屬框眼鏡予以保管，所以他三不五時就瞇眼。他的臉龐就像是樹幹年輪一樣，看得出長年在戶外的夏日時段工作所刻蝕的深痕。

我們握手打招呼。他的手冒汗濕滑，我抽回手之後，一直有股想要拚命搓白袍的衝動。他未婚，不像其他的準備區病患多有家人圍繞，而且他只有一個人（「我女友等一下就會過來這裡。」他聳肩，也沒有多作解釋）。我開始向他解說手術風險，一如往常講出讓病患安心的話語：這是普通手術，我們的安全紀錄良好，幾乎不可能發生任何狀況。

我立刻就喜歡上這個人。友善，聰明又風趣。而且就一個木匠來說，他措辭相當精準，還問了許多令人驚訝的深入問題。他對於我的回應似乎相當滿意，簽署了剩下的文件，包括了讓我們執行手術的同意書，他連上面到底寫了什麼也沒多看一眼。

「我相信你，」他語氣明快，「畢竟根據《美國新聞與世界報導》，你們是頂尖高手。」

等到麻醉科住院醫生與我完成例行性的術前檢查表之後，我們把伯納德先生送入了手術室。我們扶他下輪床、上了手術台。在這段過程當中，他的病袍因為有繩結沒綁好而不小心滑脫，護士們與我還來不及反應，他已經下半身全裸。

「哦哦，我對不起大家，」他緊張大笑，「反正這裡也沒辦法保持體面吧？」

「伯納德先生，沒辦法，恐怕是不行。沒關係，我來幫你。」我從角落的某個不鏽鋼保溫器裡面抽出了一條毯子，它散發出一股宜人熱氣，讓我聯想到剛從烘衣機取出的乾淨衣物。

我把毯子披到伯納德先生身上，正當我要蓋過他的肚子時，我嚇了一大跳，赫然發現他陰莖上居然有好幾個字，全都是大寫字體，「不准摘除」，由上往下順序排列，宛若拼字遊戲裡的直排字。

「呃，伯納德先生？」我說道，「我沒有惡意，不過我覺得是不是有字寫在你的，你知道那個……」

「對，」他露出狡詐笑容，「就是，我想要知道你的反應。」

「伯納德先生，我只能說我從來沒看過那樣的東西。」我哈哈大笑，還把這笑話轉述給手術室裡的其他人，大家都笑得開懷。

他咯咯笑個不停，「我只是想要確定你們大家今天早上都很清醒。」

我開始調整他的雙腳在手術台上的位置，他抬頭，頸部離開枕頭，從保暖毯上方專注盯著我。

「嘿，對了，米契爾醫生，你叫什麼名字？」

「嗯……史提夫，史提夫。」

「史提夫……」他重複我的名字，彷彿在測試從自己嘴裡發出的聲音。「好，你說你是住院醫生？」

「對。」

「住院醫生。就像是怎麼說……在受訓的醫生對吧？」

「沒錯。」

「好，史提夫，你昨晚睡得好嗎？我曾經在《巡禮》雜誌看過一篇報導，大多數的住院醫生都有睡眠不足的問題，而當他們處於這種狀態的時候更容易出錯，我希望你昨晚睡得好，我要你火力全開，懂吧？」

這傢伙看起來很和善，會在陰莖寫下「不准摘除」的字句，我昨晚睡得很飽，此時覺得元氣飽滿，所以我決定，也許可以稍微冒險一下，對他開個小玩笑。

「這個嘛，伯納德先生，我昨天通宵熬夜，完全沒有睡，其實也沒什麼，但我真的不該在一大早喝那麼多的感冒糖漿。」

伯納德先生皺眉，專注端詳我被口罩蓋住的臉龐，顯然是想要判斷我是不是在開玩笑。我立刻就後悔了，剛才不該說出那樣的話。我本來認為這段話超俏皮，但看起來根本沒那個效果。過了一會兒之後，伯納德先生才認定我是在開玩笑……我覺得啦。他哈哈大笑……多少算是吧，但聽起來比較像是悶哼聲。

安德魯斯醫生走進來，「早安，史提夫，今天好嗎？」

「還不錯，比爾，謝謝。」我鬆了一口氣，總算可以轉移感冒糖漿的尷尬場面，

「我們已經準備就緒，就等你開始了。」

「太好了，」他靠過來，對我附耳低聲問道：「這位病人是？」

我轉頭面向他，也輕聲回覆：「伯納德先生，是位年輕人。泌尿上皮癌，應該是第三期。轉移評估陰性，已經做完前導性化療，有高血壓病史，但其他部分很健康，職業是木匠。」

他點點頭，走到伯納德先生面前。「伯納德先生，今天覺得怎麼樣？」

「嗨，醫生，」伯納德先生聲音模糊，麻醉科醫生剛才給他的地西泮鎮定劑已經讓他慢慢失去意識。一想到他可能不記得剛才咳嗽糖漿的事，就讓我舒坦多了。這是所謂的預期性失憶，地西泮的某種普遍副作用。

「準備開始了嗎？」

「開始什麼？」

「你的手術，我們今天早上要摘除你的膀胱。」

「為什麼？」

「因為你罹患了膀胱癌。」

「哦，對，沒錯，聽起來……很……感冒糖漿……」他講話的聲音越來越微弱，最後成了鼾聲。

安德魯斯挑眉問我，外科手術藍色直線上方的雙眉一高一低。「他簽署了手術同意書嗎？」

「是啊。」

「很好，」挑高的眉毛又恢復到與隔壁兄弟等高的位置，「我得去上廁所，你們先開始可以吧？」

「沒問題，比爾。」

等到他關門之後，麻醉住院醫生說道：「我沒想到地西泮讓他那麼快就昏過去了。給一般抗生素對嗎？這種手術你們給一公克的頭孢菌素？對嗎？」

「對，頭孢菌素，一般的用藥。」

「沒問題。」

過沒多久之後，麻醉主治醫師現身，等到他們讓伯納德先生完全失去意識，為他插好呼吸管之後，我到外頭的手術室手槽開始刷手，然後再次回到房內，在手術室護士的幫助之下，穿上了我的無菌手術衣、戴上手套。手術室護士與我忙著安排消毒區、將導管插入伯納德先生膀胱的時候，還趁空小聊了一下，交換各自的度週末心得。

「麻煩給我刀。」等到我們準備好之後，我開口，將右手直接伸到背後，我沒看她，目光緊盯伯納德先生的肚子。她以熟練手法將手術刀遞給我，我的手指緊捏金屬把手，剛從蒸氣滅菌器裡拿出來的餘熱未消，我享受握住手術刀的快意，感受到每次劃開皮膚之前，總能讓我心神一振的那股興奮期盼感。

我從伯納德先生肚臍下方的中央位置劃出了一道垂直切口，正好停留在他陰莖的上方，雖然已經經過消毒，但「不准摘除」的字樣依然模糊可辨，現在他的皮膚佈滿了棕色碘酒，宛若有人把一瓶濃稠的楓糖糖漿倒在他身上一樣。

我劃開表皮，立刻進入底下的淡黃色脂肪層，手術刀篤定又銳利，儼然知道自己要前往何處。我切開佈滿微血管的脂肪，開始出血，我的白色手套瞬間佈滿了鮮紅色的不規則狀血斑，將我的雙手轉化為兩幅正在移動的傑克遜．波洛克的油畫作品，同步打開了伯納德先生的腹部，將它的內在暴露於外在世界之中，我迅速切穿脂肪層、剖開腹部肌肉。

「現在放刀。」我轉身，小心翼翼把手術刀放在後方的器具托盤上頭。

「謝謝。」手術房護士回應我，迅速移走了手術刀。

醫界有一個重要道德原則，簡潔的一句話，道盡所有醫生在治療病患時所應遵守的基本規矩，也就是大學醫院殖民時代創辦人在兩百多年前認為一定得要加入醫院標誌的那句話：

切勿傷到病人。

我念醫學院第一年的時候，第一次從某位偏愛啾啾領結與希臘公式的年長教授口中聽到這句話。他講出口的時候滿腔熱情，虔敬緩唸每一個音節，對那些拉丁字的寵愛之意宛若在撫弄自己的小孩一樣。他說這句話出自於希臘醫生希波克拉底，全世界各地醫學院學生在參加畢業典禮、剛成為醫師的時候，都會朗誦他的古老誓詞。

好，我不是歷史學家，但我記得希波克拉底是出生於羅馬帝國數百年之前的某個希臘人，我很懷疑他是否真的會挑選拉丁語傳達嚴肅道德宣言。其實，我後來才知道，很可能是翻譯了希波克拉底著作的中世紀醫生賈蘭，自行創造了這一段拉丁語變體。

不過，隨便啦。醫生們總是喜歡秀拉丁文，因為可以顯得自己很厲害。反正，希波克拉底的意旨無論用哪一種語言都是一樣的。

切勿傷到病人。

嗯，當外科醫生在操刀的時候，他/她就是在傷害病人，有時候還是嚴重傷害。

外科手術是一門暴力藝術。以刻意傷害人體的手法完成治療目的。手術刀切入健康肌膚，讓我們得以接觸底下的疾患器官。至於其他的健全肌肉，則是被隨意推拉挪移到外科醫生工作區──「手術部位」──之外的地方，長達數小時之久，靠的是一種名為牽引器的鈍頭金屬器材。

一般的血管，我們會以燒灼，還有以名為手術縫線的消毒細線紮口，也會以剪刀切開，看到外科醫生就這麼殘忍直接切入橫亙外界與患部的身體健康區域，不知情的旁觀者一定會昏倒在地。

所以，就某種程度來說，外科手術本身就違反了醫界的最重要道德規範之一。

外科醫生最具代表性、最重要的工具──手術刀──根本就是……怎麼說？不過就是一把十分銳利的刀，它就是人類自古發明的傷人工具之一的變體。

外科醫生揮舞手術刀是為了要治病，這種精緻的暴力經過管控與計算，十分準確。但它依然是暴力，不過，是純粹又原初的那一種。

我們外科醫生另一項可能會引發傷害的工具，就是電刀。它的暱稱是「波威」，源於它的發明人詹姆斯·波威的姓氏，電刀就像是帶電的手術刀。而燒灼的意思就是要利用高熱、低溫，或是化學物質破壞活生生的組織。「波威」運用電流產生的熱度燒透組織，它是一種筆狀的儀器，以慣用手握住的時候，就像是平常拿筆的姿勢一樣，它有一個金屬尖端，當端頭碰觸病患身體的時候，可以將電流導入病患的體內。外科醫生靠著筆身的某個按鈕控制電流開關，當電流通過筆刀，進入病人體內的時候，就會遇阻而發熱，藉此燒灼金屬尖端所碰觸到的部分：皮膚、脂肪、肌肉啊什麼的。

當「波威」的金屬頭與病患之間的接觸組織部位蒸發之後，就會散發出淡藍色的煙，還夾帶了一股獨特的氣息。

燒焦人肉的臭味。

我拿起「波威」，燒灼出血的血管，筆刀的熱度融化脂肪，我聞到了熟悉的味道。

天，我好愛動手術。

真不敢相信他們付我薪水讓我做這種事。

要是我沒辦法動手術，該怎麼過日子？我真的無法想像。

等到大部分的出血都已經止住之後，我放下「波威」，以手指撥開伯納德先生的腹部肌肉，順利解開，我立刻知道自己找到了正確位置——介於左右腹直肌之間的地方，就在腹壁的中線位置，從這裡最容易進入腹腔內部。接下來，我從護士那裡拿了一把剪刀，剪開伯納德先生與我之間最後一層宛如蛛絲的組織。現在，我的雙手已經進入他的腹腔四處掏探尋找。他體內臟器溫熱潮濕，緊緊纏住我的十指，宛若我把雙手置入一大桶溫熱的布丁。

我動作很快。安德魯斯一定是去喝咖啡什麼的，因為等到他回來的時候，我早已準備好了牽引器，而且在護士的幫忙下，我也已經取出伯納德先生骨盆裡的所有淋巴結。我將足以暴露出膀胱與攝護腺的血管與脂肪全部切開，準備好手術的下一個階段：重要而且更加危險的部分，安德魯斯與我要一起合作，將伯納德先生的膀胱與攝護腺取出體外。

這就是重點，我當初進入醫學院的初衷。對我來說，動手術是一種純粹快感，讓我永不厭倦，那是一種超越言語層次的悸動，就是能夠讓我百分百精神亢奮。

我大學時的某個朋友老是說吃披薩很像是性愛：因為要是過程愉悅的話就很爽快，要是遇到表現不佳的時候，嗯……還是不錯，我覺得動手術也是如此。手術過程順利，絕對令人開心不已，一種筆墨難以形容的全然愉悅，某種會讓你覺得彷彿站在世界頂端的腎上腺素大噴發。

手術不是十分順利的時候，我還是覺得很棒。

運動一直不是我的強項，反正，就只能隨便玩玩而已。不過，某些曾與我共事、在高中與大學時代是運動高手的那些外科醫生，他們是這麼告訴我的，當他們操刀順利的時候，就能幾乎完全體驗到他們在菁英運動競爭世界之外難以達到的那種精神層次，也就是所謂「行雲流水的境界」。

他們告訴我，行雲流水的境界，是一種心境的涅槃，時間變得緩慢，執行困難的動作與複雜的程序完全不費吹灰之力，完美無瑕，在這種狀況下，無論是在重要季後賽狂拿二十分——或是操刀執行冠狀動脈繞道手術——似乎就像是窩在沙發上抱著洋芋片看電視一樣簡單得要命。

但問題是，你不可能永遠待在這種行雲流水的境界。無論你從事什麼行業，偶爾也會遇到低潮，儼然找不到喘氣時刻，壞事接踵而來，只能勉強熬到下班時刻爬回家，灌下幾杯烈酒，向上帝祈禱明天會更好的那種日子。

醫生也一樣，外科醫生也一樣，每一名外科醫生都有坐困淺灘的時刻，覺得活不下去了，一切都不對勁。顯然，某些外科醫生的低潮日子比別人多，而優秀的外科醫生是就連在這種時刻通常也能有出色表現的那種人。對於病患而言，要是遇到好醫生的低潮日，其實也不會太慘，優秀外科醫生遇到低潮面不改色，病患永遠不會發覺有任何差異。

至於糟糕的外科醫生……嗯，我也不知道該說什麼了。我的某位教授（非常高段的外科醫生），要是在手術房行事不順的時候，就會誇張嘆氣，不禁讓我想到此時此刻在世界的某個角落，一定有某個非常、非常差勁的外科醫生，正在面對非常、非常嚴重的低潮。

但願上帝保佑那個糟糕醫生在低潮期所治療的病患。

不過，今天我完全沒有低潮，感覺很暢快，我覺得自己進入行雲流水的境界，甚至連動刀的時候亦是如此。有個教授曾經告訴我，在過去這十年來的受訓計畫當中，我是最具天賦的外科醫生。我就是有領悟力，很清楚手術的重點：該怎麼進行、如何操刀，以及接下來應該處理的步驟。

我的意思是，你可以教導猴子動手術，但你沒有辦法把我的技能傳授給猴子。我覺得，我反正就是自然而然更上一層樓。要是伯納德先生知道他的手術居然有這麼大一部分是某個實習醫生，也就是我所操刀，想必會嚇一大跳，而且相當不安。不過，與某些年長教授相比，年紀較輕且對於這種手術比較沒自信的安德魯斯，卻願意讓我執行他絕對不會讓其他住院醫生操刀的部分，而我幾乎是全靠自己順利取出伯納德先生的膀胱，然後又為他重建了一個以小腸塑形的新膀胱。

整個過程花了我們約五小時之久。快要進入尾聲的時候，我發現綺綺溜入手術室，盯著我們完成最後的那幾個步驟。安德魯斯在動手術的時候不喜歡被干擾，幾年前，我曾經看過他在處理某場緊張手術的緊張步驟時，對著某個在不當時機詢問愚蠢問題的三年級醫學院學生破口大罵。安德魯斯完全失控，對她狂飆髒話，最後逼得她大哭離開手術房。

這種行為，在以往手術房外科醫生如神聖君王、大家害怕又不敢質問的時代實屬稀鬆平常，但現在的醫學院學生與院方已經再也無法繼續忍受了。後續發展也合情合理：等到她哭完了之後，立刻寫了投訴信，威脅要高調控告醫學院與醫院——而且要向地方媒體完整爆料——因為安德魯斯在他咬牙切齒發飆的時候，講出了某些有關性的特殊措辭。我聽說醫院給了那學生一些封口費，而安德魯斯必須得去上一些憤怒情緒管理的課程，才能保住這份工作。

不論是上課前或上課後，我覺得安德魯斯的憤怒管理似乎還是控制不佳。所以我沒有理會綺綺，她自己也知趣，溜到角落默不作聲。

我們完成手術，這一次的速率與從容程度讓安德魯斯心情大好。「史提夫，幹得好，」他伸手向我致意，我們握手的位置就在伯納德先生佈滿黃色與紅色汁液流的腹部開口正上方。「你幫了大忙，表現一直就是這麼優秀。」

「謝謝，比爾。」

「你縫合沒問題吧？」他已經脫去了消毒手術衣與手套——或者，應該說根本不在意——我的答案到底是什麼。

「對，沒問題。」

「謝謝，要是有什麼需要的話，打電話給我。」然後，他走出去，自顧自吹口哨，根本沒注意到綺綺還站在角落。

我現在需要另外一個人幫我一起縫合伯納德先生的肚子。

「綺綺，可以麻煩妳去刷手然後幫我做縫合？」

「你在開什麼玩笑？我早就在這裡了啊。」她立刻衝到門外，迅速完成消毒作業規範之後，回到手術房。

她穿上手術衣，戴上手套，走到手術台，站在我的對面。「史提夫？」她語氣充滿渴望，「可不可以讓我縫幾針筋膜層？我在創傷外科值勤的時候，他們給過我機會。」

我陷入猶豫。一般來說，這是在伯納德先生術後得以固定腹部與體內臟器的最強韌組織，我不該讓醫學院學生動手。不過我對綺綺印象很好，而且，更重要的是，萬一她出了問題，我有信心自己可以搞定。

「好，試試看吧，妳是右撇子嗎？」

「對。」

我交給她持針器與手術鉗。持針器的形狀就像是鑷子，鋸齒狀的鑷口內含一個直徑如銀幣大小的半圓形針口，針口連接某條淡藍色的手術縫線，它的口徑粗度就像是還沒煮過的義大利麵。

手術縫線的功能類似縫衣棉線，它將會負責支撐伯納德先生的腹部直到他完全康復為止。手術縫線最後會消失，不過，一定是等到痊癒之後的事了。

「好，從這裡開始。」我指向切口底部的某一點。我才剛下指令，綺綺立刻開始動手，充滿自信，將針頭不斷從白色筋膜層拉穿而過，它的強韌度就跟牛肉乾一模一樣。

她很厲害，真的。我還很少看過醫學院學生能有她這種操作持針器與手術縫線的靈巧性與速度。

「技巧很好。我通常不會讓醫學院學生處理，所以我希望妳喜歡這次的體驗。」

「哦，當然。謝謝你，米契爾醫生。」

「不客氣。還有，再提醒妳一次，叫我史提夫就是了。」

「謝謝你，史提夫，」

我盯著她好一會兒，注意她縫合切口的方式。「綺綺，下針要再寬一點，刺入筋膜層的角度要再斜一點。我可不希望他咳嗽咳到縫線斷裂，內臟跑出來，害我得半夜重新縫合傷口，這樣會讓我很難堪。」她停頓下來，猶疑不決，針口在半空中不動，蹙緊雙眉。

「好，像這樣。」我握住她的手，溫柔導引她做了幾次正確動作之後，放開她的手。

「好，史提夫，抱歉。」她跟著調整技巧，態度之從容，就連某些比她多受了三年訓練的資淺住院醫生也望塵莫及。

天，她真強。

她低聲說了話，我聽不清楚是什麼。

我傾身靠近她，「抱歉，我沒聽清楚。」

「強壯的手，」她柔聲重複，「你有一雙強壯的手。」她聳肩，害羞抬頭望著我。「感覺像是……我的意思是，外科醫生擁有強壯的手，很重要吧，你說是不是？」

我只能擠出「嗯嗯」作為回應。我雙頰火燙，慶幸還好有外科口罩遮臉。我一臉彆扭，目光立刻飄向手術房護士，不過她卻正在專心計算與整理手術器材。

我還在苦思該怎麼回應綺綺的時候，麻醉住院醫生（我還是不記得他的名字）卻轉移了我的注意力。

「呃，史提夫？」

「怎麼了？」

「我剛剛又檢查了一下這名病患的病歷，他似乎對盤尼西林過敏。」

「所以呢？」

「我們一開始動手術的時候就給了他頭孢菌素。」

靠。大約有百分之五到十對盤尼西林過敏的病患，同時也對頭孢菌素過敏，不該給伯納德先生頭孢菌素，這違反了醫院規範。

「好，我們怎麼會沒注意到？」

「我不確定。我猜……我不知道，我在他病歷封面沒看到這一點。」

愚蠢的麻醉科住院醫生。就我看來，注意那種事項屬於他的職責，不關我的事。但萬一病患對於不該對他施打的藥物出現任何反應，我的上司們依然會怪我，這種事件會讓我宛若失職。別人看不到我口罩內的反應，我咬住下唇，忍住脾氣。

我語氣溫和，「是哪一種過敏？」

「蕁麻疹。」

「好，蕁麻疹。」

「我等一下會給他五十毫克的鹽酸二苯胺明，你覺得要不要也開一點類固醇？」

我想了一會兒才回答：「不要，會有傷口癒合的問題，他不需要類固醇。」

「嗯，你決定就好。」

「這樣會不會有問題？」綺綺雙眼睜得好大，憂心忡忡，外科口罩壓線上方的那對棕色眼球懸凝不動。

「不會啦，」我向她保證，「沒什麼大不了，他不會有事的。而且，我們現在需要的是來一點好聽的收場音樂。」安德魯斯動手術的時候不聽音樂，但我有這習慣。由於這是他的病人，所以只要他待在手術房，自然就是由他作主，不過，他已經離開了。「這裡有什麼歌？誰可以放一下？有哪些音樂？」

麻醉住院醫生忙著滑他的蘋果播放器選單，開口回我：「我這裡有一些。」他放了一些歌曲，最後我們達成共識，諾拉·瓊斯，甜美自然的曲調與一連串的人造金屬啪啪聲響不斷角力，因為綺綺與我正忙著使用自動縫合器將不鏽鋼縫合釘打入伯納德先生的皮膚，讓切口密合在一起，結束這場手術。

天，我好喜歡動手術。

生命真美好。

〈不知道為什麼〉的慵懶旋律，也驅走了伯納德先生抗生素搞砸事件帶來的餘怒。

在那個當下，我無憂無慮，渾然不知那個單純過失正是伯納德先生終曲的起點。

❖ ❖ ❖

緊連手術室的外科醫生寬敞休息區，在星期一下午兩三點的時候，出現了不尋常的平靜。有兩個我只知其人不知其名的外科醫生，坐在播放無聲有線電視新聞網的平板電視前的黑色皮沙發上面，壓低聲音，交頭接耳得很熱烈。休息室的另一頭，有個住院醫生躺在壞掉的按摩椅裡頭呼呼大睡，臉上看得出有兩天未除的鬍碴，蹙眉三天的溝紋。沒有人注意到我走進來，從冰箱的免費補給區拿了健怡可樂與花生醬餅乾，一屁股坐在放置數台電腦的長桌前面。

我努力集中心緒，檢查某名病患的化驗結果，確認伯納德先生的醫囑，但綺綺在手術室裡講的那句話，卻在我心頭縈繞不去。

強壯的雙手。

難道她真的在對我調情？

調情。

這個字眼散發出電流，害我先前空荒的脊椎通道震得嘎嘎作響，這是一種讚美之詞帶來的狂喜，我最後一次的體驗也是婚前許久的事了。不過，這也可能是我完全誤讀了對方所釋出的訊號。這麼多年了，我幾乎不記得調情是什麼感覺，反正，在認識我太太之前，我也從來沒遇過什麼女孩會對我投懷送抱。我一直覺得自己的長相就是在啤酒廣告裡會看到的那種普通男人，那種不太可能和辣妹在一起的人。也不是醜，你們懂吧，就是，非常平庸。好，也許是比平庸好那麼一點。綺綺講的那句話，可能完全沒有那種暗示。

而且，我何必要一直自問自答？就算綺綺對我眉來眼去，我也不可能做什麼吧，是不是？

真的是這樣嗎？

我往後瞄了一下，那兩個胸腔外科醫生依然忙著竊竊私語，但已經從沙發站了起來，他們一心只顧著聊天，經過了在按摩椅裡睡得不省人事的那名住院醫生面前，離開了休息區。

附近沒有人。

我的目光又回到電腦前，緩緩撫摸已經磨損而變得光滑的鍵盤，但沒有按下任何一個按鍵。我回想起自己與那些大學宅男同學無數的熬夜時光，窩在廉價宿舍木椅裡，面前放著電腦，慢慢享用啤酒、激浪汽水，還有菲多洋芋片，我們的自娛方式就是在躲避法網的狀況下、不斷在各種號稱安全的系統裡進進出出。

這些日子以來，我因為更具有大人感的事務而煩心，就像是工作與當爸爸啊什麼的，企圖心也沒那麼強烈了，而且我的技巧也不如以往那麼高超。

但還是很不錯。

雖然莎莉擁有驚人天賦，但她真的算不上有條不紊的人。其實，她老是靠便利貼黏滿整間屋子提醒自己：當然最後的結果通常就是不從人願，因為到底有誰能逐一追蹤這些字條？大部分都成了我們冰箱的壁貼，成了一張寫滿電話與待辦事項的彩色百衲被，每一小片都在飄晃，每當有人打開冰箱門的時候，它們就會像秋日落葉一樣掉落地面。

當莎莉還在大學人資部工作的時候，她的任務之一就是管理所有大學員工的人事電腦檔案——她曾經向我招認，這個職位讓她可以查看每一個人的敏感資料，

從醫院的執行長到最底層的醫學院學生都不成問題。所以，某一天，當我意外在我們家用電腦的側邊發現某張淡紫色便利貼，上頭寫有莎莉大學電腦帳號與密碼的那一刻，我就是忍不住：我的駭客魂又回來了，雖然充滿了罪惡感，我還是偷偷抄了下來。當然，我沒有登入。那時候的大學資訊人員，當然現在也一樣，都是一群白痴，他們的網路安全只是笑話。不過，萬一我被抓到侵入系統，莎莉一定會被炒魷魚，所以我只是藏好資料，以備不時之需。

然後，就在莎莉辭職之後，趁大學資訊人員還沒有關閉她的權限之前，我利用她的帳號登入系統。其他的部分簡單到讓我哈哈大笑：我微調了帳號的幾個小地方，所以絕對不可能追回到莎莉的頭上，然後，為了安全起見，又把登錄資料自動轉到位於醫院治療病患最繁忙樓區的某個護理站的公眾電腦。這樣一來，要是有人起疑的話，追根溯源的結果就是每天有數十人在使用的那一台電腦。

從此之後，我已經可以自由自在讀取人事檔案資料，還有人資部門的其他機密資訊。包括了紀律處分、醫療失當的訴訟、醫療委員會的調查、病患投訴。

我不是鬼鬼祟祟的人，真的。我只是因為能夠耍弄高層而感到喜孜孜而已，我覺得這投合了

我的駭客本質，光是知道我隨時能夠取得這樣的資料就夠了。我可沒有在系統裡四處亂晃，挖出同事的黑底什麼的。其實，我雖然知道要在哪裡找這些資料，也從來沒有看過任何同事的人事檔案。

但現在即將破功。

強壯的雙手。

我出現腦鳴，又偷瞄了一眼躺在按摩椅的那個昏迷同事，折了好幾下指關節，登入系統，查看綺綺的檔案。

她出生於加州的帕薩迪納，麻省理工學院電機學士，最高分畢業。拿馬歇爾獎學金到英國牛津大學念生科與組織制度。截至目前為止，醫學院的每一堂課都是第一名，是真正的學霸中的學霸。

放在屁股的手機套突然出現滋滋聲響，我拿出來，盯著螢幕，顯示是「家裡來電」。

「嗨，親愛的……」我以肩膀夾手機貼耳，同時迅速關掉綺綺的檔案。

「嗨，親愛的，你在幹什麼？」

我望著自己的健怡可樂與花生醬餅乾，「正在吃午餐，妳今天過得怎麼樣？」

她疲倦嘆氣，「午餐是一場大災難。她們發脾氣，亂丟食物，我不知道她們是怎麼回事。我剛剛為了要恢復理智，所以就安排她們去看影片。」她聲音柔和多了，又恢復了那種足以讓我拋卻綺綺的舒暢親暱感。「反正……你還好嗎？準備要去開會了嗎？」

「應該吧。再過一個小時就要進去了，我正準備要換衣服。」

「你會不會問他工作的事？」

「經過上週六晚上的事件之後，我想我也沒別的選擇。」

我聽到背景有噪音，凱蒂在尖叫。「我的！我的！」

「天哪！」莎莉咆哮，「我們等一下再聊。祝你好運嘍，我愛你。」

「我也愛妳。」

我才剛把手機塞回去，後頭就有隻手拍了一下我的肩頭，是那種會讓我痛到面色扭曲的強壯力道。

「嗨，小滑頭，你在幹什麼？和老婆聊天啊？」

我迅速轉頭，對方高壯身軀氣勢逼人。

「嗨，賴利。等等，你在這裡做什麼？今天要動手術嗎？是不是應該要幫你忙？」

他露出友善笑容，「放輕鬆，小滑頭，你總是這麼努力不懈，是吧？別擔心，你沒有出任何差錯。我只是要與幾個手術室後勤人員見面，檢查某個剛購入的腹腔鏡新儀器，很酷的東西，等到你有機會玩玩看的時候就知道了。」

賴利是我的重要導師，也是我深愛的教授。濃黑色的頭髮剪得超短，親切開朗友善的臉龐佈滿了痘疤。雖然身高超過一九三，但賴利的動作卻出奇快速——超快，其實，他還曾經是全美大學體育協會第一級別的橄欖球明星賽線衛。不管是在手術房還是任何地方，賴利總是散發出某種亢奮瘋狂的能量：四處移晃，動個不停，講話講個不停，我還真的沒看過他坐住不動的樣子，他就是靜不下來。對他來說，靜止就是沒有效率，浪費時間。「衝啊！」要是在手術房裡被他嫌棄動作不夠快的時候，他就會大吼：「我們要再加把勁！」

還有，靠，他是超厲害的外科醫生，我見過的頂級高手之一。最困難的手術由他操刀，就像是懶洋洋躺在海濱享受一整天的豔陽一樣。我從來沒有看過他冒汗或是喪失冷靜——而且，我親眼看到他遇到某些艱難狀況時依然如此。就連其他的同僚也默認他醫術精湛：這對外科醫生來說可是了不起的大事，大家通常不願意承認別人可能在手術房的表現比自己更厲害，以免造成自尊嚴重受損。

總有一天，我要成為賴利這樣的醫生，我想要贏得那種眾人的敬重。

他一臉焦心，皺眉看著我。「喂，小滑頭，你還好啊？你看起來有點……我不知道怎麼說，沒什麼血色，有點蒼白。」

「沒事，我很好，只是最近沒怎麼曬太陽。」與莎莉通電話之後，我現在對於等一下與寇爾醫生見面的事有些心焦，

這可能就是我臉色略微慘白的原因。但我絕對不會坦白告訴賴利，我不希望他覺得我軟弱——無論是外表或心理狀態都一樣。

「很好。嘿，史提夫，我今天早上看診的時候遇到一個很特殊的病患，右腎的巨大醛固酮腺瘤。」

一想到可能有機會見識極為罕見、引人好奇的外科手術過程，我的不安心情也因而暫時退散。「哦？是嗎？醛固酮腺瘤？我印象裡沒看過這樣的病例。」

「非常少見，在過去這幾年中，就算加上我會診的病患，我也只見過其他三個案例而已。」

「腹腔鏡腎上腺切除手術？」

「親愛的，沒錯。」

「你知道什麼時候要動手術嗎？」

「排定是下禮拜。」

「太好了。」

「沒錯。哦對了，找工作找得怎麼樣？」

「還可以，我想西北醫院可能會錄取我。」

「恭喜，他們是實力堅強的團隊，聲譽卓著，還有沒有其他選擇？」

「其實沒有，目前還找不到其他機會。」

「你見過寇利爾醫生了嗎？」

「今天傍晚時會見到他。怎麼了？」

「反正讓我知道結果如何就是了。」他的回答鬼鬼祟祟，捶了一下我的肩膀，迅速離去。

那個打呼的住院醫生喃喃講夢話，翻身，面向牆壁。

我一臉困惑，搓揉疼痛肩膀，然後又面向電腦。

我還得查看另一個人的人事檔案。

路易斯．馬丁尼茲的過往，並不像綺綺、我，或是我認識的多數住院醫生，他的醫生養成之路比較跳脫一般傳統。他出身洛杉磯，念完高中後直接進入海軍陸戰隊，檔案裡沒有提到他從軍時職務或駐守地點的細節，不過，他當兵十年後是榮譽退役。他在加州大學柏克萊分校取得雙主修學士學位，生化與哲學。

哲學？

我悶哼一聲。

這可有趣了，我一直不覺得他像是念哲學的傢伙。

不過，他還是很聰明。哈佛法學院，然後在大學醫院接受外科實習，完備的麻州執業證書。

還有別的，我從來不曾在這套系統裡看過的文件。

加密檔案，標示名稱為「機密」。

好。

不知道那到底是什麼。

我發覺這個檔案的加密演算法非常嚴密，遠遠超過了我的破解能力，就在這時候，休息區的門開了，我聽到有人在交談。

我匆匆登出系統，清除了這台電腦的網路瀏覽紀錄，再次仔細研究伯納德先生的醫囑。

❖ ❖ ❖

一個小時之後，我身穿乾淨襯衫，打領帶，外搭燙得漿挺的白袍，坐在寇利爾醫生的大辦公室裡面。我們面對面、坐在舒適的真皮皮椅裡，周邊佈滿了文憑、醫學協會證書、獎狀，還有名人病患感謝簽名照片的玻璃框，隱藏式喇叭傳出了柔和的古典音樂。

他一開始先閒聊，詢問我家人，然後又問我初級住院醫生與學生們的表現如何。他對綺綺特別有興趣，他已經聽說了大家的正面評價。我向他報告大家都不錯，而綺綺似乎的確是個人才。

他悶哼一聲，表示讚許，然後又往椅背一靠，檢視他修剪得十分優雅的指甲。

「好，史提夫……自從我們上次聊過之後，你對於自己在此受訓結業之後的下一年有沒有什麼進一步的想法？」

「嗯，長官，我們真的非常享受波士頓的生活，莎莉的家人也在這裡，所以我們希望可以繼續待在這一區。」

「嗯，我知道西北醫院最近在找你去上班。」

「是的，長官。」

「如果你想在社區執業，他們就是第一選擇了。」

「是的。」

他依然盯著自己的指甲，「他們是很優秀的團隊。」

「是，長官，的確如此。」

「史提夫，你有沒有考慮過不要去社區醫院？」

我的心臟狂敲胸膛，但拚命裝冷靜，難道這就是我所期盼的開場？

「寇利爾醫生，我不……我不確定是否明白您的意思。」

寇利爾醫生不再盯著指甲，注意力轉移到我身上，他坐在椅子裡前傾，義大利真皮發出了嘆息聲響。「好，要不要考慮留下來跟我們一起努力？在這間醫學院，在我們的部門？在這裡任教？」

要！

「嗯……老實說，寇利爾醫生，我不知道你在找人。」

「好，史提夫，就檯面上來說，我們是沒有。但這就像是偉大橄欖球教練曾經說過的話一樣：就算我的球隊現在沒有位置，但要是看到了人才，我會想辦法在球隊裡擠出位置。你懂我的意思嗎？」

「長官，應該是明白了。」

「你好好考慮一下。你是有天賦的年輕人，有機會在我們醫界擔負重責大任——只要有合適的指示與指導，當然，這一點我們會給予援助，我認為你待在這裡、與我們一起共事，一定會有優異表現。」

「謝謝您，長官，您真是大度，我對於能夠留在這間大學當然是充滿興趣。」

「好，現在，」他語氣嚴肅，瞇起了雙眼。「你要給我記住，這個機會——在這個時候，我還不確定到底該不該使用『工作機會』一詞——這完全要視你今年底之前的狀況而定。衡諸你能否留在這間大學，取決於你擔任總醫師是否能夠持續表現稱職。你就把接下來的這段時間當成考核期，我講得夠明白了嗎？」

「寇利爾醫生，謝謝，我明白了。」

「非常好。史提夫，你知道嗎，」他滔滔不絕，身體往後靠，張開了雙手。「身處醫療學術界是充滿意義的志業。我一開始就是在這裡接受住院醫生訓練，然後在這間醫學院擔任教職，這是我所做過的最明智決定之一。」

他起身，我也跟著站起來。

會面結束。

我們握手致意，他坐回辦公桌前，細讀堆在桌面的一疊疊整齊的文件，已經完全埋首在他接下來的日常行政工作之中。

我離開他的辦公室，雙腳飄浮離地十五公分。

我離開寇利爾醫師辦公室的大門還不到十步，就立刻打電話給莎莉，向她宣布這個好消息。

❖❖❖

那一晚我回家的時候已是深夜時分。屋內寂靜，廚房裡還留了一盞燈。我進去打算關燈的時候，發現餐桌上放了一個乾淨酒杯、卡片、一朵紅玫瑰、未點燃的蠟燭、裝了一半紅酒的醒酒器，還有已經開瓶的酒。當我看酒標的時候，不禁倒抽一口氣，因為這是自從我們結束加州酒區之旅之後、這幾年來一直珍藏在地下室的超貴黑皮諾。當時女兒都還沒出生，莎莉依然在上班，我們手邊有點閒錢。現在，有了兩個小孩，卻只能靠我的微薄薪水過日子，當然是負擔不起。

我打開卡片，「恭喜！我十分以你為傲，而且好愛你！」

「教授，你真厲害，」莎莉的聲音從我背後傳來，她站在廚房門口，穿著白T與睡褲。「我好像聽到你進門的聲音。我剛才待在二樓，窩在床上看書。」她走過來抱住我，在我耳邊低語：

「我真是以你為傲。」

「妳真好。妳知道嗎，我覺得要是沒有妳的話，根本不可能會有這種結果。妳在那場雞尾酒派對與他的對話為我幫了大忙。」

「我知道。」

「妳是怎麼辦到的？」

「我該怎麼說呢？外科醫師先生，你有你的強項，我也不例外。」她直視我的雙眸，十分嚴肅。「你知道吧？我一定會為你、為我們的女兒不惜付出一切，你們等於是我的命。」

「為什麼突然說這種話？」

「沒有特殊原因。就只是因為，我愛你。」

「我也愛妳。」我親吻她的臉頰，指了一下酒瓶。「真不敢相信妳開了這瓶酒，這一直是妳的最愛。」

「喝一點吧，」她拉開椅子，「我們得好好慶祝。」

通常在上班的夜晚我是絕對不喝酒，不過……管他那麼多幹什麼？這份工作又不是保證入袋，但幾乎已經算是成定局了，要是不趁這個時候好好讚揚自己一下，更待何時？所以我為自己倒了一大杯酒。

「但妳的酒杯呢？」

「我不用。」

「為什麼？」

她舉起驗孕棒，笑得燦爛。「陽性，驗了兩次。」

「靠！」我手中的杯子差點滑落而下，有些酒還從旁邊潑濺而下，從我的手指一路往下滴，但我根本不是很在意。「真的嗎？莎莉，妳之前為什麼沒說？哦我的天！」我走到桌子的另一頭，抱住了她，更多的酒液噴濺到我的襯衫。「哦我的天！」突然之間，我就像是聽到冰淇淋車逐漸駛近的音樂的小孩一樣興奮。第一胎我們只試了幾個月就成功，安娜貝爾就花了好多時間，幾乎一年（比凱蒂久多了），所以我這次不抱太大期望。「我……哇，太好了！」我語無倫次，「第三個來報到，兒子，妳覺得是男生嗎？」我伸手摸她肚皮，「一定是男孩，我本來就該有個兒子。」

「這位爸爸，你想得太早了吧。」她說完之後哈哈大笑。

「哇，老三。」

「老三。」她指了酒，「喝一點吧。」

「對，我需要喝酒。不過……妳要我獨飲？」

「我要你和我一起慶祝。為了我們兩人，也為了這份工作與肚子裡的寶寶。」

「那麼，我就為我們的兒子喝一杯吧。」她哈哈大笑，我喝了一小口。好酒，醇厚，有煙燻香氣，酒液緩緩流入喉嚨，在我的胸臆中舒展出溫暖的觸鬚。莎莉點燃蠟燭，關掉了廚房的燈，我們握住彼此的手，凝望窗外。

我們這間小屋座落於布倫特里的某座小山丘，廚房面西。遠處，在藍山自然保護區的方向，可以看到閃電交加的暴風雨正在肆虐，一陣陣白色與藍色的強大閃光暫時成了夜空之主，看來正朝這裡逼近。

不過，至少在此時此地，我啜飲紅酒，莎莉作伴，僅有燭光搖曳的廚房，一切寧和。

我問道：「妳還記得我們當初是什麼時候買了這瓶酒？」

她微笑，「那真是一次超棒的旅行。」

「我們應該是那一次有了凱蒂。」

「絕對就是那一次有了凱蒂。」

「我們看的音樂劇是哪一齣？在舊金山的那個？」

「《貓》。」

「沒錯，就是《貓》。」

「你怎麼會忘記啊？」

「八成是因為我受不了貓，而且那齣音樂劇爛斃了。」

「你好酸。我倒是覺得很好看。那一次哦，嗯，是我第三次看了。」

「那一齣就是有……」我捻手指，「那首有名的歌叫什麼來著？很俗氣的歌。」

「〈回憶〉。」

「對。我確定那根本就是艾略特寫下那些詩句時親眼所見的畫面：演員身穿搞笑的貓咪服，高唱某條俗爛歌曲。」

「夠了哦，」她開玩笑打我的手臂，「你明明很享受，不要裝了。你十分喜愛某個角色。嗯……申命記，老申命記。」

「是不是那個，嗯，比較老的貓首領？」我喝光了酒，又倒了一杯。

「對，你說只有他的歌讓你覺得像是艾略特的詩作。」

「妳記憶力真好，」我大笑，「我完全忘記了，申命記……」

「好。我要講別的事了。我上禮拜在讀書會認識了一個很好的人，她名叫南西．麥金托許。你認識她先生丹恩嗎？他是大學醫院的住院醫生。」

「丹恩．麥金托許。對，我認識丹恩。他是一般外科總醫師，與我同一年進來受訓。這個人還不錯，脾氣有點硬——你也知道外科醫生的那種習性，但基本上是好人。」

「我很喜歡南西，但她也是個性很強悍。」

「什麼意思？」

「哦，他們下個月要在家裡辦烤肉，邀請我們參加，所以我當然就是立刻自告奮勇要帶自製馬鈴薯沙拉，就是每次都會讓大家讚不絕口的那道菜。」

「嗯。」

「然後她說——好，我就還原現場——她說：『不用了，謝謝妳的好意，我覺得自備菜餚的派對很鄙俗。』所以他們要請外燴。」

「真的嗎？她真的講出『鄙俗』那種詞語？在閒聊的時候？」

「對，我愣了好幾秒才想起那個字是什麼意思。然後，又過了好一會兒，我才驚覺自己被羞辱了，所以我們是鄙俗夫妻吧。」我們一起哈哈大笑。

「所以她是從事哪一行？」

「她是律師，依然上全天班。反正，撇開鄙俗那件事之外，我覺得我們相當合拍。我們之後也會和他們共進晚餐，我只是先提醒你一下，也想知道你是否認識她先生。」

她打哈欠，靠在椅背伸懶腰，雙手高舉過頭。她的T恤也跟著往上移動，露出了肚臍與生了兩胎之後依然相當平坦的下腹部。

我喝光剩下的酒，從桌面靠過去，親吻她的雙唇，一開始十分輕柔，然後吻得越來越深切，她也同樣熱情，然後又縮回身子，露出微笑。

她吹熄蠟燭，握住我的手，不發一語帶我上樓。當我們到達梯頂、經過她們房間的時候，我偷瞄了一下女兒，凱蒂躺在她的小床，一側是牆，另一側是護欄，而安娜貝爾則睡在她另一側的搖籃床裡面。兩個人都嘴唇微張，恬適無瑕的五官浸沐在夜燈的柔光之中。

莎莉比我先進入臥房。她一到了床邊就轉身面向我，以充滿挑逗的姿態緩緩脫去她的T恤，我關上了臥室的房門。

也許是因為紅酒，或是今天的成雙好消息，還有它們可望帶來的美好未來，但我們今晚的做愛的確格外情慾激昂。當我探索她身體的熟悉輪廓時，她不斷嬌嘆呻吟扭動。當一切達到高潮之際，那陣暴風雨也正好來襲，我慶幸有大雨敲擊屋頂加上轟雷，可以確保凱蒂與安娜貝爾不會聽到父母直接在走道對面所發出的異常狂情喧鬧。

3

星期三
七月二十二日

上禮拜過得十分順利，只有一個狀況很礙眼：伯納德先生，那位來自緬因州的活潑木匠。這簡直像是擺明要向我和寇利爾醫生的談話內容下戰書，伯納德先生的康復狀況不如預期，其實，是相當糟糕。他的腎臟：也不知道為什麼，無法發揮正常功能，我們也找不出原因。它讓我深受困擾，這是我完美行醫紀錄的唯一污點。

今天，路易斯、綺綺，還有我並未在餐廳進行日常聚會，改為參加晨報：這是所有住院醫生、護士，還有我們部門的教授都會參加的週會，固定安排一系列的教育、科學，以及行政演講。晨報以及所有的部門會議的地點，都是位在大學醫院最古老建物中央的那個演講廳。它最初建立於十九世紀中葉，當時是作為手術室，但後來改建為演講廳，加了運動場式樣的座位、面朝大型投影螢幕，單側放置講台。由於它有挑高弧狀的屋頂，大家都稱其為「圓頂堂」。地面鋪有華麗大理石，還有被懸掛品壓得喘不過氣來的鑲板木牆，上頭有數十幅精美油畫與令人敬畏的各年代外科醫生照片，他們是為我們鋪路的前輩，全都是面色嚴肅的白人男性，他們肅穆凝望面容的下方有黃銅小匾額，上頭載有幾乎被人所遺忘的姓名，字母顏色也褪得差不多了。

路易斯、綺綺與我坐在演講廳的後排，靠近投影設備小間的位置。今天的主題是有關開帳程序的無聊專題，講者是某位大學醫院的標準管理階層，光亮的禿頭、充滿鼻音的聲線、啾啾領帶，以及廉價西裝。

我的住院醫生同事們幾乎都在打盹，而我從頭到尾都在思索伯納德先生的腎臟問題。

演講結束之後，寇利爾醫生向主講人道謝，而且立刻提醒在場的住院醫生與醫學院學生，只要是最近志願參加大學醫學院研究新藥實驗的人，在會議結束後立刻可以施打第一輪的藥劑，地點就在會議廳外頭的走廊。

我依稀想起自己也曾經志願登記擔任這項研究的人體天竺鼠，所以，等到寇利爾醫生宣布散會之後，我拖著沉重的腳步，加入正準備離開的群眾之中，走出門口，進入走廊跟著排隊，我的前頭已經有好些住院醫生，最前方放了張折疊桌，上面排了一堆皮下注射針筒，上頭的標籤是隨機排列的數字與字母的組合。有兩個身穿白袍與戴領帶的人——一個比較年輕，另一個年長多了——坐在桌子的後方。

年輕的那個目光矇矓，神色疲倦，而年長的那個顯然是資深教授，對我們流露出極為貪婪的笑容，有些鬼祟。

桌子的某側放有椅子。每個實習醫生坐定、捲起袖子之後，就會向年輕人報上名字，他會核對是否與造冊上的姓名相符，然後，挑選皮下注射針筒，開始施打。

路易斯與綺綺排在我後頭。

我滿心期盼詢問路易斯：「伯納德今天好多了嗎？」

「沒有，」他回道，「恐怕是雪上加霜。他今早嘔吐，而且隔夜排尿量下降。史提夫，他真的很慘。」

「肌酐酸呢？」

「四點五。」

「靠，昨天是三點五，今天繼續上升。」

「對。」

我已經到了隊伍的最前頭，我報出名字，坐下，乖乖捲起袖子。年輕的那個點點頭，核對名單，挑了標籤為一〇〇三二的針筒。他拿酒精棉片猛擦我肩膀，好冰，皮膚一陣刺癢。

「腎臟超音波？」

「正常。」

「排尿量——靠！媽的！那究竟是什麼啊？」

「我們也不知道。」年輕人回我話，把針頭從我肩膀抽出來，為我貼上繃帶。

「什麼？」

「我同事的意思是，」老傢伙主動開口，笑得燦爛，他雙腳前後搖晃，雙手緊扣背後。「對你注射的可能是安慰劑，也可能是實驗藥物，我們不知道是哪一個，你是某項雙盲隨機二期臨床研究的成員之一。」

「實驗藥物是……」

「某種褪黑激素的衍生物，還沒有名字。很刺激的東西，功能是改變人體對於睡眠不足與睡眠週期干擾所產生的反應。我們認為它可以幫助人們減少睡眠時數，工作得更有效率，像你們這種睡眠不足的人——老是在加班的住院醫生與高年級醫學院學生——正是完美的受試對象。」

「為什麼不乾脆讓我們多睡一點就好？」

他笑嘻嘻看著我，晃腳晃個不停。

「好吧，」我搓揉痠痛的手臂，與路易斯交換位置。「為什麼我們不乾脆吞藥丸就是了？」

「生體可用率的問題，」年輕人回我，同時拿起了標籤一〇〇三三的針筒。「我們現在只能以肌肉注射或靜脈注射的方式施打。現在是肌肉注射，我們正在研究口服藥。」

「我當初怎麼會同意再次參與這項研究呢？」

「很可能是因為我們付了你們一大筆錢。」

「也算公平啦。」我又面向我的初級住院醫生，「好，路易斯，排尿量是多少？」

「零。」當那名研究人員把針頭插進路易斯肩膀、將針筒內的藥劑推入那雄壯三角肌的時候，路易斯根本沒眨眼。「我覺得他應該不是膀胱重建漏尿。」

「是不是缺水？」

「可能吧，很難判定。血液黏稠，但體重是淨正值。」

「靠，對，所以他的急性腎衰竭越來越嚴重。為什麼？我們已經排除大多數的外科手術肇因，你覺得到底出了什麼問題？我需要答案。」依照目前這種狀況，伯納德先生馬上就得接受透析了。

路易斯站起來的時候，苦著一張臉。「我是真的不知道。我們是不是應該要找腎臟科進來？」

「對，好主意，今天早上馬上找個腎臟科醫生做照會評估。」

路易斯立刻寫入他的工作日誌。

針筒編號「〇〇三四」。我悶悶不樂凝望綺綺乖乖坐下來挨針，她面色溫和盯著遠方，宛若雕像靜止不動。

腎衰竭。

我一臉茫然，搓揉痠痛的肩膀，心想，靠。

我痛恨腎衰竭。

4

星期五
七月二十四日

我在手術房更衣室脫去手術衣，度過了這漫長的一日之後，準備離開。截至目前為止，我們的這個小組運作得很流暢。路易斯的表現依然很棒，而綺綺……嗯，綺綺呢，是貨真價實的超級巨星。熱忱大噴發，她的知識與技術已經超越了自己的年級。與她相比，其他大學醫學院的學生——某些甚至是全國的頂尖分子——根本就像是大懶蟲。

不過，她並非只是一個優秀的醫學院學生：她是機器，瘋狂至極。我從來沒有見過任何醫學院學生或是醫生能像她一樣、對於醫療展現出全心全意的熱忱。準備靜脈注射、抽血、寫醫囑、檢查化驗與放射線檢查結果、在手術房當幫手——她似乎隨時都能立刻出現，總是心情愉快，臉上掛著寧和笑容。每天早上，她第一個進入醫院大門；每天晚上，她是最後一個收拾東西回家的人，如果，她當天願意回家的話。大多數的夜晚，她都留在醫院幫忙值班的住院醫生，最多就是在某間醫生休息室小睡幾個小時而已。

自從她在手術房對我說出那句話之後，她再也沒有對我講過任何打情罵俏的字句。不過，我偶爾還是會發現她凝視我的時間似乎拖得久了一點，而且，還有一次，當我們在餐廳的時候，我坐在她對面，我發誓她刻意以大腿摩擦我的腿，先是某一側，然後下滑，換到另一側，這可能是我的幻想，但至少已足以讓我惴惴不安。

就在這個時候，經過了多項檢查之後，腎臟專科醫生昨天宣布（我覺得他的姿態很浮誇）伯納德先生是因為某種名為過敏性間質性腎炎的罕見狀況而引發腎衰竭——不幸的是，起因正是因為動手術時我們所誤給的那款抗生素。就是那個討厭的頭孢菌素，引發了一連串的分子反應，導致他出現目前的狀況。那個腎臟科傢伙告訴我們這只是暫時性問題，他的腎臟應該可以完全恢復，幸好，他總算不需要洗腎。

不過，讓伯納德先生狀況惡化讓我更加挫敗的是，某種名為腸阻塞的病症，讓他飽受其苦。要是腸道肌肉停止運作，就會發生腸阻塞，宛若某台機器裡的齒輪凍住了。伯納德先生出現腎衰竭沒多久之後，他的腹部變得腫脹緊繃，同時如氣球一樣膨脹，撐大，簡直像是一個與身體其他部分呈現古怪比例的大鼓，彷彿他吞下了籃球。然後，他開始大吐特吐。

想要改善腸阻塞的病情，其實我們能做的十分有限，這一點也令人挫敗至極。基本上，根本就是中世紀的治療方式。首先，我們禁止病患飲食，這種治療的委婉說法就是腸道休息。然後，我們把某根塑膠管送入病患的鼻腔，由食道進入胃部，這個動作超痛苦——對病患與負責操作的醫護來說都是如此。然後，我們就只能等待腸道再次開工。

好，所以現在伯納德先生鼻子插有塑膠管，還有一根粗厚的靜脈注射導管連接他的胸膛，將營養液直接送入他的靜脈。他坐在床上，靜靜等待他的腎臟與腸子再次恢復運作。現在，日子越拖越久，安德魯斯醫生也越來越生氣，想要找人痛罵一頓。而我是頭號戰犯。所以，我未來的工作岌岌可危，只要一有機會，我就會把安德魯斯醫生的怒火轉移到當初在手術房對伯納德先生施打那款抗生素的麻醉科醫生。

但這一招沒有用。

我決定要在今晚離開醫院之前，再去短暫探視一下伯納德先生。

不知道是出於刻意的安排，還是純粹好運，或是兼而有之，伯納德先生獨自坐擁醫院的高級病房：令人嫉妒的單人房，位處醫院某個最新院區的頂樓，還有能夠飽覽市景與水岸的凸窗。最近我發現他總是坐在床前的椅內，凝望在夏日酷暑之中閃閃發光的市景，緊盯那個少了自己，依然運作如常的世界他方。

他今晚還是坐在老位置。當我走進去的時候，他一如往常，對我擠出了笑臉，不過笑容似乎有一點走樣，老實說，他氣色糟透了。他指向他身旁的那張空椅，問我還待在醫院做什麼。

「工作。」我回答的語氣疲憊，心不甘情不願坐下來，我不想在這裡待太久。

「史提夫，一切還好吧？」雖然他現在一定很不舒服，但他的表情與語氣卻流露出真心關切。

我喜歡伯納德先生，真的很喜歡他，但我不喜歡病人直呼我的名字，感覺好彆扭。這讓我們之間產生了某種不太對勁的親密感，而且我曾把雙手塞入他們的腹中、拉扯他們的腸子。當然，我沒有糾正伯納德先生，這麼做就太粗魯了。

「只是有點忙。」

「你怎麼還不回家？今天是星期五了。我看你這個禮拜每天都加班到很晚。怎麼不回家？你家的兩個小淘氣呢？」

「哦，我得負責許多工作。」

「嗯，」他微微瞇眼，「我懂了，負責許多工作，應該是我不懂的那種事。」

「伯納德先生，我沒這個意思。」

「好，我知道。還有，史提夫，我跟你講過一百次了，叫我史杜就好，伯納德先生是我老爸。」

他搖搖頭，在座椅裡調整姿勢，發出呻吟，臉色扭曲，然後雙手整齊交疊放在大腿上頭。工匠的雙手，粗糙長繭，但也看得出優雅靈巧。只要是我們講話的時候，不論他是坐在椅子裡還是躺在床上，通常都會刻意交疊雙手、置於大腿之上，彷彿在守護自己的營生工具。我覺得他討生活的方式與我相去不遠，畢竟，都得要靠自己的雙手。

「我自己沒有家人，」他說道，「婚姻小孩啊什麼的，不是我的風格。倒是有個女友跟我住在一起，我們同居很久了，她先前還為了這次手術抽時間過來這裡陪我。你還記得她嗎？」

我記得——身材粗壯的女子，古銅色臉龐滿是風霜，宛若某間英格蘭海岸老屋的斑駁外漆，還有天知道不知經過多少年太陽與海鹽摧殘而軟趴趴的一頭纖弱金髮。我還記得術後與她在等候室講話的情景，她身上似乎有剛鋸落木屑的氣味。我微笑，點點頭。

「她必須回家工作。你也知道，現在是旅遊旺季，而且她酒吧生意超忙。」他的濃重洋基口音唸出吧檯的時候，尾端的捲舌音不見了，只聽到拉長的母音。「不過她天天打電話給我，我覺得，她有一點渴望愛而感到寂寞吧。」他對我眨眨眼，然後露出竊笑。他的目光立刻飄向他的下體，我在當下以為他會為了刻意強調而把它抓起來，但他並沒有，我也對他回笑。「幸好，你們對我做了那些事之後，這東西還在，說來奇怪，我在手術室的事都不記得了。你確定你們真的有看到我在大老二上頭寫的字嗎？」

「當然。」我們後來還聊了好幾次。果然不出我所料，他完全忘了我們在動手術之前的對話，也就是當我看到他陰莖寫有「不准摘除」字樣的那個時候。「這是因為我們給你的藥物所造成的影響，會讓你忘卻記憶。」

他語氣充滿惋惜，「我真希望我能夠記得你們臉上的表情。」他面向窗戶，坑坑疤疤的臉龐宛若花崗岩牆面一樣莫測高深。

「不過，史提夫，我懂得那種心路歷程，」他低聲說道，「我以前一直很忙，就跟你一樣。忙得忽略了那種小事。我女友和我經常聊旅行，要去佛羅里達。我們從來沒去過佛州，我很想要看鱷魚，就是去他們的某間鱷魚農場吧，你知道那種地方嗎？真的會有瘋子與那些大惡魔在角力。我們存了很多錢，但抽不出時間南下，我們一直覺得反正會有時間。不過，你知道後來怎麼了嗎？」他再次面向我，嘴邊露出懊悔的微笑。

「什麼？」

「有一天，某人告訴我，我罹患了癌症，」他停頓了一會兒，「史提夫，總有一天，也許某人也會告訴你相同的話，你得了癌症。」

他轉頭，我們默默凝望市景。唯一的聲響是靜脈輸液幫浦的呼呼聲響，宛若古典老爺鐘的齒輪，以時斷時續的節奏在轉動，將維生輸液注入伯納德先生的靜脈之中。

過了一會兒之後，他開口問我：「史提夫，你相信上帝吧？」

這問題讓我猝不及防，從來沒有病人問過這種事。「嗯……這個嗎，老實說，我沒有想太多……」

「你有沒有上教堂？或是去廟宇之類的地方？」

「哦，有時候，遇到聖誕節的時候會去吧。」我的臉頰微微發燙，暗自慶幸他依然在遠眺窗外。

「史提夫，你想過死亡嗎？我指的是想過自己自己死掉嗎？」我還來不及回答，他直接大手一揮打斷我。「沒有，你這麼年輕，當然沒有。你的周邊天天都有垂死之人，但我猜你壓根沒想過。」他微微側頭，「我不怪你，我也沒想過。」

「嗯。」我明明接受了十三年的大學、醫學院，還有進修醫學訓練，但是卻想不出什麼更睿智的答案。

他又沉默許久。然後，就在我以為對話即將結束的時候，他又開口：「你知道嗎，我並不害怕。」

我坐回自己的椅內，「抱歉？」

「死亡，」他回答的語氣平鋪直敘，「我不懼怕死亡，我覺得它就像蘇格拉底所說的一樣，無論身後發生什麼狀況，死亡都是幸事。」

「史提夫，你知道我的意思吧？有關蘇格拉底的那段話？」

我知道蘇格拉底說了些什麼，我曾經讀過他的《申辯篇》，但伯納德先生居然知道蘇格拉底講過的話，讓我有些驚訝。我欲言又止，不確定該如何回應是好。

「怎樣，你們醫生在學校念了這麼多年的書，一直懶得研究蘇格拉底還有他對於死亡的說法？」

「我知道他說過些什麼。」我現在的聲音裡有一絲惱怒。

他對我露出淘氣笑容，「我想也是，像你這種受過良好教育的醫生一定知道。還有，史提夫，不要那樣看我。」

「怎樣？」

「你臉上擺出了『高中就輟學的低層蠢勞工怎麼可能會知道什麼蘇格拉底』的表情，超明顯。天，史提夫，不要擺那種撲克臉，你會害自己被痛扁得很慘。反正，就我所知是如此：死亡是一種雙贏局面，如果不是上天堂，就是長眠，所以完全不需要害怕。我一直待人和善，而且我信仰上帝，所以要是真有來生，我一定會到天堂或極樂之地的地方，就像是蘇格拉底說的一樣，我會認識那些比我早死的厲害人物、與他們一起廝混。就像是傑瑞．賈西亞❶之類的人，哇，我真想與他當朋友。」

他對我眨眨眼，「不過，要是沒有死後世界……好吧，那麼我的想法是，我就會陷入從所未有的深沉寧和睡眠狀態，這也不算太差。」他低頭苦笑，拍了拍自己腫大的腹部。「當然到時候它就踱不起來了。」他的目光又飄向窗外，「只要我能夠離開這間醫院，回到這個世界裡，」他語氣平靜，「我第一個想去看的就是鱷魚。」

❶ Jerry Garcia，美國創作歌手與吉他手。

「我們會努力讓你盡快出院。」

「對，對，我知道。」突然之間，他變得十分疲倦。「對了，史提夫，你有幾個小孩？」

「兩個。」

「多大了？」

「一個五歲，另一個十個月，都是女孩。」

「女兒啊，爸爸的掌上明珠。很好。好，史提夫，那你解釋給我聽：幹嘛要待在這裡跟我這樣的傻瓜講話？明明家裡還有兩個小淘氣和年輕漂亮的妻子在等你啊？」

「我……有事情在忙，得要完工。我，呃，這週末休假。」

「對，有事情在忙，總是閒不下來。」他伸手，擱在我的手臂，身體前傾，這動作隱含了一股焦急，看到他雙眼淚濕，不禁讓我呆住了。「史蒂夫，你要記得：自我們出生的那一刻起，就逐漸步向死亡。我們每天都在凋零，某些人的速度比較快而已。你永遠不知道自己什麼時候會離開死亡平快車、換乘加速列車，好好想想吧。」

我拍了拍他輕放在我臂膀的那隻手，告訴他不要擔心，他一定可以撐得下去，不久之後，我們就會讓他出院，而且我們治好他癌症的機會相當高。

他不耐搖頭，彷彿像是老師面對一個反應遲緩、就是聽不懂的學生，他面露憂傷，盯著我的臉好一會兒之後，放手，又靠回椅背，再次專注凝望市景。

他平靜開口：「史提夫，我想我就言盡於此。」

我離開的時候，站在門口駐足了一會兒，仔細端詳他堅毅滄桑的側臉。

他看起來好強大，堅不可摧。雖然，頂著撐開了薄病袍摺痕、古怪腫脹的大肚子，還有那些鑽入他雙臂與鎖骨下方皮膚的粗厚靜脈注射塑膠管線，逼他必須把自己拴在座位旁的靜脈注射點滴架旁邊，宛若身纏潛水管的深海潛客。

乾脆就讓那些靜脈管直接把他綁在椅子上吧，因為他被困在這間醫院，根本像是在坐牢一樣。

這一切都是因為我。

我悄悄關上房門。

這是我最後一次看到還有生息的伯納德先生。

5

星期一

七月二十七日

我度完週末，回來上班了，正忙著挖開冒著蒸氣、澆滿糖漿的鬆餅，與家人同遊法蘭克林公園動物園之後，已經成功滌淨了我對伯納德先生的擔憂與罪惡感。

我坐在醫院餐廳裡，對面是路易斯與綺綺，有了寶貴的睡眠與休息，現在的我神清氣爽，鬥志高昂，打算聽到伯納德先生好轉的消息，迎接新的禮拜到來。沒想到路易斯卻告訴我，伯納德先生的肚子依然腫得跟西瓜一樣大，而且他的腸子似乎依然無法正常運作，坐在他身旁的綺綺也點點頭，我的好心情立刻變得亂糟糟，火氣都冒上來了。

我在心中破口大罵，媽的，為什麼這個週末沒辦法好好解決這問題？一定得叫我事必躬親嗎？

「另一個問題是，他出現嚴重的低血鉀，」路易斯繼續說道，「我們很難讓他回到正常水準。」綺綺點頭附和。

靠，總是會有事就對了。

我怒吼，「為什麼他的血鉀這麼低？」

「我也不確定，但他似乎尿液裡流失了許多的K。」路易斯使用的是住院醫生的俚語——字母K——聽起來是很酷，但真正的起源說穿了也沒什麼：鉀在化學元素週期表的代表字母就是K，標準的宅男調調。「我想他現在是因為腎衰竭的關係而造成鉀從尿液流失，他應該是開始使用利尿劑了。」

「好，既然這樣的話，就在他的全靜脈營養輸液袋多補充一點鉀。」

「他的腎功能狀況不是很好，」他冷冷回道，「他今天的肌酸酐……」他瞄了一下放在食物盤旁邊那張桌子上的電腦，「三點五。腎絲球過濾率不到二十。他是有好轉，但十分緩慢。由於他的腎功能很不穩定，要是我們一直在他的全靜脈營養輸液袋加鉀，很可能會害他出現高血鉀。」

高血鉀，也就是說血鉀過高。路易斯擔心伯納德先生的虛弱腎臟無法處理與過濾我們所補充的鉀，將會積留在血液之中。這樣的焦慮的確有其憑據，高血鉀可能會引發心臟問題甚至死亡。但我心存質疑，而且十分惱怒。我認為伯納德先生的腎臟逐步好轉，排鉀能力不成問題。頑固，我的腦中傳出莎莉低語碎唸的聲音，但我置之不理。

「這一點我懷疑，」我提出反駁，「如果他真的尿液裡流失了那麼多的K，那麼在全靜脈營養輸液袋繼續補大量的K也不成問題。還有，記得要檢查含量，我寧可持續補K，讓他的血鉀保持穩定，也不要弄到最後得臨時處理低血鉀的問題。這樣會顯得我們很遜，不知道自己在幹什麼。」

「可是——」

「路易斯，想辦法解決就是了。」我怒氣沖沖打斷他，今天早上我已經失去耐心與我的初級住院醫生辯論，尤其是在綺綺的面前。

路易斯瞇眼，癟嘴角。這是我第一次看到他情緒外顯，在那一瞬間，我本以為他要質疑我，但他後來卻說道：「好，我會在全靜脈營養輸液袋裡面補K，但只會多加一點點。史提夫，我真的覺得這樣不太好。」

「路易斯，我真的不在乎你怎麼想，媽的給我妥當處理就對了。拜託，這名病患本來上週就可以出院。這樣一搞，顯得我們很糟糕。」如果我想拿到那份教職的話，萬萬擔不起這樣的耗損。

而且——他還要與他女友去鱷魚農場。

我們繼續檢查路易斯名單上的其他病患，沒有其他重大問題。我喝光咖啡，上樓前往手術房。我心情低迷，百無聊賴，擔心伯納德先生的病情，氣惱我們到現在還沒有辦法治好他，所以今天的頭兩場手術，我完全沒有興致，讓我提不起勁。

不過，排在午餐之後的第三場手術就很酷了。開刀的時間即將到來，我的心情也因為充滿期待而豁然開朗。這是賴利上禮拜告訴我的案例：醛固酮腺瘤，是一名得要摘除右側腎上腺的女病患。雖然這腫瘤並不是惡性，但是卻分泌出某種會增高血壓的賀爾蒙，造成她水腫，引發嚴重頭痛。那種賀爾蒙名為醛固酮，所以這腫瘤被稱之為固酮腺瘤。這是一種非常罕見、引人好奇的疾病，最簡單也最有效的根除方式就是手術：我們只需要摘除她的腎上腺還有腫瘤，她就可以完全康復。簡單俐落，切中要害。

我在準備區找到了這名病患，薩穆爾森太太，周邊擠滿了她的家人。她個性友善熱情，擔心我怎麼這麼年輕蒼白瘦弱。她身材圓胖，皮膚已經經過清潔消毒，灰黑交雜的濃密長髮綁成了辮子，這種打扮讓她看起來更加年輕。她的笑聲輕快，不禁讓我想到了在微風中搖晃的風鈴。

她來自某個小農村，一輩子都住在那裡，現在因為要動手術才鼓足勇氣離開家鄉。不難想像她在忙碌的廚房裡周邊圍繞親人的模樣，就如同現在準備區的場景。她的三個女兒就和她像是同一個模子印出來的一樣，她們緊張兮兮，一會兒幫她拉整輪床上的被單，一會兒又幫她調整枕頭。

她丈夫站在距離輪床兩步之外的位置，整個人侷促不安。他的手掌佈滿粗繭，法蘭絨襯衫的胸口袋塞了一盒萬寶路，表情堅毅，除此之外就沒什麼特點了。站在他身邊的是兩名表情堅毅的女婿，也都有一雙長繭的手，同樣穿了法蘭絨襯衫，塞有萬寶路菸盒。他們說第三名女婿帶著病患剛出生的外孫，正站在外頭的等候室，我想衣裝風格一定也差不多，而且也隨身帶有萬寶路。

手術房人員準備要把她送進去的時候，發生了一點小糾紛，薩穆爾森太太不願脫下婚戒——依照手術房的規定，病患必須脫除所有的珠寶。不過，她最後還是態度軟化，把它從手指上扭脫下來，不甘不願，小心翼翼交給了丈夫。

我與她的家人打過照面之後，走向手術室，進行檢查。這是我每次動手術之前的習慣，宛若機師在起飛前檢查飛機外觀，或是司機在開車前踢輪胎一樣。賴利也是，他正坐在某張高腳椅上面，大腿上放著筆電，元氣爆表。

「嗨，小滑頭，還好嗎？」他把筆電放到一旁，跳起來與我擊拳打招呼。

「小滑頭，準備要動手術了嗎？」

「是的，賴利，隨時可以上場。」

「我們看一下她的斷層掃描。」

薩穆爾森太太的電腦斷層掃描影像投射在角落的某個高解析度螢幕，賴利與我開始一起端詳。右側的腎上腺，也就是薩穆爾森太太腫瘤的位置，位於右腎的上方、肝臟的下面，旁邊有一條名為下腔靜脈的大靜脈，我們簡稱為IVC。這是人體最大的靜脈，在電腦斷層掃描影像中宛若一個巨大的白環。而腫瘤則是一個突出的醜怪球體，造成下腔靜脈些微變形。

「看來腫瘤的位置有點太偏中了，」我說道，「就在下腔靜脈的上方，很危險吧？」

「嗯，的確如此。」賴利搓揉下巴，陷入沉思，宛若將軍在開戰前審視地圖，構思攻擊計畫。他站得直挺挺的，動也不動，那股狂氣消失無蹤，面色與語氣突然轉趨嚴肅，完全就是外科教授的模樣。我以前也曾經看過他這種模樣，可能是在擔心病患，或是針對特別具有挑戰性的手術在構思計畫。

「看來空間相當有限，所以只能盼望我們可以讓它順利分離下腔靜脈與肝臟。不過，我同意：中間切剖可能會很棘手，很難看出右邊腎上腺靜脈到底在哪裡，也許是這吧？」他伸出食指拍了拍螢幕，找出腎上腺靜脈的位置、避免出血，將是手術的一大關鍵。「我不確定，等到我們進行到那裡的時候就會知道答案。」

「你覺得我們要不要轉為開腹手術？」我覺得我們可能得在薩穆爾森太太的腹部切一大刀才能完成手術。

「不用，不需要，我想我們維持腹腔鏡原案。」

他偷偷轉頭瞄向手術房另一頭正忙著拆開手術器具的女護士，然後，挨到我身邊，對我講悄悄話：「從腹腔鏡手術中轉開腹手術，是給那些不知道要怎麼利用腹腔鏡動手術的娘砲。小滑頭，你不是娘砲吧？」

我咯咯笑，「賴利，我上次檢查的時候，不是。」

「很好，」他聲如洪鐘，那股瘋狂元氣又回來了。「我就是喜歡聽到這種話。小滑頭，你今天能幫忙，我很開心，我需要你的技術，希望你今天已經準備就緒。」他拍了一下我的肩膀，好用力。

「賴利，我隨時準備好要上場。」剛才那一陣突如其來的劇烈疼痛波及我的整個肩部，我差點臉部抽搐，只能努力忍耐，回話語氣也盡量表現出男子氣概。

麻醉住院醫生是某位名叫蘇珊的嬌小紅髮女子，她與麻醉主治醫師把薩穆爾森太太推進來，麻醉之後，以熟練手法將呼吸器塞入她的喉嚨，連接到等一下進行手術時必須使用的呼吸器。

現在輪到我們上場了。賴利與我小心翼翼讓薩穆爾森太太以左側身軀壓床側躺，然後以泡棉帶固定她的位置。賴利與我一完成刷手、消毒區就緒之後，我們就將某支針筒插入她肚臍的皮膚，讓她的腹部開始脹大，宛若氣球一樣。氣體盈滿她腹部器官與上覆肌肉之間的封閉區域。她的肥胖腹部立刻腫成了正常尺寸的好幾倍大，順利將她的腹壁與底下的器官分離開來。然後，我們以手術刀在她的腹部劃下三個小切口，藉以塞入光纖攝影機與好幾個細長型的手術儀器。

當病患動完手術，進入復原階段的時候，最主要的修復部位是手術本身所造成的創傷，而不是引發動手術的初始病因。微創手術的目標就是藉由盡量降到最低損傷的方式、加快復原速度。在執行傳統外科手術的時候，我們會劃下巨大切口，才能讓我們把雙手伸入病患體內動手術。然而，進行微創手術的時候，我們開的是小洞，讓我們可以塞入形狀宛若巨型筷子的細長儀器。微創手術比傳統手術精細多了，我覺得那就像是以高科技行搶，在不碰觸其他任何部分的狀況下偷走病患體內的寶物，逃走的時候乾淨俐落，彷彿我們根本不曾侵入一樣。這也很像是打電玩，因為我們無法直接看到在病患體內的儀器尖端，反而是靠著架設在我們頭部上方攝影機所傳輸的影像導引我們的動作。

某些研究人員認為，我們這個世代，第一個真正的動態影像世代，早自孩童時期就受到自然薰陶，操作這類手術不成問題。我一直覺得自己是優秀的電玩高手。還在爬的時候就開始玩搖桿，我的電玩技巧早已融入外科開刀技術之中，我自己對於這一點是毋庸置疑，賴利也這麼覺得。我們開始了，他站在我旁邊，雙手交疊胸前，不斷左右搖晃，專注盯著螢幕，讓我負責主要的操作。賴利喜歡聽「齊柏林飛船」，所以我拿著超大尺寸的筷子在薩穆爾森太太腹部尋探的時候，聽到的是賴利 iPod 喇叭傳出的《齊柏林飛船三號》專輯的〈喀什米爾〉轟響。對這場手術抱持濃烈學習興趣的路易斯，也立刻加入了我們的陣容，他從賴利手中接下了掌控攝影機的任務，所以他就可以一路跟隨我的動作，就像是美式橄欖球比賽的攝影師一樣。

我們立刻找到了腫瘤：一大坨鮮黃色的球狀物，在肝臟下方微微突出，就在腎臟的上面。在薩穆爾森太太腹腔的那些正常器官之中，它看起來就是十分突兀。

我使用電燒刀，小心翼翼撥開位於器官之間，黏附在腫瘤旁的正常組織，並且順利割除。

哇，我進入了行雲流水的境界，沒錯。我已經到達了我知道絕對不會出錯的狀態，感覺真爽快，不只是爽快而已，簡直是叫我欣喜若狂。我的雙手似乎知道該去哪裡，具有自我意識，能夠思考各種行動，然後，甚至可以在不需要我動腦的狀況下自由運作。宛若我站在那裡，盯著螢幕，像是一個觀賞我自己雙手在動手術的觀眾。我在她腹內操作儀器，幾乎是不假思索，這種狀態真令人興奮。

薩穆爾森太太的腹部是我們外科醫生所稱的處女肚。也就是說，她先前從來沒有動過腹部手術，她的內部構造乾淨完整，宛若解剖學教科書一樣，完全沒有因為曾經探手入內找尋盲腸、膽囊、子宮並予以摘除所留下的疤痕組織而造成的任何扭曲。

賴利手臂交疊胸前，站在我旁邊，有時的姿態是教練，有時是啦啦隊隊長，除此之外，他並沒有出手幫忙，他並不需要。我進度穩定，慢慢切除腫瘤，宛若雕刻家在鑿敲大理石，小心翼翼清除它黏附體內的部分，一點一滴慢慢來。我一絲不苟工作了一小時之後，已經清除了大部分的黏附部位，現在，腫瘤黏附在薩穆爾森太太體內的唯一主要部分，就是連接下腔靜脈的那一塊。這就是當初賴利的擔憂，想要清除它，可能會比其他區域棘手，而且，這很可能正是供輸腫瘤主要血流的所在位置。

賴利吩咐我停手，自己飛奔到手術台的另一側觀看監視器。他瞇眼盯著影像，整張臉湊上去。距離螢幕只有幾英寸而已，然後點頭表示讚許。

「好，好，很好，小滑頭，不錯，做得很好，繼續沿著那道平面進行。」他指向螢幕的某一點，「不過，我現在要你開始用這樣的方式處理，」他伸出戴著手套的手指，在空中畫了一個箭頭。「要小心，我們還不確定腎上腺靜脈在哪裡，明白嗎？」

「好，老大，沒問題。」我很篤定，絕對不可能出錯。

賴利又回到手術台的另一側，與我站在一起，我開始依照他指示的方向操刀，過了幾分鐘之後，賴利收到其他手術房的呼叫。一般外科主任意外遇到了麻煩，需要幫忙，而且十萬火急，他希望由賴利處理。

這種事經常發生。賴利是高手，大學其他外科醫生進行困難手術時碰到了問題，經常呼叫賴利去幫忙，我知道在大多數的時候，賴利心底其實很喜歡這種事，能夠在醫院裡某些重要手術時擔任救火隊，但今天他卻很惱火。這名病患位於醫院另一個區域的手術室，光是來回路程就浪費好幾分鐘了，遑論解決其他外科醫生的問題又不知會耽擱多久。

但這其實不是要求——而是命令。所以他大嘆一口氣，離開手術台，脫掉消毒手術衣與手套，嘴裡喃喃罵髒話。

「好，小滑頭，」他說道，「我得要讓你單飛一下，應該只要花幾分鐘的時間而已，萬一有狀況的話，我就在附近。繼續處理我剛才給你看的那一塊組織平面。不過，等到你一碰到中央部分，也就是腎上腺靜脈的位置，停手，等我回來。我覺得要徹底剝離那一塊相當麻煩，可能會發生嚴重出血，我不希望你自己動手。」

「賴利，沒問題。」

「我馬上回來。」丟下這句話之後，他就離開了。

我面向螢幕，盯著那塊腫瘤：又大又肥，如嘔吐物的古怪穢黃色。

它一臉挑釁怒目回視，彷彿在嘲笑我。

好，小滑頭，你還在等什麼？老爸不在這裡，再也沒辦法繼續握住你的手，你怕了嗎？

我開始思索自己的下一步行動。左手握著一把手術鉗：其實是金屬夾，像是鑷子一樣，功能是夾取與固定，很好。不過，我空蕩蕩的右手還需要一點東西。

「麻煩給我吸引器。」

手術室護士把東西交給了我。我把它塞入塑膠通路裝置，鑽進薩穆爾森太太的身體。螢幕上出現它的放大前端畫面，就在鉗子的旁邊。吸引器的功能就如同它的名稱一樣，專業詞彙其實是真空吸取器。不過我認識的每一個人都把它叫作吸引器，相當名符其實，因為它可以吸出手術區的血液與其他的體液，所以外科醫生可以清楚看到自己的一舉一動。由於能夠見到自己的操作過程，是成功手術的當然要件之一，所以這是相當重要的外科器材，然而，大家總是低估了它的重要性，因為它並不像其他設備那麼炫目或吸睛。但我也喜歡在動手術進行切除時使用這東西，這是我從賴利那裡學來的習慣。現在，我依照賴利指示的途徑緩速穩定前進，同時善加利用吸引器，輕輕撥動腫瘤，讓它離開其他組織。

撥，撥，撥。靠著吸引器的幫助，我小心翼翼將腫瘤撥開它附生的組織部位。一切進行得十分順利，我開始懷疑賴利的話，畢竟，準備要切除的那個部位沒有那麼糟糕，顯然並不像他想的那麼困難。我信心大增，步調變得急切，使用吸引器的弧度更大膽，手術速度越來越快，讓我越來越接近還沒有看到下腔靜脈與腎上腺靜脈的那個區塊。

賴利吩咐我不可獨自操作的部分。

最後這個念頭讓我頓了一下。我停下動作，檢視自己的成果，現在我非常接近手術最危險的部分，我的確應該在這個時候停下來，等待賴利回來。我以前從來沒有做過類似這樣的手術，不過，在我的努力之下，被牢牢黏在體內的腫瘤，幾乎已經完全脫落它先前吸附的健康組織，捲縮在一旁。我覺得，腫瘤被切開的邊緣正在微風中來回顫晃，乞求我繼續動手，把它拿出來，加速進行，結束這場手術。

我的腦中再次浮現那坨腫瘤嘲笑我的畫面。

小滑頭，你不是娘砲吧？

我決定要繼續下去。在賴利回到手術房之前再搶一點進度也沒差。而且，我很清楚自己在做什麼。

路易斯倒是沒這麼篤定，「史提夫，你不是該停手嗎？應該要等拉席特爾醫生回來吧？」

「不需要，我們沒問題。我們現在進行切除的手氣超順，而且腫瘤已經完整暴露出來。要是我們現在停手，一定會失去現在的手氣與暴露部位，這一點我很確定。路易斯，這正好給你上了寶貴的一課：要是你在手術時手氣不錯，想盡辦法要留住它。而且，講到懇求別人允許，你知道外科醫生們是怎麼說的嗎？」

「不知道，是怎樣？」

「『寧可乞求原諒，也不要懇請允許。』你要記住這一點。」

「收到，『寧可乞求原諒，也不要懇請允許。』」

撥，撥，撥。我繼續以吸引器輕輕挑動腫瘤，讓它慢慢脫離健康組織。現在已經差不多搞定了，就像是撕開自黏郵票或是從背襯紙撕下海報，只剩下最後一個頑固角落而已。我只要再稍稍加把勁，就可以在賴利回到手術室之前取出腫瘤。

「有時候要能一直維持高水準並不容易。」我嘆氣，路易斯大笑，攝影機也跟著抽動，監視器影像跳了一下，就在這個動作的瞬間，螢幕下方露出了一抹藍影。

「喂，」我越來越興奮，「那是不是下腔靜脈？路易斯，放大那個藍色區塊。」他乖乖照做，果然就是下腔靜脈，太好了，就是我要找的位置。

我超強。

「好，那裡是下腔靜脈，非常好。所以我們要是把它朝這個方向推上去……」

我利用吸引器將腫瘤往上推，它順利滑開下腔靜脈。「我們應該是成功了。」

我朝同一個方向再次推弄，一推再推。每一次的推力都讓腫瘤慢慢遠離下腔靜脈，腫瘤開始往上、脫離下腔靜脈，果然與我料想的一樣。

然後，突然之間，不動了。

我又推了一下，但那塊腫瘤依然不動如山。

「嗯，看起來這裡是真的卡住了。」我對著空氣喃喃自語，外科醫生有時候會這樣，目的是為了要幫助自己釐清思緒。「想必是有腫瘤造成的結締組織增生，造成它有些黏滯。不要緊，我只需要再推用力一點，差不多……在這裡。」

我把吸引器移到腫瘤的其他位置，繼續推。

沒用。

路易斯問道：「也許試試看剪刀吧？」

「不要……我想我現在還是會繼續使用鈍性剝離，我不想拿剪刀直接刺入下腔靜脈，現在腫瘤只是稍微有點頑抗而已。沒什麼大不了，我會搞定。」

我再次更換了腫瘤的施力點，繼續以吸引器推送，這次稍微用力，力道穩定堅實，希望能夠讓它離下腔靜脈再遠一點。

動了一點點。

中了。

這塊腫瘤很頑固，但我也一樣。

我再次推了一下。

腫瘤又退了一點，突然之間，我感覺就快要達陣了，只剩下一小塊還黏著下腔靜脈，再分解一點即將大功告成，這場手術最困難的部分就結束了。我有預感，我知道，所以我繼續把腫瘤往上推，往上，不斷往上。

黏滯點的邊緣開始分離，腫瘤慢慢脫落。

太好了！我的腦中開始浮現賴利進入手術室，檢查我的進度，對於我獨自完成如此困難的剝離大感驚豔，他拍拍我的背，讚許小滑頭的技術。

差不多要達陣……

腫瘤不再脫落。我又開始推，往上，持續穩定施壓，我現在充滿信心，黏滯的那點會像先前一樣，絕對撐不下去。

突然之間，完全鬆脫了。

就像是一整個冬天緊閉的窗戶，在春天大掃除時開啟的那種感覺，可能得花好幾分鐘的時間大力猛推，害得你在一片飛灰之中呻吟，上氣不接下氣，氣喘連連，終於，它向上一動，撞到了上頭的窗框，發出巨大的噪音。

那一股抗力，所有的抗力，消失無蹤。

我抓住吸引器的那隻手突然向前暴衝。

鮮紅色的血液宛若噴泉不斷向上狂噴。

鮮血。

我還來不及反應，螢幕已經完全被噴出的鮮血所覆蓋。腫瘤、腎臟、肝臟、下腔靜脈、我的儀器——全都消失在一大片血幕之下，宛若厚重的紅色床簾蓋住了整個手術區。我什麼都看不到，一切都消失了，淹沒在令人不知所措的純紅世界之中。

我覺得自己的胃已經垂落地面了。

幹。

我全身的每一吋肌膚瞬間爆汗，心跳直撞胸膛側壁，整個人彷彿被木條打得失去了呼吸。

路易斯驚呼，「哦靠！」

我聽到後頭手術房護士倒抽一口氣的聲響。

我拚命拿著吸引器亂撥，想要拉開那片紅色血簾，搞清楚到底出了什麼狀況，出現部位究竟在哪裡，才可以趕快止血，以免薩穆爾森太太流血過多身亡。

但沒有用。螢幕依然是一片完整赤紅，只看得到血色。除此之外，什麼都沒有，我什麼都看不到。正因為如此，我無計可施，完全無能為力。

啊天，千萬不要，拜託，啊天哪天哪。

我的雙手顫抖得好厲害，幾乎拿不住器具——到了這種時候也不重要了，因為反正鮮血擋住視線，我也看不到手中的工具。我從路易斯手中抓下攝影機，立刻把它轉過來，希望可以看到清楚的視點，但什麼都沒有。

出血，到底出血部位在哪裡？

原本是穩定節律的心臟監測器，嗶嗶聲響的速度越來越快，薩穆爾森太太心臟先前的那種愉悅節奏突然走調，因應腹內鮮血急噴而產生的變化。

「麻醉醫師？我這裡有點小麻煩。」我努力維持鎮定，但我知道自己的聲音並非如此。

一聽到心臟監測器的加快節奏，蘇珊已經把她的教科書擺到一邊，站起來，全身緊繃，幾乎完全不動，只有那雙眼睛除外，目光在心臟監測器與攝影機螢幕之間來回飛動。

「我遇到了一點小麻煩，裡面出血有點嚴重，相當兇猛，可能是來自下腔靜脈，也許還有其他地方。但不確定，現在出血嚴重。」

就外科醫生的術語來說，出血嚴重就是待宰豬隻大失血的委婉說法。

「麻煩現在呼叫妳的主治！」我一邊大叫，依然全神盯著那完全沒有變化的鮮紅色螢幕，我的右手拿著吸引器瞎忙移動，左手則拚命擦拭螢幕。「確定她的血型與交叉配血！」

蘇珊開始急忙工作，一手抓起電話，另一手則拿著病患的靜脈注射管與其他管線。

我又試了一次吸引器，力道虛軟，四處找探，希望夠好運找到出血源頭，這樣一來，一切都不會有事。我腦中所有神經元都在集氣盼望出血消失，但也知道是根本沒機會了。

當然，完全沒有用。螢幕的那片純紅根本沒有任何動靜。我知道是我在薩穆爾森太太體內的最大靜脈挖了大洞，害她鮮血不斷噴發，但我束手無策。

她就在我面前流血過多而亡，我無能為力。

一股原始的恐慌感宛若鐵鎚痛襲我身。我愣住不動，一臉不可思議盯著攝影機螢幕，現在發生的一切已經讓我麻木，我依然手持攝影機與吸引器，但卻沒有任何行動。

那股莫測高深的鮮血，冷冷回視著我。我突然盼望我能夠身處他處，任何地方都好，就是不要在這裡。我覺得自己宛若墜入冰寒洶湧的黑色海洋，我完全失去方向，不知道該怎麼游回水面。

當下的我只想拋下一切衝回家，躲在衣櫃裡，期盼這場亂局消失無蹤，一切都會回到出血之前的狀態。

靠，靠，我靠，這都是我的錯。

「史提夫！」路易斯瘋狂拉扯我手術衣的袖子。

我的錯。

「靠！史提夫！」

我的錯，我的錯，我的錯。

「趕快行動！我們要中轉為開腹手術！靠！」他猛扯我的手臂，想要喚起我的注意力。

中轉。

「中轉為開腹手術！」

中轉？

對，中轉。

我得要中轉為開腹手術。

對，就是現在。

路易斯好不容易把我拉回現實，硬把我從深色洋面揪出來，提醒我現在唯一的方案就是拿出我們所有的腹腔鏡手術儀器，在薩穆爾森太太的身側盡量開一個大切口，讓我們的手可以伸入裡面，以老派方式控制出血。

這是我們現在能夠拯救她的唯一方法。

「呼叫拉席特爾醫生！馬上！九一一！」我隨便找人大吼，聲音蓋過了依然還在播放的齊柏林飛船歌聲。「給我手術刀，我們要中轉為開腹手術！還有，給我關掉那他媽的音樂！」

我立刻打開連接薩穆爾森太太腹部的腹腔鏡減壓閥，讓氣體逸出。二氧化碳發出狂暴嘶嘶洩氣聲響，她的肚子像是爆破氣球一樣扁塌。

路易斯與我撕開手術防護單，所以我們可以剖出更大切口。不過，防護單黏附她身體的那些膠帶卻黏住我們的手套，纏住我們的指尖不放，宛若想從膠台撕下膠帶卻把手黏得亂七八糟一樣。路易斯和我頻罵髒話，手忙腳亂，拚命想要把手套脫下來，而珍貴的時間一秒秒流逝，就連更珍貴的鮮血也一樣。

心臟監測現在真的速度飛快。薩穆爾森太太的心跳本來一直維持在正常良好的每分鐘七十下，但就在沒多久之前，已經飆到了一百八。一次次的嗶聲，都象徵了每一次的心跳已經與高頻的淒厲尖響融為一體。

狀況真慘。

更不妙的是，薩穆爾森太太的肚子又開始擴張，現在裡面盈滿的不是二氧化碳，而是本來應該靠著動脈與靜脈抽流的血液，然而，現在卻無以為繼，反而湧入她的腹部。

靠他媽的大災難。

「她的血壓一直往下掉！」蘇珊大吼，也未免吼得太大聲了吧，她的聲音比我的還恐懼。「血壓降到六十了！」麻醉主治不久之後就進來，立刻接手，將體液與藥物注入薩穆爾森太太的血管，讓她血壓回升，然後以冷靜態度呼叫緊急輸血。

但我們幾乎無感，因為路易斯與我終於把手術消毒防護單撕開，露出了薩穆爾森太太足夠的皮膚部位可以讓我們開更大的切口。我從護士手中拿了手術刀，雖然我已經牢牢緊握，但它卻像是在颶風中的葉子一樣狂顫，我好不容易才迅速下刀，從她的胸廓開到她肚臍上方。

當我把刀鋒劃過她身體的時候，我掌中的手術刀，還有她那宛若張開的嘴一樣裂開的皮膚，給了我全新的決心。我緊抓手術刀的姿態，儼然把它當成了救生衣，正將我的意志力全力傾注在它的鋼材之中。我一定得有所作為才是，無論什麼都可以……而這是我唯一能做的事了。

我切開了薩穆爾森太太的體側與腹部肌肉，進入腎臟附近的部位。一陣血流突然噴湧而上，然後從開口的兩側流到了地板，宛若從暴漲水壩溢出的洪水。我應該要在便鞋外頭套上手術室的防水保護鞋套才是，但並沒有，所以已經感覺到溫熱鮮血噴濺到我的球鞋，浸濕了襪子，黏稠的血塊累積在腳趾縫之間。

我把吸引器放入她腹部冒淌而出的紅色狂流，但這樣搞還不如乾脆拿手持吸塵器吸乾湖水算了。

「再給我一個吸引器，馬上拿來！」

有人塞了一個到我手中，我交給路易斯。我們拚命想控制這股瘋狂血流，他立刻將它插入血泊之中，雙手同時運用兩個吸引器，發出了噁心的咕嚕聲響。

但這樣不夠，我還是什麼都看不到。我一手拿著吸引器到處四探，另一手則在薩穆爾森太太的腹部裡摸索，努力想要找到能夠帶引我抓到出血部位的解剖學位標。

我從來沒遇過這種狀況，其實不確定該怎麼辦。更可怕的是她的腸子成了我的障礙。它們宛若一窩油黏蠕動的蛇，在我手中盤繞覆蓋，阻擋了我的視線。我想要把它們移開，但它們卻立刻滑回我的指尖，這簡直就像是我只能靠著手指努力看清紅色湯麵的碗底裡到底是什麼狀況。

我死拚努力，開始覺得恐慌又籠罩全身。一連串的問題冒出猛火竄流我的腦袋，

我該怎麼做？如何抓出方向？雙手該放在哪裡？該如何止血？要怎麼樣才能避免她死在我面前？

但我找不到答案。

就在這時候，賴利衝進來，忙著戴上他的外科口罩。

「怎麼回事？」他聲音沙啞，呼吸短促，就跟我一樣。當他看到眼前這幅浴血畫面的時候，

雙眼張得好大。

感謝老天。

「我們應該是傷到了下腔靜脈，」我大吼，「我已經中轉為開腹手術，但我找不到洞在哪裡，血流成這樣，我什麼都看不到。」

「靠！馬上給我手套！史提夫，讓開！」

突然之間，他已經穿上手術衣，戴好手套，站在手術台前面，以他的強壯身軀把我推到一旁。他直接跳過刷手步驟，這嚴重違反了消毒殺菌的規定，但遇到現在這種節骨眼，什麼規定幾乎都消失無蹤。我立刻跳到手術台的另一頭，站在路易斯旁邊，拉席特爾醫生的雙手直接撲進薩穆爾森太太的肚內，深度直達他的手肘。

「趕快吸！」

路易斯與我乖乖照做，我們拿著吸引器跟隨賴利的動作，他動作輕柔，但已經迅速將腸子盤拉而起。

「手術巾，給我捲好！還要一把大型理查森，馬上拿過來！」

手術室護士交給他好幾條捲成筒狀的手術巾。他以熟練技巧將腸子推到一旁，放入手術巾，把某個大型金屬牽引器放在上頭，然後將牽引器握把塞到路易斯手中，我瞄了一下薩穆爾森太太的腹內，現在，除了鮮血之外，通往她下腔靜脈與腎臟的路徑已經被徹底清了出來。手術巾與牽引器扣住腸子，逼它們完全讓道。

「現在趕快吸！」賴利大叫，「吸啊！靠！我什麼都看不到！」

路易斯與我全力配合他，將我們的吸引器伸入那一泓不斷冒血泡、呼嚕有聲的血泊之中，路易斯在薩穆爾森太太的體內到處四探，他一直爆粗口，雙手在那一池混濁血池表面的下方不斷換位。過了一會兒之後，他停下來，抬頭望著天花板，雙手沒有任何動作。在他雙手之上的那坨血色表層一直在旋動，汩汩流向吸引器的尖端。

「海綿鉗！」

他從護士伸出的手中抓住海綿鉗——看起來像是瘦長型的鑷子，尖口夾住一坨白色的軟紗布——小心翼翼把紗布放在血泊表面的下方，而把手則朝天而立。

「史提夫，拿著這個，盡可能用力壓。」我抓住把手，全力猛推。

「再拿一個海綿鉗！」他重複動作，定住第二個的位置，與第一個相隔一掌的距離。

「史提夫！」他搖了搖第二個海綿鉗的把手，示意我趕快接手，我把自己的吸引器交給路易斯，乖乖接下第二個。

「再用力一點！史提夫，靠，再用力啊！」血流的速度現在慢了下來，不知賴利到底做了什麼，但似乎有效果。

「路易斯！繼續吸！」

現在，我們手中的器具不斷猛吸急咳，血流也變得越來越慢，手術區的血逐漸清除。

果然奏效，不懂賴利使出了什麼招數，不過就是有用。鮮血慢慢從她的腹部退去，宛若浴缸裡的水逐漸流淨，某個紅色湖泊底下的小島慢慢浮現，解剖學的正常位標也清晰可見。

「好，」賴利的聲音恢復了一點平日的鎮定，「下腔靜脈出現一道超大割傷，腎門有部分裂傷，幹。腎動脈媽的幾乎只剩下一根線。我們必須要割除她整顆腎臟，才能夠控制出血！你這個史提夫惡魔！」

我盯著薩穆爾森太太的肚子，傷勢比我想像的還要嚴重。下腔靜脈的正中央有一道歪七扭八的醜陋破口，跟我的小指一樣寬，長度佔了從腎上腺靜脈原位到下半身起點的一半。負責供給與輸出腎臟血液的腎動脈與靜脈，已經有部分變得殘爛，而現在腎臟已經無力懸垂於供輸的血管之下，宛若被強風颳斷的樹幹殘枝。

和我猜想的一樣，我切斷了連接下腔靜脈的腎上腺靜脈，完全就是賴利當初希望全力防堵的那種失誤。我現在才知道自己依然緊握的海綿鉗所推壓的部分是那道巨大傷口的兩側，予以施壓，暫時阻擋了血流，宛若踩踏在花園水管一樣，我根本沒想到可以這樣處理。

賴利拿起薩式血管鉗，與彎曲把手的後院烤肉夾略微相似的某種器材，靠著它封住下腔靜脈的傷口，然後，他又拿了另一把鉗，堵住腎臟動脈與靜脈的破損部位。

止血成功。

賴利的雙肩比較沒那麼緊繃了，他一臉疲倦抬頭，目光從手術區飄向了蘇珊還有她的主治醫生卡洛斯，他還是在手術台的麻醉區忙得團團轉。「好，卡洛斯，我們把出血控制住了，至少目前是如此。你那裡怎麼樣？」

麻醉主治看著他的監視器，一臉嚴肅搖搖頭。「不是很好，在極短的時間之中，我看失血總量大約在四公升上下。」也就是說，薩穆爾森太太全身的失血量大約是百分之七十，都是我害的。「要配合這樣的復甦急救需求，實在是艱難任務。我已經盡快給了她紅血球濃厚液，但她依然還有心跳過速與低血壓的問題。而且我還注意到心電圖廣泛性ST節段上升。在這種急速大量失血的狀況下，我覺得她恐有心肌梗塞之虞。」換言之，麻醉醫生在告訴我們的是，她很可能會出現心臟病，因為她的動脈裡的血液量不足，無法供應亟需氧氣的心臟。

賴利大嘆一口氣，低聲罵了一句「靠」，只有路易斯與我聽得到。然後，他稍微恢復音量：「凝血呢？凝血怎麼樣？」

「我覺得，目前凝血參數還可以。她的術前國際標準凝血時間比、凝血酶原時間，還有部分凝血酶原時間，全部正常，她那裡怎麼樣？還在失血嗎？」

「沒有，真的沒了，至少目前是如此。好，我要收拾殘局，迅速結束，讓她可以盡快離開手術台。卡洛斯，你那裡得怎麼處理，就自己來吧，可以嗎？要是有什麼需要我幫忙的地方，讓我知道就是了。」

賴利開始收拾我闖出的禍。我不知道該說什麼才好，所以就只能說出這種平庸的開場白：「賴利，我真的很抱歉。」

「史提夫，現在不要說這個。」

「可是——」

「我說現在不是時候。」他聲音冷靜，但是低沉狠毒，我從來沒有聽過他用那種語氣說話。

他開始以篤定又老練的動作縫合下腔靜脈的破口，然後，迅速取出了長滿腫瘤的腺體與她另一顆正常的腎臟，現在再也無法留在她的體內，因為已經被我徹底搗毀了它的供血管路。他一切都自己來，幾乎都是在默默工作，而我與路易斯則在旁協助。他話不多。只有對路易斯與我下達簡單扼要的命令，或是詢問麻醉醫師有關薩穆爾森太太的狀況。除此之外，他根本把我當空氣，一直心無旁鶩，直到我們準備縫合手術切口的時候，他才發飆。

「史提夫，靠，我早就告訴過你不能自己下刀，」他大聲咆哮，但目光依然盯著手中的工作，根本沒有抬頭看我。「他媽的你為什麼不能等我回來？」

「抱歉，我以為我可以處理——」

「你大錯特錯，」他打斷我，搖搖頭，滿是憎惡。「靠他媽的幹。右側腎上腺靜脈與腎門同時撕裂，下腔靜脈也有相同裂傷。我可以說我從來沒遇過這種狀況。靠你是怎麼能夠同時毀了腎靜脈與動脈？恭喜你，史提夫，因為你剛剛創下了前所未有的手術併發症案例，靠他媽的幹。」

他又陷入沉默，縫合她那原本不該如此這麼深長的手術切口。我鬱悶反省——完全封閉自我，我們已經準備要離開手術台。路易斯忙著為她的皮膚貼上敷料，而賴利與我脫掉浸滿鮮血的手術衣，以疲憊姿態丟入專門處理生物危害性廢物的紅色垃圾桶。

「史提夫……」他開了口，但卻搖搖頭。「沒，沒事，我現在沒辦法和你講話，真的不行，媽的我現在連看著你都沒辦法。」他走向大門，回頭對我大吼：「我現在要去找她的家人，想辦法對他們解釋靠這裡到底出了什麼事，我只能祈禱老天他們最後不要因為這場亂局來告我，現在把她送入外科加護病房就是了。」

就在這時候，他停下腳步，轉身，眼露火光盯著我——這是出事之後他第一次正眼看我，然後，他伸出食指對空戳我：「要是有任何問題，馬上呼叫我，我說清楚，媽的一定要立刻。明白嗎？」

「是。」

手術房的門砰一聲關上了。

我告訴路易斯，其他病人的必要事務處理完之後，就可以回家了。他離開手術室的時候不發一語。手術房的護士、蘇珊、麻醉主治醫師，再加上我，小心翼翼把薩穆爾森太太從手術台移下來，放入某張特殊病床。她那一頭白髮馬尾從手術帽邊緣散落而下，捲趴在從腫脹龜裂雙唇之間冒出的呼吸管附近，她病況太嚴重，無法自主呼吸，而且臉龐腫脹，宛若打了十二回合的重量級拳手，這是手術時給予靜脈輸液與血液所遺留的後果。

我們把她推出手術室，進入通往外科加護病房的走廊。她家人已經在那裡了，貼靠走廊，站成了兩排，很可能賴利剛才已經讓他們知道消息，我們馬上就會將她轉送過去。七張焦慮苦痛的臉龐，成了我們必須趨向外科加護病房的夾道酷刑。他們驚駭無語，看著我們放慢速度、小心翼翼將薩穆爾森太太的大病床往前推，還必須笨拙拖拉她的所有維生監視器與靜脈輸液管。蘇珊必須以手動方式擠壓通往薩穆爾森太太呼吸管的亮綠色塑膠袋，將空氣注入她的體內。

在走廊的中間地帶，我們短暫停留，讓她的家人可以看一下她。他們全聚過來，在床尾處形成了一個緊密的半圓。其中一個女兒摀住嘴，淚水潰堤。她先生雖然貌似冷峻，但卻出奇溫柔，他伸臂摟住她，她也把頭埋入他胸前。

薩穆爾森太太的先生眼眶淚濕，他語氣平靜：「醫生，我們還得過多久才能陪她？」我開始解釋，外科加護病房裡的醫護需要約四十五分鐘才能將她安置妥當。他點頭，「好的，醫生，我們會在這裡等候。」

我們在走廊繼續前進，前推薩穆爾森太太的病床十分吃力，這就像是在移動某台輪子壞掉的超沉重超市購物車，我們終於穿過了好幾道自動雙開門，進入了外科加護病房。這裡是一個大型的環狀空間，裡面排滿了玻璃牆小間，裡面躺的都是病況岌岌可危的病患。病房小間緊貼外牆，形成了一個環狀圓圈，只有前後兩個出入口：一個是我們剛剛進來的那道大門，寬度足夠讓醫院輪床通過的那個入口，還有一個比較小的員工專屬普通出入口，夾在兩個病房之間，在病房區的另外一端，與主要入口遙遙相望，只有靠我們的醫院密碼工作證才能夠進出。大多數員工都把它簡稱為後門。在病房區的正中央位置，可以看到所有的病房，有點像是輪胎的輪轂，這是護理站的所在地，擺滿了電腦工作區、心肺監測器、辦公桌，還有可滑動的小輪座椅。

我們短暫停留面對大門的護理站區域，坐在那裡的有警衛還有秘書。

「哪一張病床？」我疲倦問道，「我們從二號手術房出來。」秘書帶我們到了其中一張空床，蘇珊與我忙著安置病床的時候，好幾名護士突然冒出來。她們衝到薩穆爾森太太的旁邊，檢查她的生命徵候與心跳，忙著為她裝設呼吸器，值此同時，還能開心暢聊當地酒吧暢飲時段的事。她們動作精準不漏拍，熟練報出生命徵候數值，以維生系統機器進行診斷，甚至還可以同時比較各家的瑪格麗特特調雞尾酒。

我向外科加護病房某位面容累斃的麻醉專科醫生進行簡報，然後又從剛才的雙開自動門出去，進入走廊。然後，與薩穆爾森太太的家人撞個正著，他們剛好都聚在門外。

靠。

我忘了他們站在那裡，我應該要從後門溜走才是。

薩穆爾森太太的家人一臉期盼望著我，默默祈求我能夠給予更多的消息，只要我能說得出來的任何消息，都好。

我要怎麼啟齒？

該說什麼是好？

真相？我差點隻手殺死了他們生命中最重要的其中一個人？因為我自以為是而劃碎她體內最重要的靜脈？將本來是相當稀鬆平常的外科手術搞成了一場徹頭徹尾的災難？

「真是抱歉，」我好不容易才結巴說出口，「開刀不是很順利，因為腫瘤真的很大，然後，呃，我們遇到了麻煩……」我卡住了，拚命想要找出合適措辭。

薩穆爾森先生趨前，清了清喉嚨：「醫生，我們明白，」他的語氣令我大出意外，充滿了慈父般的關愛，彷彿他才是那個想要讓我好過一點的人。「你不要太自責。另外一個醫生，也就是你的上司，已經把一切都告訴我們了。隨時有可能出事的，我們明白。你們已經盡了全力，我們很感激，真心話。我們十分慶幸能夠遇到這麼優秀的醫生。要是換作其他醫院，她可能已經不行了。不過，到了這裡，你們是最棒的。我們知道在上帝的幫助之下，你們一定能夠幫助她度過這次的難關。」

其他的家人也點頭表示同意，其中一個人低聲說道：「良善天父。」就連剛剛在走廊上嚎啕大哭的那個女兒也一直在猛點頭，她臉頰泛紅，滿是淚水，紅通通的雙眼散發閃光，裡面充滿了期盼與其實所託非人的信任，盯著我不放。她為了忍住抽泣，不斷急促吸氣。

「她很堅強，一定可以撐下去。」話雖這麼說，但我其實並不知道這是不是真的。我不知道她的個性是否真的很堅強——就先別管那個字是什麼意思了——而且她很可能熬不過這一關，就我所知，她可能會喪命，而且也許就會在今晚離世。但我真的想不出該說些什麼了，而且我早就在其他類似狀況的時候學到了經驗，病患家屬老是想要從醫生口中聽到這種話。

她很堅強，她是鬥士，一定能夠撐下去。

薩穆爾森先生微笑，他真的露出笑容。

「對，醫生，你說得沒錯。她是堅強的女人，真的，一直就是這樣。她還遇過更艱險的狀況，都還是熬過來了。女兒們，妳們說是不是？」

三個女兒都微笑，低聲表示同意，而且還擦去了淚水。

突然之間，我只想要盡快離開這些人。我露出勉強微笑，與薩穆爾森先生、他的三個女兒、女婿逐一握手——那個臉上掛滿淚水的女兒，不斷對我道謝：「謝謝你，真是謝謝你，醫生，謝謝。」然後，我趕緊離開。

就在那一刻，我情緒崩潰。

我的胃一陣翻攪，一大坨口水在我嘴內氾濫成流。我緊咬牙齒，好不容易閃到薩穆爾森太太家人看不到的角落，然後踉蹌進入男廁，剛好來得及衝入最靠近門口的那個小間。

我跪下來，抓住馬桶的兩側，將胃內的一切吐進去，一嘔再嘔，突然之間，我不再是全球最優秀醫院之一的三十多歲外科醫生，反而又成了十八歲的無知小孩，蹲坐在大學宿舍臥室冰涼冷感的磁磚上面，懊悔喝了太多兄弟會派對塑膠杯盛裝、滿是泡沫的啤酒。

我維持這個姿態，許久不動，不時嘔吐喘息。過了數分鐘之後，數小時之後……我不知道自己待在那裡多久，就這麼嘔吐慘坐在馬桶前。我的呼叫器在某個時刻突然響起，我覺得自己同時聽到上方的廣播系統有人在講話，彷彿從隧道的另外一頭傳過來。但我不在乎了。我此刻的已知世界，早就萎縮到跟這個馬桶瓷身一樣大而已。

等到我終於情緒平復之後，我沖馬桶，起身，靠著小間的兩側牆壁努力挺直。多年來的無運動生活習慣早已讓我的胃部肌肉萎縮，我慢慢站起，它們不斷對我發出尖嘯。我的雙腿在顫抖，但我的手還是離開了小間的邊牆，並沒有摔倒。我努力吞下口中殘留的臭氣，但沒有辦法，因為我的喉底早已因為嘔出的酸液與午餐而刺痛不已。我搖搖晃晃走向洗手台，打開水龍頭，潑濕頭部，讓冰涼的水流過臉龐、進入口內。現在時間已晚，算我走運，整間男廁依然空無一人。

啊，天哪，這感覺好噁爛，真的非常，非常噁爛。

我的呼叫器再次響起。也不知道為什麼，這一次的淒厲聲響持續得更久，我真的忘了它剛才曾經響起。

我從皮帶將它取下，閱讀訊息。

九一一……伯納德先生心肺急救……九一一……伯納德先生心肺急救……九一一。

就在這時候，我聽到上方醫院廣播系統虛幻疏離的呼叫，現在它變得十分清晰。「急救藍碼，強森棟，十二樓；急救藍碼，強森棟，十二樓。」

急救藍碼。

心臟病。

強森棟十二樓是伯納德先生的樓層。

一定是在跟我開玩笑。

我雙腿顫晃，奔向伯納德先生的病房。

❖ ❖ ❖

大災難。

今天的第二起。

伯納德先生的病房在大學醫院的另外一頭，由於我出發得晚，再加上身體狀況不佳，等到我到達那裡的時候，心肺小組早已對他展開了急救。

大家在病房裡跑來跑去，大吼大叫。這是急救時的可控式混亂場面，護士、醫技人員、醫生在彼此之間來回穿梭，宛若一場氣氛狂熱的瘋狂方塊舞。而這場急救漩渦的中心點目標正是伯納德先生，他動也不動，全身赤裸。

站在床頭的是麻醉科住院醫生，他以規律方式擠壓某個大型綠球，它連接的是從伯納德先生嘴巴直達肺部的塑膠呼吸管，這個儲氣袋的名稱是袋瓣罩甦醒球。每當住院醫生擠壓甦醒球的時候，它就會發出喘聲——咿呀——將氧氣透過呼吸管送入他的肺部，功能就像是一個巨大的風箱。

綺綺在病床中央，忙著搶救伯納德先生的斷氣身軀，她正在做心肺復甦術，不屈不撓奮力壓他的胸骨。伯納德先生的身體，隨著綺綺壓的連續動作而不斷往下、往上——往下往上、往下往上。值此同時，站在床頭的那名麻醉住院醫生緊盯綺綺手術衣上方的露縫，完全毫不掩飾，媽的居然就在大家忙著急救的時候。有名實習醫生站在床尾，他也是心肺急救小組的成員，他大喊：「暫停心肺復甦術！」綺綺與麻醉住院醫生停手，後退。那名實習醫生瞇眼盯著他身邊放在椅子上的那台可攜式心肺監測器。從我所站立的位置，並沒有辦法看到螢幕。心肺急救小組的第二名實習醫生緊抓著一對電擊板——也不知道是基於什麼奇怪的理由，他所使用的是那種老派的手持板，而不是那種只需靠著電擊貼片，黏住病人胸膛的那種新式儀器。他大吼：「一，我離開！二，你離開！三，大家離開！」他的語氣帶著一股顯然是從未替別人去顫的那種激切。等到大家都後退之後，這名住院醫生驅步向前，大手一揮，將電擊板啪一聲貼住伯納德先生的胸膛，按下按鈕。伯納德先生的身軀微震了一下。電擊的效果從來就不像是電影或是電視上所看到的那麼誇張，不過，對於灌注體內的兩百J電力是這種了無生氣的反應，不禁令人垂頭喪氣。

站在這群人最遠位置的實習醫生大叫：「無心跳，繼續做心肺復甦術。」負責去顫的住院醫生後退，手裡依然拿著電擊板。麻醉住院醫生開始再次擠壓袋瓣罩甦醒球——咿呀、咿呀、咿呀。綺綺向前，開始推壓伯納德先生的胸膛——往下、往上、往下、往上。

伯納德先生撐不下去了，從他的外表就可以立刻判斷得出來。

今晚將是他的大限。

其實，他現在幾乎已經是瀕死狀態。

管理這個心肺急救小組的住院醫生看起來很老練，砂棕色的頭髮，凌亂的程度宛若剛睡醒一樣。他靜靜站在角落，專注緊盯這些實習醫生。他身穿白色T恤外加一件皺巴巴的大學醫院手術衣，棕色的GAP休閒褲搭白色球鞋。我自我介紹，詢問他出了什麼事。

他把心電圖記錄表交給我，依然緊盯著心肺急救小組與伯納德先生。「這是我們趕到之前的狀況，他已經出現多型式心室心搏過速，然後就是無心搏的心室顫動。」

我的手指沿著粉紅與白色心電圖記錄表，一路撫摸伯納德先生心跳留下的那些粗黑鮮明的峰谷。

「高血鉀？」

「對。」

「所以才會心臟病發。」

「有可能，我們最後測到的血鉀濃度高達八點一。」

伯納德先生的心臟停止跳動，因為體內鉀含量過高。

「你們有沒有給予治療？」

「當然。」

「是的。」

「有沒有試過一般方法？葡萄糖酸鈣？胰島素？葡萄糖？」

「對，當然，但都沒有用。等到他們呼叫我們的時候，他對這些方式幾乎沒有任何反應，來不及了。」他忍住哈欠，然後又盯著我，似乎是想到了什麼一樣。「喂，你們為什麼要在今天給他鉀？這名病患完全沒有腎臟病史，但我注意到他最近有急性腎衰竭。在這種狀況下，腎絲球過濾率非常低，會引發急性高血鉀，我隨便猜也知道一定是有超過腎臟負荷的鉀的外部來源。」

所以他認為我們給伯納德先生開了太多的鉀。

「你們最近是不是有給他鉀？給藥或是靜脈輸液？我檢查他最近這幾天的醫囑，但沒有發現異狀。」

我正打算要開口否認，當然不可能，明明是有腎臟問題的病患，我怎麼可能會對有腎臟問題的病人開鉀？就在這時候，我看到伯納德先生病床旁的點滴架上頭剩下一半的全靜脈營養輸液袋。

那個全靜脈營養輸液袋讓我想起今天早上在餐廳與路易斯、綺綺的對話。

我告訴他們，要在伯納德先生的全靜脈營養輸液袋加鉀。

不過，路易斯卻擔心伯納德先生的腎臟可能無法一次負擔這麼多的鉀，很可能會引發高血鉀。

幹。

這是我今天第二次覺得自己的胃已經垂落地面了，而且我又快吐了。

我又望向心電圖，然後看著伯納德先生已無生息的軀體，綺綺還在對他的胸骨施壓——往下往上、往下往上——配合那位麻醉住院醫生的動作，他靠著淺綠色的袋瓣罩甦醒球、忙著將氧氣灌入伯納德先生同樣毫無動靜的肺部——咿呀、咿呀、咿呀。他們的瘋狂動作變慢了，幾乎現在每個人都知道他們在做白工。那些沒有直接參與伯納德先生急救的醫護人員，要不就是靠在病房牆邊，不然就是靜靜離開病房，回到日常工作崗位。

綺綺讓位給某名魁梧的男護士，他的起手式就是對伯納德先生一陣猛攻。某次壓胸時下手太重，傳出巨大的碎裂聲響，宛若一根巨大的芹菜根被硬生生折成了兩半，而伯納德先生的胸骨在中段斷成兩截，立刻胸塌，宛若洩氣的手風琴，還留在房內的那些人，有好幾個發出了哦哦的驚呼聲。

負責去顫的住院醫生又再次做了電擊，伯納德先生只是微微抽動了一下，他們還不如去對石頭處以電刑算了。

「好……我們在全靜脈營養輸液袋加了一些鉀……」我心不甘情不願自承，也算是對那名住院醫生招認了，他本來盯著心肺救護小組，立刻轉頭看著我。「他血鉀有點低，我們想要為他補鉀。」我盯著那個半空的全靜脈營養輸液袋，那名住院醫生也跟著我的目光望過去。「他最近一直出現低血鉀的問題，所以我們覺得在全靜脈營養輸液袋為他補充一點就好。我們並沒有給他很多——剛好能讓他得到平衡罷了。至少，我們是以這樣的基礎計算用量。」

其實，我並不確定路易斯是否依照伯納德先生的腎功能計算出合適的鉀含量，希望他有。我懷疑他只是做合理推估而已。我們通常都是這樣，在一般狀況下不成問題。

「這樣啊。」那個醫生陷入遲疑，他面無表情，開始思索這條新線索，然後又盯著半空的全靜脈營養輸液。然後，他聳肩說道：「嗯，我們不能確定全靜脈營養輸液是鉀的來源，或者，至少不能說是唯一來源。我的意思是，如果，真的跟你所說的一樣，你們並沒有在裡面加了過多的鉀，而且的確依照他最新的腎絲球過濾率數據計算藥量的話。」他又盯著我，「你開了多少？」

我根本不知道路易斯放了多少的鉀，「嗯……我得回去檢查病歷，看看我們要怎麼再生出數據，我們今天有好多事得忙。」

「好，沒問題，應該是不可能開了那麼多。」那個醫生的語氣平淡，面無表情，

不過，我從他那充滿血絲的雙眼裡看出了他沒說出口的訊息，一清二楚。蠢蛋外科醫生，在急性腎衰竭病人的全靜脈營養輸液裡面加了鉀，真是大白痴。這醫生的反應不足為奇。我知道他一定自認是這裡最聰明的傢伙。念醫的傢伙就是喜歡默記罕見診斷與無聊論據的那種人，靠著那些能夠讓他們看起來更聰明的瑣碎醫學奧秘不斷進行自訓，他們喜歡的是哪些蠍子可能會引發胰臟炎之類的知識——要是在墨西哥鄉間的某些區域露營，正好被某隻蠍子螫咬的時候也許可以派上用場的醫學冷知識。（但應該也是用不到，因為既然在墨西哥鄉間的某些區域露營的時候、不幸因為蠍子螫咬而得到胰臟炎的話，無論你做什麼都差不多是完蛋了。）

而且，大部分的醫科人都深信，外科醫生這群傢伙就是先下刀再提問的無腦尼安德塔人。而外科醫生自己則覺得那種醫科人是書呆子懦夫，滿嘴說得好聽，但卻根本不會動手。（有一次，我與我認識的某名一般外科醫生從一群正在巡房的醫生旁邊經過，他們正在某名病患的病房外討論某種冷僻的疾病，他不以為然，悶哼講出「知識型手淫」這種話。）

不過，我還是得習慣對方現在露出的那種羞辱人的表情，我覺得在今晚過後，一定還會遇到多次同樣的狀況。

「嗯，」經過了一陣彆扭的沉默之後，這醫生開口：「病人完全沒有反應，而我們已經急救了將近二十分鐘之久，主因是我希望我的初級醫生與實習醫生可以練習心肺急救。不過，我準備要宣布病患死亡，你沒問題吧？」他又忍住哈欠，看了一下手錶。

我呆呆點點頭，他說得對。

「你會處理所有的死亡證明文件吧？你知道這是你的責任，不是我的事，我的主治也會支持我的說法。」

我可以諒解他的抗拒態度，填寫死亡證明文件超折騰。

「我會處理。」

「很好。」他宣布死亡時間之後，下令停止心肺急救，祝我好運，然後就不見了。

就這樣，大家停下動作，拿起自己的東西，離開了病房：醫生、護士，還有醫技人員。某名護士推著裝了去顫器與急救藥品的急救車從我身邊轆轆而過，我趕緊閃到一邊。

沒有任何人回頭顧盼。

剛才負責心肺急救任務的初級醫生與實習醫生慢慢走出病房，他們互相拍背，還比較研究彼此的筆記。

手持去顫器的那名住院醫生興奮莫名，「有沒有看到我電擊那傢伙？」

「好棒，」他的同伴熱情回應，「做得好，而且你還是拿老式的手持去顫板！真老派，哇！動作好迅速。可惜他撐不下去……」

突然之間，只剩下我、綺綺，還有伯納德先生。

我緩緩走向伯納德先生的床側，病房地板宛若某間毒窟裡的場景，到處都是空針筒、小藥瓶，還有用過的點滴袋。我小心翼翼走過這片殘局之地，綺綺跟著我，站在我的身邊，兩人低頭望著伯納德先生。

他看起來並不安詳。死人應該要有平靜的面容才是，但伯納德先生卻完全看不出來。他仰頭的角度很不自然，挑釁的下巴正對著天花板，而且嘴張得大大的，彷彿想要透過依然還插在喉嚨裡的呼吸管奮力尖叫，而且，他的四肢緊繃，宛若想要跳下病床卻力有未逮，他的肌肉纖維開始凝結，進入屍僵的早期狀態。單薄胸膛的慘白肌膚充滿著醜陋的交叉深痕：燒焦的記號，去顫器留下的刺青。

慘遭過度心肺復甦術而折斷的胸骨陷了下去，宛若市區馬路的凹洞，與腫脹大肚的陡峭凹度形成強烈對比。

我感謝綺綺幫忙。她看起來超慘，精疲力竭，雙頰紅燙，豆大的汗珠從臉龐滑落而下，髮絲糾結在一起，胸膛依然因為剛才的急救行動而不斷激烈起伏。大多數的人並不明白操做心肺復甦術有多麼耗費體力，我相信明天她的手臂與肩膀一定是痠痛得要命。她的心理似乎與生理狀態一樣疲憊：嚴重熊貓眼，而且表情非常非常哀傷。不過，在那層哀戚的神情之下，還有某種情緒在翻攪，我從她的雙眼就看得出來，某種瘋狂的能量，甚至可說是接近亢奮。

奇怪，但我以前看過那樣的反應，靠，我自己就有過那種體驗：想要從死神手中把某人抓回來的那股衝力，結局只有贏或輸。就像是那些實習醫生一樣，彼此擊掌歡呼，興奮暢談去顫器之事。這可能是綺綺第一次執行心肺急救任務。而你會永遠記得這樣的初體驗，就像是你的其他人生大事一樣宛若初吻，就是這麼緊張刺激。

我告訴她趕快回家補眠。她通常都會抗議，堅持要留下來幫忙，但這次她只是喃喃道謝，拖著沉重腳步離開了。

現在只剩下我與伯納德先生。

我盯了他好久。

我想到了他在動手術之前、在陰莖寫下的「不准摘除」。

想到了鱷魚養殖場。

想到了未完成的事業。

我不知道此刻的他是否處於前所未有的深眠狀態，抑或是正在與傑瑞．賈西亞閒聊？

「醫生？都結束了嗎？」有個大塊頭男人一臉冷漠站在門口，巨大的雙手扠著腰，嘴中大嚼口香糖。他身穿髒兮兮的實驗室白袍，左胸口袋繡有草寫字體的「病理科」。他的後方走廊擺了張金屬輪床，他正準備要把伯納德先生送入地下室。

停屍間。

天，速度真快。

想必護士們一定是在許久之前就呼叫他了，也就是在心肺急救小組依然在忙著救人，但顯然是無力可回天的那段時間。我真的不能責怪他們，沒有人喜歡看到忙碌的醫院樓層裡躺著一具死屍。

我茫然點頭，最後一次瞄向伯納德先生，那男人已經把金屬輪床塞入病房，龐大的身軀也擠了進來。然後，我想起自己依然不知道路易斯到底在全靜脈營養輸液裡加了多少的鉀。我穿過殘亂現場，走到床邊的點滴架，閱讀懸掛其上的半空全靜脈營養輸液的正面黏貼標籤。

氯化鉀注射液：二十毫當量。

注入一公升的輸液之中。

二十毫當量的鉀，注入這等容量的輸液裡，幾乎等於是沒有。我猜路易斯果然就像他當初所說的一樣，一定會格外小心，只會在全靜脈營養輸液裡多加一點鉀。

但奇怪了，二十毫當量的鉀不可能會引發高血鉀。不過，話說回來，我在醫院裡見識過更詭異的事。在這個當下，我就先將疑問拋諸腦後，現在還有更重要的事必須擔心。

我離開病房的時候，那個病理科的人已經將伯納德先生（我更正自己的用詞，現在是伯納德先生的屍體）移到了那張金屬輪床，走向通往護理站的走廊，那裡有疊得老高的文件正等著我——意外報告、死亡證明申請、病歷、不良事件紀錄。只要有病患死亡，一定得處理這些資料。

不過，我的第一待辦事項是打電話給伯納德先生的女友——他的指定聯絡人。我這才發現當初他入院時的文件並沒有列出任何近親，現在我得向她報喪。我從伯納德先生的病歷裡抽出了緊急聯絡人電話號碼，開始撥打，電話立刻轉到語音信箱，我現在不知道標準作業程序到底是什麼？

我該怎麼辦？留言告訴她事發經過？

嗨，我是大學醫院的米契爾醫生。只是想要通知妳，嗯，我，今晚害死了妳的男友。我給他開了太多的鉀。對，沒錯，鉀，妳也知道，就是和香蕉成分一樣的那種東西，害他心跳停止，鉀的確有那種作用。其實，美國以注射死刑處決犯人就是靠這種東西，應該是一種相當人道的方式。反正，真的很抱歉，要是方便的話請回電給我，謝謝。

我只是簡單告訴她，伯納德先生出了嚴重狀況，她必須立刻打電話給醫院的即時服務中心。然後，我打電話到安德魯斯的家裡。現在已經很晚了，他被我吵醒。我決定要把全部的過程告訴他：腎衰竭、全靜脈營養輸液、高血鉀、心臟病，一切。我覺得，最好還是一開始就把話講清楚。

想也知道安德魯斯會發飆，他對我大吼大叫了好幾分鐘之久，而且音量超大，逼得我好幾度必須移開話筒，以免他的刺耳聲響撕裂我的鼓膜。他最後對我撂話，一定會繼續罵個沒完沒了，然後電話斷線。

我深呼吸，開始處理文書作業。

我花了好幾個小時才全部搞定。中間曾經一度停下來，望著那個病理科男推走伯納德先生的屍體，為他蓋上繡有大學醫院標誌的消毒白布，經過了護理站，前往走廊盡頭的醫護人員專用電梯。

有名病患在廊道走路進行復健，身穿破舊粉紅色睡袍的憔悴老太太，無精打采推著面前的點滴架，她停下腳步，盯著躺在輪床上的伯納德先生經過她的面前。她沿路目送，直到電梯門啪一聲關上，宛若超級悲劇表演結束時簾幕落下的那一刻。她搖搖頭，然後又繼續往前走，這次多了些元氣與毅力，她緊靠在點滴架上頭，恢復了意志力。

等到我弄完文件之後，已經很晚了，也不值得回家一趟。我打電話通知莎莉，今晚沒辦法回家（但我沒有告訴她出了什麼事），然後，拖著疲倦的腳步、蹣跚步向位於醫院偏遠角落的外科住院醫生休息室，醫院裡某棟最古老建物之一的三樓：某一有百年歷史之久的石造建築，堅定傲然蹲踞在諸多華麗現代的高聳建物之間。

我輸入閃亮現代大門電子鎖的密碼（看來這應該是大學醫院在建物的這個區域所唯一容許使用的二十一世紀新產品），先前在醫院睡了無數個夜晚，這組密碼早已烙印在我的腦海之中，我開了門，鑽入值班休息室。稱其為「室」實在不精確，因為它基本上就等於是一個大型的開放式衣櫃，塞了一張狹小的金屬框上下鋪床、老舊的洗手槽，還有一具電話放在搖搖晃晃的床邊桌上面。

這間值班休息室宛若一張慢慢褪色的老照片，色澤逐漸消失，邊線也變得模糊。我打開唯一的牆壁燈源開關之後，必須等待將近一分鐘之久，天花板的老舊日光燈才會回神綻亮。燈管每隔幾秒就會出現明暗不定的變化，努力投射出雖然慘白無力，但還算穩定的光源。床上方的牆壁有一個老舊的通風柵口，向小房間裡吹送稀薄冷風。至於其他的牆面，有好幾處海報脫落之後在水泥牆面留下的凹痕，現在幾乎是一片光禿禿，只有一張數年前住客留下的海報：某張黑白照，小貓咪緊抓著某根曬衣繩，還有個標題：「小可愛！抓穩了！」它就與室內的床鋪、水槽，還有窗戶的角色差不多：好幾排釘子把它固定在牆上，表面已經褪色，佈滿了灰塵，許久之前還有人在貓眼瞳孔裡挖了洞，也不知道為什麼，讓這隻貓看起來更加活靈活現。

把它貼上去的那個人原始企圖為何，我也只能隨便亂猜而已，我只知道打從我進入大學醫院開始，這隻蠢貓咪能夠死黏在牆面的唯一原因，就是因為目前這一群住院醫生所共有的變態諷刺風格。多年來，我是一直很想把它撕下來，那鬼東西讓我看了發毛，我覺得只要我待在那個房間裡，那雙貓眼就一直不肯放過我，而且，我也無法忍受貓咪。

房內有一扇佈滿鐵欄杆的窗戶，每一根都跟我的前臂一樣粗，它面對的是圍繞醫院外牆的某條暗黑街道。在街燈的弱黃色光暈映照之下，我發現外頭某個醉漢在叫囂，雖然滿嘴黃腔，但有關他想要對英國女皇與其身體各洞位採取行動的某些解剖學細節卻出奇精確。我哀嘆一聲，關上了沉重的窗戶，街頭醉漢的叫嚷也戛然而止。這裡與大學醫院的嶄新大樓具有強烈對比——由於牆壁薄如紙，就連隔壁房間的低語聲也能聽得一清二楚——但醫院這個區域的百年歷史厚重水泥的隔音卻十分良好，這房間根本像是碉堡一樣。

我透過後方半敞的門，聽到了走廊上的喧鬧聲，似乎是某個女人在咯咯笑。我透過門框與房門邊緣的縫隙往外瞧，站在走廊對面某間值班休息室外頭的那人是丹恩・麥金托許，我與莎莉在廚房喝酒時她向我提起的那位一般外科總醫師。他娶的是——叫什麼名字來著？娜塔莉？不是，是南西。莎莉新結交的律師朋友，邀請我們去參加烤肉配對，而且覺得自備菜餚派對很鄙俗的那一位。

反正，莎莉的朋友南西嫁給了丹恩，而丹恩現在卻站在我房間對面的走廊，和某個我最近常在醫院看到，剛從護校畢業的可愛棕髮嫩妹在一起。

他們沒看到我，但其實這也沒什麼好驚訝的，真的，因為丹恩的左手正忙著按門把旁邊的電子鎖面板，而右手則熟練伸入棕髮妹的手術褲的前方。她閉上雙眼，發出呻吟，弓背，將她的大腿纏住他的腰。電子鎖發出了機械式的一聲喀響，丹恩以手肘推開門，兩人跌跌撞撞進入幽黑的房間，根本沒關門。我聽到衣物摩擦的窸窣聲響，有人倒抽一口氣，然後棕髮嫩妹護士開始以熱情又充滿節律的方式呼應丹恩的勇壯。我不知道她到底在嬌喊「丹恩」還是「耶」，不過，聽得出十分激情。但後來房門砰一聲關上了，寂靜立刻籠罩了整條走廊。

我悄聲關上門，關了燈，窩在床上，老舊的金屬彈簧發出了抗議哀號。外頭街燈的光線灑落房內，在這半昏暗的光線之中，我看到牆上的那隻貓正緊盯著我。

天，我好恨那隻貓。

我想到了綺綺，她睡在某間與我相隔數百英尺的醫學院學生值班休息室。我的右手悄悄溜到了左手無名指，緊張兮兮轉動婚戒，提醒自己對妻子的愛有多麼深切。

睡意終於來襲，我睡得並不好。

6

星期二
七月二十八日

我在幾個小時之後醒來，覺得彷彿被人拿了棒球棒狠狠敲頭一樣。「醒來」這個字詞只能勉強適用我現在的狀況，因為，我已經累得半死，根本無法判斷自己到底有沒有入睡。罪惡感、焦慮、恐懼、自憐各種情緒，輪流拿著尖棒猛戳我的腦袋。

我發出哀嘆，下床，朝臉潑水，從醫院提供給病患的盥洗包裡面取出粗毛牙刷與廉價牙膏開始刷牙，感覺就像是拿著菜瓜布在抹嘴一樣。

現在還很早，與我平日的到院時間相比提早了許多。我沒多想，決定跳過平常的餐廳聚會，直接搭乘電梯上樓，我知道路易斯與綺綺會先聚在一起準備巡房。

我在某個護理站找到了他們，兩人正在蒐集病患資料要開始巡房。路易斯完全沒有提昨天的事，綺綺也一樣。兩人都避免與我四目相接，我們尷尬打了招呼。

一開始的時候，我還是處於主導地位，但這樣的地位立刻就瓦解了，因為我在頭幾個病人就出包，叫錯他們的名字，做出錯誤診斷，而且就連最基本的醫療決策都猶豫不決——換作是平常，我根本不需要多想的那一種。我的腦袋像棉花一樣，虛空無重。

路易斯與綺綺察覺到我完全發揮不了功能，客氣把我趕到一旁。我就隨便他們處置，乖乖窩在後頭，專心當個觀察者就好。路易斯與綺綺就像平常一樣，在沒有我的狀況下繼續巡房，我們一共五個人，巡了一間又一間，他們兩人完全無視我的存在。我盯著他們檢查病患、擬定治療計畫、監督菜鳥醫學院學生，他們甚至懶得詢問我的意見或是我到底覺得他們應該要怎麼辦，我純粹就是個觀眾。

我們一度經過了伯納德先生的病房外頭。我在敞開的病房門口稍作停留，其他的小組成員則繼續去檢查下一名病患。昨晚的混亂殘跡已經完全不見了。剛上蠟的地板光潔發亮，傢俱也擺設得整整齊齊。病床就放在靠窗的例常位置，另外一名病患——某名年輕女性——已經住了進去，在簇新的床被之間安然入睡，病床旁的點滴架掛有一般的生理食鹽水袋與其他輸液。

伯納德先生宛若從來不曾存在過一樣。

路易斯帶著學生與我又巡過了好幾名病患之後，他暫停下來，檢查手中的列印清單。

「好，」他語氣很滿意，拿著筆在那張紙上做標記，「每一個人都檢查過了，」他遲疑不決，一臉猶豫望著我，補充說道：「薩穆爾森太太除外。」

我平靜說道：「我們過去吧。」

我們走向外科加護病房，圍在她病床的四周。路易斯與綺綺檢查連通薩穆爾森太太與那些維生系統機器之間的塑膠管與線路，我則登入病床旁的電腦。

狀況甚慘。我研究她微弱的生命徵候，研讀照顧她的夜班醫護所留下的電子摘要，我的門牙緊緊陷入下唇，而且也開始胃痛了。他們的臨床觀察充滿了不祥的用詞，比方說，升壓劑支援全力啟動、凝血功能異常益發惡化令人不安、與病患家屬討論臨終議題。

薩穆爾森太太現在命懸一線，一夜之間，原本的惡劣病情更是每況愈下。我把她送入外科加護病房沒多久之後，就顯現出她在手術時曾經出現嚴重心臟病。虛弱昏軟的心臟殘力只能勉強將血液供給到身體的其他部位。她的血壓已經降低到危險數值，必須靠大量的用藥才能維持保命的基本水準。她也出現了某種出血性疾病，名稱為瀰漫性血管內凝血（簡稱為DIC），造成她內出血。她一整晚都在輸血，但是血液常規檢查的數據卻一直往下掉。

我緊咬下唇，離開電腦前，走到病床旁邊，低頭望著薩穆爾森太太。病房裡那堆維生系統機器與她身體相接的那一大坨管線下方可以看到她冒出的髮辮，她的頭髮出奇乾淨整齊——可能是昨晚有哪個女兒為她梳理過了吧。與圍繞在她周邊、懸掛身上的那些冷硬器材相比，格外顯得有生氣，真的，這是整間病房中最有人味的部分了。

我的雙手緊抓病床護欄，死纏不放。

現在我完全無能為力，只能期盼她會好轉。我覺得好無助，就像是昨晚在手術室，還有昨晚看見伯納德先生死去的那種感覺。

這種無力感我好恨。

天，我恨死了。

我盯著那條髮辮，緊抓欄杆不放。路易斯走到我背後，把手輕輕擱在我的肩頭。

「嘿，史提夫，還有其他事嗎？我得繼續工作了，忙完之後早上還得進手術房。」

我傻乎乎低頭看著自己的雙手，依然緊扣著薩穆爾森太太的病床欄杆。兩隻手的指關節都已經泛成了骨白色。我放開手，回流到指尖的血液造成手指一陣刺癢，我收放數次，搓揉雙手，努力消除那股刺感。

「史提夫，你還好吧？」路易斯盯著我，綺綺也是。

「嗯，嗯，我沒事。」我眨眨眼，搓揉雙眼，那股灼熱就像是有人硬掰開我的眼瞼、把熱騰騰的沙子倒進去，開始以它們的大拇指不斷搓揉沙粒。「我昨晚沒睡好，只是有點疲累，不要緊。」

「好，」路易斯語氣平靜，「還有沒有其他事？」

「沒有。現在除了讓外科加護病房這些人處理，靜待她好轉之外，我們其實也沒辦法做什麼。」

「好，」他伸手撫摸自己的光頭，「好，史提夫——今天手術室的排程相當輕鬆，」他咳嗽，「都是輕微病症，綺綺與我可以處理，你何不放輕鬆一點就好？」他又再次摸自己的頭頂，拉了一下耳朵，表情一如過往冷漠難測。

「好，」我回道，「好，謝謝，我是說……」我稍微挺直身軀，想要強化自己依然是主控者的姿態。「我就是希望你們今天早上可以自己處理，我還得搞定文書報告，你們要是有任何問題，隨時打電話給我。」

「史提夫，沒問題。」

我讓他們兩人留在外科加護病房，自己到了樓下的餐廳，買了甜甜圈與咖啡，然後，走向我與其他兩名總住院醫生共享的小小辦公室。幸好沒人，其中一個參加非洲醫療團，整個夏天都不會回來，另一個則是被派到波士頓另一頭的姐妹醫院。我整個人癱坐在自己的樸素木桌前，繼續打電腦完成文書作業。

我曾經看過文章介紹某種鯊魚必須持續游泳向前，不然必死無疑。前進的動作可以讓水進入鰓內，讓牠們得以從水中汲取氧氣生存下去。要是停止游泳向前的動作，將無法從水中取得氧氣，就會溺死。

缺乏睡眠的住院醫生也是如此：只要你持續前進，就不會受到缺乏睡眠症狀的困擾，自然就能存活下來。我停止前進，書桌上如山高，以及電腦螢幕前的那些文書作業費力又無聊。對於薩穆爾森太太的擔憂已經不重要，昨天一連串事件終於壓垮了我。

我把頭擱在堅硬的破爛木桌桌面，不消幾秒鐘的時間就睡著了。

❖ ❖ ❖

幾個小時之後，昨日事件開始餘波蕩漾。

喚醒我的是呼叫器。那股尖響宛若救護車的警笛一樣。我猛抬頭，離開了桌面與臉頰下方的一大灘口水。沒有被口水浸濕的頰肉也在隱隱作痛，因為與桌面之間夾了一本線圈筆記本。我以手掌擦拭臉頰，整個後頸瞬間一陣刺痛，因為所有的肌肉聯合起來偷襲我，開始不自主抽搐。

我盯著呼叫器的文字，是寇利爾醫生的秘書，叫我立刻進他辦公室開緊急會議。

靠。

來了。

我勉力壓平皺巴巴的白袍末果，撫摸滿佈鬚根的下巴以及油嘰嘰的亂髮，對著牆上的小鏡子苦笑。我的雙眼像是兩顆已經爆裂的過熟番茄，右頰正中央有好幾個整齊的半圓印痕，這是我的線圈筆記本枕頭留下的記號。

我匆匆趕往寇利爾醫生的辦公室，他急忙找我，我也不覺得有什麼好驚訝的。而這次會面的主調與上一次天差地遠，也無須驚訝。之所以會有這樣的殊異，都是因為一夜之間，有兩個病人出狀況——其中一個死亡，另一個垂死。

這一次，沒有閒聊；這一次，沒有豪華真皮座椅；這一次，沒有工作「機會」。

這一次，我陷坐在辦公室幽暗角落的低矮沙發，圍繞在我身邊的軟綿綿靠墊宛若流沙，把我拉向地面。上方的隱藏式喇叭傳出了某一熟悉的輕柔音樂劇曲調，〈回憶〉，我心生厭惡，來自於《貓》。

寇利爾醫生關掉音樂，從他的辦公桌後頭走出來，他挑了張距離有好幾英尺、正好面對著我的船長椅，黑色的椅木擦得燦亮。我坐在低位，所以感覺他足足比我高了二十英尺，我的屁股距離奢華地毯也不過只有幾英寸而已，而且膝蓋幾乎要貼住下巴。我們部門的主治與住院醫生，幾乎都曾經在不同的時候坐過這個一模一樣的位置，大家將這種經驗稱之為沙發時間。

身著手術衣加白袍的寇利爾醫生，臉色冷峻。他沒穿鞋，穿有菱形格紋襪的雙腳，堅實貼地，大腿上放了兩個牛皮紙袋，他完全不浪費絲毫時間。

「可怕的一天，史提夫，真可怕。老實說，我對你失望透頂。」他的語氣宛若冰河一樣冷寒。

「是，長官。」

「我們這個部門多年來一直保持優越的安全紀錄，現在光是你一個人，不過在短短的一個下午就徹底翻轉。史提夫，意外難免，但我說真的，這實在是難以接受，你更應該比別人明白這個道理。」

「是，長官。」

「現在，由於你昨日的疏失，直接造成這部門有了一名死亡病患，還有一名性命垂危，而且很可能會害我們得面臨兩起訴訟案。除此之外，我旗下的兩名主治醫師——在這所院校裡備受敬重的兩位教授——同樣怒不可遏。由於你對他們的病患造成了這樣的傷害，其中一位教授已經要求我立刻把你開除，這也是情有可原。」

我猛吞口水。

賴利？安德魯斯？到底是哪一個？安德魯斯可能真的會耍賤。天，我希望不要是賴利，但他真的很生氣。

「是，長官。」

「現在我得要好好思考要怎麼處置你。首先，我們先討論這名做完膀胱全切除手術，卻因心臟病猝死的病患。」

他打開了第一個牛皮紙袋信封，以優雅姿態將食指指尖碰了一下舌頭、開始逐一翻閱裡面的文件。「我已經看過你在他病歷裡的摘要，檢查了你開的用藥與全靜脈營養輸液醫囑。」

他抬頭，「我認為你不該在他的全靜脈營養輸液加鉀，蠢，顯現你判斷力嚴重不足。我認為很可能就是這些鉀害他喪命。就我看來，你當初也不必給這個倒楣的人加鉀，直接把他從醫院頂樓推進敞開的電梯井道，也可以達到相同效果。」

我面色抽搐，只能盯著他腳下的長毛地毯。

「而且，據我所知，遑論導致這名特殊病患離世的一連串不幸事件的起點，其實是因為他在手術房裡被施打了過敏抗生素，直接違反了這間醫院手術全期病患安全守則。是不是這樣？」

「啊，是麻醉住院醫生——」

他嚴厲打斷我，「是不是這樣？」

「是，長官。」

「好。現在，既然這起死亡事件顯然與醫療疏失有關，醫院打算要對死因進行正式調查，將由醫院安全委員會與風險控管部門共同監管。」

風險控管，醫院的律師。

「今天早上家屬同意解剖驗屍，根據醫院規定，我們必須保存全靜脈營養輸液，送交獨立實驗室進行正式分析。」

家屬？哪來的家屬？伯納德先生從來沒提過他有親人，只有女友而已。不過寇利爾醫生的肢體動作朝我連番砲轟而來，我現在也無暇多想。

「由於現在並沒有你的明顯疏失證據，安全委員會將不會對你進行正式調查——反正，至少現在還不會——只是要針對引發這起警訊事件的一連串成因詢問你這裡的版本。我希望你要與他們充分合作。你要給我記清楚，安全委員會不是你的敵人。它的所有成員都只是想要確認事發經過。你當然要隨時以專業態度予以配合，而且必須完全誠實回答。明白嗎？」

「是，長官。」

「嗯，好，既然這樣的話，我們已經討論了這名進行膀胱切除術的病患，現在，輪到進行腎上腺切除術的病人。」他闔上第一個檔案，打開了第二個，再次以熟練姿態潤濕食指。「拉席特爾醫生告訴我，他曾經特別交代你，千萬不能獨自執行剝離腎上腺靜脈的部分，因為很可能會傷及下腔靜脈——最後果然出了這種事，是不是如此？他是否曾經告訴你，除非等到他回到手術室，否則絕對不能操作剝離手術？」

「對。」

「好，既然是這樣，你為什麼要繼續動刀？」

「嗯，當時很順利，所以我就繼續下去，我真心覺得自己可以處理，就算沒有賴……沒有拉席特爾醫生在場也一樣。」

寇利爾嘆氣，閉眼，以右手輕輕撫擦右頰好一會兒，食指與中指以緩緩劃圓弧的方式揉動太陽穴。他停下動作，依然閉著眼，搖頭，指頭還是緊貼著太陽穴，我發現他眼瞼的曬色與身體其他部分一樣深。

「史提夫啊，史提夫。我知道你的雙手很厲害，而且，在手術房裡面充滿自信，並非只是一項令人敬佩的特質而已——它是所有優秀外科醫生的必要條件，但真正厲害的外科醫生一定很清楚自己的侷限。」

他放下手，睜開雙眼，現在他目光的銳利度稍微柔和了一點。「你不僅僅是無法自行操作剝離手術，而且對於自己行為所造成的可怕結果也完全沒有準備。你的外科技術就是無法跨越這樣的挑戰，你可能很難承認這樣的現實，但你早該知道自己已達技術極限，必須尋求協助才是。你知道我在說什麼嗎？」

「是，長官。」

「我希望如此，不然你的外科生涯一定會夭折。需要的時候開口求援，這也沒什麼大不了。」他啪一聲闔上第二個檔案，「但你還年輕，所以目前我就姑且認定你昨天的行為是因為經驗不足。」

他往後靠貼椅背，雙腿交疊，十指指尖貼成山峰狀，雙眉糾結在一起。

「你知道嗎，史提夫，我們都會犯錯，尤其年輕的外科醫生更是如此。我們要在錯誤中學習成長，這是外科醫生的本分。這就是我們進步的方式，不論是個人還是外科界都一樣。我們一直在進步，不斷挑戰自我，為了病人的福祉不斷自我鞭策。狀況未必能夠符合我們的期待與規劃，當我還是個年輕外科醫生的時候，我的系主任當時曾經對我說：『羅伯特，精準的判斷來自經驗，而經驗來自於失準的判斷。』」他挑眉看著我，「史提夫，你昨天顯然是判斷出現嚴重失誤，我希望你能夠記取教訓。」

「是，長官。」

「很遺憾必須有兩名不幸的病患成為你成長曲線的一部分，尤其這就是那種會影響我們系所在《美國新聞與世界報導》排名的不良變項，我們要在那份排名維持極優秀名次，死亡率資料是一大關鍵。史提夫，昨天的那些事件就是……」他停頓了一會兒之後，才繼續開口：「很可能會讓我們排名下滑的病人照護偏差行為，史提夫，病人最近都會注意那種資料——雜誌評比與醫院排名，他們會互相比較研究，要是我們的死亡率明顯高於競爭對手，病患不會想要前來大學醫院交由我們治療。我講得夠清楚了吧？」

「是，長官。」

然後，他盯著我，沉默不語，若有所思，我覺得這段時間好漫長。這時候的他倒不是發怒，真的——只是失望，彷彿把我當成了他十六歲的兒子，我撞壞了家裡的車，或是與狐群狗黨喝光了酒櫃裡的存貨，再不就是燒了自己的成績單。

光是想到我對這些病人所做出的舉動就已經很難受了，而寇利爾醫生現在的態度更讓我覺得自己彷彿讓父親大失所望，而且可能是最糟糕的那一種行為。

終於，他開口問道：「腎上腺切除手術的那位病患今天如何？」

「目前插管，在外科加護病房，由於大量失血的關係而出現心肌梗塞，而且也有凝血問題。」

「嗯，」他嚴肅點點頭，「希望她可以活下去。」

「長官，我也這麼希望。」

「嗯。」他再次點頭，然後一氣呵成起身離座。

會議結束。我花了一番氣力才從那個堆滿靠墊的沙發站了起來，寇利爾醫生走向門口，開了房門。

「史提夫，目前就這樣吧。只要病患有最新狀況，隨時向我報告。還有，你要知道，我會與安全委員會保持直接暢通的管道，我再次提醒你，我希望你要在他們的調查過程中充分合作。」

「是，長官，我明白。」我走出門外，加速腳步，慶幸自己終於離開了那個沙發與辦公室。

「還有！要記得，」寇利爾醫生站在敞開的房門口大叫，我整個人愣著不動，回頭看著他。

「史提夫，我會盯著你，我們大家都會。」

他向他秘書示意，跟他一起進入他的辦公室。她立刻跳起來站好，抓了黃色拍紙本與筆匆匆跟他進去了，房門隨即關上。

天，拜託一定要讓她好轉，千萬不要讓她死。

天，上帝，拜託一定要讓她好轉啊。

7

七月二十九日星期三到七月三十一日星期五

不過，薩穆爾森太太的狀況並沒有好轉。

老實說，在過去這一個禮拜當中，她的病情加重，越來越嚴重，一切都變得越來越嚴重。每一天都過得渾渾噩噩，薩穆爾森太太在外科加護病房裡與死神掙扎，安全委員會展開了正式調查。工作悶到不行，每一天我都工作得很吃力，艱難完成每一個步驟，只要早上一起來，就覺得肚子跟鉛塊一樣重，而且隨著時間推移，感覺越來越沉重，宛若桶內盛裝的水一步步接近飽和。

我覺得部門裡的每個人對待我的方式都變得不一樣。果然符合了寇利爾醫生對我放的話，大家似乎都在監視我。當然，也許我只是陷入恐慌罷了。話說回來，要是每個人都真的想找機會修理你，你難道不恐慌嗎？我一直無法擺脫別人真的想找機會修理我的那種感覺。

安德魯斯每天至少會對我莫名其妙咆哮一次，不斷提醒我有多麼愚蠢，還有他絕對不會讓我再碰他的病人。我偶爾也會被叫進寇利爾醫生的辦公室，無精打采、渾身不自在坐在沙發上，而寇利爾先生則是像皇帝一樣坐在他的船長椅裡，冷冷聽我報告薩穆爾森太太的最新狀況。我心中一直抱著小小希望，他會再次提到幾個禮拜前討論過的教職機會，但一直沒有。

讓我更受傷——而且創傷甚深的是——賴利的反應。他再也不跟我講話，完全對我置之不理。不接我的電話，在部門會議時把我當成空氣，而且直接與路易斯討論他的病患，也包括了薩穆爾森太太。我有好幾次進手術室幫他，他幾乎完全不理我，每次都是自己動手術，把我晾在手術台旁邊，逼我當觀眾。所以只要他動手術，我就不出現了，改派路易斯頂替我的位置。一想到我未來的工作機會就讓我好沮喪，越來越擔心，我對於這起事件打了一封正式道歉信，交給賴利的秘書，沒有得到任何回應。

其他人的反應雖然沒有這麼明顯，但也一樣令人難受。雖然沒有人跑到我面前說些什麼，但我懷疑我已經成了其他住院醫生的熱門話題。醫生們就是愛聊八卦，馬基維利的內鬥與辦公室政治是我們的其他專長。其實，就某方面來說，醫生們更可怕：總是回頭頻頻張望的積極A型人格、永遠擔心會有更聰明、更成功，甚或更邪惡的同事，隨時準備逮住機會、利用別人的不幸與專業失誤，取得自己的優勢。

我與我們受訓計畫的其他住院醫生並不算特別親近，而且，我覺得自己這次失寵，正好讓他們可以趁機羞辱我，製造一連串的小型奚落攻擊，成為我一整天工作時徘徊不去的陰影。其他住院醫生在低聲交談，但當我走近時就突然閉上嘴巴；其他總醫師同事則知情竊笑，他們會拍拍我的背，賊臉問我是否一切安好。

至於動手術，嗯……很糟糕，是我從來沒想過的那種慘況。

因為樂趣消失了。

原因之一是我認為教授們已經再也不相信我了，我對薩穆爾森太太所造成的傷害，很快就傳出去了，先前願意讓我參與複雜手術的某些教授，現在幾乎不願讓我碰他們的病人。當他們願意讓我動刀的時候，總是再三審酌、仔細緊盯，而且批評我的一舉一動。

但是，不止於此。還有更可怕的情緒——可怕到不行——奪走了我對於手術室的熱愛。

我好怕。

怕動手術。

恐懼自己可能會對其他病人造成傷害，疏忽奪走了另一個器官，或是必須面對類似薩穆爾森太太病患的家屬。這種恐懼害我在手術房動彈不得，我無法下刀，就連最簡單、最輕鬆的手術也一樣，我就是動不了。以往，我從來不會陷入猶疑，絕對不會懷疑自己。這種感覺十分陌生，讓我覺得自己……宛若被閹割了一樣，好憤怒。

我這麼慘，更雪上加霜的是，在這整個過程中，我找不到任何一個可以傾訴的對象。賴利太生氣，不想理我，而其他的總醫師也無法成為選項。是還有路易斯沒錯，他依然態度友好，對我很尊敬，從來沒有提到那件事，而且處理我們日常事務的時候宛若沒有任何事發生一樣。不過我覺得好丟臉，不想找他聊這件事，尤其，因為在這兩起事件當中，他曾經努力阻止我犯蠢：首先，他勸我不要給伯納德先生開鉀，其次，他也主張應該要等賴利回到手術房之後再繼續進行薩穆爾森太太的手術，所以我也不能找路易斯。

莎莉人很好，但她就是不懂。當我第一次告訴她伯納德先生與薩穆爾森太太出事的時候，她充滿憐憫，而且十分焦心，但她並不是外科醫生，所以她怎麼可能對於我犯下這種錯誤產生真正的同理心？她不像我那麼了解伯納德先生，我們最後一次對話的時候，她並不在現場，我當時待在他的病房裡，我並不知道我會奪走他的一切，我不知道都是因為我，他再也沒有機會見到任何一塊木材、與女友在一起，或是在佛羅里達州看到鱷魚養殖場。莎莉也從來沒有看過薩穆爾森太太的先生與女兒們蒼白焦慮的臉龐，永遠不會聽到他們的啜泣，或是凝望他們在床邊禱告的模樣。

而且，一想到我留在大學醫院的機會可能徹底告吹，甚至我們留在波士頓的機會也沒有了，我覺得羞愧無比，讓她失望，我充滿了罪惡感。所以，雖然放心倚靠莎莉是身為老公的正常健康行為，但我覺得還是算了，在她面前我什麼都不說，掩飾自己的焦慮，對於工作的事越來越閉口不談。罪惡、恐懼、挫敗全部埋藏於心，而且待在家裡的時間越來越少。

而且，與我父母談心，更是絕對不可能的事。

所以，我都獨自窩在自己辦公室的狹窄小間裡面，坐在電腦前面，任由罪惡感折磨自己，悔不當初，一想到安全委員會可能會建議醫院開除我，就讓我的胃燒出大洞。值此同時，薩穆爾森太太命懸一線，我緊盯她的生命徵候，注意她化驗結果的每一個細微變化，祈禱她的病情能夠好轉。我一直放不下她的手術，心想到底是哪裡出了差錯，應該要在哪個關鍵做出不同決定，但最後都回到同一件事：我犯了大錯。

由於我待在醫院裡自我放逐，最後，我幾乎都與另一個唯一待在醫院的時間與我同樣久的人窩在一起。

綺綺。

綺綺——保持始終如一的積極、熱愛、冷靜——總是站在我身邊。

她從來不會提起伯納德先生的事，不曾停止讚美我的技巧或是醫療判斷，工作超級滿檔，決心確切的她從來不曾有過任何退縮，她向我們其他人證明她是有史以來最優秀的醫學院學生。我們一起工作，共同進餐，還有，當我不會躲在自己辦公室自艾自憐的時候，我們就窩在住院醫生的住所，暢聊數小時之久。

過沒多久之後，我與她見面的時間已經超過了我與莎莉、凱蒂，還有安娜貝爾的共處時光。我把我的生活都告訴了她，她也對我分享了自己的一切：她小時候在南加州長大，身為加州理工學院教授夫婦的女兒，培養出對所有科學事物的熱情；在這種學術能力頂尖家庭的成就壓力；她在中學時拿到了西屋全國科展的第一名；她在麻省理工學院的大學生活，以及拿了富爾布萊特獎學金在牛津的進修時光；她最近在大學醫學院某間心臟實驗室的研究。

所以，我以某種彆扭的方式，向她傾吐歷經伯納德先生與薩穆爾森太太事件餘波的殘毀心緒，綺綺的地位很快就超越了朋友與知己，成了我生命中最重要的人。

8

八月一日 星期六

早上我與綺綺一起巡房。由於路易斯休週末，所以只有我們兩個。我偶爾得像今天這樣在週末巡房，我喜歡在這種時刻開始做事，就能盡早完成一切。當你在恐怖清晨時分把病人從睡夢中挖起來的時候，他們比較不會問你煩人問題（遇到這種狀況就會拖慢速度）。

所以，當我們開始的時候，外頭還是一片黑。病人狀況都很好，綺綺與我巡過一間間病房，檢查腹部、查看繃帶、移除膀胱導管，而且還會向那些昏昏沉沉、拚命眨眼要驅趕睡意的病人保證一切都沒問題。我們的動作迅速有效率，至於那些病人，動了各式各樣手術、正在康復中的一群人，倒是話不多。

當然，他們都很疲倦，但許多人也準備要在當天回家了，對於能夠出院，一心只有感激。

然而就在我們巡房快要結束的時候，某名比較囉唆的病患開始問我一連串沒完沒了的問題，路易斯與綺綺為她取了個封號，「聒噪凱西」。她是身材驚人、性情浮誇的媽媽，有兩個小孩，在助曬機裡面養出的橘棕色肌膚，亮紅色捲髮，還有令人頭皮發麻的娃娃音，她喜歡在床上放著鐵鏽紅色的泰迪熊。

最讓人抓狂的是，我根本不知道她為什麼會住院。她有膀胱慢性病，但目前並沒有惡化，而且，就我所知，我們也不會對她進行任何治療。我覺得她就只是純粹喜歡待在醫院裡，而她的主治是位和藹可親又心不在焉的老教授，個性超好，絕對不會趕她出院。

反正，今天早晨「聒噪凱西」一直不斷重複相同的問題，她抓著自己的泰迪熊，心不在焉梳理它的紅毛，看起來是不會結束了。我發覺我越來越無法壓抑自己的怒火，而且我想要衝到她的病床前、將手指捏住她那肥軟脖子掐死她的欲望也更加難以抑遏。

正當我懷疑自己是否真有辦法離開她病房的時候，我的呼叫器發出尖響，打斷了「聒噪凱西」的長篇大論。我看了一下訊息：走廊護理站需要你。我四處張望，發現綺綺已經不在這裡了——想必她一定是在我跟「聒噪凱西」都沒發現的狀況下悄悄溜出去，而且躲在走廊呼叫我。

太好了，這就是我逃離這裡所需的藉口。

我皺眉，露出醫生專有的憂慮神情，指了一下呼叫器的螢幕，對「聒噪凱西」開口，我真的非常，非常抱歉，但我的另一名病患有緊急狀況，我必須立刻離開。我逃出去的時候，她還像個小孩一樣板臉翻下唇。

綺綺小心翼翼在走廊的遠處等我，她靠在走廊牆上，露出賊笑，雙手交叉胸前。

我關上「聒噪凱西」的房門，立刻道謝：「謝謝。」

「不客氣。」她的賊笑變成了燦笑，今天早上她看起來氣色真好。頭髮後梳綁成馬尾，露出了整張臉，她那雙柔和的深色大眼也變得更加凸顯，而且，她沒穿手術房上衣，改穿緊緊包裹身材的白色短T。「我們繼續吧，查看薩穆爾森太太的狀況之後就結束了。」

我們前往外科加護病房，特意挑後門進去，以免在等候室遇到薩穆爾森太太的家人。她今天早上看起來好多了，停了好幾種藥，而且連接維生機器的塑膠管也拔了好幾根，我依然抱持著她也許能夠活下去的一絲希望。看過她之後，我們到了樓下的餐廳。

莎莉與女兒們待在她姊姊的普羅維登斯住所，要等到明天早上才回來。所以，我沒有回家的理由，與綺綺泡在一起吃早餐，其實我一想到還有理由可以與她多相處一會兒就很開心，但我盡量不要多想，而且也拚命努力不要盯著包裹她身體曲線的那件T恤，不要去注意從餐桌另一頭飄散過來的超怡人女香（某種洗髮精吧？）。

終於，我們聊天的興頭慢慢消退，開始各自沉思。我盯著自己的空盤子，惦記著薩穆爾森太太最新的生命徵候資料。

「史提夫，可否詢問你有關伯納德先生的一些事？」她面色很為難。她與路易斯從來沒有直接與我討論過伯納德先生或是薩穆爾森太太，當然，我知道他們一直惦記在心。

我嚇了一跳，聳肩搖頭，努力假裝不在乎。

「我聽說你見了醫院安全委員會，他們正在調查他的……你知道我要說什麼吧。」

「嗯，他的死因。」

「現在如何？」

「與委員會的合作狀況？我想還可以。」

與委員會的合作狀況這種說法，其實並無法精準描述我的全程感受。審問，應該比較接近。

我與委員會見了三次面，他們是由醫學院資深教授、醫院行政主管、護理長，以及醫院律師所組成的臭臉小組。那兩次我都覺得自己像是在高熱燈光之下，被某個身穿褐色軍裝風衣、頭戴軟呢帽的德國人節節逼問。

什麼原因讓你決定要開鉀？你覺得在這種臨床狀況下有其必要嗎？你是否曾懷疑過高血鉀可能會發生問題？講啊！你知道什麼？你的醫療計畫呢？你的文件亂七八糟！

委員會裡面只有一個友善面孔，名叫傑森．小林的骨外科住院醫生。傑森是我多年的好友，打從我們還是大學醫學院學生的時候就混在一起，還是大體解剖課的搭檔，兩個人黏在一起好幾個小時研究死屍。雖然我們最近很少見面，但以前會固定外出喝啤酒，直到我們兩人差不多同時間有了小孩之後才停止。在與委員會開會的過程當中，傑森看起來就與其他成員一樣認真嚴肅，但也不知道為什麼偶爾會稍微展現同情心，而且從來沒有丟給我棘手問題。

不過，他也十分小心翼翼與我保持距離。在第一次委員會會議結束不久之後，他在私底下偷偷告訴我，我們兩人若要聯絡必須得非常小心——要是委員會的其他成員發現我們彼此認識，他一定得自救。由於現在沒有其他住院醫生能夠替代他的位置，所以他要是離開的話，委員會裡就沒有任何住院醫生的支援了，他不希望會發生這樣的憾事。他十分聰明，而且也寬容大度。

反正，委員會自己的處理速度快得出奇。寇利爾醫生在一開始的時候告訴我，這種調查得要拖上好幾個月，不過，傑森卻在我們通話的時候告訴我，委員會遭到施壓，必須要在幾個禮拜之內把正式報告送到醫院執行長的辦公桌上面。他沒有告訴我為什麼，我也不知道委員會的快速步調究竟是好還是壞。我猜應該是不妙：那些最快速審理的刑案，最後不都是讓被告貼牆排好準備伏法？不然就是把他們吊死？

好，總而言之，我必須要說與安全委員會交手的經驗，就與我最近的生活一樣，慘到不行。

我沒有把傑森的事告訴綺綺，其他的心事亦然。我只是聳肩回道：「我想沒事吧，他們正在等待最後驗屍結果。委員會沒有透露太多，他們只是針對事發經過詢問了我一堆問題。」我懷疑委員會之所以一直把我蒙在鼓裡，是因為我的行為——也就是我的疏失——已經成了他們調查結果的要件之一。

「有沒有什麼可以讓我幫忙的地方呢？畢竟，我也參與了那一次的心肺急救是吧？我對於改善病患安全很有興趣：避免醫療疏失、診斷錯誤啊什麼的？」

「很好，但我覺得妳幫不上忙。」我看到她後頭有個老先生與年輕小姐，正在推某個坐在輪椅上的枯瘦老太太，她的輪椅置有點滴架，整顆頭包了圍巾，是癌症病患。

「伯納德先生是我第一個目睹死亡的病患，我……是我第一個發現了他。」

「嗯。」

「我想你已經見過許多人死亡了。」

「是有一些。」

「我……我沒想到是這樣。」

「不然妳本來以為是怎樣？」

「我猜，嗯……我也不知道該怎麼說。」

「比方說？」

「比方，嗯……我不知道，更戲劇化的場面吧。」

「像是出現了某個訊號或是預兆？某種詩意的場景？看著靈魂離世？瞄到魂魄離開軀體？」

「也許吧。嗯，大家都說人死的時候眼中的光會消失，我不太確定那是什麼意思，史提夫，你覺得呢？」

「我通常沒想這麼多，不會去思索這種事。」

「對，哎，伯納德先生之死完全看不到任何的詩意或是神秘元素，他就是……死了。我好蠢，我不知道自己怎麼會疏忽了鉀。」

「好，綺綺，妳真的不需要對這起事件如此歉疚。不是妳的錯，是我出包。給醫囑的人是我。而且，妳不需要擔憂那種事——我這句話不是針對妳，但妳畢竟只是個醫學院學生。」

「只是……我是說，伯納德先生熬過了大手術，但死因卻是某種明明可避免的疏失。真的是……很遺憾你必須承受這種痛苦。」

她伸手過來，碰觸我裸露的前臂，這樣的肌膚接觸雖然短暫，但已經足以讓我頸後寒毛直豎，心跳飛快。

而她在桌面下也開始挪動雙腳，將某隻腿舉高，碰觸我的腿，一開始時的動作很輕微，所以很像是意外碰觸，但之後越來越用力，擺明了是刻意，用腳撫摸我的小腿。她傾身向前，那一雙大眼——如此平靜篤定——緊盯我的臉龐。我忍不住，目光在她T恤的裸露頸線留戀了好一會兒。

她發現到我在注意她，嘴角露出知情微笑。

我終於回過神來，實在很不想承認我其實不想這麼做，但我還是把腿抽回來，咳嗽，開始認真關注她背後的那名癌症病人，綺綺也坐直身子，繼續吃她的貝果。

這一刻結束了。

靜默籠罩而來，她啃貝果，我啜飲咖啡，盯著她背後的那名癌症病患。

綺綺若有所思，「不過，這有點古怪，你一定不覺得我們給他的鉀會引發心律不整吧。」

「什麼？」那名癌症病患正在吃甜甜圈，她的同伴鼓勵她一口接一口吃下去，她報以淡然笑容回應。

「就是……你也知道，其實我們並沒有給他那麼多的鉀，看起來不該會引發任何問題才是。」

我放下咖啡，一臉訝異盯著她，幾分鐘之前的尷尬互動已經被我完全拋到一旁了。最近，當我在獨自沉思的時候，這個念頭也徘徊心頭好幾次，第一次想到的時候是伯納德先生死去的那一晚：我們給的鉀並沒有到致命的程度。不過，我對於是否要追下去卻很遲疑，因為我不希望抱持錯誤期待，覺得自己有機會可以從這場亂局中全身而退，而且，安全委員會的無情拷問已經殺得我猝不及防。

「妳為什麼會這麼說？」

她聳肩，「你知道嗎？如果要殺死一個正常成年人，必須在五十CC的生理食鹽水加入一百毫當量的氯化鉀？而且必須是以快速靜脈注射一次完成。」

「真的嗎？需要那麼多？」我的確充滿了興趣。

「對，我們病理生理學的某次學術演講找到波士頓首席法醫，我知道伯納德先生的腎臟還沒有完全復原，但我們給他的量是每一ＣＣ還不到兩毫當量，而且，我們是花了好幾個小時慢速注入。」

「嗯……」我的目光飄向她後頭的那名癌症病患，她抹去唇上的巧克力糖霜與糖粒，說了一些話，但我沒辦法聽清楚，而她的同伴們全都在暢懷大笑。「好，所以我們先假設一下吧，伯納德先生顯然是死於高血鉀，如果不是我們給了他過多的鉀，那到底是哪裡來的？到底是什麼讓他血鉀飆高？他的其他藥劑？會不會在其他輸液裡加了鉀？橫紋肌溶解症？但為什麼會得到橫紋肌溶解症？這一切都是幾乎不太可能會發生的情節。」

「會不會是某人誤開了鉀離子？比方說藥劑部門？」

「也許吧。但我覺得藥劑部門一定有可以預防這類情事的預防措施，或者，至少應該是如此。」

那名癌症病患吃完了她的甜甜圈，神情疲憊，但卻洋溢著勝利的快感。

❖ ❖ ❖

我與綺綺的這段對話撩起了我的好奇心。我們並沒有給伯納德先生過多的鉀，卻害他喪命，真有這個可能嗎？我開車送綺綺回家（雖然我懷疑她不想離開），買了一大杯新鮮咖啡，回到辦公室，坐在書桌前面。接下來，我花了幾個小時的時間，從電腦中取出伯納德先生血鉀濃度與腎功能的所有化驗資料。當年我還是醫學院學生的時候，曾經修過腎臟學的高階課程，所以我有經驗，知道需要計算哪些數據。一開始的時候有點生疏，但過了一會兒之後，我就整理出他所有的血鉀濃度資料，並且與他死前那幾個小時的腎功能進行比對。

透入窗內的陽光越來越柔和，進入下午時分，我也在這個時候終於找到了答案，很明顯：就算是把伯納德先生腎衰竭的因素納入考量，全靜脈營養輸液的鉀含量也不可能讓他的血鉀衝得這麼高，這麼快。

換言之，根據這些數據，我們不可能害他喪命。

為了以防萬一，我又檢查了算式兩次，然後，整個人靠在椅背上，咬住我的筆尖，努力壓抑胸中剛出現的那股興奮感。我的部分腦袋——理性謹慎的那一塊——提醒自己最好不要依賴我的業餘驗屍分析。我的意思是，我怎麼會在一整個過程中錯過這麼明顯、這麼直接、明明擺在我面前的事？難道真的這麼簡單？數字其實兜不太起來？這是就連醫學院學生都看得出來的事實？還有安全委員會呢？他們也早該發現了吧？他們為什麼沒有提到這一點？

而我腦袋的其他部分則發出了一聲長嘆，承認這是太過美好的結論，不可能是真的。我一開始的興奮感立刻就心不甘情不願迅速滅亡。但是我的好奇心並沒有消失。所以我打電話給我的好友理查德，在大學醫學院任教的年輕教授，專長是腎臟病。他欠了我好幾個人情，最重要的就是，他的未婚妻還是我介紹的，我還特地在一開始聊天的時候稍稍提醒了他這一點。我解釋我到底需要什麼資料，雖然是週末，他還是答應會面。

大約在一個小時之後，我們在哈佛街的星巴克聚首。我請客，買了兩杯拿鐵，然後我們在後頭找到了一個安靜的桌位，隨口閒聊了一會兒之後，我小心翼翼攤開了好幾張紙，把我算出的等式給他看。理查德利用他智慧型手機的某些應用程式仔細逐行閱讀，詢問我如何消化這些數據的關鍵問題。幸好，也不知道為什麼，他並沒有問我為什麼我想要知道這問題的答案，也沒有拷問我伯納德先生之死的詳細狀況。

他動作迅速，與我先前的蹣跚步調相比，根本就是光速，在他身旁的我，宛若是揮舞蠟筆的幼幼生，而我拿鐵還沒喝到一半，他就已經全部算完了。他修正了多處錯誤，調整某些小數點的位置，然後又點出我假設的幾個小漏洞。

不過，最重要的是，理查德完全同意我的觀點——光是靠路易斯與我所開給伯納德先生的鉀含量，絕對不可能害他血鉀快速飆升。他把我的那些紙張推回到我面前，終於喝了他的第一口拿鐵。

當我收拾文件、小心翼翼放入肩包的時候，我不知道到底是因為拿鐵，還是他的答案，或者兼而有之，害我的雙手晃得好厲害。理查德一臉焦心看著我，問我是否還需要幫忙？我告訴他，不用了，謝謝他出手相助。他瞪了我一眼，似乎是想要開口講些什麼，但突然閉嘴。他與我握手道別，起身離座。

我望著他走出去，腦中的好奇區塊又想要發表看法。

不可能這麼簡單！

但是，我現在的自尊已經充滿了勇氣，準備奮起再戰，討回公道，立刻對那股聲音回吼，現在的我已經貪婪死抓新證據不放。

當然就是這麼簡單。

一股突如其來、急切瘋狂的活力竄遍全身，宛若暴漲河流迅速通過狹窄山谷，讓我心中盈滿了歡喜希望，經過這幾個禮拜的持續低迷不振，這種感覺的確令人迷醉。我頭暈了，我想要振臂揮拳，像那些全身刺青的白痴一樣，在橄欖球比賽的時候大吼大叫。

為什麼？因為我有機會可以全身而退，這種結果撩人令我眩目。畢竟，要是我給伯納德先生的鉀並不足以致命，顯然一定是來自他處。

這不是我的錯。

一堆問題衝向我的混亂腦袋，我簡直就像是自動投籃機的籃網，一顆顆籃球拚命朝我丟來。是什麼造成血鉀飆升得這麼高又這麼快？他體內的那些鉀究竟從何而來？如果不是我們給了他過多的鉀？那又是誰做的？靠什麼方法？安全委員會又是怎麼判斷呢？

安全委員會。

靠。

我完全忘記安全委員會的事了。

我腦袋的謹慎部位開口，看吧，我早就告訴你了。

我的自尊回嗆，閉嘴啦。

我坐在那裡好一會兒，陷入沉思。要是我能夠參透這一點，安全委員會當然也不例外。

我拿出手機，打電話給傑森，他是我信任的好友，是委員會的成員。他立刻就接起電話。一開始的時候態度友善，但當我表明這通電話的真正目的之後，立刻轉為冷淡。我仔細解釋鉀含量數據的不符之處，然後詢問委員會是否在調查過程中發現類似的線索。

我講完之後，另外一頭沉默了好一會兒，我一開始以為是斷線。

「傑森？喂？聽得到我說話嗎？」

他發出了介於悶哼與嘆息之間的某種聲音。我的心中已經可以想像出他在電話另一端的畫面，英俊大臉因為專注而皺成一團，強壯厚實的手拿著手機貼耳，而另一手則忙著梳理一頭濃黑髮絲——這是他在醫學院課堂回答棘手問題，或是思索教科書裡某個特別艱深難題時的緊張老習慣。他要是向我透露任何訊息的話，當然不會有任何好處，而且可能會損失慘重。如果易位而處，我應該一個字也不會說。

「嗯，我還在，喂，史提夫，聽我說，」他語帶保留，「我不該和你講這種事，嚴格來說，我根本不該和你講話。」

「傑森，我知道。只不過我最近很不順，我在想也許你可以……要是能夠透露給我多一點訊息，也不會損及任何人的利益。」

「是，是啦，我知道，我想你現在一定很慘。」

「好，既然到了這種時候，我想讓你知道也沒關係……」我深吸一口氣，手機越捏越緊。「史提夫，我等一下要告訴你的事，千萬不可以向別人說起，知道嗎？嘿，真的，我沒在跟你開玩笑，絕對不行，真的，一定會害我惹來一身麻煩。我必須簽下保密協定，這非同小可，要是有人知道我向你透露消息，我一定會被修理得很慘，我們兩個都會遭殃。」

「我知道。」我猛力吞嚥口水，拚命猜測我現在的世界可能會變得有多慘。

「好，是這樣的，委員會在上週五開會。史提夫，我們的調查差不多要結束了。史提夫，我想你應該要知道，我們之所以會進行得這麼快，其實，是因為你的病患是我們的超重要客戶，或者，至少他爸爸是。他父親是個大富豪，曾經捐給大學醫院數千萬美元，完全沒有張揚。此人非常低調，但影響力嚇人。所以醫院執行長與醫學院校長緊逼我們要盡快低調完成任務。」

伯納德先生？大富翁之子？他甚至從來沒有對我說過他有家人。我不知道他的幕後故事，也許他不希望因為自己住院而引來家人操心，或者他自尊心太強，就算臥病也不想開口求人幫忙。再不然，他就是敗家子吧，永遠沒有機會返家的那種浪子。

「史提夫？喂？你還在線上吧？」

「嗯，我在，只不過……他從來沒有提過他的父親，我說的他，是指這位病患。」

「哦，好，隨便啦。所以驗屍結果證實你的病患很可能是因為高血鉀所引發的可怕心律不整。這一點完全不意外，所有的組織化驗都符合這個結論，而驗屍的其他結果並沒有特殊之處，我們也檢查過他的醫囑，但有件事真的嚇了我們一大跳。」

我吞口水，大力嚥下。「是什麼？」

「那袋全靜脈營養輸液，也就是我們本以為害你病患喪命、內含鉀的那個源頭。」

我緊握拳頭，「什麼意思？」

他壓低聲音。「那個全靜脈營養輸液裡的鉀濃度至少比你開給他的量高出了一百倍，甚至更多。」

「真的嗎？」我鬆開拳頭。

「對，真的，我們目前找了三家不同的實驗室，做了四次實驗。」

「所以……」

「所以你說得沒錯，數據不合。那袋全靜脈營養輸液的巨量鉀害死了你的病人，那種劑量殺死一匹馬也不成問題。但那並不是你開的藥方，而是來自他處。」他停頓了一會兒，「我很佩服你居然自己研究出來了。」

我好想在屋內跳舞，「謝謝，傑森，」我逼自己要保持鎮定，「這是我最近一直在煩心的事。」

「實在難以想像你的煎熬。不過……我覺得還有件事應該要讓你知道。」

「什麼？」

他語氣中的那股尷尬讓我的掌心開始汗濕，突然之間，我不想跳舞了。

「是什麼？」

一陣好長的沉默，我又以為他掛了電話。

「傑森？你還在線上嗎？喂？」

「喂，對啊，我還在，」他語氣無奈，「我都跟你說這麼多了，所以講出其他的部分應該也沒差了吧。」

「是要告訴我什麼？」

「我只是希望正式報告出爐的時候，你不會意外遭受攻擊。」

「傑森，我會被什麼事意外攻擊？」

「報告的其他部分。你病患全靜脈營養輸液裡的多餘的鉀，到底是哪來的。」

「好，所以，到底是從哪裡冒出來的？」

他迅速向我解釋，醫院藥劑師會根據醫師的醫囑個別準備每一袋全靜脈營養輸液。藥劑師核對醫囑，從藥劑部門的電腦管控倉庫取出每一種成分的精確用量，然後在某種半自動組裝產線的協助之下，將這些成分置入消毒溶液之中，委員會認為準備伯納德醫生全靜脈營養輸液的藥劑師不小心放入過多的鉀。

我回道，太好了，所以這是藥劑師的錯。

傑森繼續解釋，不過，這個電腦管控倉庫就像一台巨大的提款機。藥劑師輸入每一種所需成分的精確用量——鉀、鈉，還有其他種種——而且只會從倉庫裡拿到相同的劑量。電腦會留下每一筆處理過程的嚴格數位紀錄，讓藥劑部門可以追蹤藥物的進出量。根據電腦紀錄，那天為伯納德先生準備全靜脈營養輸液的藥師從電腦管控倉庫取出的鉀劑量完全符合醫囑。

「好，所以……既然是這樣的話，那些多餘的鈉是從哪來的？」

「當然，我們永遠不知道答案。我們認為應該是藥劑部電腦出錯，釋出過多的鉀。藥劑師絕對不會知道，而且電腦也絕對不會有紀錄。這你聽了就別說出去，其實這也不是第一次了。好幾個月之前，就發生了一起與你狀況非常類似的案例——某位病患差點因為過量的鎂而喪命，因為系統給的劑量是需求量的十倍之多。藥劑部門的派藥系統很老舊，一切都該更新才是。」

「你們要找出額外的鉀？查核系統？」

「不會，這樣無濟於事。與這間醫院每天的派藥量相比，那些多餘的鉀根本就是大海裡的一滴水珠而已。我們永遠無法查出確切下落。更重要的是，醫院領導高層不想要……太過焦慮，引發對這起事件的額外關注。病患安全議題，負面的媒體消息，反正醫院就是會徹底檢查整個藥劑部門系統。」

「嗯，醫院能這麼做真是太好了。但這與我有什麼關係？在輸液裡添加過量鉀的人又不是我。」

「對，不過……是這樣的，委員會擔心你有替不需鉀的病人開大量鉀的習慣。他們覺得你——嗯，這顯現出你的臨床判斷很糟糕，會引發危機。」

「這到底是什麼意思？」

「好，委員會回頭檢查了你這六個月的醫囑，現在要做這種事很容易，其實，你要自己弄也不成問題。你應該早就知道是怎麼處理的了。『艾林』系統可以追蹤醫院裡每一名醫生的醫囑，根據『艾林』系統，在這名病患過世的前幾個禮拜當中，你為好幾名不需鉀的病患以靜脈輸液補鉀。」

「什麼？你在講什麼？」

「史提夫，好，我只是告訴你事情就是這樣。我自己也看到了那些醫囑。在七月上旬的時候，你為十五名血鉀完全正常的病患開了靜脈輸液補鉀的藥方：高達十五名之多，裡面沒有任何一個人需要接受靜脈輸液補鉀。劑量很少，沒有人出狀況，但委員會對於你這種習慣真的很憂心。」

我完全不知道他在講什麼。

「傑森，我完全聽不懂，根本摸不著頭緒。」

「好，大家都只希望這整起事件可以就此結束，安靜落幕。聽說律師們已經達成協議。病人的爸爸——那個有錢人——千方百計就是不希望有任何曝光，他也已經接受了我們的調查結果——還有，嗯……你呢，呃，在他這起死亡事件中所扮演的角色。」

我在他這起死亡事件中所扮演的角色。

「所以這對我來說到底是怎樣？」

「委員會的最終結論是，病人致死主要是由於你糟糕的臨床判斷。」彷彿在電話的另一頭對我朗誦官方報告，「首先，你讓病患在手術房接受了錯誤的抗生素，那款抗生素引發了腎衰竭。其次，而且也是更重要的原因，你在全靜脈營養輸液袋加鉀，在全靜脈營養輸液袋加鉀是一大錯誤，與你先前奇怪醫囑模式完全相符的錯誤。所以委員會的建議是你必須上醫學訓練的補充課程。你到醫學院修習電解質管理與病患安全等課程的時候，醫院會暫時停止你動手術的權利。在這段停職期間，你沒辦法動手術。」

「什麼？靠，媽的我這樣就又得回頭當醫學院學生了。」我大聲抗議，隔壁桌那對衣裝高雅的中年夫婦不以為然瞄了我一眼，然後又繼續聊天。

「史提夫，」他的語氣充滿耐心，「如果你遵照他們的吩咐，一切都會平安無事，小小的懲處而已。他們會在你的機密個人檔案裡放入一封訓誡函。再過幾個禮拜，只要你上完了補充課程，就可以完全復職，最多就是這樣。你彎腰，翹屁股挨打一下，那麼就船過水無痕。」

「如果我不願意呢？要是我拒絕合作？」

「他們就會把你趕出志願醫師受訓計畫，叫你走路。」

我覺得自己的臉彷彿被狠狠揍了一拳，天旋地轉。我以另外一隻手抓住桌邊保持平衡。我覺得我快吐了，而且我已經找到衝向廁所的最快路徑，預做準備。不過，一開始的驚駭消失無蹤，取而代之的是一股暴漲的怒火與尷尬。我的視線恢復正常，胃部也不再翻攪。

「傑森，我不相信，鬼扯，真的是胡說八道。」

我現在真的在對手機的另一頭咆哮，隔壁桌的那對夫妻不再交談，怒氣沖沖盯著我，完全不掩飾他們的敵意。還有許多其他的客人正從筆記型電腦螢幕上方或是拿鐵杯的杯緣打量我。

「我……好，對，我在手術房的時候給那傢伙打了頭孢菌素。很蠢，我知道，但我沒有開給其他病人鉀，我發誓我沒有，這一點我一定抗議到底。」

「我只是傳話而已，不要針對我好嗎？我把這些消息透露給你，真的是冒了很大的風險。還有，嘿，我努力過了，想要說服他們對你寬容一點，但是你開出的那些鉀——」

「媽的我沒有開那些醫囑！」

「好，我知道這狀況很糟糕——」

「靠你什麼都不知道！」

「好啦，」他也火了，「這位醫生，不過，在你氣急敗壞之前，也許你可以看一下自己開出的那些補鉀醫囑。」

他掛了電話。

我對著已經斷線的手機狂吼，然後把手機丟到桌面。那對中年夫婦最後一次對我怒瞪擺臭臉，然後就出去了，而鄰近座位的顧客早已全都默默離開。那些站在櫃檯後面、臉上滿佈青春痘的咖啡師們一臉焦慮，交頭接耳，顯然是在考慮到底要派誰出馬請我離開。

但我不在乎。我知道要怎麼查看自己的電子醫囑。我從包包裡拿出自己的筆電，手指在鍵盤上瘋狂飛舞，以遠端方式進入「艾林」系統，輸入我自己的帳戶名稱與密碼，叫出了醫囑系統。我一邊口沫橫飛罵傑森，同時迅速找出自己從六月之後開出的醫囑。資料在螢幕快速滾動，我開始研究六月到七月第一個禮拜的資料。

突然之間，全都出現了。

補鉀的醫囑。

長長一大串，從七月的第一個禮拜開始，直到伯納德先生死亡的前一天才停止。

我眨眨眼，下巴快掉下來了，不敢相信眼前的畫面。

靠，一定是在跟我開玩笑吧。

十五名病患，全都是正常的血鉀量。

十五份以靜脈輸液補鉀的醫囑。

都是我開的。

日期：七月六日，病患：HS，處方：氯化鉀，劑量：三十毫當量，靜脈輸液。

日期：七月七日，病患：LP，處方：氯化鉀，劑量：二十毫當量，靜脈輸液。

日期：七月七日，病患：GN，處方：氯化鉀，劑量：二十毫當量，靜脈輸液。

後面還有一堆。

一切清清楚楚，根據電腦資料，在短短十天當中，我一共開了三百毫當量的鉀，全都是以靜脈輸液注射——無論從什麼觀點看來，都是超級巨量——開給不同的正常血鉀病患的微量藥劑，他們都是不需要補鉀的病人。

我往後倒靠在椅背上，瞠目結舌，到底怎麼會發生這種事？我怎麼可能會在毫無知覺的狀況下開了那麼多的鉀？不可能，我不可能開了十五張那樣的醫囑，然後忘得一乾二淨。我是很忙，但沒有忙成那樣，而且大部分的醫囑都是路易斯開的。

電腦出包？也許吧，但那一定是相當嚴重的失誤。

我心中突然閃過一個荒謬疑念：是否有人駭入系統假造醫囑？刻意要陷害我？製造我出包的假象，其實是為了要掩蓋醫院的藥劑派藥系統而轉移焦點？

我的呼叫器響了。

現在是怎樣？

上面寫道，史提夫，六號手術房有骨盆多處中槍的傷患，盡快到達，謝謝。一般外科醫師，丹恩。

骨盆中槍的傷患，創傷。我必須立刻趕回大學醫院。

等到其中一名咖啡師終於鼓起勇氣，焦慮不安揪擰著十指朝我走來的時候，我已經闔上筆電，把它放入我的肩包。

「沒關係，」我從她身邊走過的時候，動作粗魯碰到了她。「反正我要離開了。」

❖❖❖

二十分鐘之後，我已經換好消毒手術衣走入六號手術房，裡面忙得很熱鬧。

我嚇了一跳，沒想到綺綺已經在裡面了。我不知道她是怎麼知道這名病患的事，但她已經坐在角落的某張桌前，盯著電腦，聚精會神填寫電子文件。我點頭對她表示讚許，她過了許久之後才終於對我比讚。

手術房的正中央，已經有好幾個一般外科醫師站在手術台旁邊，上頭躺的是一個身材矮小的男子。其中一名醫生是丹恩——一般外科醫師，娶了莎莉的朋友，也就是昨天晚上被我看到進值班休息室尬棕髮護士的那一名醫生。

我朝手術台走去，這才發現躺在上面的病患不是成人，而是小孩，最多就是十多歲吧。他全裸，只有擠成一坨的沾血病袍，宛若古老希臘雕像的那一片無花果葉，蓋住了他的鼠蹊處，他已經進入麻醉狀態，固定在口內的氣管塑膠插管讓他光滑的青春五官變得朦朧模糊。他的雙眼已經被貼上膠帶，一眼一片，垂直貼上。這種膠帶，手術房裡經常使用的工具，目的是為了避免在手術的時候引發雙眼乾燥，但卻總是會讓我聯想到古希臘的葬禮，死者的家人會在他們的雙眼上面放錢幣，以這種方式付錢給船夫卡戎，帶引他們度過冥河、進入黑帝斯，也就是冥界。我知道這樣的比喻令人毛骨悚然，所以我不會到處與同事分享自己的心得。

丹恩走過來，外科口罩與帽子遮住了他的英俊臉龐與金色直髮，我們寒暄了一下。

「好，」他伸出大拇指，朝躺在手術台上的那個小孩比了一下。「抱歉麻煩你，謝謝你這麼快就趕過來。」

「沒問題，是出了什麼事？」

「十四歲健康黑人男性，腹部與骨盆有多處槍傷。常見的垃圾新聞：據說他站在街角，沒惹任何人，有幾個他不認識的傢伙直接衝過去，沒來由就對他開槍。反正，他血循穩定，但是電腦斷層顯示腹部有多處傷口，所以我們正在研究。還有幾顆子彈擊中他的，呃，他的……」他伸手朝小孩鼠蹊部的那坨病袍隨便指了一下，然後咳了幾聲。

「陰莖？睪丸？」

「對，他的陰莖，」他再次咳嗽，「我想，還有睪丸。下面很慘，而我們更擔心的是他的腹部，所以我沒有看得很仔細。」

「好的。」我戴上手套，走到桌邊，子彈入身的創傷從外觀看起來可能沒什麼，但這是錯覺。病患下腹部共有三處：皮膚出現不規則狀的孔洞，每一個的面積就跟我指甲差不多大而已。我小心翼翼脫下覆蓋他鼠蹊處的沾血病袍，就任由它直接落地。

好，先前病袍覆蓋區域的傷口看得更清楚了。有名比較資深的手術室護士正在我後面的桌台擺放儀器，她停下動作，從我肩膀後頭瞄了一眼，吹口哨。綺綺站到我身邊，倒抽一口氣。

其中一顆子彈穿入這小孩陰莖底部的皮膚，留下一條宛若地鼠鑽入濕土的長溝，幾乎是左側的總長，出口接近頂端，留下一個殘爛大洞，位置就在導尿管的旁邊。而另一顆子彈（也許是同一顆，但依照這些乾涸血跡與撕裂肌膚的狀況很難判斷，反正，這問題不是那麼重要）則穿透陰囊左側。一坨糊爛血肉——也就是左睪丸的殘體——從破裂皮膚裡冒了出來。透過這個同樣令人瞠目結舌的表皮大洞，我瞄了一下右睪丸，看起來似乎還好。

我突然想起自己看過的某部二戰電影裡的場景，有名大兵的某顆蛋蛋被地雷轟爛，頭髮斑白，身經百戰的中士把那顆已經全然解放的睪丸往後一扔，向那個可憐的傢伙保證他另外一顆還好好的，而且一切都不會有問題，小兵啊，這就是為什麼上帝給我們兩顆的原因。

我告訴丹恩，這小孩還需要花一些功夫好好處理，等到他的團隊搞定他的腸子之後再呼叫我。綺綺向我保證她會留下來幫忙。我先打電話給瓊斯醫生，也就是今晚待命的教授，又告訴莎莉我今晚得加班，然後，綺綺與我到餐廳隨便吃了一點晚餐。我們有的是時間，再加上我的心頭一直被補鉀事件壓得喘不過氣來，所以我就把一切都告訴她了，包括了先前我與腎臟科醫師朋友以及傑森的對話內容。她專注聆聽，眼睛睜得好大，一臉警覺，她信誓旦旦一定會幫我解決這些鉀到底從何而來的謎團。

幾個小時之後，綺綺與我在手術室與瓊斯醫生會面。瓊斯對於今晚得進醫院感到十分惱怒，因為他必須在女兒的訂婚晚宴提前離席。我準備術前工作，而充滿老學院派風格、性格十分古怪的瓊斯則盯著我，而且嘴巴一直在碎碎唸：「這些人為什麼不轟爛彼此的腦袋？替我們省事呢？」還有：「我們越早讓他出院，他就可以越早回到街頭販毒、槍殺他的朋友。」

等到我們結束之後，我決定留在醫院過夜。我叫綺綺去醫學院學生的寢室，自己拖著沉重的腳步，進入陰暗的值班休息室，迎接我的又是那張貼在坑疤牆面、佈滿灰塵的老舊貓咪海報。房內出奇安靜——今晚沒有酒鬼或是春情蕩漾的愛侶，只有窗下的空荒街道偶爾迴盪著汽車加速駛過的噪音，或是遠方警車的鳴笛聲響。

我躺在床上，那隻懸在曬衣繩的貓咪在牆上端詳我，在偏橘的昏黃光線之中，它的毛茸茸身廓與圓滾滾的黑眼清晰可見。

小可愛！抓穩了！

我差點無法按捺把它從牆上撕下來的衝動。我咬牙切齒，翻身，一開始的時候覺得也沒好多少，因為我有個瘋狂心念，覺得那個賊頭小畜牲正在監視我。不過，那股感覺終於消失，正當我要進入夢鄉的時候，卻被電子鎖的金屬喀響嚇醒。

過去這幾個禮拜以來的煎熬，害我就像是以前在波士頓另一頭榮民醫院照顧的創傷後壓力症候群病患們一樣神經敏感。我腎上腺爆發，立刻從床上跳起來，打開電燈開關，在閃爍不定的燈光之下、瞇眼細看擋住門口光線的高挑有致的人影。

是綺綺。

她溜入房間，輕輕關上門。

她怎麼知道電子鎖的數字密碼？

她不發一語，將她隨時帶在身上的智慧型手機從屁股套袋取出來，小心翼翼放在床邊桌上面。她面向我，雙唇微啟，濃密的棕髮軟趴趴蓋住了右半邊的臉，右眼稍微被遮住了，但她並沒有撥開，當然，讓她看起來更顯性感。

她摟住我，開始親吻我的脖子。

我沒有抗拒，但也沒有做出回應，只是站在那裡，雙臂癱放在身側，感受她的溫熱雙唇輕觸我肌膚。

哦天哪感覺好爽。

「綺綺，我覺得這樣不……」

她的雙手悄悄溜向我手術衣的抽繩，以急切又熟練的手法摸索肥厚的那一坨，她的呼吸變得急促，我的頸部感受到她呼出的熱氣。

「我的老婆……」

她鬆開了綁繩，把手伸入我的褲內，我也不知道是怎麼搞的，居然能夠忍住差點從喉嚨冒出來的呻吟。

「我有家庭……」

然後，她在我耳邊呢喃，說出了我不想聽的那幾個字。

然而，這也是我在此時此刻最希望聽到她說的話。

「又沒有別人知道。」

我的心中出現某種詭異的疏離異音——我隱約發現，又是我腦袋的謹慎區塊——它解釋得非常清楚，我因為睡眠不足與長期壓力而陷入狂放狀態，這就與喝醉酒相去不遠。它警告我這樣搞下去不會有任何好處，拚命想要把我從這個近身深淵的邊緣拉回來。

不過，我內心的某種情緒卻立刻斷線。過去這幾週的壓力全絞在一起，成了某種壓垮我心理狀態的迷離萬花筒景象，將理性拋諸腦後。頭孢菌素、伯納德先生、薩穆爾森太太、安全委員會、加鉀醫囑、安全委員會、想與莎莉談心的無能為力、只能呆望前途逐漸在自己面前消失。

還有這個正在脫我褲子的美麗醫學院學生。

就在那一瞬間，混亂情緒與壓力淹沒了那個矗立在忠誠與綺綺大膽進犯之間、搖搖欲墜的防線。

我欺身壓住她，猛吻她的唇，她也熱情回應，我已經被她迷得暈頭轉向。

❖ ❖ ❖

事後回想起來，我覺得我們這場魚水之歡最讓我吃驚的就是她如此浪蕩。綺綺的某種狂野本我浮出水面，取代了我自以為十分了解的那種沉靜自持人格。我的意思是，她真的很投入，呻吟，尖叫，熱情呼喊我的名字。她的指甲甚至陷入我的背部與屁股，力道之大，害我都流血了。我從來沒有歷經這種粗野性愛，但我不能否認它讓我更加情慾高漲，尤其我與莎莉這麼多年的性生活雖然和諧，但基本上就是無聊乏味。我心想，雖然這間值班休息室的牆壁隔音效果相對良好，但不知她的尖叫聲是否會吵醒整間醫院。

兩次都這樣。

完事之後，她與我一起躺在狹小的床上，她的手指在我肚臍附近畫圈圈。「好，所以我現在總算拿到『甲等』了吧？」

「對，我想妳拿到了。」我哈哈大笑，有些侷促不安。

「要做什麼才能夠加分？」

「我會想出一些，嗯，額外任務給妳。」

「你想要什麼都不成問題，我一定全力配合你就是。」

我不知道她是不是在開玩笑，但最後一句話卻讓我起雞皮疙瘩——尤其她的聲音裡透露出一種詭異的不悅感，簡直像是個小女孩一樣，我從來沒聽過她這樣說話。我突然驚覺窩在我身邊的裸身女子並不是我太太，一陣罪惡感湧現，讓我胃好痛。

經過了長達好幾分鐘的沉默之後，她開口問道：「你在想什麼？」

「沒有。」

「騙子。」

「我在想……我只是從來沒料到會遇到這種事。」

她靠手肘撐住身子，「別擔心，史提夫，我並不是在找男友。我喜歡你，但我沒有要定下來的打算。我忙死了，沒時間搞這種事，我只是想要與自己喜歡的人一起找樂子罷了。」

我盯著天花板，不發一語。

「史提夫，別假裝你不想，我知道你明明很哈我。」

「這不是重點，也許是吧。我不知道，我只是……非常困惑。」

她露出淘氣微笑，「也許我可以幫你解惑。」她彎腰，開始親吻我的腹部，然後開始以充滿節奏的方式幫我吹喇叭。

然後，我滿心悔恨與羞慚，原來的兩次成了三次。

9

星期天
八月二日

我嚇醒了。燦爛陽光力搏唯一的髒窗、流瀉在整個屋內，也曬到了我的雙眼。我發出哀號，翻身躺好。第一個映入我眼簾的是牆壁上的小貓，從另外一頭冷冷打量著我，我又開始哀號。

我討厭那隻貓。

到處都殘留了她的氣味：枕頭、床單，就連我身上也有。但綺綺已經不見蹤影，我的衣服也是，更增添了我的尷尬與羞愧。我盯著天花板，上頭的坑疤就像是青少年的臉一樣，罪惡感讓我一陣胃痛。我一生中做過許多蠢事，但絕對無法與此相比。我像是參加狂野派對夜之後的懊悔酒鬼，但其實更糟糕，因為我違反了婚約誓詞，褻瀆了莎莉對我的信任，讓我一生中最重要的關係陷入危機。而且，我跟酒鬼不一樣，我記得所有細節。

為了什麼？

在醫院值班休息室的可悲性愛。

而且，這個女人現在要是覺得對自己有利，或是覺得噁心、對我生氣，隨時可以把我交給大學醫院，指控我對她性騷擾。

我怎麼能對莎莉做出這種事？

還有凱蒂與安娜貝爾？

我閉眼，想起了幾個禮拜前的夜晚，莎莉與我坐在廚房裡，在燭光中啜飲我們珍貴的黑皮諾。

教授！恭喜！

我真是以你為傲！

我想起凱蒂與安娜貝爾入睡的臉龐有多麼安詳，在年幼無知的階段完全不受任何驚擾，對於她們房間之外的世界所發生的醜惡之事，根本渾然無覺。然後，我的想像力又繼續飛馳，直接跳到了她們的青少女時代，屆時她們的年紀也夠大了，將會驚覺自己的父親超混蛋，我心中浮現她們靜靜瞪著我、充滿非難的模樣，我在她們的眼中看到了哀傷、失望，以及憎惡。

我對床捶拳。

幹！

不能讓她們知道此事。

絕對不可以。

我立刻起身，瞄了房間一下，在某個角落裡發現我的那一坨衣服。在我穿衣的時候，綺綺打手機給我，她說她已經在外科加護病房，正在檢查今天早上我們負責的兩名病患化驗結果：只有薩穆爾森太太，還有昨晚中槍的那個小孩。

她的聲音——冷酷、疏離、不帶絲毫感情——我覺得自己彷彿腹部中拳一樣，我快要吐了，我不知道今天早上該怎麼面對她。

無論是誰，我都不知道今天早上該如何面對才好。

不過，我還是朝臉潑冷水，然後，與綺綺在外科加護病房薩穆爾森太太的病床邊見面。綺綺檢查薩穆爾森太太驗血結果與目前徵候的時候，完全就是公事公辦的模樣，我盯著她，很難把眼前的綺綺與不過幾個小時前狂放浪蕩的她兜在一起。至於薩穆爾森太太，嗯，幾乎是維持現況，沒有好轉，但至少沒惡化。

我們走向槍傷男孩病房的時候，我這才發覺我們還不知道他的真實姓名。醫院病患名單的姓名為X男。昨晚是倒數字母的倒楣之夜，因為根據醫院病患名單，X男的位置就在另一名創傷病患Y男的旁邊，而對面則是Z男。

X男睡著了。

很好。

我又餓又累，而且因為罪惡感而身心俱疲，我覺得自己……好髒。我突然湧起一股衝動，想要離開醫院，回家去看家人。所以我當下的人生目標、存在的重點，就是悄悄進入X男的病房，再悄悄溜出去，不要和他交談。

我伸出食指貼唇，示意綺綺往後退，然後趨前檢查我們的手術成果。我小心翼翼掀開遮蓋他下半身的床被，檢查手術敷料。他在睡夢中突然不安抽動了一下。我愣住不動，等待後續反應，但他並沒有醒來，所以我小心翼翼完成檢查。

我鬆了一口氣，準備離開他的病床。

就在這時候，他睜開眼睛，伸手，衰弱無力拉住我的白袍尾端。我的內心發出哀號，這動作讓我想到了凱蒂為了引起我注意、拉住我大腿的模樣。

凱蒂。

今天早上我真的得回家看家人。

我盯著他，他也看著我。由於麻醉藥與鎮定劑的關係，他的目光有些呆滯，但我知道他現在已經很清醒了，之後很可能會記得我們的對話過程。他鼻孔下方夾有塑膠氧氣鼻導管，這是肥皂劇與電視醫療影集最愛的畫面。它們發出了柔和的嘶嘶聲響，宛若兩條乖巧的蛇。

我努力擺出最完美的醫生笑容，「嗨，我是米契爾醫生，你沒事了。你昨晚中槍，我們必須動手術，但一切都很順利，你的手術現在已經結束，目前在加護病房，一切都不會有問題的。」

他說了一些我聽不清楚的話，我靠過去，請他重複一次。

他吞嚥口水，舔了舔嘴唇，眨眼問道：「醫生，我是不是得用那個袋子？」

我想他還沒有與任何一位創傷外科醫生講過話，他想知道自己是否需要使用腸造口。是啊，創傷小組必須要這麼處理，因為他的結腸被子彈搞得碎爛。

我不想要當告知他這個消息的人。我東張西望，期盼能夠正好逮到某人、轉嫁這樣的重責大任——告訴某個十四歲的小孩，他現在的腸道已經沒了，成了一個黏附在腹壁人工大洞的塑膠袋。

我想要採取拖延戰術，「你必須要找其他的外科醫生。」

他眨眼，「我是不是得用那個袋子？」

我瞄向後方。靠，除了泌尿科醫生之外，也就只有我們而已，今天早上怎麼都沒看到創傷外科小組的人影？

我把手放在他的肩上，挨近他身邊，以低沉平穩的聲音說道：「對，你已經有了那個袋子。某顆子彈打中你的大腸，幾乎全都爛了。你肚子裡的造口可以避免你生病，而且讓你有充分的時間可以癒合。」我小心翼翼與他一直保持眼神接觸，這是他理應得到的關愛。

他搖搖頭，閉上雙眼，其實，他並沒有哭出來，但卻全身顫抖，一次，兩次，三次之多。他緊閉雙眼數秒之久，再睜開的時候，已經泛著一層薄薄的淚光。他把頭別過去，開口吸吮大拇指，目光緊盯牆壁。

這個小孩的反應觸動了我，我必須要向他保證一切都會逐漸好轉。也許是因為我的心裡一直懷抱了罪惡感什麼的吧。所以我告訴他，只要等到一段時間過後，他康復了，那麼創傷外科醫生就可以把他的腸子接回去，就像是本來的一樣。他很幸運，不需要下半輩子坐在輪椅裡面，能活下來真是命大。

在說出這段話的過程當中，我才驚覺自己最近對病患做得並不夠，已經好久沒有坐下來陪伴他們，善盡醫生之責。

但其實也不重要了，他根本什麼都聽不進去。

「嗯，好啦。」他盯著牆壁，繼續吸吮大拇指，一個稚氣未脫的城市男孩，在昨晚之前，還有完整無缺的腸道與兩顆睪丸，斷無理由會想到會發生巨變。他完全不在意我講了哪些話，顯然他現在懸念心中的是在腸子恢復正常運作之前，那個將會慢慢積滿糞便的黏肚塑膠袋。

我的手離開他的肩膀，並沒有把他只剩一顆睪丸的事告訴他。最好還是等下次吧。

綺綺在病房外等我。她靠在牆上，雙臂交叉胸前，露出了被逗樂的表情。

她朝我走來，開口問道：「那是怎麼回事？」

「什麼意思？」

「你啊。對我們這位身受嚴重槍傷的青少年朋友所流露的滿腔同情，不像是你的風格。」

「只是因為……我不知道，感覺就是應該這樣吧。」

她冷冷回道：「我想也是。」

我們一起走向電梯，我邁出的每一步都加深了我的悔意，我絞盡腦汁，想要找出逃離這場羞愧之旅的權宜之計。

她開心問道：「請你喝咖啡吧？」

這不是我的逃脫計畫。

「嗯……綺綺，我今天早上真的得回家。」

「拜託嘛，」電梯門打開的時候，她開始戲弄哄我。「一杯咖啡就好，又沒叫你什麼都吞下去。」

我跟著她走進電梯看到其他人已經準備上工，不禁讓我鬆了一口氣——有群嘰嘰喳喳的護校生——這樣一來，我們就不需獨處了。我真的打死不想承認，但她今天早上看起來好美。她跟我不一樣，她已經洗了澡，換上全新手術衣，有花心思打點外表。那一頭秀髮濃密誘人，而且她的臉光滑無瑕，神清氣爽，完全看不出有睡眠不足的問題。

等到我們到達一樓的時候，我也不知道為什麼，自己的態度已經軟化了。

我們拿了咖啡，在幾乎空蕩蕩的餐廳裡找到座位，她開口問道：「關於昨晚的事——我們什麼時候要再來一次？」

我緊張兮兮搓弄咖啡杯兩側，「綺綺，我，呃——」

「我想這一定讓你完全忘記補鉀事件了。」

「對，當然。好，我，呃……昨晚……的確很棒，但是——」

「但是怎樣？」她側頭，端詳我的表情。「哦，沒問題，我懂了。好，史提夫，我已經告訴過你了：我不想交男友，不需要搞那種麻煩。我專注自己的將來，沒時間為那種事分心，不需要有人因此受到傷害。」

除了莎莉之外。

我心情陰鬱，盯著自己的咖啡，沒有回她。

「老實說，」她翻白眼，「我從來沒看過哪個男人打砲後這麼心煩。這樣吧，你趕快回家，覺得該做什麼就去吧。等到你想通之後，我在這裡，好嗎？但也不一定。反正不要有壓力，就把我當成砲友好了。」

她起身，俐落撫平手術衣，拿起咖啡，又恢復了公事公辦的姿態。「我要上樓把X男的醫囑輸入電腦，也就是我們剛剛討論的那一些。」

「嗯，好啊。」

「然後我會登出，去找托比，他是代班住院醫生，沒問題吧？」

「嗯，謝謝。」

「你今天沒事了吧？聖瑪麗的總醫師艾倫要幫你代班？」

「對哦。」我差點忘了接下來是休假，等一下準備要與莎莉和女兒們去參加烤肉聚餐。

優質家庭歡聚時光，與我昨晚背叛的家人在一起。

然後，在罪惡與疲憊夾纏在一起的情緒底下，突然有某個念頭鬆脫而出。

剛才綺綺說的某段話讓我很不安，我專注皺眉，想要知道到底是怎麼回事。

我等一下要上樓，把薩穆爾森太太的醫囑輸入電腦。

綺綺注意到我的表情，開口問道：「是不是還有其他的事？」

我想這一定讓你完全忘記補鉀事件了。

「沒有，一切都……很好。」

「好，史提夫，那就週一見了。」她露出詭譎莫測的微笑，朝餐廳出口走去。

我盯著桌面，想要確切找出自己到底在不安什麼，找出我無法確切解釋的諸多疑團之間的連結。這就像是我有拼圖的最後一個碎片，但我不知道等到拼圖完成的時候到底是什麼圖案。

X男的醫囑，補鉀事件。

突然之間，我靈光乍現，想到了，所有拼圖碎塊歸位。

「綺綺？」

她走到一半，停了下來，與餐桌相隔了好幾步之遠，她轉身，臉龐流露期待神色。

「妳剛才說妳要去開薩穆爾森太太的醫囑？」

「我們剛剛討論的啊。我準備要輸入『艾林』系統，這樣一來托比就不用擔心了。沒什麼大不了，日常工作而已。」

她又準備離開。

我頸後寒毛直豎，心跳加速。

「但怎麼可能呢？」

這一次她回頭朝餐桌走了幾步，搖搖頭，面露和善又困惑的微笑。

「這話什麼意思？」

「妳怎麼能夠進入系統開醫囑？醫學院學生不可以做這種事，妳無法登入為病患開藥，妳沒有權限。」

「我知道我沒有權限，所以打從七月初開始，我就一直用你的帳號與密碼進入『艾林』開醫囑。」

某隻冰寒之手突然死抓我的胃。

「什麼？」

「你的『艾林』帳號與密碼。我一直在用啊，你不知道？我第一天認識你的時候，你把資料給了路易斯，我當時也在場，立刻抄寫下來。」

我想起了那天早上的場景，現在，那隻抓住我胃部的手越掐越緊。

「綺綺，我昨天告訴妳的那些補鉀醫囑，會不會與妳有關呢？還是妳把我的密碼給了別人？

我不是要找任何人麻煩，只想要知道真相。」

綺綺蹙眉，小心翼翼坐在我對面的座位。我緊張掐住咖啡杯的兩側，在她受傷目光的強力注視之下，我的道德感也逐漸凋萎，擔心自己是否犯了嚴重疏失。我現在萬萬不能惹她生氣——在這個不忠方程式之中，它將會成為我恐怕無力處理的額外變項。

然後，正當我覺得自己一定是搞砸了，打算開口道歉的時候，最不可思議的事發生了。

綺綺的嘴角往上彎。

可怕的微笑。

空虛的微笑。

完全看不出人性與憐憫的微笑。

我曾經看過那樣的笑容，就那麼一次而已。當時我還是實習醫師，被派到急診室，警方把某個嚴重的暴力精神病患拖進來。他被上了手銬，暴怒，亂踢亂吼，髒話不斷，放話要徒手殺死我們每一個人。也許，要是給他逮到機會，我們可能會真的全部喪命。

反正，在完成治療之後，我們立刻發現他是虐待狂精神變態，喜歡在他居住的寧靜高檔都會社區抓狗抓貓，然後將牠們慢慢凌遲至死。某名起疑心的鄰居偷偷舉報，警方在他家地下室找到了一個詭異又華麗的小動物中世紀刑求間，而且還有一台工業級大冰箱，裡面塞滿了牠們被肢解的屍塊，大家都覺得他遲早會變本加厲找人類下手。

重點是，我想起了那病患對我們微笑、重述他對那些狗貓做出殘忍至極之情事的語氣——某種詭異、令人毛骨悚然的稚氣吟唱。

他的笑容與綺綺一模一樣。

冷酷，空洞，疏離。

抓住我胃部的那隻冰寒之手繼續收緊，已經幻化成一把老虎鉗。我口乾舌燥，彷彿裡面的所有口水都被吸塵器吸得乾乾淨淨。而我的掌心，恰恰相反，全都汗濕了。我舔了舔嘴唇，雙手在大腿上來回摩擦了好幾下，但卻依然無法擦乾掌心。

「史提夫，我正在想你到底什麼時候才會發現，」她語氣流暢，雙手交疊放在桌面。「看來是拖了很久。」

「妳在說什麼？」

「你打算問我是否曾使用你的帳號為不需鉀的病患開醫囑吧？」她彷彿在隨性話家常，正與我在討論天氣一樣，她的臉是一張平和的面具，宛若山間湖面一樣寧靜。

「這個，我……」

綺綺搖頭，一副高高在上的模樣，太離奇了，彷彿我們的角色顛倒了過來，她成了具有將近十年進階醫學訓練的總醫師，而我則是比較不知狀況的醫學院學生。不過，令人發毛的事實已經越來越清楚，綺綺根本不像是一般的醫科生那麼無知。

「史提夫，回答我的問題就是了，」她的語氣宛若充滿耐心的幼稚園老師，催促她的小朋友講出正確答案。「你要問我是否曾使用你的帳號為不需鉀的病患開醫囑吧？」

「嗯，對……對啊，」我結結巴巴，「應該是這樣沒錯。」

「有啊，十五個病人。」

現在，扭住我胃部的那隻冰手使出蠻力，我幾乎無法呼吸。

我聲音嘶啞，「為什麼？」

「當然是為了要收集足夠的鉀，才能殺死伯納德先生。」

我的腦袋拚命想要消化這個離奇真相，周遭的真實環境似乎開始變形。整個房間在搖晃，我的耳畔聽到狂嘯，視線周邊變得模糊，我現在只看得到綺綺，正從某個幽長隧道的另一頭冷靜凝視著我，我擔心自己真的會昏倒。

不可能，眼前這種事是不可能發生的。

但是，我即將昏厥的那種感覺消失，我們四周的世界輪廓又恢復了正常，隧道不見了，耳旁呼嘯也跟著褪逝。倏忽之間，我以為這是拿伯納德先生之死開玩笑的惡趣，我甚至想要哈哈大笑。

然後，我注意到綺綺的目光，我的意思是，真正觀察她的雙眼。細細研究，可以發現眼珠之下蘊藏著一種難以參透的幽暗，宛若某潭平靜洋面之下的冰冷墨黑深水。她的雙眼冒出了扭曲能量的火光，野心、決斷、瘋狂，全在爭鬥搶位。在過去這幾個禮拜當中，像是忠誠小狗一樣跟著我的綺綺——積極、活力四射的醫學院學生，而且幾個小時之前，還是熱情的戀人——已經完全不見了。取而代之的是某種更原始的生物，我也不知道為什麼這麼篤定，我覺得這樣的她絕對有殺死伯納德先生的能耐。

我張嘴，打算要說些什麼，但卻只能發出含糊不清的咕噥聲響，彷彿遭人耍陰毆腹一樣。

她仰頭哈哈大笑，那種聲音，原本是會讓我聯想到風鈴的悅耳節律，如今卻像是冰冷手指滑過我的背脊。

她立刻伸手摀嘴，似乎對於剛才自己的反應感到不好意思。「史提夫，抱歉，我不是有意笑你。但你真的應該要看看自己現在的模樣，簡直像條金魚。」

「為什麼？」我聲音粗啞，「妳為什麼要殺死伯納德先生？」

她語氣淡然，「為了要達成更偉大的良善目標。」

「達成……什麼？」

「更偉大的良善目標。不過，先等一下，」她一臉熱切，身體前傾。「首先，你想要知道我是如何辦到的嗎？」

她似乎十分興奮，我覺得她早已等候多時，就是想要告訴某人即將說出口的那段話，我已經不想聽了。

她沒等我回答就繼續說道：「史提夫，搞不好你已經注意到了，很多人都喜歡我。教授、住院醫生、護士，尤其是護士。我經常待在醫院裡，與護士們一起工作，了解他們的日常作息，幫他們分勞。我會修理靜脈輸液幫浦、抽血、裝導管，甚至是換床單。這也讓我贏得了他們的歡心，許多護士現在都很信任我，毫無保留，比方說，讓我給藥。」

她啜飲咖啡，扮了個鬼臉。「今天的咖啡好濃啊。反正，最後都變得好簡單，真的。我利用你的『艾林』帳號開了靜脈注射的鉀，然後去找我最喜歡的那些護士——我平常拚命討好的那些人——主動開口要幫他們給藥。他們就從電子派藥系統取出靜脈輸液袋，登入系統做記錄，交給我，然後又回頭去忙手邊同時進行的二十幾項工作。他們從來不曾懷疑過我或是我的那些含鉀的寒酸小袋。」

「為什麼不會對我起疑？他們看我以靜脈輸液給藥已經數百次了。沒有人——沒有任何人——曾經費心比對那名病患是否真的需要鉀，更不會確認我是否真的給藥，他們就是這麼信任我。而且，我從來沒有一次要太多的鉀，所以他們怎麼會在意呢？」

「然後，我並沒有為那些病患補鉀，反而把那些輸液袋帶回家，塞在冰箱裡，這裡偷一點，那裡也弄一點……過沒多久之後，我就建立了醫療級專用鉀的可觀庫藏。」她伸出食指對著我，「醫生，這些全都是用你的名義所開的醫囑。當然，我必須濃縮一些生理食鹽水，才能達到合適的致死量，但這也不難。」

她露出燦笑，目光定在我頭頂後方的某個遠處，眼神迷離，彷彿正在體驗靈魂出竅的感覺。「我不太記得我到底是對他說了什麼，」她語氣真誠，「當我把那些鉀從中央導管推送進去的時候，我應該是在安慰他，這是可以幫助他消解腸阻塞的藥，我不記得了，真的不重要。」

她用力眨眼，目光又回到我身上。「反正，等到我大功告成之後，我坐在他病床邊的椅子上靜靜等待，過沒多久之後他就死了，三、五分鐘而已吧，非常反高潮的場景。他就是閉上眼睛而已，然後，停止呼吸。我等了一會兒，為了確保沒有失誤，又在全靜脈營養輸液袋多注射了一點鉀，就可以編出藥物過量意外的謊言，我把那些空袋收好，然後按下急救呼叫鍵，開始做心肺復甦術，剩下的部分你也知道了。我之後離開醫院，丟掉了那些補鉀的空袋，總共十五個。」

我想起她在伯納德先生急救後的那個面孔，眼中的那股歡欣。我趕緊拋諸腦後，我真是大錯特錯。

她很享受，看著他在自己面前死去。

我恢復了聲音，「為什麼要告訴我這些事？」

「打從一開始，我就覺得你遲早會自己想出答案，畢竟有許多明顯的破綻。但其實我卻對你大失所望，我本來以為你會早一點發現。」她啜飲咖啡，「反正，我想要導引你進入某個特定方向，讓你對我吐露一切，這是我計畫的一部分。」

計畫？她到底在說什麼？

「但妳不擔心我會告訴別人？」

「史提夫，反正你也不會講出去。」

「為什麼這麼說？」

「因為你根本沒有證據。為不需鉀的病患開補鉀醫囑的人是你。要是你告訴別人你把電腦密碼給了我，而我冒用你的名字開了鉀，我一定會否認。而且，把密碼交給醫學院學生違反了一堆法規，他們很可能會叫你走路。」

「反正，有誰會相信你？你要怎麼告訴別人？某個變態醫學院學生忙著在醫院裡殺死病人？拜託，你自己聽聽這種話，大家會覺得你瘋了。」

她拿出自己的智慧型手機，輕觸螢幕，然後交給我。「但老話一句，我不是那種喜歡冒險的人。」

螢幕上播放的影片很清晰，無法狡賴。拍攝位置就在值班休息室的床邊桌，她的手機捕捉到我們昨晚親密接觸的所有活色生香的細節，看起來應該是利用某種廣角攝影軟體，就連背景的曬衣繩貓咪也看得一清二楚，而螢幕某個角落還有日期與正在計時的時碼。

「好，」他伸手過來，調高音量。「這一段最棒了，你一定不想錯過。」

一開始是她的尖叫，我嚇了一跳，現在以影片播放出來，根本不像昨晚那麼性感撩人。其實，很難判斷她到底是在享受還是痛苦狂吼。不過，更糟糕的還在後頭。

「好，所以我現在總算拿到『甲等』了吧？」

「對，我想妳拿到了。」

「要做什麼才能夠加分？」

「我會想出一些，嗯，額外任務給妳。」

「你想要什麼都不成問題，我一定全力配合你就是。」

我的額頭沁出冷汗。

「我知道，」她說道，「醫學院院長，還有醫院的那些律師，一定是萬萬不想得再次處理備受關注的性騷擾案件，」她停頓了一會兒，又柔聲補了一槍：「而且，當然，還有莎莉的問題。」

「不准妳提起她的名字！」聽到她的嘴裡冒出莎莉的名字，就像是聽到有人以指甲刮擦整面黑板一樣。

「隨便你。不過，歷經昨晚之後，你的正義怒火已經出現得太遲了。」

我沒理她，一直盯著手機，有一股想要把它搶走的衝動。

但綺綺早已搶先一步，「當然，我早就下載了檔案，而且還剪接了內容。」

全然潰敗這話已經不足以形容我當下的感受，我無奈把手機放到她伸出的手掌之中。

「為什麼要找我?」我的聲音微弱又卑微。

她端詳我,帶有某種近似憐憫的神情。

「史提夫,這全是隨機,」她的語氣倒沒有兇巴巴的感覺,「就是這麼單純。早在認識你之前,我就決定要用鉀來殺害病患,只是一直在等待適當時機。我需要天時地利人和讓我完成目標。算你倒楣,在不知不覺的狀況下提供了各項要素。」她開始扳手指數算,「進入你的『艾林』帳號、伯納德先生因頭孢菌素而引發腎衰竭、全靜脈營養輸液袋補鉀的醫囑。再加上你對薩穆爾森太太動手術出包,害你與路易斯心煩許久,讓我有機會可以注入鉀。就我記憶所及,當時你整個人還趴在廁所裡大吐特吐。」

我從來沒有告訴過任何人,她是怎麼知道的?

「好,現在你知道過程了。接下來就讓我們進入另一個重要問題:原因?我為什麼要殺死伯納德先生?」她舔唇,「你想要知道嗎?」

我點點頭,萬萬沒想到這個動作居然這麼費力,我的頭感覺跟鉛一樣重。

「為了要完成更偉大的目標。」

「是什麼?」

「讓醫院更安全。」

「啊?」

「全美每年將近有十萬名病患因為醫療疏失在醫院死亡,這些人全都是枉送性命。這相當於一年三百六十五天,天天有一班巨無霸客機墜機,乘員全數死亡,真是粗糙又墮落。」

墮落，粗糙。她在這種情境之下會選擇這種詞彙，有意思。

「好——所以，這與伯納德先生有什麼關係？」

「我們會研發避免巨無霸客機墜毀的系統，為什麼不能對醫院採行相同措施？伯納德先生是第一步。你自己告訴我了：過量鉀的問題逼得大學醫院必須改善危險的過時派藥系統。你想想看，伯納德先生的犧牲可以挽救多少人免於一死？」

到了這種時候，這段對話的荒謬性已經膨脹到爆表。「我們把話講清楚——妳殺死伯納德先生，讓這起事件看起來像是意外……就是為了要讓大學醫院更加保障病人的安全？」

「完全沒錯。而且不僅僅是大學醫院，最後，是所有的醫院，病患安全委員會一定很愛我的構想。」

我眨眼，眨得好用力，因為她提到了委員會。

「不需要這麼驚訝，」她說道，「打從我念醫學院的第一年開始，我每個暑假都會在那裡工讀，」她傾身向前，因為興奮而臉龐發光。「我要改變一切，改變這個世界。」

我正打算要回應她的時候，某名資深老教授拿著甜甜圈出現在我們的桌前，他喜歡與大家互動，身材強壯，一頭雪白頭髮襯托出他的亮紅色臉龐。綺綺立刻跳起來與他打招呼，我依然坐著不動，因為剛剛發生的一切害我全身麻痺，已經沒有餘裕可以思索得做什麼。

這位教授熱情猛握綺綺的手，雙眼露出了慈愛祖父般的光芒。

「史提夫，我看過許多優秀的醫學院學生，」他笑容滿面，龐大身軀面向我，朝我眨眼。「真的很多。而綺綺就算不是第一名，至少也是名列前茅。」

綺綺臉紅了，她真的臉紅了，臉紅！配合得剛剛好，厲害。

「謝謝教授，」綺綺扭捏低聲回道，「能從您口中聽到這句話，對我別具意義。」

「不止如此，」他朗聲說道，「史提夫，好好觀察這一位，她將來一定會聲名大噪。」

綺綺又坐下來，露出傻笑，望著教授緩步離去。

「你仔細想像，」等到他離開之後，她若有所思說道：「人們可以在沒有律師、會計師，或是股票營業員的狀況下走完一生，但每一個人，真的是每一個人，都需要醫生。史提夫，那就是權力，那就是你可以改變世界的方法。」

她又盯著我的後方，眼睛眨也不眨，彷彿進入恍惚狀態。她終於將自己的故事告訴了別人，露出了變態的滿足感，搞不好她接下來準備要把手伸入口袋拿菸。

「不是這樣，」我盡量鼓起勇氣，「妳搞錯了，我當醫生不是為了權力，純粹是想要幫助別人。」

她面露詫異，但也只有一瞬間而已，隨後爆出大笑。

「你才不在意改善病患的健康。你之所以擔任外科醫生，是因為你喜歡動手術。對你來說，病人只是完成目標的工具，他們是可以讓你在動手術的過程中得到高潮的毒品。到頭來，還是與權力有關，與你自己有關，你和我其實沒有太大差異。」

也許是某種心理安全功能吧——就像是我的腦袋產生的某種自動反射機制，在無意識的狀況下保護自我，閃避這些離奇的重創，以免讓我對現實完全失控——現在主宰我心的是先前所受的醫學訓練，我發現自己回想起以前上精神病學時討論精神病態的諸項重點，而且開始逐一核對。

他們會使出變態詐術。

打勾。

他們對於自己的行為毫無悔意。

打勾。

他們完全無視自己與他人的安全。

打一個大大的勾（想想她那扭曲的目標，這一點真是相當諷刺）。

我就懶得核對整個清單了，因為光是我一開始想到的那三點，她就已經完全符合。

綺綺一臉狡猾看著我，「我知道你在想什麼，你覺得我是變態，多麼醜惡的字眼，且也未免太簡化了。好，當然，我可能落在反社會人格障礙的光譜之中，但我想要修補錯誤，我是好人。」

「我想伯納德先生不會同意妳的說法。」

「如果他知道自己之死達成了什麼樣的目標，那麼他一定會對於自己能夠成為其中的一分子而充滿感激。」

「感激！」她真的是瘋子，「怎麼可能？絕對不可能。」我閉眼，把頭埋在雙手之間，十分鐘之前，我覺得我的人生已經糟糕透頂，但我現在已經開始懷念剛才卡在婚外情與職涯錯誤決定的那種困境，相較起來，那還比較簡單，直接了當。

她傾身向前，靠近桌面把我們的咖啡杯推到一旁，緊緊握住我的雙手。我趕緊抬頭，往後退縮，她依然以溫柔又堅定的力道握住我的手。我張望四周，餐廳現在幾乎沒人了，只有一個面容疲倦的護士在低頭看報，還有一名工友在清理垃圾桶，真的只有我們兩人，其他人根本沒在注意我們。

她側頭面向我，低聲哄我：「噓，沒關係，噓，我們兩人的相似程度恐怕超過了你的想像。」我的臉感受到她的溫暖呼吸，味道像是薄荷與法式獨特烘焙咖啡的混合氣味。「我第一次見到你的時候，只把你當成了遂行某種目的的手段，但後來我對你越來越動心，昨晚我說我喜歡你的時候，並非在撒謊。你的專注力──在手術室裡極其專注，完全不擔心病患可能會出什麼狀況──真是了不起。其實，那是一種……誘惑。我真希望當初能夠親自看到你切除薩穆爾森太太腫瘤的情景，你差點就獨力達成任務了。」

她搓揉我的雙手，「你也知道，我們可以組個超級團隊。你幫我完成我計畫的下一個階段，我可以幫你步步高升。當然一定有……額外福利。」她脫掉其中一隻鞋子，舉起腳丫子摩擦我的大腿內側。

我稍微恢復理智，推開了她，我自己也沒想到會這麼用力。「不要！」

現在這場騷動引發了那名疲倦護士的注意力，她那充滿血絲的雙眼好奇瞄了我們一下，然後又繼續看報。

綺綺冷冷往後退，聳肩，小心翼翼綁直她的馬尾。

「太可惜了。」她的右手支住右側下巴，右側手肘置於桌面，一臉寧和望著我，這種侷促不安的場面維持了好幾分鐘之久。

幫我完成我計畫的下一個階段。

「妳這是什麼意思？」我終於開口問道，「幫助妳？實現妳的計畫？」

「嗯？」她的語氣好朦朧，目光依然緊盯著我。

「妳剛問我是否願意幫妳完成計畫。」

「對。」

「什麼意思？哪個計畫？」

她眨眼，「你幹嘛這麼在意？你已經跟我說了你興趣缺缺。」她開始撫弄她的馬尾，嘴唇露出賊笑。

我緊追不放，「到底是什麼意思？」

她抬頭望著天花板，一臉燦笑。

「對，有何不可呢？」她對著天花板說話，「我們就讓事情變得更好玩一點吧。伯納德先生太容易了，我需要挑戰，所以有何不可？」

她的目光又落到我身上，「伯納德先生只是開端而已，但這間醫院裡還有許多問題。而且伯納德先生也教導我要如何解決問題。還有下一個病人會死。就像伯納德先生一樣，死因也是完全可以避免的醫療疏失，」她停頓了一會兒，「史提夫，我猜你想要阻止我吧。」

我皺眉，「我不懂。」

「就把它當成遊戲吧。」

「遊戲？」

「預測誰會死，然後想盡辦法把他們從鬼門關前救回來。要是你贏了，病人會活得好好的，而且我以後再也不會搞出病患意外死亡的案例。」

「萬一我輸了呢？」

「病人就死嘍，」她露出賊笑，撫弄馬尾。「然後，我們昨晚的故事就繼續下去，直到我說不玩了為止。」

雖然這十分瘋狂，我還是哈哈大笑。「是嗎？不然呢？」

「不然我就把那段影片給莎莉。」

我面容抽搐。

「史提夫，」她假裝噘嘴，「難道你不知道這裡有多少人想跟我上床嗎？但我挑的是你。」

好耶，挑的是我。「要是我不想……玩？」

「還會有病人死去，一個接著一個。」她舉高手臂，宛若貓咪剛睡醒在伸展一樣。「反正，我向你保證，在我班表的最後一個禮拜之前，不會有病人死亡，也就是在下一次發病率與死亡率會議之前。」

我開始心算日期，「還有兩個禮拜。」

「沒錯。你有充分的時間可以好好想一想。然後，在發病率與死亡率會議一結束之後，我們面對面討論結果，就在圓頂堂，這樣夠公平吧？」她沒等我回答就站了起來，「我得走了。哦，我覺得我不該上樓，登入『艾林』系統輸入那些醫囑，你剛才也強調了這一點，醫學院學生不可以開醫囑。」

她彎身，嘴唇貼住我的耳朵，馬尾搔弄著我的脖子。

「最後一件事，」她魅誘低語，「關於我們的遊戲。這是為你所創立，只有你能參加，要是你討救兵的話就必須接受處罰。」

「處罰？什麼樣的處罰？」

但她人已經不見了，緩緩走向出口，帶著那股堅定的自信。

我盯著喝了一半的咖啡杯，心想自己到底有哪些選擇。

我沒花太久時間，因為我根本沒有選擇。

當然，綺綺說得沒錯，根本不會有人相信我的話。怎麼可能呢？連我都不是很相信自己了，我沒有任何證據，而且我現在連公信力都沒有。就算我發瘋告訴某人好了，他們一定會覺得我是在亂編故事，為了想要挽救顏面而嫁禍給某名醫學院學生。

更何況，還有那段影片……

至於綺綺下的戰書——好，我們就直說吧，她之所以大費周章挑戰我的唯一理由就是知道我不會買單。要玩她的遊戲，阻止她再度行兇——這個念頭與把真相告訴別人相比——似乎更加荒謬。

她殺了伯納德先生，而我卻不能告訴任何人。

我無法阻止她繼續行兇。

所以，我毀了。

好，她果然是優秀醫學院學生，正當我沮喪傷懷的時候，我的手機發出聲響，是莎莉傳來的簡訊，提醒我不要忘了今天下午的烤肉會。

我想沒有人知道她的功力到底有多強。

❖ ❖ ❖

莎莉在指揮我，「喂，史提夫！左轉，這裡左轉！」

我趕緊狠狠左切車頭。

凱蒂在後座開心大叫，「再一次！再一次！」

「你的——」莎莉回頭瞄了一下女兒，「腦袋到底擱在哪裡啊？」

「抱歉，」我喃喃說道，「我在想——想別的事。」

「說真的，」她語氣諷刺，「你最近老是在想別的事。但我最近也沒什麼機會好好觀察你，你幾乎都不在家。是不是有什麼狀況該讓我知道？除了那個重病病患之外的事？」

我猛吞口水。

萬一她知道的話……

「沒有。妳也懂嘛，我只是，想要討老闆開心而已。」

「哦？我倒是不知道討老闆開心等同於被迫放棄家庭。」

「抱歉我一直心不在焉。我……這禮拜過得很糟糕。我不想多談，好嗎？」

「我只是覺得——我不知道，我只是覺得你最近什麼都不想多說。工作狀況真的那麼糟？我還以為你已經拿到了那份職位。」

「我，嗯，拿到了。要說真有什麼的話，只是因為我還想要力求表現，所以壓力很大，而且遠遠超過了過往。」

她轉頭面向我，把手擱在我肩上。「好，史提夫，我知道手術房那位女士出事之後，對你造成莫大困擾。但木已成舟，你必須要走出陰霾。拜託，為了我，還有兩個女兒。」

我本來可以走出陰霾。只不過，歷經今天早上的事件之後，現在薩穆爾森太太的事已經根本不在我的擔憂之列了，但我不能這麼告訴莎莉。「親愛的，妳——說得很對。抱歉，最近這件事一直讓我煩心，對妳們來說並不公平，我保證，我一定會改善狀況。」我拍拍她的手，她回捏我肩膀。「好——有誰會參加烤肉派對？」

她撥開黏在樸素而美麗臉龐的一綹髮絲，「南西告訴我許多醫院的人會攜家帶眷過來，大部分都是外科住院醫生，一定很好玩。」

經過了最後一次轉彎之後，我們蜿蜒進入郊區，爬上了社經地位的高階階梯。聯排別墅與簡約版的牧場屋已經讓位，現在的主角是內斂的殖民時代風格別墅，

怒視參雜其中的搶眼年輕暴發戶：閃亮假豪宅，許多都聚集在有柵門的社區之內，搭配「橋水」與「綠葉」之類的舒心名稱。莎莉引路，指向其中一個柵門社區。我們進入開敞的柵口、空蕩蕩的警衛室，進入此一社區的寬闊要道。「就在那裡。」莎莉伸手指著其中一棟豪宅，大門口的精緻木製信箱綁了一堆浮誇的搶眼氣球。

「哇！」我們經過那堆氣球，順著這條死巷的緩坡前進。「真漂亮的房子，而且還是在韋斯頓。」這棟豪宅座落於死巷的底端，加上屋前的長型車道，簡直是英國鄉村莊園的規模。

「家裡有錢，她家有錢。」

豪宅的前門與家庭車道停滿了車子，一大堆多功能休旅車、運動休旅車、家庭房車佔據了房子周邊的每一吋水泥地，還延伸到死巷兩側的小道與主要道路。我沿著那一排排車子東繞西繞，四處找尋車位。

「真的，這場面搞得超大。」

「哦，就我對南西的了解，她做任何事一定是拚到底。」

「想也知道。」

等到我終於找到車位之後，我們帶著女兒們走入死巷，然後是停了一輛巨大的白色外燴貨車寬敞的家庭車道，最後到達了大門。門口貼了一張以高解析度的印表機印出的指示牌，上面還有一張三個金髮小朋友的照片：兩女一男，全都露出了條頓人的某種無神機械式笑容。

我們乖乖隨著指示牌的說明進入門廳，凱蒂拖著腳步走在我們前面。門廳清涼昏暗，和大門外的明亮光線、讓人喘不過來的濕氣形成了強烈對比，不禁讓我想到自己小時候常窩在電影院裡面避暑。

我的雙眼逐漸適應了黯淡光線，這才發現豪宅裡面就與外頭一樣簇新美麗，宛若博物館，我擔心不知要怎麼防止凱蒂打破東西。

一群尖叫的小孩從某個鄰近房間衝出來，差點撞上我們，簡直就像是在公開挑釁我的焦慮一樣。他們在門廳裡亂跑亂跳，像是老舊彈珠台裡的小銀球，不斷大吼大笑。凱蒂緊緊抱著我的大腿，面露擔憂神情，我拔開她的手，蹲下來，她又伸手抓住我的脖子。

「親愛的，不要緊，妳可以去跟他們一起玩，妳看看他們多開心啊！」她的目光從我身上離開，瞄向那群孩子，然後又飄向我。她放開我的脖子，原地彈跳了好幾下，彷彿在熱身一樣，然後，也奔向那群亂鬥陣容當中，他們全部都離開門廳，穿過某道玻璃滑門，直奔後院，順便讓那個落單的小孩一起加入陣容，真是一股銳不可擋的歡笑潮浪。

我開始觀察另一頭的狀況，莎莉已經進入某間起居室，裡面有男有女，大部分的人都和我們年紀相仿，大家站著聊天，好些人還抱著不斷晃蹦的小嬰孩。某些人看起來很面熟，我曾在大學醫院走廊與他們擦身而過，但我其實不認識任何人。他們對我點點頭，臉上也掛著那種似乎是打過照面的神情，然後又開始繼續聊天了。

莎莉加入某個媽媽圈，開始閒聊。安娜貝爾在她的臂彎裡，一手忙著啃腳，另一手抓著餅乾，臉上露出禪意般的滿足神情。莎莉左搖右晃，講話，點頭加微笑，轉換身體重心不費吹灰之力，而且還有一股她自己渾然不覺的人母優雅。

我真的不想和那群人攪和，也不願與他們聊天。我站在門口，終於與莎莉四目相接，她心不在焉，對我隨便揮揮手，幾乎沒有中斷聊天。

出現這種難得一見（而且可能為時短暫）的父職雙崗位同時下哨，我這才發現自己到底有多餓。為了應付這一切，我已經將近二十四小時沒有進食。當住院醫生的時候，一般外科醫師會送給你一句古老格言，讓你成功熬過忙碌的醫院值班夜。

找到機會就盡量吃，盡量睡，絕對不要、千萬不可搞壞自己的胰臟。

這句箴言多少算是特別針對一般外科醫師，我一直很欣賞這一句。胰臟的位置位於腹部中央，介於脾臟與肝臟之間，是一種愛發飆的重要器官。自以為是而態度傲慢的胰臟，其實是一個內含腐蝕性消化酵素的大囊袋，其中之一的功能是負責調節血糖濃度。根本就是一個變化無常、心懷怨恨的小三，只要稍微受到一點刺激，就會將那些消化酵素噴到鄰近器官，害你吐得要死要活，所以這種告誡的目的就是要好好善待它。

反正，既然現在有機會，我就準備大快朵頤了。

所以我開始在屋內到處閒晃，完全無視聊得開心的年輕父母與鬼叫的小孩，終於找到了廚房，裡面有一排威廉斯所羅莫的亮閃閃廚具。有一群我不認識的女人站在角落，旁邊是咖啡區，她們正在聊天，拿著有印象派圖案的馬克杯啜飲咖啡。她們似乎沒注意到我，正在聊小孩的上床時間，還有哄弄不聽話的幼兒上床有多麼困難。我不小心聽到其中一個說道：「哦，我一定是十分幸運，因為我老實說吧，我的小孩都求我趕快讓他們上床睡覺，真的是乞求哦。」其他女人露出禮貌微笑，但卻一臉懷疑。

值此同時，我四處尋找食物。這裡有酒杯、刀叉、餐巾、排放好的餐具組，以及咖啡區，但沒有食物，這明明是廚房啊，隨便啦。

不過，我還來不及多想，某張木頭大桌旁邊、完全佔據一整面牆壁的大白板吸引了我的目光，我走過去仔細端詳。大約有一點五公尺寬，一點二公尺高，由四大行與多列組合而成的表格。白板左側第一行的行頭標題是可擦奇異筆所手寫的「姓名」，下面有三個名字——康納、艾瑪，還有漢娜——每一個都是以黑色奇異筆寫下的整齊字體。

不對，光說整齊不足以描繪這些字，筆法完全無懈可擊。人類怎麼可能會寫出具有這種機械準確度的字跡？

第一列的空間全被各人名字所完全佔滿，而遍佈整面白板寬度的其他列，就像是電腦試算表一樣，每一列的最上方都出現了同樣精準可怕人類之手所寫下的單一項目：音樂課、練足球、空手道課、中文課、瑜伽課（給小孩上瑜伽？）、還有某個名為「數學魔術俱樂部」的東西……從白板的左側延伸到最右側，令人驚嘆的課後活動總表，就我看來，已經涵蓋了所有的人類努力目標的範圍。

我後頭傳來清脆女聲，「你覺得怎麼樣？這是我們的主要計畫表。」

我嚇了一大跳，面向聲音來源：某名瘦竹竿女子，帶有某種貴氣的美女。她皮膚白皙，但並非不健康的色澤，珍．奧斯汀可能會把那種顏色稱之為象牙或是雪花石膏。她身穿潔白T恤，左胸繡有鮮紅色的「哈佛」小字，上衣並沒有塞入她的時髦褐色短褲，兩件巧妙融為一體，完全沒有任何皺痕。她的那雙長腿與臉色一樣白皙，不過與那雙超級潔白的球鞋相比，當然就顯得黝黑了。她的一頭長直金髮緊紮為馬尾，也把整張臉跟著往後拉，突出的顴骨宛若營柱一樣撐住緊繃肌膚，那馬尾不禁讓我聯想到綺綺。

「啊，抱歉，我嚇到你了。」她原本就笑得很繃，現在看起來就更形緊張，宛若戴上外科手術手套、用力扯向手腕時的貼黏感，十指撐開了緊繃的彈性材質。我真擔心她的顴骨可能會刺穿皮膚。她伸手向我致意，展現出從容自在的優雅。「嗨，我是南西。你是史提夫吧？莎莉的老公對不對？」

「對。」我與她握手，她也輕輕回捏了一下，這感覺就像是在跟衛生紙握手一樣，骨感十分明顯，輕盈纖細宛若鳥兒，貼在薄薄的皮膚下方。

她展現淑女姿態的精準度，抽手回去，臉色也稍微輕鬆了一點。「我正好進廚房，準備要從烤箱裡取出下一輪的開胃菜。雖然有外燴，但我還是想要親手做點東西。」

她拿出了防燙手套，我真的不知道她是從哪裡變出來的，然後，她開始在烤箱裡忙東忙西，取出了墊有烘焙紙的成排整齊薄餅，然後，把烤盤放在爐台上面，

靠著防燙手套與小鏟、將它們逐一放入托盤。值此同時，我也開始拚命回想莎莉先前簡介我們今日東道主的內容，那段對話的各項重點也慢慢回到我的腦中。南西，現在與莎莉越走越近的那名女子……老公是丹恩，前晚與我一起動手術的一般外科住院醫生……老么是康納，與凱蒂參加同一個共學團，顯然就是那塊行程表白板上的其中一個小孩。

她轉身面向我，給了我一盤還冒著煙的薄餅。「好，自己來吧，別客氣。」

我從托盤拿了一小塊，好燙，所以在兩手之間拋來拋去，還一邊忙著吹涼。

「喔喔！小心，很燙啊。」

「謝謝，」我咬了一口，「哇，真好吃。」我說的是真心話。

她的臉上又出現了緊繃笑容，我腦中專業的那一塊不禁開始無聊胡思亂想，她這種笑容出現的頻率到底有多高？還有顴骨皮膚到底能夠承受多少次這種張力的摧折而依然如常？

她指向放在爐面的托盤，「謝謝，只有百分之二十的卡路里來自脂肪，而且是超級低碳食品。」

我拿著還沒吃完的薄餅朝那塊白板揮了一下，「你們家的，呃，行程表真令人佩服。」

她對著白板露出燦笑，宛若盯著自己的某個小孩正準備要成為第一個衝過奧運比賽終點的冠軍。「對，這個嘛，只是我在哈佛法學院養成的系統化排程小習慣。丹恩與我是在跨所聯誼的時候認識的，他那時候是哈佛醫學院的學生。」

「嗯嗯，我聽過丹恩提起這件事。」在過去兩年當中，我和丹恩聊得比較久也只有兩次，而且我們都沒有提到自己的妻子，也沒講自己是在哪念的醫學院。

「我這一行必須要保持井然有序。」

「所以是？」

「檢察官，我喜歡抓壞人。」

我的胃一陣翻攪，我已經想到了一個壞人，要是她能抓到就太好了。「哦，真的嗎？聽起來實在是——」

「我本來也打算當醫生，」她滔滔不絕，完全沒有任何停頓。「其實，我甚至在念史丹佛的第一年就已經上過了，但跟我就是不對盤。」她皺鼻，宛若聞到檸檬一樣。「老實說，我真不知道你們是怎麼搞定有機化學。」

「哦，我——」

「不過，我喜歡當律師，真的，我覺得超過癮。沒有辦法像莎莉一樣全天陪伴小孩，偶爾會讓我備受煎熬，而且我幾乎抽不出時間。」提到時間這個字的時候，她還同時伸出兩手的食指與中指、對空比出引號的手勢。「一天只有二十四小時，真是太少了。」

我茫然點點頭，我想她根本沒注意到我的反應。

「這兩個女兒學得快，其實根本是厲害。艾瑪五歲的時候，已經開始念二年級程度的課本。至於漢娜嘛，就是超愛音樂與數字，才不過七歲，已經是鋼琴天才。」

她皺眉，「唯一讓我煩心的就是康納。艾瑪在三歲半的時候已經可以背出各州的首府，而康納呢？都快要六歲了，不管我怎麼逼他，背到馬里蘭州的安納波里斯就不行了，唉呀。」

她嘆氣，仔細盯著行程表白板，現在她已經弄好了托盤上的蟹肉點心。「我在想，要是我們能在上學前班之前找個兼職家教，也許還是有辦法讓他擠進常春藤聯盟的後段班，也許可以念杜克吧，但要是他有意願，一定不成問題。最後他很可能會成為我們家的小小運動員，他協調性非常好……」

我開始在思索符合社交規範的逃遁策略。我還是很餓，但我擔心要是再拿一塊蟹肉餅會失禮，我必須要離開這裡去覓食。而且，從剛才那幾個小時所發生的一連串事件看來，我不知道自己對私立幼稚園的痛苦抉擇這種話題佯裝有興趣的表象還能夠維持多久。所以，正當她滔滔不絕在分析幼稚園成功表現與一生可達總收入之間關聯性的時候，我刻意對她看了最後一眼，表露憐憫與同是天下父母心的焦慮，好不容易才打斷她，說出我必須要去看一下凱蒂。

「認識你真榮幸！」她發出高頻叫喊，「你自己動手，千萬不要客氣。我們請的外燴人員在後院烤肉！就把我們家當自己家！我們等一下再聊，我還想好好認識你，莎莉說了好多你的事。」

我從廚房後門走了出去，在燦爛的陽光下頻頻眨眼。這個跟橄欖球場一樣大的後院，其實應該是比屋內更氣派。我走向擺滿開胃菜與小點的桌子，開始大快朵頤，在我忙著吃起司與餅乾的空檔，還不忘與某個不太熟的放射科住院醫生閒聊幾句。他對食物的興趣跟我一樣濃厚，所以我不需要絞盡腦汁想話題，而正當我們在聊天的時候，我的心底突然出現綺綺的模樣，她冷靜撫摸馬尾，露出詭笑，巧克力色的雙眸盈滿令人不安的竊喜。

伯納德先生只是開端而已。

我抓了一大把洋芋片塞入嘴內，用力眨眼。

但那幅畫面就是揮之不去。

你當然可以袖手旁觀，看著別人枉死。

我立刻離開桌旁，也不管我的放射科同事了（他還在吃東西，但現在有效率多了，因為他不需要假惺惺與人聊天），我從某個滿身大汗的外燴師傅那裡抓了一個漢堡，他負責的那一台大型不鏽鋼烤架塞滿了等於一整間肉店存貨的食物。我才離開烤架不過五步的距離，已經狼吞虎嚥將漢堡吃光光。

我在某個裝滿冰塊與啤酒的冷藏桶前面停下腳步，一臉拙相，舔弄指間的漢堡油脂。

伯納德先生只是開端。

此時此刻我不該喝啤酒，原因太多了。

我不愛喝酒。

現在是中午時分。

我睡眠不足、充滿壓力、憤怒，而且沮喪。

幹。我傻乎乎偷偷張望，宛若從家中酒櫃偷了酒、充滿罪惡感的青少年，彷彿真有誰會介意一樣。我拿了一瓶，遲疑了一會兒，又抓了第二瓶，拿起冷藏桶附加鏈條末端的開瓶器，打開了兩瓶的瓶蓋。

……看著別人枉死。

等到我走過平台區，到達以幾何學精準度養護的淺綠色草坪邊界的時候，第一瓶已經喝完一半了。我對啤酒所知不多，但我現在喝的這一種味道很強烈，酒標很潮，還有張革命家保羅·里維爾的漂亮圖像，所以我猜應該是本地小型精釀廠的產品。印度淡愛爾，那種酒是不是有更高酒精含量什麼的？反正，我的腦門已經感受到它的衝力。

我望向廣大後院的一整片盈盈綠意。草坪的某個角落放有色彩鮮豔的大型充氣蹦床，周邊有黑色防護網，這是最近小孩生日派對的必備品。電子幫浦的嗡嗡充氣聲響與好幾名小孩們的笑聲尖叫混雜在一起，他們在已經充飽的地板中間開心跳上跳下。防護網外頭的草地散落了許多小鞋，一堆父母擠在那裡幫忙小孩進出，他們拚命維持裡面秩序的同時，還想勉強與其他大人繼續聊天，卻難以如願。

我挑了一個平台區邊緣的好位置盯著凱蒂，她正與某些小孩到處奔跑，我繼續喝啤酒。

「這些小孩好可愛，」右邊傳來熟悉的聲音，「你的小孩也在裡面嗎？」

「路易斯！」

我沒注意到他站在那裡。還是他才剛剛走過來？如果真是如此，那這傢伙的一舉一動就跟貓一樣。

「史提夫，不需要這麼驚駭，你也知道，」

「我只是——只是我不知道你和丹恩是朋友。」

他喝了一大口健怡汽水，「他和我念同一間醫學院，是我的學長。」

根據我先前迅速細讀路易斯的大學醫院人事檔案資料，還有剛剛與丹恩太太的閒聊內容，我兜起來了。「啊，對哦，哈哈哈哈哈佛。」我喝光了第一瓶啤酒，把空瓶丟入附近的垃圾桶，酒精已經發揮作用，我的腦袋輕飄飄。

「什麼？」

「哈佛，你們大家都念哈佛。」

「對。好，裡面有你的小孩嗎？」

我拿起剛打開的第二瓶，喝了一大口酒，指向凱蒂。「我女兒，五歲，但已經像十五歲的小大人了。」

聽到這老梗笑話，路易斯發出客套大笑，我反問他：「你有小孩嗎？」

「沒有。」他只丟下這句話，然後就把頭別過去，不肯透露其他細節。

現在凱蒂加入庭院遠方的那一群小孩，他們正在玩塑膠套圈圈，有個狀似其中一名小孩爸爸的男人在他們之間忙著跑來跑去。

雖然我心情實在不好——混雜罪惡感、憤怒、焦慮的惡劣情緒，再加上額外酒精的催化之後就更惡劣了——不過，當我發現我知道這個人是誰的時候，還是自顧自微笑：傑森．小林，我的醫學院好友，也是我在病患安全委員會的眼線。一頭及肩黑髮瀟灑後梳，露出了如雕像般的五官，掛在壯碩脖子的那條金色細鍊也清晰可見。他的打扮——無袖上衣、短褲、反戴的棒球帽、涼鞋——更加襯托出那令人讚嘆的體格，肌肉發達，線條分明，宛若古典希臘雕像或是解剖學課本裡的某幅繪圖。

傑森對他兒子解釋丟圈圈的最佳方式，這樣才能打敗其他小朋友。他那充滿睪固酮的聲音飄送過來，低沉有力又真摯，不時還會聽到他冒出「小子」這樣的話，而且他笑聲從容自在。參與這個遊戲的其他小孩的父母則是站在略遠的位置靜觀一切，有的人覺得好笑，還有的出現微怒表情，但倒是沒有任何人出面干涉就是了。

「那個兄弟會男孩是誰？」路易斯拿著健怡汽水指向傑森，「看起來很面熟。」

「傑森．小林，某位骨外科總醫師。」

「骨外科醫生，完全不意外。」他在陳述事實，並非問句。路易斯的語氣平淡，簡潔有力但並沒有惡意。

先不管是不是真的，反正對醫生的刻板印象，其實就與中學餐廳裡講的那些一樣分類法，只不過那些高中時常講的各種類型換成了各式各樣的科別：病理學家（書呆子）、精神科醫師（怪咖）、內科醫生（老師最愛的好學生）、小兒科醫生（領導人）。

而骨外科醫生是醫學界的運動高手。

「所以——他是靠什麼項目的校隊身分進入醫學院？」

「路易斯，這樣講並不公平，」我回他的語氣很惱怒，「我經常與傑森共事，他是好人，也是很棒的醫生，超聰明。」

「我又沒說他不是。」

我大口喝啤酒，路易斯則小口啜飲他的健怡汽水，我們望著傑森教導他兒子微調角度，在這場塑膠套圈圈遊戲當中打敗其他的六歲小孩。

路易斯問道：「好，所以究竟是哪一項？」

「摔角，普林斯頓大學。」

「嗯嗯。」

傑森彷彿感應到我們正在聊他，立刻面向我們。我的心中有些陰霾，因為上次我與傑森談話的時候，他洩漏了病患安全委員會的報告給我，而我氣急敗壞對他大吼大叫。

不過，他卻只是露出微笑，當他舉起手臂打招呼的時候，無袖背心裡的突出三角肌也跟著波動。

他親切問候我：「嘿，史提夫，都還好嗎？」

我回道：「馬馬虎虎，傑森，那你呢？」

「嘿，都還不錯，別擔心。」他稍作停頓，展露友好笑容，然後又微微側頭。「看到你出來享受陽光，真是太好了。」他突然擺出放輕鬆的手勢，好奇瞄了一下路易斯，然後又開始專心對付套圈圈遊戲。

路易斯與我靜觀了好一會兒，「好，史提夫，能夠巧遇你真是太好了，我一直想要找你聊一聊，有關伯納德先生的事。」

「為什麼？」我喝光了剩下的啤酒，搖搖晃晃走向冷藏桶。

他等到我回到平台區邊緣的時候才回我答案，語氣十分平靜。「你和我開給他的輸液鉀量並不會害他喪命。」

我正準備要喝下剛打開的印度淡愛爾啤酒，但卻快要在快要近唇時停下動作。「你這話什麼意思？」

「史提夫，你不是笨蛋，你現在一定已經知道了。」

「知道了又怎樣？」

「好，難道你不覺得事有蹊蹺嗎？那些鉀是從哪裡來的？我們並沒有開醫囑。」

「我不知道。」我繼續舉起啤酒，湊到嘴邊，喝了一大口。「你又幹嘛在意？反正你又不像我那麼慘。」

他一臉惱怒，「我怎麼會不在意？真正在電腦裡開下那份醫囑的人其實是我，你還記得吧？病歷上填寫我的名字，正式紀錄登載的開鉀醫生是我。正因為如此，寇利爾狠狠修理了我一頓。我也被安全委員會找去問話——就和你一樣，現在我的檔案多了一封訓斥函。」

「不過……當初開鉀是我的意思，你當初還說服我不要這麼做。」我一直不知道安全委員會也把他拖下水。

他聳肩，「沒差，你對我置之不理，我的判斷雖然比較準確，但還是遵照你的指示。寇利爾氣得要命——對我大吼大叫了十分鐘之久，痛批我雖然與你意見不同，但還是開了那份醫囑。」

「寇利爾才不會大吼大叫。」我雙臂交叉胸前，一派固執模樣，望著凱蒂離開了玩套圈圈的地方，奔向充氣蹦床。

「你明明知道我的意思。而且，雖然身陷麻煩，但我最掛心的還是我的病人死掉，而且死得莫名其妙。我想要知道我要怎麼避免那種憾事發生，我想要知道自己還可以有哪些地方可以改善。」他停頓了一會兒，有些斥責的意味。「難道你不想嗎？」

我的目光離開了凱蒂，狠狠瞪了他一眼。他要怎樣才會明白啊？我們無論做什麼都於事無補。

那群孩子的快樂尖叫聲傳遍整個草坪，他沉默了好一會兒，開口問道：「好，那些鉀是哪裡來的？」

「我怎麼會知道？」

「我以為起碼你會在乎。難道真的沒有嗎？我們的某個病人死掉，而且是我們必須承擔責任，難道你不會掛在心上嗎？我煩得要死，我照顧的某名病患死了，我想要知道為什麼。」

「我當然在乎。」我閉上雙眼，搓揉太陽穴，腳底下的地面似乎在搖晃，這真的後勁很強。

「看起來不像。」我猛然睜開雙眼，路易斯一臉狡猾在打量我，我這才驚覺他雖然個頭矮小又精瘦，但其實非常強壯，就像是體操或摔角選手。他的身體與態度散發出一種嚴謹自律與強大的生理能量。就連現在他隨意靠在木柱上的模樣，看起來都像是隨時會跳出的彈簧。他年紀比我大，我知道，但他的雙眼似乎更是蒼老。彷彿他已經見識過許多狗屁倒灶的事，我覺得好納悶，先前怎麼沒有注意到這一點。

我端詳空啤酒瓶的側面，然後小心翼翼摳下酒標的其中一角。

我到底在想什麼？

其實，我真的不確定。

「我聽說你待過海軍陸戰隊，真有此事？」

他臉色一沉，「這和其他事有什麼關係？」

我大力吞嚥口水，我也不知道自己為什麼要提這個。「好，到底有沒有？」

「有啊，那又怎樣？」

「在海軍陸戰隊的時候，你都從事什麼樣的工作？」

他別開目光，盯著充氣蹦床上的那些小孩。「我努力想要遺忘的任務。」

我開始摳酒標，以眼角餘光打量路易斯。也許是因為啤酒，或是壓力，還有想要一吐心中塊壘的迫切之情，告訴任何人都沒關係，我現在已經是坐困愁城。

路易斯似乎是不錯的對象，畢竟，他跟我一樣有相同問題——明明自己沒有做的事卻必須扛下責任。就某種程度來說，他也成了綺綺利用的對象，因為她設局，把伯納德先生之死搞得像是意外。其實，他可能是全世界唯一能夠了解我處境的人。

「你是不是知道什麼事？」路易斯又盯著我，「沒有對我透露的事？」

我態度曖昧，聳肩，繼續摳酒標，但我能相信他嗎？他似乎是善良勇敢的人，但我對他所知不多。還有，我在大學醫院人資檔案發現標有「機密」的檔案是怎麼回事？那到底與什麼有關？

「史提夫，」他語氣懇切，把手放在我的肩上，這個動作出奇溫柔。「真的，拜託告訴我，到底是什麼？這整件事快讓我煩死了。偶爾低聲下氣，我不在乎，靠，放下身段當然有好處，這是我在海軍陸戰隊裡學到的經驗，可以幫我綜觀全貌，但是被安全委員會詰問真是靠他媽被羞辱得好慘。」

對，真的。

我忙著摳酒標籤，一邊思索。

他的態度似乎很真誠。不過，老實說，真相太瘋狂了，連我自己都很難置信。而且我要怎麼阻止他亂說？萬一他聽我說完之後，決定告訴寇利爾醫生我已經瘋了？我居然指控某名明星級醫學院學生謀殺病患？

更糟糕的是——萬一他告訴了綺綺呢？

他的表情流露出好奇，還有某種意外暴露出他弱點的誠懇之情，畢竟對我來說，他一直是如此遙遠又冷硬的前海軍陸戰隊隊員。

他的人事檔案裡的秘密檔案，機密。

我做出決定，將會改變我一生的決定。

我發現自己真的開了口，「我知道那些鉀是哪裡來的。」

我瘋了。

「什麼？」他挪動身體重心，一臉好奇端詳我。

「鉀，我知道是從哪裡來的。」

「好，」他交疊雙臂，「你就說吧。哪裡來的？」

突然之間，我就全告訴他了，鉅細靡遺。一開始的時候，我本來只想要告訴他一些精心整理過的段落，盡量降低我身處困境的荒謬性。不過，在印度淡愛爾的催化之下，我的舌頭完全不設防，我沒多想，所有的話就一股腦傾巢而出，宛若有別人在幫我發聲一樣。

當我迅速講出過去這四十八小時所發生的一連串事件的時候，路易斯聽得專心，他傾身向前，面無表情，甚至可以說是溫和，完全無法判讀他的心思。他只有一次出現反應：當我講到與綺綺發生性關係的時候，他猛力眨眼好幾下，發出了未置可否的悶哼聲。

我沒想到自己這麼快就說完了，或者，可能純粹是我的酒醉時間感在作祟。反正，等我說完之後，我不知道該覺得如釋重負？還是因為自己的魯莽而感到恐懼？我喝了一大口啤酒，想要讓雙手停止顫抖。

至於路易斯，他就只是點點頭，放下雙臂，伸手撫摸光滑頭皮，喝光了汽水之後，開口說道：「嗯。」

「嗯？你只給我這句話？」

「目前，」他把空汽水瓶放在附近的桌上，「對。」

「可——可是！」我氣急敗壞，「難道你——」

「現在不行，」他低聲回我，「丹恩來了。」

丹恩．麥金托許——娶了南西律師的一般外科醫師，也就是昨晚呼叫我去手術房幫忙搶救槍傷男孩、我曾經在值班休息室外頭看到他在搞護士的那個醫生——真的從草坪另一頭信步朝我們走來，他手裡拿著啤酒，沿路忙著與賓客打招呼。丹恩是那種毫無特色的金髮帥哥，就像是一九八〇年代青少年電影裡的那種預科學校惡霸，而且他今天可怕的衣裝品味更強化了這種形象：露出下襬的粉紅色翻領休閒衫、青綠色短褲、帆船鞋沒穿襪，還有亮面飛行員墨鏡。他身材精實，但不是肌肉男，整齊側分的金色長直髮，活脫脫展現出兄弟會與姐妹會或校隊更衣室裡那些主角的美國特色。

他露出滿口白牙的笑容，再加上亮面墨鏡的那種整體比例，不禁讓人想到了柴郡貓。在他的眼鏡鏡面，可以看到兩個扭曲迷你版的我，正在回瞪著我。

丹恩就是那種老是掛著自以為是的微笑、四處走跳的人，不過，我還滿喜歡他的。許多一般外科醫師都跟丹恩一樣故作姿態，這一點我其實沒什麼意見。他們就是這樣，要能夠把開腸剖肚當成職業，需要相當大的膽量，而且，我覺得這是在順利完成任務與殺死手術病患的機率呈正相關的狀況下一定要具備的膽量。一般外科醫生經常要對某些最嚴重的病患施行最關鍵、最危險的手術。所以，故作姿態？就我認為，沒什麼大不了。

「史提夫、路易斯，你們都好吧？感謝你們賞光。」丹恩的背脊如槍桿一樣挺直，壯碩雙肩平整，胸脯突出。

「嗨，丹恩。」我握住了他伸出的手。他的力道強勁，我忍不住小屁孩的衝動，像個硬漢一樣用力回捏。或者，可能是我在酒醉狀況下所自我想像的硬漢姿態。接下來就開始尷尬卡機了，他一直露出柴郡貓的燦笑，我這才發現他在等我開口寒暄。「哦，謝謝你邀請我們過來，」我咳嗽，「這派對辦得很棒。小孩開心死了，尤其是那些蹦床。」我揮手指向充氣式彈跳床，一群小孩跳來跳去，簡直像是桶內的爆米花正在炸裂。我突然隱約覺得不對，現在那群小孩裡已經不見凱蒂的身影，我在想是否該去找她。

反正她一定沒事啦。

「沒什麼，真的沒什麼，」丹恩態度世故，「小孩開心最重要，他們超愛蹦床。」

他已經面向路易斯，而墨鏡鏡面上的雙重扭曲影像已經不再是我，而是路易斯。「嘿，都好嗎？」

這還是我第一次看到路易斯露出毫無心防的真誠笑容。他與丹恩來了一個豪邁熱情的熊抱，而且還互拍後背好幾下，發出如雷聲響。

路易斯開口，語氣隨性。「我正在與我的老弟聊天。」

「哈！你的老弟！哦，你的老弟和我昨晚待在手術房裡面忙著縫某個小混混的傷口，點三八特種彈射歪的大老二。他現在成了男性雄風只剩一半的槍刀俱樂部新成員。」他仰頭大笑，還伸手拍我的肩膀。就在那一瞬間，有某種情緒閃過路易斯的臉龐，宛若一朵烏雲迅速飄過夏日豔陽一樣。來得快，幾乎也瞬間消失無蹤。

丹恩完全沒注意到異狀，繼續說道：「他的某些朋友在將近中午的時候過來找他，似乎是要把先前的街頭火拼做個了結，你有沒有聽說？」我搖頭，「嗯，」他點點頭，一臉比我們厲害的模樣。「我也不在那裡，不過我聽說維安部門一直守在那裡，以免狀況失控。」由於一直有X男這類病患湧入醫院，所以大學醫院維安部門小組簡直就像是院內自設的警力一樣：全副武裝、訓練精良，而且震懾威力驚人。「幸好他們把外科加護病房守得超緊，」他繼續說道，「有前台的護士與維安小組把關，要是沒有人開口，看看有誰敢打噴嚏。」

「對了，說到出包，」路易斯語氣輕鬆。「我聽說五月的時候你們出了一場大災難，因為某一重大醫療疏失造成病患性命垂危？」

雖然白天炎熱，而且還有酒精滲入全身，但我突然覺得好冷，幾乎難以維持正常表情。

路易斯在幹什麼？

丹恩苦笑，「很慘，真的是一場靠他媽的大災難。」

「真的嗎？」

丹恩的妻子南西，也就是搞出行程白板的那個皮膚緊繃白皙女子，與正在啜飲沛綠雅礦泉水的莎莉一起現身。南西抱了一下路易斯，我則向莎莉介紹丹恩與路易斯，莎莉說南西與丹恩的保母在裡面，現在正負責照顧安娜貝爾與凱蒂。

南西問道：「你們在聊些什麼？」

「六月初過世的那名病患，我有沒有講過他的事？沒有？好，是這樣的，某天早上我們在巡房，發現有名病患完全沒有任何反應，我們拚命做心肺復甦術，但最後回天乏術。」

路易斯催他說下去，「所以到底是出了什麼事？」

「中央導管。其中一個末用孔完全沒有套帽，整個暴露在空氣中至少一個小時，搞不好更久。」

路易斯發出哀號，我也在同一時間吸氣，咬牙切齒，發出了嘶嘶長響——我沒想到聲音會這麼大，莎莉狠狠瞪著我手中還剩一半的啤酒瓶，其他人則是保持禮貌態度看著我。我咳嗽，一臉尷尬將酒瓶放在附近的平台區餐桌……醉醺醺的笨手移開的時候卻立刻推倒了酒瓶，我想要把它扶正，但它卻在玻璃桌面發出嘈雜滾動聲，我越弄越糟，眼看它馬上就要滾到桌下、撞到水泥地面的時候，路易斯身手靈巧，立刻把它接住，扔進了垃圾桶。

「肺部空氣栓塞？」路易斯問完之後，拿餐巾紙擦拭噴到雙手的啤酒，正好也填補了我做出蠢行之後的尷尬空檔，丹恩點點頭。

莎莉問道：「什麼是三塞？」

「栓塞。」丹恩客氣糾正她，立刻無縫接軌他的即席演講。「栓塞就是血管發生堵塞。如果你把人體中的血管，動脈與靜脈，當成是水管的話，那麼血液就像是流遍這些水管的水，而栓塞就如同卡住水管的一坨毛髮。空氣栓塞是由氣體所造成的堵塞，阻塞水管裡面的水會回流，從馬桶或廚房水槽裡滿溢出來，而被血泡所阻塞的血液回流也是類似狀況，接下來就慘了。」

「會發生什麼慘況？」

「要看堵塞的位置而定。大多數的時候是在肺部，我們就直接稱之為肺栓塞，由心臟通往肺部的血流受到阻礙。」

「空氣怎麼會進入血液之中？」

「潛水夫症。要是潛水客上升得太快，原本被深水壓縮的血液中的氮，就會突然擴張，形成血泡。或者，在這個案例中，問題出於通往病患內頸靜脈的中央導管出了問題。」他拍了拍自己的脖子右側，「我們經常在重要靜脈插入大型導管，尤其是在加護病房的時候。避免血液進入體內，是非常重要的注意事項。就這名病患的狀況而言，就是有人忘了把套帽蓋回去，換言之，病人的血管與病房內的空氣直接相通。」

路易斯問道：「病人是坐姿嗎？」

「對，他坐在椅子上。」

「很合理。每當他吸氣的時候，胸腔與空氣之間就會形成負壓，將氣體吸入導管，進入內頸靜脈，宛若巨大的吸塵器一樣。」

這種演說越來越像老生常談了，我不耐詢問丹恩：「所以到底是怎樣了？」

「我們立刻急救，用盡一切方法，但病人其實真的沒救了。我們發現的時候，他已經死亡。」他聳肩，「真正搞死我的是文書報告，你們有沒有聽過『病患安全委員會』？」

我搔抓耳朵，目光飄向他方，路易斯則默默擺出撲克臉。

「好，那你們真的要謝天謝地。他們根本是一群恐怖納粹分子。叫我要填寫成千上萬份報告，一直拷問我，最後才終於相信我與此事無關。安全委員會說他們要進行改善，確保不會再發生這種失誤。反正，當初事情鬧得很大，我聽說病患家屬早已揚言要狠狠告院方，而大學醫院則是立刻就拿錢出來和解。」

「想也知道，」南西聲音清脆，標準律師口吻。「這是明智之舉，大學醫院根本沒機會走到陪審團那一關，遑論媒體曝光的所有負面效應。是誰鬆開了套帽？」

「沒有人在講這件事，」他的雙眸掩藏在酒杯之後，無法令人參透。「也許是某名護士。」他聳肩，「我們大家都會犯錯。」不過，他那聳肩的動作卻默默透露出一項訊息：我除外。

南西客氣先行告退，擁抱了莎莉，給了她一個空吻，然後又以輕盈步伐移到他處招呼賓客。丹恩與路易斯開始聊棒球，開心大虧道奇與紅襪隊，兩人支持的隊伍各有不同。

莎莉抓住我的手肘，指甲陷入我的皮膚，靠了過來，咬牙切齒在我耳邊說該離開了。我們與大家道別。丹恩露出他的鯊魚笑容，緊緊捏住我的手，路易斯則是完全看不出我們先前對話留下的任何痕跡，隨性說了一聲明早餐廳見。

莎莉與我從保母那裡接回安娜貝爾與凱蒂，走向我們的停車處。莎莉為了女兒，依然不動聲色，但我從她細微的肢體變化可以看出她在生氣。「好，」等到我們把小孩放入座位之後，她才悄聲發飆。「你和你的那些酒鬼朋友喝得很開心嘍？」

「我──我這禮拜過得很慘。」

「當然，成熟得體的反應就是在大白天的時候，於眾人面前喝得爛醉，留我一個人盯著女兒。史提夫，你到底在想什麼？」

「對不起，真的很抱歉。」

當她忙著弄安娜貝爾兒童座椅的時候，臉色陰寒可怖，宛若八月午後的雷暴雲頂。「南西與丹恩邀請我們下個星期五來這裡參加晚宴，所以我希望你接下來的這禮拜可以過得順利一點。」她上好最後一截安全帶，狠狠發出喀響，砰一聲關門，然後上了駕駛座。

在這段返家的車行路途當中，氣氛沉默陰鬱。莎莉緊抓方向盤，不時鬆開手指，專注盯著路面。凱蒂與安娜貝爾出奇安靜，也許是感覺到氣氛緊繃。

我從開敞的車窗向外張望，吹拂而來的空氣溫暖舒適，還夾帶了夏日植物的泥土芳香。傍晚的陽光在燦亮綠葉之間嬉戲。這樣的宜人景色與車內的低迷氣氛，還有我的殘敗人生成了諷刺對比。

向路易斯坦承一切，絕對是一場賭局，而我實在搞不懂他剛才對我所述情節的反應到底算是什麼。明天綺綺、路易斯與我在這種超級詭譎的全新環境之中，會演出什麼樣的劇本，誰也說不準。而且，還有路易斯個人檔案夾裡的機密檔案，到底是什麼？

我想要構思自己的下一步，但是啤酒的興奮感已退，疲倦悄悄竄入我身，宛若延遲的日霧從海洋飄向陸面，在海岸伸出水霧的枝椏，四處擴展。就生化角度而言，酒精是鎮靜劑，也難怪大家可以從在派對裡狂歡的傻瓜立刻成為昏倒在地不省人事的醉鬼，我已經快要進入那個倒地昏迷的階段了。

而且不只是因為酒精，我累了，精疲力竭的那種疲累，四肢痠痛。人類的腦袋與身體一次就只能承受這麼多的摧折，這是生理學的事實。壓力重殘我的身心，最後一絲氣力也被榨乾，正準備進入關機狀態。

我們回家之後，我幫莎莉把兩個女兒弄下車，帶入屋內。不過，我現在身心俱疲，當莎莉餵女兒、為她們換上睡衣的時候，我幾乎沒辦法幫上什麼忙，然後，我直接搖搖晃晃進入我們的臥室，踢掉鞋子，和衣癱躺在床上，進入無夢沉睡狀態。

10

星期一
八月三日

我覺得我再也無法像往常一樣與路易斯和綺綺在餐廳裡開晨會。歷經了先前七十二小時之內的這些事件之後，要努力佯裝一切如常，實在太奇怪了——尤其，我必須面對的那兩個人其實明明知道真相。

除此之外，今天早上我固然得到了比較充分的休息，這是我在數週以來第一次連睡了將近十二小時之久，但我依然覺得有人把某根大鐵釘直接敲入我的頭蓋骨中央——這是昨晚狂飲啤酒留下的痛苦證據。

我一大早打電話給路易斯，讓他知道我今天無法與他們開晨會了，交代他今天早上就由他自己處理病患就好。他悶哼一聲表示聽到了，隨即掛上了電話。

路易斯。我一個人待在手術房的更衣室，陷入沉思。我搖搖頭，吞下了好幾顆安舒疼，將便服放入我的置物櫃，換上手術衣。

我怎麼如此愚蠢？怎麼會搞得像是酒後吐真言一樣，一股腦全告訴了他？我到底期盼能得到什麼結果？他一定覺得我是無可救藥的瘋子。

為什麼不呢？這是百分百合理的假設。要是我們角色互調，他向我透露某個明星級醫學院學生其實是冷酷殺人魔，專挑病人下手，企圖要讓自己未來一帆風順，就醫學角度而言，我一定會覺得，媽的這傢伙瘋了，不然就是在開什麼變態玩笑。

我重重關上櫃門。

我覺得自己真是大傻瓜。現在唯一的問題是，不知道路易斯會怎麼處理這件事。他會不會告訴大家我瘋了？或是向寇利爾醫生打小報告，我出現了某種詭異的恐慌行為？老實說，要是他真的這麼做，我也不會怪他。其實，要是他去找寇利爾醫生，也許對他來說是好事。他可以用誠懇態度向老闆告白，他非常擔心我的心理健康，也許可以幫助他在這起補鉀事件中全身而退。不幸的是，這也會摧毀我殘存無幾的可信度，讓我的未來全部落空。

或者，他會告訴綺綺？

最後一個念頭讓我沉吟許久。

我一直很懷疑他們兩人的關係。綺綺與路易斯經常一起工作，當然會一起用餐，在醫院共處的時間很長，就像是我與她的互動一樣。我不禁心想，她會不會用對付我的招數去耍弄路易斯？

還有，綺綺在星期六對我講的那句話是什麼意思？

要是你討救兵的話就必須接受處罰。

她講那句話的用意究竟是什麼？我忍住全身顫抖，決定不要多想，至少現在不要。事已至此，我現在就是靜觀事件發展。

傑森果然說得沒錯，接近中午的時候，安全委員會發布了伯納德先生死因的最終報告，當然，非常低調。沒有向大眾公布，只有寇利爾醫生拿著那份報告的複本在我面前揮舞，狠狠訓了我一頓，當時是我在下午手術之間的空檔，我乖乖坐在他辦公室的沙發，聽從他的指示，在接下來的這幾個禮拜當中，我必須「退出」手術房，即刻生效。他們現在禁止我對大學醫院的病患動手術，而且我暫時也無法繼續擔任路易斯的上司，沒有辦法像以前一樣巡房。

寇利爾醫生告訴我，既然我必須暫停例常工作，目前就會把我調派到門診（其實，就是取代路易斯的位置），同時我必須接受安全委員會指定的補充課程，由大學醫學院所負責的線上學習系統。這太反常了，感覺宛若度假——因為安全委員會限制了我的活動範圍，門診一週也只有一次而已，而且那堂課一個禮拜只需要花幾個小時，我現在有了許多可自由運用的時間，已經多年來沒有這麼空閒了。

寇利爾醫生話講得很明白，要是我有任何不願配合的地方，那麼就是立刻解雇我在大學醫院的職位——污點中的污點，我的外科生涯將會就此終結。

我除了彎腰、抓緊腳踝，乖乖挨打之外，還能怎麼辦呢？我的腦袋裡浮現了某種不合邏輯的想法，天知道我心底怎麼會有這種無可救藥的樂觀灰燼，我覺得，只要我能夠好好出牌，還是可以安然過關。問題是，我現在沒有任何牌，就算有，我也不知道該怎麼出手。

與寇利爾醫生結束會面之後，我拖著沉重腳步，無精打采回到更衣室換掉手術衣。我轉動數字碼，開鎖，打開了櫃門。

有張摺好的紙從置物櫃裡掉出來，落在地板上。

我很好奇，把它撿起來，整齊的四行手寫字。

老烏鴉。

金融區。

今晚七點。

不要告訴任何人。

這到底在搞什麼鬼啊？

我在更衣室裡面四處張望，但除了我之外，一片空蕩蕩。

❖ ❖ ❖

我在「老烏鴉」的門口停下腳步，端詳燈光昏昧的空間，瞇眼適應半暗光線。

這間酒吧很小，散發出某種高檔俱樂部的氣氛，而且裡面擠滿了人——從外表看來，幾乎都是剛下班的白領階級，還混雜了一些大學生，數台平面電視螢幕正在播放紅襪隊的比賽。

過了幾分鐘後，我終於看到他了，門口另一端的遠方角落的高腳椅，旁邊是一張高腳桌。他背對著牆壁，正視著我，紅襪隊的球帽遮住了他部分的臉龐。我發現這裡有一半的人都戴了紅襪隊帽子，而且也不知道為什麼，他雖然沒有揮手，也沒有明顯表示知道我來了，但我就是覺得我之所以能夠在一堆人裡看到他，只有一個理由，是他主動現身，才能讓我找到了他。

我穿過擁擠人群——大概有二十，或是三十個人吧——然後走到桌邊，上面放著吃了一半的薯條，還有一杯蘇打汽水。

「嗨。」

路易斯慢慢揚起下巴，「你遲到了。」

「可以坐下嗎？」

他的目光依然緊盯我剛才走進來的入口，「我不確定你會不會過來。」

「我本來差點不來了。」先前我盯著那張紙大約有三十分鐘之久，一讀再讀，最後才做出決定。「我想要聽聽你怎麼說。」我把一張高腳椅拉到了桌前。

「你有沒有告訴任何人你今晚要過來這裡？」

「沒有。」

「就連老婆也沒說？」

「除了你之外，沒有人知道我在這裡。」

「你有沒有把綺綺、補鉀、伯納德先生的事告訴別人？」

「沒有。」

「有沒有被跟蹤？」

「沒有。我的意思是，我哪知道，」我厲聲說道，「好，我在我的置物櫃裡發現這張字條，所以我就過來了，這整件事搞成這樣，你未免也太恐慌了吧？」

他哼了一聲，不再盯著前門，狠狠瞪了我一眼，充滿輕蔑。

「綺綺在我們的底下殺害了某名病人，就在全球最負盛名的醫院之一，」他在咆哮，「我們的醫院。而且她已經完全把你玩弄於股掌之間，從你告訴我的內容判斷，她似乎非常享受全部的過程，我個人覺得我並沒有過度恐慌。」

我臉紅了，思索這番話所隱含的重要意義，他開始吃薯條，啜飲汽水。「所以……你相信我？」

「對。」

「真的嗎？為什麼？」

他把某個尺寸如男人皮夾的光滑銀面金屬物體推到我面前，「今天下午，我發現這東西被人拿膠布黏在你車底下，地點在醫院停車場。」

「你怎麼知道我車長什麼樣子？又怎麼知道停在哪裡？」

「你知道這是什麼東西嗎？」

我拿起那個銀色物體端詳，「不知道。」

「定位追蹤器，比較高檔的產品網路價大約是一百七十五美金。」

我的喉嚨彷彿被一雙肥厚的手緊緊掐住，幾乎無法提氣，簡直就像是要透過吸管吸氣一樣。

「什麼？」

「定位追蹤器，是你自己放的嗎？」

「沒有。」

「你老婆？」

「沒有！當然不可能。」

「好，有人對你的行蹤很感興趣，我猜是綺綺。」

我盯著手中的那個器材。

臭婊子。

「你知道嗎，史提夫，」路易斯的語氣平鋪直敘，他伸手過來，輕輕從我手中拿回追蹤器，放入他的口袋。「我必須承認昨天第一次聽到你說那些話的時候，我有一點……呃，懷疑。我是說，醫學院學生，而且是非常優秀的一個，真的會是為了自己的將來而殺害病患的變態嗎？乍聽之下，大部分的人都會說你撒謊，不然就是覺得你應該要入院治療。」他聳肩，啃薯條。「不過，真相可能會比小說更離奇，我曾經見識過許多詭異的鳥事。而這種行為的大膽程度更增添了可信度——因為，有誰會懷疑她能夠做出這種事？這世界上怎麼會有人做出這種事？」

他拿起餐巾抹嘴，「不過，各項事實都全部吻合。那天早上在餐廳你給我『艾林』系統密碼的時候，她看著我寫下來。我當時覺得沒什麼大不了，你給我密碼——我的意思是，靠，大家都這樣啊。當你在下補鉀醫囑的時候，她也在那裡，而伯納德先生必須得接受心肺急救的時候，她也是第一個衝入病房，甚至比急救小組還早一步，你知道嗎？」

我想起許久之前曾經與綺綺討論過生死，當時我還不知道她就是兇手。對，我知道她早就在那裡了。

他又塞了一根薯條入口，拿起餐巾抹淨手指之後，又把它扔到自己面前的桌上。「我今天觀察她，一直很小心翼翼，我覺得就是她幹的。要是換作以前，我還在海軍陸戰隊服役的時候，一定可以更早發現她有問題。」

「你這是什麼意思？」

他噘嘴，「就這麼說吧，研究人是我的工作職責之一，我服役的時候曾經遇過不少類似綺綺這樣的人。遍佈世界各地，心理變態、殺人魔，都是我向天祈禱此生再也不要遇到的人。」

我又想到了大學醫院人事檔案夾的「機密」檔案。我對路易斯知道的越來越多，更加好奇裡面有什麼內容。

「像是什麼樣的人？」

「不重要，」他撇了一下嘴角，「我不該說這些的，我也不想講。」他把薯條盤推到一旁，「重點是她給你下了小小通牒，只剩下不到兩個禮拜，要展開行動，這樣的時間並不算充裕，我們如果想逮住她，現在就必須開始動手。」

「逮住她？你在說什麼？我不明白。」

他傾身靠近我，聲音壓得很低，在周遭連續不斷的聊天與爆笑，還有認真觀賽群眾偶爾發出的歡呼與嘆息聲之中，我幾乎很難聽清楚他所說的話。他不再盯著我，目光跳到門口，然後又回到我身上。「我是說，我想要幫你。你覺得如何？她是認真的嗎？她真的會依照她所說的方式行兇？」

史提夫，我猜你想要阻止我吧。

我想起她的目光，冷酷，充滿算計、打死不退的決心。

我們就讓事情變得更好玩一點吧。

伯納德先生太容易了，我需要挑戰。

我忍住顫抖，「對，我覺得她十分認真，一定會繼續殺人。我覺得她希望我要阻止她，純粹只是因為好玩而已，而且她要我依照她設下的那套詭異規則進行遊戲。」

「既然是那樣的話，她給了我們一個絕佳機會。」

「做什麼？」

「跟她玩遊戲，打敗她。靠我們兩個，我有信心我們可以贏過她，不只是阻止她殺人，而且要蒐集足以讓她落入陷阱的證據。基本上，就是當場抓人。但我們得全力合作，我提議我們要建立……合作關係。」

「什麼樣的合作關係？」

「她不會懷疑我的。所以我接下來會跟蹤她，研究她的日常行程，了解她會做些什麼。必須要知道她的犯案模式，如何發動攻擊，確定她的犯案工具，是否會繼續使用。值此同時，你就繼續假意配合她，以她的模式思考推測她的下一步行動，找出未來的受害者。」他身體前傾，「你覺得怎麼樣？」

「我們要怎麼避免她起疑心？」

他緊蹙眉頭，出現了深紋。「她可能以為你已經崩潰了，因為你現在已經任由她宰割。」他若有所思看著我，「是嗎？真的崩潰了？」

「沒有。」我的語氣是虛有其表的自信。

「很好，我們可以運用那一點當作我們的優勢。要是她覺得你真的一敗塗地，很可能會因此降低戒心，她的自大很可能會蒙蔽了她。」他又繼續壓低棒球帽、蓋住臉龐，然後抬頭看了某台電視一下，因為現在酒吧裡充滿嘲弄大叫，應該是紅襪隊受到了不公待遇。「寇利爾醫生告訴我，接下來的這幾個禮拜不准你進手術房。」

「沒錯。」

「很遺憾，」他的語氣充滿憐憫，「史提夫，這是我的真心話。超慘，我得要暫時代理你的醫院工作。」

「對，你得要幫我看週二門診。」

路易斯憂心忡忡，「和綺綺一起。」

「什麼？」

「她每週二會進診間，記得嗎？我們在餐廳裡講過這件事，她第一天開始值班的時候。她這個月的每週二都會進去幫我忙，分擔了一大堆工作，不意外。」靠，我完全忘了這一點。我嘆氣，緊閉雙眼，伸手搓揉眼瞼。只有我和綺綺，得一起共事好幾個小時。彆扭，都算是最客氣的說法了。一想到這一點就讓我想吐，不是因為恐懼。到了現在這個階段，已經不是恐懼了，我的意思是，她到底還能拿我怎麼樣？

我睜眼，路易斯盯著我。「這是你蒐集情資的大好時機。」

「什麼？」

「情資，情報資訊，有關她的資料。」

我開始摳桌上的污痕，「嗯，對哦，我想也是。」

他雙手交疊胸前，打量我好幾秒之久。「好，你覺得呢？我們一起拚了？」

我擰住雙手，在座位裡不安蠕動。「路易斯，我還不確定，我——我需要多一點時間思考。」

他癟了一下嘴角，「你沒有時間了。要是你不希望我幫忙，那麼當初幹嘛要告訴我這些事？」

因為我喝醉了，我是大笨蛋。

「我——也許只是想要向某個能夠明白我處境的人傾吐心聲。」

他怒目相視，「鬼扯。史提夫，我不是你的神父，她一定會再次行兇，而且會盡速下手。不管你要不要幫忙，我一定會出手阻止她。」他伸手拿錢包，準備從高腳椅起身。

「等等，」我抓住他的手臂，「我們一起合作。」我最近經常這樣，還沒有搞清楚要不要說出口，話就已經從我嘴巴溜了出去。

「好，既然這樣的話，」他雙手交疊胸前，又坐上高腳椅。「不過，首先，你要向我保證你會完全遵守我的指示，要是我們一起合作，就必須照我的方法行事，不准有任何質疑。」

我現在還有其他選擇嗎？「沒問題。」我咬牙切齒，沒多想就伸手過去打算握手。

他盯著我的手掌，幾乎藏不住蔑視。「你在跟我開玩笑嗎？史提夫，媽的這又不是在搞協商合約。」

聽到這樣的責難，不禁讓我臉紅，我抽回手，緊握成拳放在大腿上，指甲已經陷入掌肉裡。

「好，那現在呢？」

「你有沒有想過她動手殺人、佯裝為意外的其他方法？」

其實，我真的有想過，因為我今天早上醒來之後，掛心的幾乎都是這件事。我清了一下喉嚨，想到總算能在這次討論中貢獻一點有營養的話，不禁鬆了一口氣。「嗯，我認為有兩個重點必須要謹記在心。第一，她這次要執行的是先前從來沒有用過的手段，星期六的時候，她已經對我把話講明了。其次，她要靠著自己的扭曲手段，做出她自認能夠造福未來病患的事。」

他若有所思撫摸下巴，點頭，「所以你覺得呢？」

「過量補鉀是完美的犯罪模式。迅速、致命、相對容易執行，而且相當困難——如果真有這可能的話——追溯到她身上。她第一次會以這種方法下手，我並不意外。」

「同意，還有其他方法嗎？」

「好，還有肺栓塞。就像是丹恩昨天在烤肉派對告訴我們的一樣，中央靜脈導管是唾手可得的目標。」

他發出悶哼，嘴角抽動了一下，除此之外，他依然像座雕像一樣不動如山。「繼續說下去。」

「但是，一個殺意堅決的兇手絕對不可能只會摘除中央導管的套帽，這樣會有風險。如果換作是我，我會在鎖骨下靜脈、內頸靜脈，或是股靜脈直接打入數百CC的空氣。這麼大量的空氣一次直衝肺動脈，將會造成受害者心臟幾乎是立刻停止。就像是補鉀一樣——簡單、快速、致命、很難追查。」

「不過我後來覺得不可能，至少這次不會。根據丹恩的說法，五月死亡的那名病患隨即引發了醫院的全面清查，綺綺一定知道。」

「她會不會就是那次引發栓塞的主兇？」

我在高腳凳上面不安扭動身軀，這種椅子很不舒服，一直壓迫我的尾椎。「我也想到了這件事，萬一伯納德先生並不是她第一個下手的對象？」

「我就是這個意思。」

「但無論如何，就算她先前的確殺死了另一名病患，她再玩這一招也對她沒有好處，她不會浪費時間搞最近已經發生過的問題，她一定會想出某些新招數，不然的話，她就覺得不值得了。所以，我想我們現在可以把空氣栓塞從決選名單中剔除。」

他稍稍停頓了一下，「我也這麼認為。還有呢？」

「過量胰島素。她可以壓低某名糖尿病病患的血糖，幾分鐘就會喪命。但這更困難。她怎麼可能在無人知曉的狀況下給病人胰島素？而且，只要病人一開始發病，醫院的心肺急救小組就會立刻行動，第一件事就是測血糖，給一安瓿的葡萄糖。」

「除了胰島素之外，還有各式各樣的可能致命藥品。你和我都已經更換了『艾林系統』的密碼，但我們必須假設她資源豐厚，一定會想辦法再次侵入這套醫囑系統。」

「同意。」路易斯的目光不再盯著門口，開始仔細端詳我。他的雙眼看不出任何情緒，臉部表情宛若白紙，不禁讓我想到了某種大型的貓科掠食者——監控、聆聽、等待。

「用藥會發生各式各樣的可能性。以靜脈注射高劑量腎上腺素——好，就兩三毫克吧——將會造成嚴重的非Q波心肌梗塞。當然，施打大量嗎啡，會造成呼吸系統停止。過量的抗凝血劑，比方說肝素或是可邁丁，很可能會引發嚴重出血，尤其是術後病患。這些手法都耐人尋味，而且都會傷害人體——但卻不能確保一定致死。心肌梗塞可以治療，嗎啡與其他麻醉藥物、抗血凝劑也可以靠納洛酮予以中和。

「此外，也可以在病人的血液中直接加入某種致命細菌。我最近讀到有些死在醫院的病患是因為全靜脈營養輸液袋受到黏質沙雷氏菌感染。萬古黴菌抗藥性腸球菌或是抗藥性金黃色葡萄球菌也有相同效果，但是你必須分離後才能取得細菌，而且，某人找到感染源、在病患死亡前給予有效治療，絕對有其可能，這一招並不是很實用。」

「然後，還有重度放射線傷害。好幾間醫院曾經因為病患做電腦斷層掃描時誤把放射性劑量調高到有害人體的程度，害病人受傷或喪命。就理論而言，的確可以操弄電腦斷層掃描儀或是其他腫瘤放射治療器材、給予病人足以致死的劑量。不過，這需要大幅度重新校準硬體與軟體，以這種方式殺人非常困難。不太可能，而且，死亡過程緩慢又痛苦。」

路易斯牽動嘴角，宛若貓咪的尾端在輕拍地面。「同意，還有別的嗎？」

「目前沒有了，我會繼續研究。」

「這是很好的起點，」他似乎是嚇了一跳，「你講出了許多我永遠不會想到的重點。」他悶哼說道，「在與疾病毫無關係的狀況下死在醫院裡，居然會有這麼多種方法，真叫人嘆為觀止。好，這是給你的東西，以免我等一下忘記了。」他小心翼翼把某支手機從桌底下傳給了我。

我望著那廉價的顯示螢幕，語氣嫌惡。「我自己已經有手機了。」

「這是可拋棄式手機，易付卡，現金付款，完全追查不到帳戶所有人。」

「我要拿它做什麼？」

「和我聯絡。只能傳簡訊，永遠不可以撥出任何電話。而我會負責傳訊——使用的將是可拋棄式手機。你要隨身攜帶，絕對不能弄丟。雖然追查不到帳戶所有人，但號碼不是，萬一有人拿到了我們兩人的某支手機，就可以靠著撥打與接聽的電話追蹤到另外一人，你要謹記在心。」

「這是什麼？」他交給我的那張紙一共印有兩行，一行有六排，數字一到六，而另外一行則有某個街道地址，對應了每一個號碼。

「密碼。我要你背下第一行的數字，還有第二行的對應地址。」

「背下來？」

「沒錯，現在就背下來。」

我瞄了一下數字，「這套密碼要怎麼使用？」

「我會先以密碼傳給你第一行的數字，後面會有某個特定時間，二十四小時制軍事時間的四位數字，然後，我們就在上述時間的相關位置見面。」

「所以，」我瞄了那張紙第一行的第五列，「要是你傳簡訊給我，數字五……之後是，嗯，一九〇〇，我們見面的地點就在——」我瞇眼盯著那張紙，緊接在數字五之後，在第二行與其對應的那個地址。「栗樹街一百二十五號，晚上七點鐘。」

「沒錯。」

「你要我現在背下這些密碼，就是現在？」

「沒錯。」

「為什麼？」

「這是基本的反間計，只要你存在腦袋裡，沒有人能夠取得這個機密，除非你自己說出口。」

我低聲飆髒話，記下了那些密碼。他叫我複誦了兩次，然後又收回那張紙，塞入口袋，在桌上丟了現金。「我會在接下來的這幾天與你保持聯絡。反正就是依照日常慣例行事，聽寇利爾的話就是了，保持低調。」

「要是在她旁邊的時候，嗯，我應該要怎麼辦才好？」

他若有所思搓揉下巴，「沮喪，頹敗，就像是你完全不想理她或是她的遊戲，只想要佯裝一切都不曾發生，你渴望回到過往時光。值此同時，繼續研究她最可能採行的策略，明天早上就開始看診。」

「我該怎麼做才好？」

「這就看你了，」他聳肩，「無論你打算怎麼辦，要記得她總是提早進診間，大約是七點三十分左右。還有，千萬不可以告訴任何人，就連你老婆也一樣。」

我茫然點點頭，現在有千百個理由必須瞞住莎莉。

「等到我離開之後，」他開始下指令，「等個至少十五分鐘，然後從前門出去。」他宛若美洲豹一樣跳下高腳凳，迅速走向我們隔壁牆面某道不起眼的出口，上頭掛了一個「出口」標誌。我剛才一直沒發現，但我知道在我們相處的這段時間當中，一直沒有人從那裡進出。

「喂，路易斯……」

他在出口指示標誌下方停住腳步，目光定焦在酒吧出口與我之間的地帶。

「你在海軍陸戰隊時做什麼？」

「海軍陸戰隊武裝偵察部隊，情報，」

他從後門迅速閃離。

我呆呆望著手中的可拋棄式手機。

靠，我現在到底該怎麼辦？

路易斯曾經說過，推測她的下一步行動。

很好，我要做什麼是好？

想啊，我腦中理性的那一半，也就是我最近怠慢的那位老友，開始鼓勵我，你擅長的是什麼？

我咬住下唇，空茫目光望向前方，紅襪隊開始領先，更加吵鬧的夜晚群眾在我身邊不斷推擠，路易斯交代我要等待的十五分鐘，慢慢變成了二十分鐘，然後是三十分鐘。

我一直在想明天早上要與綺綺一起看診的事，路易斯曾經說過，蒐集情資的大好時機，但該怎麼著手？

然後，我突然靈機一動。

我乖乖從前門離開，回家之前，先驅車前往劍橋的某間小型電腦店。我已經好久沒來這裡買東西了，但我一眼就認出站在櫃檯後的那個店員：老是半閉著雙眼及腰的油膩金髮，還有穿鼻環。他身穿平克．佛洛伊德樂團的褪色T恤，露出下襬，牛仔褲腰帶上方頂著個大肚腩。我們客套寒暄了幾句，然後我把自己需要的東西告訴了他。

「鍵盤側錄器？嘿，當然有。我才剛進貨，一級品。」他鑽進後面的某個房間，出來時手裡多了兩個東西：軟體碟片，還有一個約莫是車鑰匙體積的長方形灰色小物件，他把它們放在我們兩人之間的櫃檯檯面。

我拿起碟片，「很容易安裝，」他說道，「幾乎任何系統都不成問題，所有的反間諜軟體或是反監控安全程式都查不出來。而且它會自動處理，將側錄資料傳到某個只有你能夠進去的加密網站。」他哈哈大笑，他有顆門牙沒了，看起來像是白色尖欄圍籬裡的洞。「當然，訣竅就是在你預計下載軟體的時候，千萬不要被抓到。」

「一定的，」我敷衍回道，「這個呢？」我拿起比較小的那個東西，「我猜是可攜式的吧？是要靠隨身碟介面？」

「對，碟內有內建八MB的記憶容量，立刻可以下載與儲存側錄資料——同樣是加密模式。嘿，關鍵時刻很好用。」

「一定很貴。」

他聳肩，「品質與價格成正比，嘿，絕對不會讓你失望。」他的舌頭迅速舔了一下雙唇，不禁讓我想到了蜥蜴，他半閉眼瞼之下的雙眼閃動著微光。「好，所以要哪一個？」

「兩個都要。」

他露出燦笑，「老弟，很好。」這人看起來也許像是從七〇年代「死之華」樂團演唱會裡跑出來的傢伙，但骨子裡是不折不扣的資本家。

在開車回家的途中，我的目光不時飄向擱在旁邊副座上的那兩個貨品，握緊方向盤的掌心已經汗濕，內臟扭曲成一團沉重難解的結，化成痛苦思緒，鑽進我的內心深處，宛若碎片刺入一樣。

我到底把自己逼入了什麼樣的絕境？

11

星期二
八月四日
早晨七點零一分

我咬牙切齒，加速衝入空蕩蕩的候診室。我緊張萬分，早餐根本無法下嚥，胃酸簡直要在我胃壁燒出一個洞。門診要到八點才開始，但是我必須要在綺綺進來之前在看診室的電腦下載那套軟體，而路易斯先前提醒過我，她總是在七點半進入診間。不幸的是，通往診間的自動電子門要到七點才解鎖，所以我一直到現在才能進去。

要下載這套鍵盤側錄軟體差不多要花三十分鐘左右的時間，所以我時間相當緊迫。我也可以從另外一台電腦，以遠端的方式將程式載入看診室的電腦，不過，由於大學醫院的資安系統封鎖，我必須直接從軟體碟片裡下載。

我不知道到底是哪一件事讓我壓力比較大：是在綺綺到來之前完成下載呢？還是馬上就得與她共處一室一整個早上？我不怕她，也不怕任何狀況，再也不怕了。這比較像是表演前的焦慮。我還不知道自己該怎麼演比較好。沮喪，路易斯告訴過我，崩潰。我昨晚有一半的時間都沒睡，就是想知道崩潰之人在這種狀況下會講出哪些話，又會做出什麼樣的行為。

更不要說一想到要與她共處一室就讓我皮膚發癢。現在，我在週日所受的驚嚇已經平撫，無助與恐懼已經發生一百八十度的轉向，化成厭惡與憤怒。她操控我的手法，讓我覺得自己……好骯髒。我討厭被人玩弄，我討厭自己無法控制全局，掌握一切，是我當初成為外科醫生的理由之一，所以，綺綺這樣搞我，把我逼到這樣的絕境，真的是把我惹火了。我想要再次取回控制權，當然更得要讓她付出一點代價。

我經過了護理站，病患檢查室，前往後方放有兩台電腦的小診間——那地方就是住院醫生與醫學院學生專用的虛有其表儲藏室而已。由於綺綺和我只能使用診間裡的那兩台電腦（其他的早已被教授鎖定專用，不然就是位於病患檢查室）。我知道綺綺在這整個早上一定會使用其中一台，或是兩台都用。我坐在第一台電腦前面，把手伸入白袍口袋裡，準備取出碟片，路易斯給我的那支便宜手機則是跟碟片放在一起。有那支手機卡位，我很難把手硬擠進去，所以就先取出手機，心不在焉把它放在電腦旁，然後取出碟片，塞入第一台電腦光碟機之中。

大學醫院的資訊人員十分勤奮，相信也投注了大量的時間與金錢，安裝了好幾道安全控管措施，防止有人做出我等一下要幹的事，將未授權的軟體灌入大學裡的電腦。對我來說，繞過資安系統的封鎖措施並不難，但過程很繁瑣，等到我把第一台電腦側錄軟體下載完成、刪除自己的數位軌跡之後，已經是七點十五分了。我匆匆把碟片退出來，塞入第二台電腦，開始重複相同步驟。現在，我已經開始額頭冒汗，必須不時將手移開鍵盤，擦拭流入眼中的汗滴。

我瞄了一下手錶，七點二十九分。

我聽到診間大門的開門聲響。

啊靠，要是她現在走進來的話，我就死定了。

這個聲音讓我分了心，我輸入某個指令時犯了錯，必須重複同一步驟。

媽的！

電腦不斷發出颼颼、喀啦喀啦的急喘聲響，終於接受我的指令，突然進入下載的最後階段。

趕快！

腳步聲——聽起來是女鞋——在走廊間迴盪，正朝這裡走來。

依然下載中。

快啊。

現在腳步聲已經到了門外。

趕快！

電腦終於心不甘情不願接受一切，鍵盤側錄軟體完全下載成功。

我趕緊退出軟體碟片，塞入口袋，現在，她即將使用的這兩台電腦都已經安裝妥當。

剛剛好。

她站在診間門口，「史提夫，你今天真早。」

好來吧。

「妳也是。」我語氣平淡，不再盯著電腦，鼓起不知道哪裡生出來的意志力，佯裝平靜。

「我喜歡提前到班。」綺綺優雅坐在我的旁邊，手裡拿著咖啡，白色短袍裡是白色上衣與黑裙。很得體又專業。她露出微笑，牙齒亮白，不是電視主播那種過白，不過卻是一種低調的美，我以前從來沒有注意到這一點。現在我有一股完全不像醫生的絕然衝動，想要拿鉗子一顆顆拔下來。我怎麼會對這女人有興趣？「史提夫，你怎麼會一大早出現在這裡？」

「我最近變得很有空。」這番話充滿酸意，讓我自己嚇了一跳，也許演戲這種事並不如我所想像的那麼困難。

她早就聽說了，一臉同情點點頭。「我也聽到消息了，很遺憾，我知道你有多麼熱愛動手術。」她瞇眼，傾身向前。「史提夫，你為什麼在流汗？」

「啊，是哦，」我抹了一下額頭，「誰知道，今天的濕度快害我熱死了。」

「嗯。」她喝了一小口咖啡，若有所思盯著路易斯給我的手機，依然擱在那兩台電腦之間。

靠，白痴！我怎麼沒有收起來？

當她拿起來的時候，我佯裝若無其事。

她問道：「你的嗎？」

「我的某支舊手機，」我喃喃解釋，「早就沒用了。一直放在置物櫃裡，完全忘了，我正準備拿回家給凱蒂，我想把這當成玩具送給她，應該會讓她開心。」我一派輕鬆把手伸到她面前，掌心向上。

不過，她依然盯著它，不斷在手中把玩，露出半笑的曖昧表情，我覺得我又要開始冒汗了。她是不是看到路易斯使用他的手機？畢竟我和他的一模一樣，她是不是已經盯上了我們兩個人？

終於，經過了感覺宛若數小時之久的漫長停頓之後，她把手機放在我的掌心。「嗯，好體貼，你真是個好爸爸。」

我把手機放回白袍口袋，她的雙眸定在咖啡杯杯緣上方、專注盯著我。「好，」她說道，「我們要一起看診。」

我的目光低垂，看著自己的大腿，

「史提夫，和我一起工作，這對你來說不會太彆扭吧？」她嘆道，「因為我呢，討厭彆扭。」

「妳討厭……」我搖搖頭，感到不可置信，她的舉措怎麼能這麼正常？「綺綺，妳到底要我幹什麼？」

「陪我玩我的遊戲。」

「妳瘋了。」

「怎麼樣？有什麼想法了嗎？」

「我的答案是『沒有』。」她伸手過來，抓住我的手。「那我呢？你有沒有想念我？」

我趕緊閃開，彷彿狼蛛想要爬上我的手臂一樣，就是不想被她碰到。「好，」我集中怒火，把它當成我演戲的重點，開始隨性發揮。「我不想討論妳的遊戲，至於那一晚──對我來說就是從來沒發生過的事。」

「所以就這樣了嗎？你打算放棄？」

「放棄什麼？」

「你明明哈我。而且我不敢相信你就這樣袖手旁觀，放任另一名病患死亡。等到出事的時候，你就會覺得早知如此──」

「閉嘴，給我閉嘴！」我怒氣沖沖盯著她，也許有點太直接了，但我現在是真的生氣了。

「綺綺，妳知道嗎，媽的妳真的夠變態！」我從來沒有以這種語氣跟別人講話，能夠這麼開心釋放本我，感覺有點不安，但我也感受到一股出奇的振奮感。能夠在她面前再次肯定自我，感覺好舒暢，充滿了外科醫生的風範。

「對妳來說，這可能是某種變態遊戲，但這是我的人生。我要回到原來的軌道。我不玩了，妳和我之間也已經結束，所以殺死病患，拯救病患，隨便啦，幹，離我遠一點就是了。」

我不記得自己哪次說話說了這麼多次的幹，天，感覺真是幹他媽的爽。

我不知道她是否因為我的這番長篇大論而嚇到或是感到不安，就算有，也完全看不出來。眼神沒有任何情緒，端詳我的目光冷酷又疏離，就像是——這說法真諷刺——心理學家在打量坐在自己辦公室沙發裡的病人一樣。

然後，是一陣意味深長的沉默。剎那間，也就只有那麼一刻而已，我覺得自己可能太超過了。她張嘴，彷彿要說些什麼，但診間外頭卻傳來一陣爆笑，然後有人在閒聊生殖器，逐漸逼近的腳步聲，那一刻就此結束。

我坐在椅內旋身，面向電腦，登入查看今天的病患門診排程，我猛力呼吸，心臟在胸膛裡怦怦撞響。「你問我是不是太彆扭，」我低聲講話，目光依然緊盯電腦。「彆扭不足以形容我的感覺，但我是專業醫生，靠，我是外科醫生，今天早上得為病患看診，這才是我在乎的重點。如果我得要跟妳一起工作，沒關係；如果我必須與妳一起診治病患，才能完成任務，沒問題。但如果妳想要再講些任何狗屁倒灶的事，那麼妳不如就去跟牆壁聊天算了。明白了沒有？」

她靠過來，在我耳邊低語：「你發飆的時候真是性感。」然後，她開始舔我的耳垂。

「幹！」我大吼，以袖子猛擦耳朵，一臉尷尬瞄向門口。

她臉上掛著淡淡笑意，一派冷靜，開始敲打另一台電腦的鍵盤。我怒氣沖沖瞪著她，但她根本不理我，所以我猜她也無話可說了。在接下來的那二十分鐘當中，我們坐在一起，完全不說話，各打各的電腦，敲打鍵盤的喀啦聲響宛若斷斷續續的雨滴在敲打鐵皮屋頂。我從眼角偷瞄她，想要知道她到底在幹什麼，但卻沒有成功，我故作輕鬆，但幾乎不敢呼吸，暗暗期盼鍵盤側錄軟體能夠發揮作用。

我們的第一名病患在八點整到達診間。

住院醫生的門診擠滿的都是那些更大牌、更資深的醫師沒有時間也沒意願看診的那些病患。他們都是沒有高端健康醫療保險的病人，沒有能讓櫃檯刷得過的白金威士卡，口袋也不夠深，沒辦法捐款給大學醫學院的研究計畫或是大學醫院的新建築。

其實，我的上司們恰恰相反。他們喜歡稱呼這些病人為「重要的教材」。某些是住在城市陰暗角落，但親戚都在有機農場或是遠郊工地工作的西語移民；也有從無愛滋病門診的醫院轉來的愛滋病毒蟲遊民；或是本市身穿亮橘色連身囚服的犯人，上了手銬腳鐐、哐啷有聲的他們在孔武有力的武警夾護下，以奇怪姿勢一路跳過走廊，進入檢查間；或者，智能只有兩三歲的那些精障成人，由州政府指定的法定監護人帶出集體家屋，並且由他們陪伴看病，他們得擦去病患的口水，忙東忙西，宛若焦慮的爸媽；或者，附近養老院的老人家，窩在輪椅裡，透過透明塑膠面罩猛吸懷中的隨身氧氣瓶，他們的枯乾雙手緊握不放，儼然把它當成了驅散死神的護身符。

總之，這些都是在我們真正入世行醫之前，讓我們練習醫術的病患。

照理說應該會有個主治醫師負責監督我們，而且要是偶爾有疑問的話，他還會探頭進來回答，但這狀況其實很罕見。大多數的時候，診間都是由住院醫生與醫學院學生坐鎮，通常也沒有人管我們。

綺綺與我檢查過每一名病患的資料之後，開始在小小的住院醫生診間開會，對著電腦快速檢視化驗結果，為她的病患擬定治療計畫。我們先前發生衝突之後，無論她的變態腦袋到底想了些什麼，也不管她出現了什麼古怪思路，她已經又恢復了深思熟慮但從容的專業態度，裝得有模有樣，宛若上個週末與今天一早時的那些事都不曾發生過一樣。她仔細重述每一名病患的病史、身體檢查結果，還有治療計畫——醫囑、化驗、X光。然後，我們一起看診，一如往常，她對於自己病患的診斷都很正確。

我覺得，她將來有機會成為偉大的醫生，這心得可說近乎傷感。太可惜了，她雖然會治癒病人，但殺害他們的可能性也一樣高。

今天不算太忙碌，對於住院醫生的門診來說，算是不太尋常，所以我們在看診之間的空檔也多了一些餘裕。在這些時候，我會刻意留綺綺一個人在診間，我則與門診護士閒聊，默默祈禱那個鍵盤側錄器運作正常。

時間迅速流逝，平靜無波，終於，早晨過去，到了下午，綺綺離開去執行其他工作。我想要檢查鍵盤側錄的狀況，但是她一離開之後就突然忙得不得了，我抽不出時間。病人成了一波波毫無間斷的潮浪，已經滿出了候診室，甚至還必須待在外頭的走廊。他們坐在我與工作人員匆匆安排的臨時座椅上頭，有些人甚至得坐在地板上。我拚命工作，記錄症狀、檢查、開藥，連上廁所的時間都沒有。

到了傍晚，我精疲力竭，看完了我期盼是今天的最後一個病患，拖著沉重的腳步走向護理站，護理長正在等我，現在只剩下我和她，其他人都已經下班了。

「結束了嗎？拜託讓我收工了吧，可以走了嗎？」

「還沒，得再看一個病人，艾伯納西先生正在等你。」她的語氣和神情一樣酸。也難怪了。「艾伯納西先生？珍，別鬧了，妳是說他還活著？」打從我當實習醫生開始就認識艾伯納西先生了，「妳是怎樣，居然在快下班的時候讓他進來？」

「不要問我，也千萬別怪我。櫃檯的溫蒂在最後一分鐘讓他掛診。看來他沒有約診就直接走進來要找你，醫生，指明是你。」她拿起他的舊病歷，我們轉為電腦化之前的那堆資料，在我胸前敲了一下。我好不容易才及時抓住，不然厚得跟電話簿一樣的文件就全部落地了。「他聽說你回來看診了。史提夫，他的心裡一直惦記著你。」

「太好了，哎，我想我不可能早回家了。」

「哦不行，千萬不可以。你看診結束之後我才能離開，所以你最好不要給我拖拖拉拉，我得要在五點半的時候到托兒所接小孩。」

「我會盡力。」

「不可以，我不要你盡力，史提夫，我要你務必做到。」

「哪一間？」

「五號檢查室。」

我走向五號檢查室，在緊閉房門外頭停下腳步，把手放在門把上面，回頭看了珍一眼，臉部肌肉抽搐。但她指了指自己的手錶，又指向檢查室房門，最後又誇張跺腳。

艾伯納西先生。

靠。

我嘆氣，雙肩陡然一沉，宛若要外出迎向可怖暴風雪。我轉動門把，推開了門。

他就跟我記憶中的他一模一樣。

他正在等我，緊張兮兮，看起來隨時要暴衝，他直挺挺坐在房門對面的椅子裡，背脊挺直，雙腳貼地，瘦長憔悴的身軀，完全沒有因為將近九十歲的年紀而顯現佝僂之姿。他的灰色眼眸明亮，冷硬宛若大理石。可能是很久以前斷的，而且不知斷了幾次的鼻子，以奇怪的角度從從枯槁長臉冒突而出。下巴與頸部懸晃著軟趴趴、近乎垂地的老化皮膚，宛若動物園大象的鬆垂大肚，還有老人斑與疤痕遍佈在殘存稀疏白髮之間的大片光禿地帶。雖然外頭是超過三十二度的高溫，而且潮濕的程度簡直跟熱帶叢林一樣，但他還是身穿厚重的棕色燈芯絨長褲，長袖法蘭絨襯衫，而且一整排釦子都扣得好好的。脖子的掛帶下方是透明塑膠卡套，裡面放了公車卡。

當我進門的時候，他瞇起冰藍色的雙眼，一臉怒容。我其實沒看過他臭臉之外的太多表情，但是他今天迎接我的臉色格外不悅。

「嗨，艾伯納西先生，都好嗎？」

「去你的，醫生，你知道我等多久了嗎？」

我一屁股坐在他對面的旋轉高腳椅，「見到您真是太好了。」

「小兔崽子，少給我耍嘴皮。」他伸出如鬼魂的纖長手指，對著我猛搖。「當初我在太平洋就殺死了不少像你這樣油嘴滑舌的日本鬼子，我在硫磺島看著我的同排夥伴被炸成碎片，早在你出生的三十五年前，我的肚子就吃過子彈，所以少在我面前耍小聰明，去你的，還有去你媽的臭嘴。」接下來是一連串令人瞠目結舌的髒話，不時夾雜了硫磺島這個關鍵字，他突出的嶙峋食指也一直在大方助陣。

我抱著無奈又自憐的心情，等待他講完。他有時候冒出來的重點是瓜達康納爾島，有時是沖繩，而今天是硫磺島。

終於，他講到一半的時候收口，收回食指，雙手交疊，低頭望著大腿，喃喃唸著我聽不太清楚（其實我也不想聽）的話，然後，又抬起頭，一臉期盼看著我。

「艾伯納西先生，今天需要我幫什麼忙呢？」

「你可以先告訴我，上次你的庸醫朋友到底開了什麼鬼藥給我。」

我盯著桌面上的電腦螢幕，檢查診斷摘要，艾伯納西先生的電子化病歷出現在我的眼前，「啊，非那雄胺，」我迅速掃視上週初級醫生留下的看診紀錄，我覺得這是很合理的選擇。「這是可以抑制你攝護腺腫大的藥物，應該再也不會讓你一夜起床尿十次了。」

「這鬼東西害我拉肚子。」

「嗯，艾伯納西先生，我以前從來沒聽過會有那種副作用。」

「哦，好，靠，你現在可就知道了吧。自從我上禮拜開始吃這種亂七八糟的藥之後，早也拉晚也拉，而且也完全沒辦法改善我的尿尿問題。」

我咬牙切齒。

「艾伯納西先生，這些藥至少需要三個月才能發揮作用。即便如此，它們也沒有辦法像我們上次給你的那種你再也不想吃的藥一樣，可以幫助你順利排尿。而且，你也沒有辦法確定你的腸胃問題是因為非那雄胺所引起。可能是其他因素，比方說腸胃炎。你有沒有找你的家醫？」

「有啊，我打過電話了。」

「她怎麼說？」

「她叫我問你。」

「我想也是。」

「而且，我知道就是那些他媽的藥丸在搞鬼，因為我有天忘記吃藥，就沒再拉肚子了。我不要再等三個月了，尤其是每天拉成這樣，我要你現在就想辦法，難道你就不能給我其他的藥嗎？」

「好，我可以開給你先前的那種藥，就是你拒絕服用的那一種。」

「是哪一個？」

「名稱是活路利淨。」

「是不是會讓我視力模糊的那個藥？」

「不是，那是活路利淨之前的藥，你告訴我們活路利淨會害你盜汗。」

「哦對，他媽的盜汗，我差點忘了，我的床單將近濕了三個禮拜。好，醫生，那你還有沒有別的？」

我嘆了一口氣，「艾伯納西先生，我們幾乎一切都試過了，現在我的唯一建議是動手術。」我已經懶得提醒他，其實在過去這幾年當中，我們一直建議他要動手術。

「哦不要，千萬不要跟我說這個，」他又開始對我搖手指，「我早就告訴你的那些庸醫同事——不准劃開我肚子，我絕對不挨刀，不要動我的攝護腺，所有地方都不准碰。」

「艾伯納西先生，這是很簡單的小手術，風險很低。」

「媽的我絕對不挨刀！」

就這樣，又過了半個小時，最後，我總算說服艾伯納西先生繼續服藥。對我來說，這是某種慘勝，我浪費了自己生命的三十分鐘，而且我十分確定他下禮拜又會現身抱怨。

艾伯納西拖著腳步離開，咕噥向我道別，珍立刻衝出外頭，準備接托兒所的小孩，而現在診間只剩下我一個人了。

我匆匆進入某個檢查室，關上門，拿出我的筆電，以遠端方式登入鍵盤側錄器的加密帳號。我因為充滿期盼而雙手顫抖，必須要全神貫注，不然一定會打錯字。等到我進去之後，螢幕上立刻出現了一連串整齊符碼。

太好了！鍵盤側錄器偷偷記錄了綺綺整個早上在電腦所輸入的一切。我在精采資料中挖出了超級金礦：電郵地址的登錄名稱與密碼、銀行帳戶登錄與名稱密碼、信用卡號碼——對於綺綺這麼聰明的人來說，照理應該比一般上網的美國人更具有電腦判斷力，或者，應該更謹慎才是。但她其實不需要如此，因為大學的資訊架構其實相當安全，防堵外在威脅不成問題。

我自顧自淺笑，進入綺綺的電郵帳號，迅速瀏覽她過去這一個月的電郵訊息，幾乎看不出與這個社會有什麼互動。她似乎鮮少與親友聯絡——對心理變態來說不算罕見。大多數的訊息都與學校課業有關，當然完全看不到計畫謀殺的蛛絲馬跡。資料不多，但至少是一個起點。

我很滿意，正打算闔上筆電的時候，那堆符碼裡的某筆資料吸引了我的目光。

那是通往另外一個網站的連結，還有一組登入帳號與密碼。

我很好奇，進入了那個網站。

害我差點從椅子上摔下來。

顯然綺綺把自己的智慧型手機與家用電腦連接到某個中央伺服器，提供備份資料的服務，使用者只要有可上網的電腦就可以靠帳號與密碼讀取。我剛剛進去的那個網站是她在這個伺服器的帳號：就我看來，她應該是把那裡作為手機與電腦所有檔案的儲藏之地，也包括了那些影片。

過沒多久之後，我就發現了我們的性愛影片，她在值班休息室偷拍的那一段。我幾乎立刻就判斷出這影片只有兩份：一個在伺服器，還有她手機的原始檔案。

我大笑，準備按下刪除鍵……

……但卻暫停下來，手指在鍵盤上猶豫不決。

靠。

要是我刪除檔案，她一定知道是我，而且她手機裡有原始資料，除非我能找到方法駭入她的智慧型手機，或是直接偷取，不然我還是被她吃得死死的。

但沒關係，綺綺，妳我之間才剛開始而已。

我退出系統，闔上筆電，享受這場小小的勝利。

遊戲開打了，綺綺，遊戲開打了。

12

星期三
八月五日

薩穆爾森太太的血液現在充滿了真菌，因為有某個靜脈注射導管遭到污染。我們雖然給了抗生素，但真菌增生擴張的速度宛若燒遍乾燥荒地的野火，引發了可怕的敗血症。

當身體免疫系統發生短路的時候，就會出現敗血症。通常免疫系統是透過一套由白血球與蛋白質所主宰的複雜機制對抗感染，它們就像是在顯微鏡戰役裡的士兵，透過某種精細的聯絡網絡彼此互通，抵禦感染。就像是所有的戰役一樣，附帶損害在所難免。發燒、肌肉痠痛、流鼻水、噁心、頭痛都是在這種戰役中派駐上場的徵狀，這是某種焦土策略，表示身體正在轉換為某種不歡迎侵入者的環境。

不過，要是遇到敗血症，聯絡網絡將發生短路，免疫系統就會出毛病了。附帶損害將會釀災，成為一場同時摧毀健康與生病組織的大規模震懾戰爭。醫學用詞為多重器官衰竭——這就像大部分的醫學詞彙一樣，是一種輕描淡寫的措辭，幾乎無法描繪伴隨而來的人身煎熬。

感染開始擴張之後，薩穆爾森太太的血壓陡降，她需要更大量的強效靜脈注射藥劑，才能夠到達維生基準。她全身腫脹如米其林寶寶，孱弱肌膚宛若鼓面繃撐水腫身體，她的體廓慢慢消失，膝蓋、腳踝、手肘不見蹤影，臉部肥大，手指腫得跟臘腸一樣。

然後，一個接著一個，宛若一排連續翻倒的骨牌，她的主要器官將會逐一向靈界繳械。一開始是肺臟，裡面都是體液，她開始被自己的分泌物所淹沒，血氧急遽下降，外科加護病房醫生採行的應對方式是增強呼吸器的供壓，以更強猛的力道將空氣壓入薩穆爾森太太的體內。但肺臟是脆弱的器官，在呼吸器連續不斷的加壓力之下，薩穆爾森太太頻頻發出咯吱聲響與呻吟，宛若快要被吹破的氣球一樣。

接下來是她僅存的那顆腎臟。缺氧又耗竭無力，關閉功能，拒絕繼續過濾血液，她無法繼續排尿。通常靠腎臟排出體外的那些毒素，開始在她的血液裡積累，已經飆高到危險程度。所以外科加護病房醫生將巨大的透析導管插入她脖子的某條大靜脈，吸出她的血液、流入置於床邊的某個大型透析機，清除所有的毒素，然後再將濾過的血輸回體內。

值此同時，薩穆爾森先生與他的三個女兒一直耐心守護，如果不是待在外科加護病房的等候室（那幾個女婿早就不見人影），就是在允許訪客探病的那數個小時裡待在床邊，他們通常會手牽著手一起禱告，所有人都面容寧和，堅信薩穆爾森太太隨時會清醒。她先生一直負責保管她的婚戒，放在自己的襯衫口袋裡，她在手術前曾經很抗拒，一直到最後一刻才取下。當他守在她身邊的時候，他會把它拿出來，心神恍惚，在沾滿尼古丁污痕的粗肥手指間來回把玩。

「快掛了……」我坐在薩穆爾森太太病房的那一晚，在外科加護病房工作的某位麻醉住院醫生對我丟下這句話，她瞇眼盯著薩穆爾森太太床邊的電腦監測儀器，研究最新化驗結果。

我不再盯著筆電，揚起目光。「什麼？」

「她啊，」她拿著筆，指向薩穆爾森太太。「快掛了，要是不趕快清除感染區一定撐不下去。」她迅速在電腦裡打了摘要，然後又去照顧下一個病人，根本沒回頭多看一眼。

由於我的手術室禁令並沒有擴及我在大學醫院的其他日常活動，我打算要什麼時候進來或離開外科加護病房，全憑我高興，只要我不再為薩穆爾森太太或其他病人開醫囑就好。我也不知道自己為什麼要坐在她的床邊，是為了她？還是我？要讓我自己好過一點？減輕罪惡感？展現某種控制手段，以防再次出現失控狀況？我真的不確定。當然，絕非是為了人際互動，或是以培養更踏實的醫病關係為目的。我是與薩穆爾森太太共處一室，但其實並不算，讓她得以繼續活命的那排壯觀儀器相隔在我們之間，顯得她遙遠又疏離，宛若太空人或是在深海裡的潛水者，與其他的人類徹底斷絕。

這裡有許多護士已經認識我好幾年之久，他們留我在這裡，自己去忙晚間的例行事務：調整藥劑滴速、為病人移位、檢查呼吸器、記錄生命徵候。有些人要是找到足夠的空檔，就會過來和我打招呼。先前，我看到其中一名護士不發一語，推了一台載有老舊電視機與碟片播放機的台車進入薩穆爾森太太的那個小間，然後把螢光幕面向小間的昏迷病患，開始播放仙妮亞．唐恩的演唱會影片，詭異。

我緩緩扭頭，先左邊，然後是右側，脖子的緊繃狀態獲得釋放，發出爽快爆響。

我心不在焉搓揉痠痛的肩膀，今天早上為了研究計畫又挨了一針的那一塊，然後又開始低頭盯著我大腿上的筆電螢幕，點開了某個檔案。裡面有好幾份文件，全是我研究綺綺背景的最新成果。由於我不能進入手術房，所以我這禮拜多了許多時間可以好好研究。

我打開所有的檔案。其中一個較大的文件夾名稱為綺綺——變態，裡面是我蒐集到有關她心理狀態的各種資料：主要是來自研究文獻與教科書的片段。就我的判斷，綺綺屬於「半心理變態」：絕對自我中心，她含有許多——但並非全部——被劃歸為百分百心理變態的特質。顯然她相當具有才能，也很狡猾，能夠投射出正常假象、取信她周邊的人。

她能夠做出這樣的瘋狂行為，甚至還有某種讓我心生嫉妒的特殊態度：某種求得成功的決絕毅力，不計任何代價。其實，當我再次仔細研讀這所有的資料，我才發現心理變態與我們其他人之間的界線通常居然這麼模糊，也不禁讓我懷疑這世界上到底還有多少類似她的成功人士——政治領導人、華爾街交易員、律師，甚至是其他醫生——鬼鬼祟祟，但或許沒那麼低調，埋藏了心理變態的特徵。

靠著（秘密進行）背景查核所一點一滴蒐集而來的背景資料、社群媒體網頁，綺綺自己的電腦檔案，就沒有那麼可觀了。許多人都誤以為心理變態是後天問題，而非天生：這種人都是破碎家庭、虎視眈眈神父，或是其他慘痛童年創傷的產物，宛若一坨坨純淨的黏土，最後成了無情惡魔。

但這是誤會，專家們會告訴你，真相更為複雜，而且也更加無趣。大多數的心理變態都出身於完全正常的家庭，成長過程平淡無奇。當然，是有一些在小時候被人抓到使壞，但大多數的案例在一生中都沒有足以追溯偏差行為成因的確切證據、警訊事件，並沒有何以成為心理變態的明顯原因。

綺綺也是。我完全找不出會激發她為了病患安全而產生殺人執念的任何原因。

她家有三個人生勝利組的小孩，她是老二，哥哥畢業於耶魯法學院，現在是大企業的法務，還有個妹妹在加州大學洛杉磯分校就讀生化。她完全沒有前科，連超速罰單也沒有，就我所查到的資料，靠，連停車罰單也沒有。當然，這對一般的心理變態來說，實屬罕見：大部分的人到了綺綺這個年紀，就會留下自孩童時期開始出現的社交災難，行為問題，成績很差，犯法，無法維持穩定工作，親密關係失敗連連。

顯然綺綺是聰明厲害的心理變態，小心翼翼不露出狐狸尾巴。她似乎有點獨行俠的風格，朋友不多，離開醫院之後也沒什麼其他活動，至少這也多少解釋了她為什麼會有這樣的的工作倫理標準，但她絕對不是那種你擔心會突然理智斷線，對載滿小孩的校車掃射的那種人。

雖然這些心理學資料其實無法幫我預測她的下一個行兇對象到底是誰，但現在卻有個重點豁然開朗，以前我不是那麼清楚，但現在卻了然於心：無論我說什麼或做什麼，都沒有辦法讓她改弦易撤。綺綺就是這樣的人，我不能對她動之以理，阻止她殺人，也不能喚起她的高貴人性面，因為根本沒有。只能繼續陪她玩遊戲，或者直接打敗她。

我又繼續點開她的履歷，現在我已經記得滾瓜爛熟。我往下拉，她獨一無二的各項成就又在我面前耀武揚威：無數的學業獎項、麻省理工學院工程學系書卷獎畢業，跆拳道黑帶——靠她到底是怎麼抽出時間練那種東西？

最近，她完成了關於某種名為植入式去顫器的心臟醫療器材的諸多研究，在好幾份聲譽卓著的醫學期刊發表了多份學術論文。對於綺綺這種天資又衝勁十足的醫學院學生來說，在資深科學家的指導下發表科學研究成果並不算少見。其實，就連我在念醫學院的時候也發表了一些文章。

根據我對植入式去顫器的了解，綺綺會對它有興趣也很合理，因為她具有工程背景。植入式去顫器是一種小型儀器，以外科手術植入有某些心臟問題病患的心肌之內。萬一遇到危及生命的嚴重心律不整，它就可以自動產生微量電擊。不過，就我目前所收集到的綺綺論文一讀再讀的結果看來，內容複雜，充滿了科技術語——就我來看——完全找不到真正線索。而且被我駭入、存於伺服器的那些智慧型手機與電腦的檔案，同樣一無所獲。

我嘆氣，關掉了檔案。

就在這時候，設為震動模式的路易斯手機，突然在我前胸口袋裡抖個不停。我嚇了一大跳，這是他給我之後第一次響起。我取出手機，望向螢幕。果然就與路易斯先前所說的一樣，含有五個號碼的某組序號出現了：第一個數字是二，然後是空格，接下來的數字是二—〇—〇—〇。我凝神細想了一會兒，想起了先前背下的地址：查爾斯街一百號，星期一在「老烏鴉」酒吧時他交給我的那張紙上頭的二號，對應的就是這個地址。所以，根據密碼，路易斯想要在晚上八點與我在查爾斯街一百號見面，現在是七點三十分——現在，只剩下三十分鐘了，我趕緊收拾東西離開，我朝停車場走去，全身湧起一股詭異感，彷彿自己被監控一樣。我停下腳步，轉了一整圈。什麼都沒有，只有我一個人而已。我把那股感覺拋諸腦後，走向自己的停車處。

二十九分鐘之後，我走入另一間酒吧，這間就在波士頓公園附近某個高檔飯店大廳的不遠處。裡面燈光幽暗，裝潢華麗，有錢客人在啜飲時髦雞尾酒。這次就跟上次一樣，我沒辦法第一眼就找到他在哪裡。

「你到底是有多愛酒吧？」我坐在路易斯對面的豪華厚絨布椅子裡，當我進來的時候，他正盯著門口——就我所知，唯一進出的人也只有我而已。我幾乎看不到他的臉，幾乎全部被陰影所籠罩，他正在喝礦泉水。「怎麼說，難道我們不是應該在廢棄車庫或是火燒廢墟工廠之類的地方見面嗎？」

「你好萊塢垃圾片看多了，」路易斯不爽說道，「我們萬萬不能走到偏僻的鬼地方引來注目，這樣一定會引來麻煩，最好是要在人潮洶湧的公眾場所見面。」

有名女服務生現身，詢問我們要點什麼。她的姿色與這地方相得益彰，也是超美：綠色眼眸、深棕膚色，還有光滑的烏黑長髮。路易斯又點了一瓶礦泉水，然後與女服務生一起等我的答案。「琴通寧。」

路易斯與我盯著女服務生的一雙長腿離開之後，他開口問道：「好，妳那裡進度如何？」

我把鍵盤側錄器、診間的事，還有我查出綺綺的相關資料全告訴了他。

「老弟，厲害，」這時候女服務生送來飲料，他等到她離開之後才繼續開口。

「幹得好，」他皺眉，「史提夫，但我不確定這樣對她發火好不好，也許不是很妥當。我覺得要收斂一點，不要對她大吼大叫，你不需要激怒她。」

「她會做什麼？」

「我不知道，」他若有所思，搓揉頭頂。「你要記得——她是心理變態，我們真的不知道她會幹出什麼事。」

「她似乎被我唬住了。」

「也許吧，」從那語氣聽起來，他似乎不是很相信我的判斷。「好，反正都過去了，就這樣吧。好，我們現在知道了哪些重點？」他開始扳算手指，「她很聰明，是受過一流科技訓練的工程師，對於醫療硬體有興趣，而且對於病患安全充滿執念。你知道她從醫學院大一開始就在病患安全委員會打工？當然，大部分都是庶務工作。」

酒液燙喉，害我嗆咳，通常我不會喝這麼濃烈的飲品。「安全委員會，我早該猜到才是。」

「沒錯。我們現在只能推測她躲在幕後搞鬼伯納德先生調查案，我覺得她一定是想盡辦法讓你當罪魁禍首。反正，醫療硬體與病患安全是很合適的調查起點。」

「我會看看接下來能蒐集到什麼資料。你呢？有沒有任何進展？」

「有一點進展，」他的說法很閃避，「我正在追一條相當寶貴的線索，很可能會成為將她繩之以法的關鍵，可以一舉成擒。」

「真的嗎？是什麼？說來聽聽。」

「還不行。」

「為什麼？」

「區隔化，情資的基本原則。這個概念就是要將重要資訊分開——區隔化——以免我們其中一人或是兩人意外遭到敵人下毒手。你呢，身陷危險的機率顯然遠遠比我還要高，要是我不告訴你的話，她也沒有辦法從你口中逼問出任何線索。」

他高舉手腕，瞄了一下手錶，這是顛倒設計，所以面對的是腕內那一側，某種時髦的潛水錶：「我得走了。這次的技巧跟上次一樣，等到我離開之後，你至少得再等十五分鐘才可以閃人。」

「沒問題。」

他交給我一張二十元美金的鈔票，「付我的礦泉水應該綽綽有餘。」他竊笑，「其實只是剛剛好而已。等到你看到那杯琴酒的價格，就會嚇出心臟病。」

我把那張鈔票放入口袋，「什麼時候會再聽到你的消息？」

「不需等太久。」我嚇了一跳，因為他前往的方向並不是我剛才進來的入口，卻是相反的方向。他與酒保互相友善點點頭，然後悄悄鑽入酒吧後面不起眼的某扇門——看來是通往廚房的入口——被烈酒與紅酒瓶遮蓋了部分面積。

我足足花了十五分鐘才慢條斯理喝完琴酒，然後付了帳單，果然跟路易斯說的一樣，很可能會吃掉我小孩的大學學費基金。

我走向自己的停車處，又覺得自己被跟蹤。我不想理會自己與路易斯混太久之後所產生的那種無害恐慌感，但它卻一直縈繞不去。

我迅速轉向右側，什麼都沒有。

我面向左邊。

果然看到她在那裡。

她背對著我，但我知道是她。一看到她加速離開時的馬尾輕快上下跳動、轉過街頭某棟建物街角的模樣，立刻就認出來了。

*這是在搞什麼？*我氣急敗壞，完全沒有詫異之情，也沒懷疑她是怎麼能夠跟蹤到我的行蹤，或是擔心她看到路易斯與我在餐廳談話。她到底以為她是誰啊？我瞬間爆氣，在街上飛奔追過

去。我轉過街角，抓住她的肩膀，猛力將她扳身過來。

「妳到底在做什麼——」

我趕緊把話吞回去，把手放下來。

這名馬尾青少女瞠目結舌看著我，表情愣住不動，滿是恐懼，她與綺綺一樣高，體格與髮色也相同，但她真的不是綺綺。

「啊，真是對不起，」我笨拙道歉，她慢慢閃開我。「我把妳當成了別人。」

她的父親是某個滿身刺青的壯漢，正走在她前方兩三公尺處，他對我的反應當然不像是我對他女兒一樣那麼激動。當我開車回家的時候，依然因為那場意外處境而手顫不止，我覺得自己真是幸運，躲過對方連飆髒話，而且還能保住滿口牙齒。

我也說不上為什麼，我依然覺得可能被跟蹤，頻頻不安查看後照鏡——這想法其實很荒謬，因為就算綺綺現在跟在我後頭，我又怎麼可能會知道？我不知道她開的是什麼車，而且現在交通順暢，我又怎麼從周邊行經的車輛中認出來？

甚至我連她有沒有車都不知道。我記得她曾經跟我提過她住在市中心，換言之她用車機會並不多。要是我真的看到了她呢？我所能想像的最接近的場景就是詹姆斯．龐德電影。我當然不可能對她拚命緊追然後跟丟了什麼的，當然也不可能開車撞她、把她推進水溝。不過，要是有機會，我一定會考慮這麼做。

夜深之際我才到家。我悄悄上樓到了女兒房間，凱蒂與安娜貝爾已經熟睡。她們看起來好美，好沉靜，如此完美，宛若博物館裡的畫。我親吻凱蒂的額頭，撫摸安娜貝爾的臉頰。凱蒂咂嘴，發出悅耳的嘆氣聲響。安娜貝爾對我的愛憐不為所動，完全沒有任何反應。我低頭凝望她們，咬住下唇，想到了綺綺，還有我上禮拜在值班休息室的行為，左胸與左臂突然出現一股如刀割般的刺痛。真的在痛，不是什麼隱喻。我是說，媽的痛死了，好像一把熱燙的刀子劃過皮膚。

我氣喘吁吁，蹣跚走到窗戶前，緊抓左側胸大肌，我在劇痛之中懷疑連接心臟的主要血管，冠狀動脈的肌肉突然發生痙攣，壓縮了通往心臟的供血，宛若有人踩住了花園的水管，變異型心絞痛。

太好了，現在我心臟病發。

然後，那股疼痛不見了，來得快，去得也快。我調整呼吸，雙手緊扣窗台，透過緊閉百葉窗的一角向外眺望，我們家前頭的下方街道，十分安靜。

我搓揉刺痛的左臂，腳步艱難下了樓，與莎莉在一起，她坐在餐桌前耐心等我，桌面放了熱過的晚餐，才剛從微波爐裡拿出來而已。我輕輕吻了一下她的臉頰，疲憊入座，拿起叉子。

我像機器人一樣打招呼，「嗨。」

「嗨。」她的手肘擱在餐桌、支住下巴。端詳我的神情有焦慮也有困惑，再次引發剛才的那股如刀割般的胸痛，所以我低垂目光，望著盤子，這樣一來就不用盯著她，痛苦逐漸緩解。

在我們這間小廚房裡、分隔我與莎莉之間的短小餐桌寬度，正好像是橫跨我們之間的情感鴻溝。至少，就我的觀點看來是如此。*你知道吧？我一定會為你、為我們的女兒不惜付出一切，你們等於是我的命。*幾個禮拜之前，她就是坐在這裡跟我講了這段話，雖然她懷孕了，明明不能喝酒，還為我開了一瓶她最愛的酒，又回到從前享受兩人世界單純幸福的時光。

現在，我一直待在醫院，而且還與路易斯一起商討策略，所以，自從前幾天我在那場烤肉派對靠著啤酒澆愁之後，莎莉與我幾乎很少說話，僅有幾句敷衍話語交流一下而已。昨晚以及前晚，我回到家的時間都很晚，精疲力竭，太累了，根本無法講話，悶哼打了聲招呼之後就直接上床。而我每天一早出門的時候，她也還在睡覺。

我黯然自省，此時此刻我寧可如此。

為什麼？答案其實很簡單：我是懦夫。雖然我已經把伯納德先生之死與薩穆爾森太太的狀況告訴了莎莉，但我並沒有把安全委員會的報告、我被禁止進入手術房或是補充課程的事讓她知道，我實在講不出口。對於暫時的降職處分讓我好丟臉，還有她靠著三寸不爛之舌幫我爭取到的大學醫院職務，到了這種時候也幾乎等於告吹，更讓我慚愧不已。

當然，綺綺的事我也隻字未提。

羞愧只是一個字詞。每天都感受到它的真實存在，那又是完全另一回事了。我的罪惡感宛若蘋果裡的蟲，蠕動啃咬，鑽入我良心的柔軟組織。我一直想要說服自己，這只是短暫的軟弱罷了，我應該要拿到快速通行證才是，畢竟被某個殺人魔心理變態設局不算數啊。

但不能這麼說，因為是我自己放任這件事發生。我一直想到莎莉這些年以來所忍受的一切，為了我們，還有我。她違抗父母，並沒有嫁給優秀韓裔家庭的優秀男孩。而且還在我念醫學院的最後兩年全力支持我，當我在醫院當實習與住院醫生的時候，日日夜夜守護全家。

我倒不是說莎莉是聖人，當然，我們也會吵架，我經常對她氣得半死，她對我也是。她覺得我固執任性，我認為她生活邋遢，個性主觀。不過，綜合來說，在這樣的婚姻之中，得利的人是我。她受到大家歡迎，熱情，具有領袖特質，而我就沒那麼突出了。

也許，這就是我最害怕的地方。我的腦中有個聲音（而且又是聰明的那一塊）的確想要告訴她。因為我知道，到了最後，把一切講清楚是唯一能夠讓我們之間恢復正常的唯一方法，她也該知道真相。不過，有個可怕的念頭，也就是我心中某個深暗角落所造成的影響，卻把我拉了回去：萬一莎莉需要我的程度，並不像我需要她的程度一樣強烈？她會直接一走了之？帶走兩個女兒？

不行，我絕對不能容許這種事發生。要是把綺綺的事告訴莎莉，可能會失去我的家庭，倒不如先拿湯匙挖我的心臟算了。我唯一的解脫方式就是按部就班遵循路易斯的計畫——反轉一切，把綺綺騙到我現在身處的同一個死胡同。只有這方法能夠一勞永逸，才可以確保莎莉永遠不會發現這件事，我們才能繼續過日子。

「辛苦的一天？」

「是啊。」我發出哀號，來回推弄盤中的千層麵，完全沒有興趣進食。

「我們最近能夠見面的機會不多。」

「我累斃了，一直很忙。」我開始像機器人一樣把叉子送到嘴邊，心覺這也不算說謊。

「你的那位女病患如何？在加護病房的那一位？」

「一樣。」

「有沒有好轉？」

「其實沒有。」我又吃了一口，「但至少沒惡化。」

「哦，太好了。」

「嗯……」

「別忘了，這個星期六我們要去麥金托許家裡吃晚餐，我媽媽會來顧小孩。」

「好。」

「還有，你要記得，我下禮拜會帶女兒去普羅維登斯，待在安妮塔的家裡，我哥哥也會帶他小孩一起過去，」

我真的忘了她要與她妹妹一起過週末，「什麼時候回來？」

「下星期一，」她噘嘴，「你一個人待在這裡？確定沒問題嗎？」

我盯著自己的盤子，聳肩。「是啊。」

「你覺得有沒有可能抽出一晚來找我們？女兒們一定愛死了。」

「也許吧，再看看好了。」

她盯著我吃東西，好一會兒之後才繼續開口：「還有，我覺得我們一家人要是能在週五晚上外出用餐，一定會很開心。我們已經好久沒這樣了。我知道你最近真的很忙，但能不能想辦法早點回家？比方說六點鐘？」

「應該可以，好，沒問題。」

「很好，」她雙手交疊，放在桌面。「對了，大學的安卓亞今天打電話給我。」

「安卓亞，安卓亞？」我放下叉子，「妳是說……妳以前的老闆？」

「對。」

「為什麼？」

「這也不是第一次了。她偶爾會打電話詢問我的近況，我有的時候也會打電話給她，試探返回職場的事。我們去年春天還一起吃過午餐，當時是請我媽媽幫忙照顧兩個小孩。」

「妳以前從來沒跟我提過。」

她聳肩，「不重要，我覺得她一直自認是我的導師，」她停頓了一會兒才繼續說道：「她現在是執行長，大學醫院的執行長。」

「我知道。」我不知道自己的語氣居然會如此不耐，我當然知道這件事。我突然覺得有點反胃，而且胃裡的千層麵也開始翻攪，宛若在烘衣機裡的衣服。我在想，不知道安卓亞這女人與伯納德先生的案子有多少關聯？有關我懲戒的事，她又知道多少？很可能全都一清二楚。一想到莎莉差點就知道我現在的工作狀況有多麼糟糕，就讓我渾身不自在。「所以，妳幹嘛今天跟我說這個？」

「因為她找我去工作。」

「哦，嗯嗯。」為什麼現在要給她工作？我不知道，時間點太巧合了吧。現在這種時候，我只能佯裝若無其事。我若無其事拿起叉子，又繼續吃東西。「好，妳拒絕的時候，她怎麼說？」

「史提夫，我沒有拒絕，我說我會考慮。」

「什麼……真的嗎？」我再次放下叉子，我是真沒想到會有這樣的結果。「我沒有……我的意思是，妳想要回去上班？」

「史提夫。我在考慮中，」她雙手緊擰在一起，「我一直很喜歡從事醫院行政工作。好吧，其實我很想念。」

「肚子裡的寶寶該怎麼辦？」

「對，我也反覆思索許久。寶寶的預產期是明年二月，你明年七月會在大學醫學院開始新工作，對嗎？」

我點點頭，不動聲色。

「安卓亞說我可以從明年秋天上班，先從兼職開始，」莎莉說道，「所以也就是我生完寶寶六個月之後的事，凱蒂那時候就念幼稚園了，我媽媽也答應多幫忙，而且我們可以靠增加的收入找日托，甚至請保姆也不成問題。南西．麥金托許——你記得嗎，她是律師——積極鼓勵我要這麼做。她喜歡以分隔時間的方式處理自己的事業與孩子，而且也表現傑出，她一直給我許多很棒的建議。」

「嗯……」也不知道為什麼，南西管這些事讓我覺得很煩，也許是因為南西這個人讓我覺得很煩。

「反正，安卓亞說下禮拜等我帶女兒從普羅維登斯回來之後，她會載我到市區吃晚餐。我在想，也許就星期四晚上好了？也就是發病率與死亡率會議的同一晚？這樣的話，我可以搭火車到市中心，等到我們結束之後，你再開車一起載我一起回家，你覺得怎麼樣？」

「嗯，好啊，」我喃喃回道，「應該可以。」

「可是……怎樣？」她蹙眉，「是怎麼了？」

「只是……我覺得我只是需要，嗯，莎莉，我需要好好整理一下思緒，我不知道妳想要回去上班。」

「這樣是不是讓你很煩心？」

「沒有。」我斬釘截鐵，但其實我是真的覺得煩心，雖然只是有那麼一點不爽。現在的安排讓我覺得輕鬆自在：我去工作，她在家帶小孩，簡單明瞭又方便，尤其是對我而言。

「很好。那現在你要告訴我到底你在煩什麼了嗎？」

「這話什麼意思？」

「史提夫，」她嘆氣，「跟你一起生活，就像是跟十幾歲的小孩住在一起一樣。你老是擺臭臉，回話的句子都是短短一個字，幾乎都不在家。」她伸出雙手、抓住我的臂膀，「我要做什麼才能改善狀況？告訴我，只需要講出來就行了，拜託。」

「好，」我放下叉子，「我知道我最近有一點……恍神。我只是——純粹就是工作非常不順，妳——妳不會懂的。」

「講講看嘛。」

我搖搖頭，「抱歉，沒辦法。」

「為什麼？」她一臉狐疑，抽回了雙手。「你今晚去哪裡了？為什麼有酒氣？」

「我——」我欲言又止，血流瞬間奔衝雙頰。「路易斯與我在下班的時候喝了一點酒，聊了聊工作的事。」我再次拿起叉子，「沒騙妳。」

她盯著我不放，恐怕足足有三十秒吧。「那就這樣吧。」她語氣平淡，從餐桌前起身。「好，我要上床睡覺了，等你吃完之後要關燈。」我聽到她上樓的輕盈腳步，然後是我們臥房房門關上的聲響。

我十指指尖交疊成塔狀，撐住下巴，剩下的食物已經冷了，我一個人窩在廚房裡，盯著廚房窗戶外的夜色。

13

星期四
八月六日

我手機在響。

我真正的手機，不是路易斯給我的那一個。

手機放在我的床邊桌，距離我的耳朵只有十幾公分而已，立刻喚醒了沉睡中的我。我摸了好幾下，終於找到了手機，瞇眼細看床邊桌時鐘，深夜三點零五分。

莎莉呻吟了一會兒，翻身，拿了個枕頭蓋住頭。我拿起手機，蹣跚走向我們臥室裡的迷你開放式衣櫃。我關上門，打開手機，睡眼朦朧對著螢幕拚命眨眼。來電者號碼未顯示，螢幕微光在狹小的空間裡晃動，造成一切散發出詭異的綠色光暈。

我立刻驚醒，心跳速度狂飆，一定不妙，有誰會現在打給我？

我按下通話鍵，準備聆聽最可怕的消息。

「我是米契爾醫生。」

「喂？醫生？你在嗎？是不是你啊？醫生？醫生？喂？我靠！有沒有聽到我講話？喂？喂？」

我認得那聲音。

「是……艾伯納西先生？是你嗎？」

「對，醫生，我得找你談一談。」

靠，他到底是怎麼拿到我手機號碼？

「你要……現在找我談一談？」

「對，關於我攝護腺的事，煩死了。」

「你的攝護腺？我是說，你的攝護腺？」

「對，靠，這鬼東西還是害我半夜一直上廁所。」

艾伯納西先生打我的私人手機。

我在家的時候。

深夜三點鐘。

因為他想要講自己攝護腺的事。

我深呼吸，「它是怎麼了？」

「我每天晚上都得要起床尿尿。」

過去這二十年來，靠，臭老頭，你不是每天晚上都這樣嗎？媽的今天晚上有差嗎？

「艾伯納西先生，你還可以排尿嗎？」在這種狀況下，我覺得我的語氣還相當冷靜。

「靠，當然有！醫生！我停不下來！媽的問題就是這個啊！你是不是沒有在聽我講話？」

我再次深呼吸，「你有沒有發燒？」

「沒有。」

「畏寒？」

「沒有。」

「呼吸困難？」

「沒有。」

「胸痛？」

「沒有。」

「腹痛？」

「沒有。」

「你今晚起床撇尿……排尿的次數是不是比昨晚多？」

「沒有。」

「艾伯納西先生，你今晚的感覺有任何不一樣嗎——我是說現在，與我講電話的這一刻——與昨晚、前晚相比呢？」

他遲疑了一會兒，「沒有。」

「艾伯納西先生，這是緊急狀況嗎？」

他又陷入遲疑，這次沉默得更久了。「嗯……我想，嚴格來說不算吧。只是……只是你開給我的其他藥還是沒用，幫不上忙。醫生，你得要想想其他辦法，我還是天天晚上起來尿尿，超煩的。」

我抓手機的力道越來越緊，塑膠外殼發出了危險的悶哼聲。「好，但也許我們可以在下禮拜門診時間再談這件事。艾伯納西先生你覺得如何？白天好嗎？現在這種時候講電話，我真的愛莫能助。」

尤其是靠他媽的大半夜三點鐘，你這個老混蛋。

「好……如果你覺得這不是緊急狀況，或者其實沒什麼，所以等到下禮拜也沒關係的話……」

「對，艾伯納西先生，我認為這並非緊急狀況，而且要是等到下週再討論你的攝護腺狀況也不成問題，我們挑白天的時候。」

「好，既然你都這麼說了，晚安，醫生。」

「晚安，艾伯納西先生。」

靠，幹你媽的王八蛋！

我伸出大拇指戳下結束鍵，把那支手機狠狠摔到地上。它在開放式衣櫃的廉價地毯上彈飛，以奇怪的角度砰一聲撞到了牆，碎成了好幾片。我低聲咒罵，彎腰撿起那些碎裂的電子零件，然後，站起來的時候後腦勺撞到了低層木架，痛得我眼前直冒金星。我的門牙緊咬下唇，使出見血之力道，只為忍住痛苦喊叫、以免驚醒全部的鄰居。

我搓揉劇痛頭部，嘴裡嚐到了溫鹹的鮮血，這才發現我忘了詢問艾伯納西先生是怎麼拿到我的私人手機號碼。

靠，這傢伙真是的。

我又爬到床上，但是被艾伯納西先生吵醒而爆發的腎上腺素，再加上慘烈頭痛的綜合影響，讓我無法繼續入睡。所以我就躺在那裡，想要釐清思緒，然而它們就像是被秋風刮得亂旋的落葉一樣四處飄飛。

謝謝。一個月前，我的生活完全沒有任何問題，我幸福無覺，完全不知道會被心理變態的醫學院學生勒索。眼前的路豁然開朗，計畫直接了當，我的夢想職位正等待著我，我只需要奮力工作，不要沾惹麻煩就是了。

我面向莎莉，凝望著她，她又睡著了，我聆聽她悠緩穩定的呼吸，感受到她挨在我身旁傳來的那股體熱。

我在一片漆黑之中伸手過去摸她，她講了幾句含糊不清的話，縮住身體，避開了我，整個人窩成一團球，躺在床的另一邊。

我嘆氣，翻身仰躺，雙手扣住後腦勺，端詳天花板的裂痕，靜候睡意來襲。

可有得等了。

14

星期五
八月七日

「把拔！我畫了這個給你！」凱蒂拿起了她的兒童專用紙餐墊，上面原本是一堆迷宮圖案，現在幾乎佈滿了難以辨識的蠟筆塗鴉痕跡。

「這是什麼？」

「是你啊！」

「凱蒂，妳畫得真好！」

「小貝貝，妳看！」她將它舉高給妹妹欣賞，而安娜貝爾的臉有一半沾滿了馬鈴薯泥，宛若長了濃密白鬍，她伸出雙拳猛拍高腳嬰兒椅桌面又大聲尖叫，表示讚許。不過，這間位於我們住家附近的親子友善連鎖餐廳的公眾喧譁聲響，卻掩蓋了她的大吼。凱蒂又拿了一張新餐墊開始畫畫（女服務生超好心，我們一入座就給了我們一大疊），而莎莉則忙著以餐巾紙擦拭安娜貝爾臉上的馬鈴薯泥。這個舉動做了等於沒做一樣，因為安娜貝爾繼續開心挖馬鈴薯泥入嘴，大部分都直接黏上她的雙頰。莎莉氣急敗壞，丟下餐巾，拿起叉子，還對我露出疲憊的笑容。

「隨便她了。」莎莉說完之後，開始吃沙拉，要是昨晚的對話惹得她不爽或是難過，現在倒是完全看不出來。其實，今晚很開心，我們一家人已經很久沒有這樣的開心之夜了。實在太久了，我的心不禁湧起一陣悔恨。我對莎莉回笑，然後又咬了一口漢堡，伸舌舔弄往下巴滑落的油脂，真好吃。

今晚的一切都很棒。

我抹去下巴與手指的油脂，凱特與安娜貝爾看來忙碌又開心，現在似乎是衝去上廁所的好時機。

我問道：「可以讓我去一下洗手間嗎？」

「沒問題，」莎莉趁著吃沙拉的空檔問我，「要不要我趁空幫你點些什麼？」

「謝謝，不用，我已經飽了。」

我慢慢走向男廁，開始自顧自吹口哨。歷經了最近的風波之後，我在這裡找到了生活之日常——身穿紅白直紋襯衫與吊帶的超活潑小鮮肉服務生、裝飾木牆的交通號誌與霓虹燈、配置巧妙的一堆平板電視正在播放各種運動賽事——令人心情舒暢。這讓我好安心，這世界絕大多數的地方仍然以我所預期的方式在運作。這裡，有我的家人相伴，四周還有同樣住在郊區的客人，他們現在一心只關注眼前的起司與培根碎屑夾心馬鈴薯，我幾乎忘卻犯下殺人案的醫學院學生，至少是暫時放下。

而且，這裡的圈圈薯條超好吃。

我上完廁所之後，朝我們的座位走回去。我發現現在莎莉與女兒身邊多了兩個女人。第一個與我們年紀相當，微胖金髮女，正在與莎莉聊天，她站在我們那一桌的旁邊，懷裡有個小嬰兒在蹦扭，可能是六個月吧。我記得她是住在我們那條街的家庭主婦，名字我是忘了，但我記得她先生是大學醫學院的學生（我也是完全想不起他的名字）。第二個背對著我，蹲在地上，專心與凱蒂玩拍手遊戲，安娜貝爾則看得目不轉睛。

只要我們出門在社區裡活動，這種場景三不五時就會出現，我也不覺得驚訝。餐廳、雜貨店、乾洗店。莎莉似乎認識我們這個波士頓郊外小社區的每一個人。我嘆氣，走過去的時候擺出了機器人的笑容，只盼望能夠盡快擺脫她們，我現在只想要回去吃我的漢堡與圈圈薯條，享受與家人今晚剩下的共處時光。

「史提夫，」莎莉說道，「妳記得艾莉吧？她先生布萊恩是醫學院學生，想起來了嗎？他們家與我們家隔了五戶而已，就在轉角那邊。還有，這是雷恩，以後誰會變成大男孩？」莎莉逗弄雷恩的下巴，他對她張嘴大笑，一顆牙齒都沒有。「就是你！」

艾莉與我互打招呼，「這位是……」她伸手指向另一名女子，對方正好剛與凱蒂玩完一輪拍手遊戲，站起來與眾人打招呼。「抱歉，可以再次請教您的姓名嗎？」

那女人很高，幾乎跟我一樣高，一頭棕色長髮綁成馬尾，她對莎莉露出燦笑。

「綺綺，綺綺．麥克斯威爾。」

昨晚讓我喘不過氣的那股胸痛來得好突然，而且如此劇烈，害我差點昏了過去。這個世界顫顫巍巍左傾，然後又斜向右方，最後才終於恢復平衡。我緊咬下巴，痛楚終於慢慢消退。

「綺綺，對哦，真抱歉，綺綺，妳早就告訴過我了，三十秒之前的事嘛？我這腦袋開始老化了，我看應該是早發性阿茲海默症。」綺綺與艾莉欣賞她的梗，咯咯笑個不停。「史提夫，這是綺綺。」

「嗨，史提夫，莎莉說你是大學醫院的住院醫生，但我們應該沒見過面，我是那所醫學院的學生。」她微笑，伸手向我致意，表情和善自然，完全看不出早已認識我的樣子，足以拿下奧斯卡獎的演技。

我猜我的雙唇線條一定扭曲變形，只能勉強與微笑沾上邊。但到底是怎樣我也很難分辨了，因為我覺得自己彷彿靈魂出竅，在自己的肉身上方飄浮，靈魂與身體徹底斷離。我全神貫注盯著自己的手，它似乎有了自己的意志，朝她的手伸過去。當我們握手的時候，我完全沒有感覺。然後，我好奇專心聆聽，彷彿聽到別人講話。「嗨，對，應該是沒見過，很榮幸認識妳。」

「布萊恩今晚值班，」艾莉說道，「所以我想要是出來透透氣也不錯。其實，這是綺綺的提議，她打電話給我，然後過來把我拖出門，我已經好久沒出來了。」

「我剛好就在附近。」綺綺先瞄向莎莉，然後又看著我，目光停留在我身上的時間稍微久了一點，然後，又望向艾莉。

「綺綺當初和布萊恩參加同一個讀書會，我就是在那時候認識她的，當時雷恩還沒有出生，」艾莉開始解釋，「她人真好，在我們成為一直待在家的無聊父母之後，還願意跟我們混在一起！」

「這麼可愛的小男孩，我怎麼可能會不願意呢？」綺綺開始搔弄雷恩的肚子，他咯咯笑個不停，伸手討抱，她把她從艾莉的懷中接了過去。

「史提夫，綺綺還說願意幫我們顧小孩，」莎莉說道，「是不是很棒？」

「是啊。」我雙手冰冷僵麻，大家的聲音似乎都變得飄渺，胸痛又回來了。

「雖然我父母就住在附近，」莎莉向艾莉與綺綺吐露真心話，「但其實能顧小孩的選擇並不多。」她們一臉同情，附和點點頭。

「可不是嗎？」艾莉回道，「那些小孩年齡比較大的朋友們都說真的沒辦法。」

之後，她們又聊了一些小孩與保姆的事，然後有名女服務生走過來，向艾莉示意她們的桌子已經準備好了。但我其實幾乎沒怎麼在聽，只是茫然微笑，偶爾點頭，希望胸口的那股不適感不會繼續惡化，幸好沒有。

大家道別的時候，綺綺與我再次握手，微笑。我相信對桌邊的每一個人來說都是很親切的微笑，但對我而言，那樣的笑容卻隱含了我絕對沒有誤會的訊息。

史提夫，我知道你住在哪裡。

我知道你家人住在哪裡。

我胸口揪痛，胃部也緊縮為一個小結，我再次入座，面對吃了一半的漢堡與圈圈薯條。但我已經不覺得餓了，只是盯著盤子。

莎莉默默盯了我一會兒，注意力又回到凱蒂與安娜貝爾的身上。

15

星期六
八月八日

「不要忘了，」莎莉說道，「星期一早上我要帶女兒們去普羅維登斯。」

「嗯。」

「史提夫，你有沒有在聽我講話？」

我心想，其實沒有，我們到了南西與丹恩位於韋斯頓的住家，正準備走向他們的大門，我低著頭，兩眼空茫，盯著家庭車道的步道鋪面。自從昨晚在餐廳與綺綺偶遇之後，她已經把態勢拉高到一個全新的層次，我被搞得有些失神。「知道啊，明天早上，普羅維登斯。」

莎莉停下腳步，動也不動，實在太突然了，在我這樣的分神狀態下，一開始根本沒有注意到，我雙手插口袋，本來走在她後頭，繼續往前走才發現不對勁，回頭望著她。

「史提夫，我認真問，你還好嗎？我們昨晚從餐廳回家之後，你就一直是這個樣子。這樣也未免太奇怪了吧，好像我在自言自語一樣。」

「嗯，我沒事。」我沒講出口的是自她昨晚入睡之後，我是怎麼逐一檢查門窗，足足有兩次，就是為了要確保全部上鎖；或者，之後我睜眼失眠了多久，一個人靜靜聆聽耳內血流的轟然節奏，就連牆壁爆裂與風動樹枝刮擦牆壁的聲響都會讓我面色抽搐，還有，最後我是怎麼不安入睡，因為我覺得綺綺只是在嚇唬我：畢竟，如果她真的打算要對我家人下毒手，隨時都不成問題，不必刻意向我表態。話說回來，我還是很慶幸莎莉、凱蒂，以及安娜貝爾即將離開波士頓一週之久。而且我的腦袋一直圍繞著同一個問題：她這樣嚇唬我的目的是什麼？

「你今天為什麼要在醫院待一整天？」

「我在工作。」我被那場餐廳偶遇刺激到了，從一大早到傍晚整天都窩在自己的辦公室，拚命想要猜測綺綺的下一個動作。

「為什麼？你這個週末又不需要待命。」

「嗯……某個，嗯，研究計畫。幫安德森醫生，我想要討他歡心。」

她皺眉，以充滿質疑的眼神瞪了我一眼，然後搖頭，繼續往前走。

我追上去，距離她只有一步而已。「怎樣？」

「沒事。」她的回答不帶任何情緒，雙眼一直盯著前方。

南西與丹恩在門口迎接我們，我們是第一對抵達的賓客。南西與莎莉立刻開始像老朋友一樣聊個不停，兩人立刻離開，留下我與丹恩站在玄關，不知如何是好。我們寒暄了一會兒，陷入了兩人老婆已經是好友，但我們其實一點也不熟的尷尬處境。

然後，丹恩講出了大學男生的打屁開場白。

他問道：「嘿，想不想來點啤酒？」

「好啊。」

他帶我進入寬敞的客廳，有台超大壁掛平板電視，還有大理石櫃檯酒吧。電視前的豪華地毯放置了極盡奢華之能事的環場音響，有顆小小的人頭仰望如水晶般清透的螢幕高解析度影像，是個大約兩歲的小男孩，完全就是丹恩的縮小版。他身穿亮紅色睡衣，左胸有艾蒙怪獸圖案，一頭雅利安金髮整齊側分。

「這是康納。我們的保母正在樓上陪女兒。嘿，小子，一切都好嗎？」他撫摸康納的頭，充滿疼愛。

康納沒理會他爸爸，專注死盯著電視螢幕，一臉愚忠，小嘴微張，藍色雙眸空茫，肥嘟嘟而方正的下巴無力軟垂。

丹恩聳肩，從酒吧冰箱裡拿了兩瓶啤酒，給了我一瓶。我們走到掛有紗網的寬敞後院門廊。過沒多久之後，我的骨外科醫生朋友傑森與他的妻子珍也出現了，隨後進來的是路易斯，完全出乎我意料之外，不知道他是不是跟我一樣，完全不知道今晚有哪些客人？今晚看到路易斯，讓我出奇心安，而且也掃除了部分昨晚殘留不去的情緒。我迫不及待想要和他討論綺綺的事，但還沒找到機會偷偷堵他，晚宴的其他賓客陸續抵達：某名流行病學家，戴著粗框眼鏡，細心照顧的一頭及肩深色捲髮（可能會在星巴克看到的那種仁兄，自以為是，猛敲筆電鍵盤，而且還在翻閱充滿摺角記號的沙特著作），之後是一對盛裝打扮的情侶。南西向大家介紹男方是她的哈佛同學，現在負責自己的對沖基金還是私募股權什麼的。他身著法國領淺藍色真絲禮服襯衫，露出下襬，優雅灰色西裝長褲，樂福鞋，未穿襪。他的女伴是膚色白皙的模特兒型美女，一頭金色短髮，活脫脫像是營養不良的芹菜莖。她百無聊賴，一直擺臭臉，看來腦袋不是很靈光，而且也不多話。

她男友與她是天壤之別，大部分都在講他自己、他靠什麼工作賺錢。我們坐下來用餐之後，一直聽到做多放空、長期熊市趨勢，還有許多我根本不明瞭的事情。當他在暢談所有金融議題，以浮誇態度解釋經濟哪裡出了問題，他又有什麼解方的時候，坐在他身邊的南西拚命點頭。

不過，滿屋子都是醫生，很難讓無聊的金融議題一直成為焦點，而且，一群年輕醫生聚在一起，怎麼不可能不聊……年輕醫生的話題。在好幾杯紅酒的催化之下，丹恩成了今晚的起頭人，說起某名年輕愛滋病男得了嚴重肛部疱疹的故事。根據丹恩的說法，這是從所未有的悲慘案例，他們外科小組的成員從來沒遇過這種狀況，就連那些資深教授也一樣。一般治療方式完全無效，每次排便都會突然引發一陣快往生的劇痛。最後，丹恩的小組認為唯有靠腸造口才能紓解病患痛苦。

「六個月前的事了，」丹恩說道，「一開始的時候，這傢伙復原得不錯，但是他上禮拜出現在我們的診間，疱疹復發。」

路易斯問道：「是肛門附近嗎？」

丹恩露出竊笑，對著商界人士的金髮女友眨眼。「不是，是在腸造口，擴散到他的腹部。」

傑森扮鬼臉，「不會吧，不可能。喂，拜託，快告訴我疱疹一定是不知怎麼搞的在手術時從肛門移轉到那裡，拜託拜託。」

「不是，是全新的感染源。根據那傢伙告訴我們的說詞，他的腸造口讓他，呃，在他的社交圈大受歡迎，在他跑趴的時候，朋友們都得要排隊才能有機會，就是那個，」他伸手暗示比劃了一下，「與腸造口發生親密接觸。」全桌的人一起發出嚎叫。

「真是超噁心，」傑森笑得上氣不接下氣，「超噁。」他猛拍桌，瓷盤發出震響，最後雙手一攤。

全桌的醫生們都哈哈大笑，而非醫生的那群人全都面色慘白，只是程度各不相同。商務人士的女伴以餐巾擦拭優雅嘟嘴的邊角，不發一語，立刻離開了餐桌。

「我是說，你們相信嗎？」丹恩繼續說道，他已經快要笑出淚來。「難道這傢伙不覺得——」他的聲音突然消失，因為他與南西四目相接，她的目光如刀，從桌面橫飛過去。他咳嗽，然後又立刻補充說道：「反正，我們現在也不知道該拿他怎麼辦。」他盯著地板，喝了一大口紅酒，在南西準備開戰的目光之下，丹恩只能不安蠕動身體。

我們其他人的注意力移到了自己的晚餐餐盤，這個話題就這麼戛然而止，唯一的聲響是餐具刮擦瓷器的聲響。雖然莎莉挺身而出填補尷尬，開始聊起最近剛上映的電影，但是後續的晚餐氣氛就一直安靜到終場，管家開始出來收拾碗盤。商界人士先告退，他的苗條女伴緊跟在後，流行病學家也是（我還是想不起他的名字）。我還來不及找路易斯單獨講話，他就突然消失了，所以我只好跟著丹恩與傑森下樓，進入剛完工的地下室。

現在，這裡沒有老婆與小孩，周邊都是經典大型遊戲機台、手足球、飛鏢的陽剛味玩具，還有裝滿烈酒與狀似昂貴啤酒的酒吧，愛喝多少都不成問題。丹恩播放了八〇與六〇年代的經典樂曲，過沒多久之後，他與傑森都喝得很醉了。我為自己倒了杯威士忌，慢慢啜飲，我心煩意亂，沒辦法加入他們醉醺醺的爭辯，討論各式各樣迪士尼公主的女性特質。所以我又慢慢晃到樓上客廳，南西與珍共飲一瓶夏多內，莎莉喝的是水。

現場氣氛洋溢雌激素，而且她們正在暢聊珍．奧斯汀的小說，所以我拿著自己還剩下一半的威士忌，匆匆躲入後院紗網長廊的凹型空間。外頭的燈全都沒亮，所以我離開門口之後，立刻被一片幽黑所籠罩。這是無月的漆黑之夜，規律的蟋蟀叫聲讓黑夜充滿了活力。

「你還好吧？」

我嚇一大跳，真的差點一頭撞上天花板吊扇。

「天，路易斯，你把我嚇到挫賽，」我嚇得上氣不接下氣，像個老太太一樣緊抓胸口，瞇眼望向他的音源。「我以為你回家了。」

「抱歉。」我現在看到他了，他坐在門廊盡頭的某張阿迪朗達克椅裡面，幽暗鬼影投射在色澤略深的黑色背景之中。繚繞的刺鼻雪茄菸氣刮過我的喉底，留下質地宛若粗粒的殘味，不禁讓我聯想到兒時的祖父住家。路易斯吸了一口手中的雪茄，尖端的餘火瞬間照亮了他的臉龐。

「你一直獨自待在外頭？」

「對。」

「我可以——嗯，坐在你旁邊嗎？」

「好啊。」他揮手指向自己身旁的椅子，給了我一根雪茄。在他的幫助之下，我笨手笨腳點了雪茄——怯生生抽了幾口——我的肺部宛若被千刀萬剮。

「老大，放輕鬆，」他咯咯笑個不停，「不要一次那麼猛，就像是比爾．柯林頓說的一樣：不要真的吸進去。」

「知道了，」我一邊咳嗽，一邊結結巴巴開口。「我不知道你今晚會過來，在這裡看到你真是太巧了。」

「其實也沒那麼巧，我知道你今天會過來，而且因為南西的邀約而十分為難。」

「什麼？」我氣喘吁吁，太訝異了，根本來不及生氣。「我上禮拜三看到你的時候，你為什麼沒告訴我？」

「這是情資的基本原則：你不需要知道。提前講出來也沒差吧，對不對？而且這樣也讓你省事，不需要再猜測我的簡訊密碼，然後與我在市中心的某間酒吧見面。」

「嗯，好啦，也對。」我緩緩抽了一口雪茄，這一次我總算成功了，沒有咳嗽。

「你今天又進去大學醫院。」

我也懶得問他為什麼會知道這件事，「沒錯。」

「你最近常常窩在那裡。」

「那是我最能夠釐清思緒的地方。」

「這樣太危險了。你不該出現在那裡，萬一綺綺看到了你而心生不耐，開始搞鬼怎麼辦？」

我面容抽搐，「關於這一點，已經不需要擔心了。」

「什麼意思？」

我把昨晚在餐廳見到她的事講了出來。

「路易斯，我是真的有點嚇到，」我老實招認，「我是真的沒想到她會弄到這種程度，居然連醫院之外也成了戰場。」

「的確令人不安。」他癟嘴，搓揉頭頂。「挑釁的舉動，絕對是要透露訊息給你知道。問題是：她到底想要告訴你什麼？我覺得她可能是要在你上週對她發飆之後，刺激你採取某種行動。」他若有所思，撫弄下巴，目光定在遠方的某處。「史提夫，我們得盡快展開行動，我不喜歡這種狀況，討厭透頂。」他的眼神重新聚焦，彷彿心緒從遠方歸位。「我已經有了盤算，從明天早上到星期一，我會一直在大學醫院工作，等到我進去之後，我會把最後一塊拼圖兜好。」

「你打算怎麼辦？」

「像我這樣的人，曾經做過那樣的工作，當然擁有很多……」他抽了一口雪茄，「有用的專業人脈，對象都是很有意思的人，具有能夠搞定我們任務的特殊技能，不會詢問任何問題的人。我可以告訴你，我已經找了一些這樣的舊識幫忙。」

「你到底有什麼打算？可不可以告訴我？」

「不行，現在還不行，我需要預做安排。等我星期一早上打電話給你。之後我會解釋一切——史提夫，我說到做到——真的，沒跟你唬爛，我現在需要你的幫忙完成計畫。」

「我現在該怎麼做？」

「好，要是我們知道是哪一名病患，依然能夠幫上大忙。情資能夠增加我們成功的機率。自從我們上次聊過之後，有沒有拿到其他資訊？」

「我想也是。我們有一堆糖尿病患者需要多加注意，住院的糖尿病病患是誘人的目標。」

「啊，你在想的是誘發低血糖。」

「沒錯。」通常拿來治療糖尿病的胰島素，可以幫助體內細胞吸收血糖，不過，要是給了太多的胰島素，一次施打驚人劑量，可能會引發血糖立即遽降，不消幾分鐘的時間就會引發癲癇，失去意識，死亡。

「不過，要怎麼能夠快速施打胰島素？搶贏心肺急救小組？必須要在病患、護士，或是醫生完全渾然不知的狀況下進行？」

「我也想到相同的問題，然後，我想出了答案：胰島素幫浦。」

路易斯臉上緩緩露出笑容，「的確。」

胰島素幫浦是一種安裝於糖尿病病患皮下的胰島素儲存自動裝置，可以將預先設定的精算劑量輸注到病患體內，如此一來，他們就不需要一直靠針頭注射了。

「具有犯意的某人，要是具有適當的科技專業，理論上，就可以更動某個幫浦的程式設定，輸注過量藥劑，而且神不知鬼不覺，」我說道，「事後回頭看來，儼然就像是一場意外。」

「很好，我喜歡你的假設。她要如何更動程式？」

「我還沒想那麼多，仍然在研究。明天我會關在辦公室一整天，看看我能否想出什麼。」

「很好。但務必記得：保持低調，我們接下來的計畫，絕對不能讓綺綺察覺任何風吹草動。」

「我會的。」我抽了一口雪茄，「路易斯，老實說，我們打敗她的勝算到底有多少？」

他微笑，在門廊半亮燈光的映照下，牙齒閃閃發亮。「史提夫，我很滿意那數字，真的。只要我們迅速展開行動，而且預測正確的話。」

「萬一我們猜錯了呢？」

「不會的，不可能。」

我們就這麼坐了好幾分鐘之久，沉靜如僧，專注聆聽蟋蟀鳴響。

「我聽說你出身洛杉磯。」我突然冒出這一句，我隱約覺得要是能夠小聊一下，也許可以幫助我發現他的秘密檔案裡到底藏了什麼資料。

他吐了一口大煙圈，「對。」

「哪個區域？某個郊區嗎？」我開始旋晃杯中剩下的威士忌。

他大笑，笑聲短促又嚴肅，宛若狗兒在嚎叫。「史提夫，洛杉磯東區不算是郊區，尤其是我住的那個地方。」

「哦。」我對洛杉磯東區不熟，但從他的反應看來，我已經知道路易斯的成長環境並不是像我出身的那種低調而舒適的中產階級社區。我先前從來沒想過是這種狀況，他聰明又圓融，哈佛畢業，不像是……在洛杉磯東區那種地方長大的人。

我想我的表情一定洩漏了我所有的心思。「驚訝嗎？」他語氣溫和，甚至還帶有一點危險的意味，我從來沒有聽過他以這種口吻說話。「為什麼？我不符合你的期待？洛杉磯東區男孩不該是這樣？」然後，他拋卻了一般的美國腔，宛若脫掉涼鞋一樣不費吹灰之力。「是怎樣？白種小孩？」他以腔調濃重的西語對我咆哮，「哼，老弟，是不是應該要這樣跟你講話？」他對我大手一揮，又無縫接軌到原來的正常口音。「我沒有冒犯的意思，不過你們這些在郊區長大的白人小男孩都一模一樣，你們只看到自己想看到的部分。就連丹恩也一樣，他是我朋友，但是他前幾天提到你們那個病患的時候，也就是陰莖中彈的那個小孩，讓我好想吐。」

我為自己辯解，「我十分努力才爬到了今天這個地位。」

「我又沒說你不是。」他深吸一口氣，臉龐燦亮如焰，突然之間，所有的層疊黑影與他的透紅臉色變得一清二楚，他隨後吐出的菸氣又糊化了一切。

「史提夫，別誤會，不過在你小時候，你可曾——我是說真的嚇到挫賽——不敢去學校？我說的可不是那種大考沒念書或是尿褲子之類的狗屁焦慮惡夢。」

我沒有回答，沒這個必要。

「在我的家鄉，你知道大家把那些好不容易能把高中念到畢業的男生叫作什麼嗎？」

「什麼？」

「倖存者。」

我在座位裡不安蠕動，喝了一小口威士忌。靠，我是要怎麼回答那種問題？

他彎身向前，那張消瘦、橄欖色的臉龐從黑暗中冒了出來，緊盯著我不放。「抱歉，我的故事就是這樣，你的呢？」

「你不知道？」我是真的嚇到了，「我以為你已經派你的那些……人馬調查了我的背景。」

「這與我們眼前的任務無關。」

「那你怎麼知道我是在郊區長大？」

「這又不難猜。」

我聳肩，「沒什麼特別的。我在費城郊外長大，過河的紐澤西州。我媽媽是小五老師，我爸在機場工作，是某間大型航空公司的票務。我的姊姊嫁給消防員——超好的一個人。她是家庭主婦，與我爸媽住在同一條街。」

「所以你是你們家的第一個醫生？」

「開什麼玩笑？這還需要問嗎？」

「我想你父母一定以你為傲。」

「我醫學院畢業的那一天，他們為了慶祝而辦了一場封街派對。封街派對哦，真的封鎖馬路，還得要導引車流啊什麼的，多虧了我姊夫幫忙。我能怎麼說呢？父母的驕傲就是二十萬美金學貸換來的這些歲月。」我伸出那隻未持雪茄的手、抹了一下臉，心想萬一爸媽知道我現在的困境不知會作何感想。我沒有多想，因為一想到會令他們失望就讓我受不了，光是憶起封街派對已經害我喉頭一緊。「你知道嗎？就在幾個月前，我有望可以還完學貸了，當時這似乎是我們生活中最大的難題。莎莉與我聊了很久。不過現在，唉……」我的目光遠眺夜色。

我聲音逐漸消失，過了至少足足五分鐘之後，我才發覺路易斯坐在那裡，動也不動抽雪茄，默默打量著我。

「嘿，你的內心比外表強大多了，」他終於開口，「而且也十分頑固，一定可以成為不錯的海軍陸戰隊隊員。」他伸手過來，拍了拍我的肩膀，對我講出海軍陸戰隊的專屬吶喊口號：「歐拉！」

「謝謝，」我也回笑了一下，這是來自他的高度讚揚，但我還是好玩加了一句：「我想也是。」惹得他哈哈大笑，我抽了一口自己的雪茄。「說到海軍陸戰隊，當初你為什麼要加入？是一直想要從軍嗎？」

他緩緩吐氣，煙霧慢慢飄向轉速悠緩的天花板吊扇。「其實不是，海軍陸戰隊是我的解脫之道。」

「你的意思是……支付大學與醫學院的費用。」

他笑了，倒沒有不友善的意思。「對，它幫我完成了學業，但它的意義不僅止於此，還拯救了我的靈魂。」他的目光灼灼，幾乎與他的雪茄尖端一樣燦亮。「嘿，千萬別誤會，但海軍陸戰隊別具意義，它教導了我許多你永遠不懂的事。」他舉起沒拿雪茄的另一隻手抹頭，「我這樣說吧，你為什麼想要阻止綺綺？」

「嗯，我想就是拯救我的家庭與事業，不要再阻礙我。」

「這些動機……我都可以理解，而且充滿正當性。」他吸氣，又吐出一坨煙圈。「好，你從來沒問過我為什麼要幫你。」

我眨眨眼，他說的一點都沒錯。我一直很想要知道他為何這麼想要將綺綺繩之以法。「我猜你就是，嗯，對於她也利用你殺害了伯納德先生而感到憤怒，」

「不是。我的意思是，對，我當然憤怒，但沒那麼簡單，我之所以要幫你，是因為這是正義之舉。」他聲音低沉有力，完全看不出任何的諷刺意味。

「身為海軍陸戰隊的成員，我所受的訓練是要保護弱小。她的獵物是弱小無辜之人。史提夫，這真是太可惡了，阻止她是我的職責。」

我旋動酒杯，仔細盯著杯底。「海軍陸戰隊也訓練你要怎麼殺人，對嗎？」

他愣了一會兒才回答：「對。」

「你有沒有殺過人？」

「有。」

「這……算是你的專長嗎？殺人？」

「對。」他的嘴角牽動了一下。

「你……很厲害嗎？殺人？」

他的嘴角抽動了一下，「是啊。」

「好，既然這樣——你為什麼想要當醫生？」

「我發現我喜歡治療眾人而不是殺人。」

他含糊悶哼了一下，「差不多吧。」

「哦，聽起來像是你找到了……志業。」

某扇敞開的窗戶傳出裡面太太們的高頻笑聲。

我喝光了剩下的威士忌，「你有沒有考慮殺死綺綺？」

「有，」他面無表情，「但我不會這麼做。」

「為什麼？」

「這種行為並不光彩。」他把雪茄放入菸灰缸捻熄，態度決然，顯現出這句話是最後的重點。「所以，史提夫，你當初為什麼要進醫學院？渴望證明自己？還是擔心失敗？」

兩者都是，或許兩者都不是，誰知道？我想到了綺綺曾經說過我和她有多麼相像。

史提夫，你不在乎是否能讓病人好轉。

對你來說，病患只是達成目的的手段。

你只在乎自己。

「我以前老是告訴自己，這都是為了病人，不過現在……現在已經不記得初心了。」我的聲音微弱得幾乎聽不見。

真的曾與病人有關嗎？

我輕輕搖頭，低頭盯著夾在大腿之間的威士忌空杯。「我不記得了。」

接下來的沉默，不知道是不是讓路易斯渾身不自在，但反正他是沒有顯露出來。

「好，」他語氣平靜，稍作停頓之後才問道：「你以前主修的是哪一段時期的文學？」

「什麼？」這個莫名其妙的提問讓我猝不及防。

「大學啊，你的文學學位專攻的是哪一段時期的作品？」

「嗯——俄羅斯文學，主要是十九與二十世紀作品。」

「杜斯妥也夫斯基、索忍尼辛，都是很好的作品。你會講俄文嗎？」

「一點點，閱讀能力比較強。」

「我也是，這是很優美的語言。」他以發音完美的俄文回我話，我瞠目結舌，一臉不可置信望著他。天，路易斯，你到底還有多少我不知道的面向？然後，他又切換回英語。「不過，我自己一直偏愛科幻小說，你有沒有看過菲利浦．K．迪克的作品？」

「沒有。」

「你應該要看一下，他很棒。」

「這是與什麼事情有關嗎？」

「完全沒有，或許與一切都有關，我們等著看吧。」

「你要走了？現在？」我還有好多事要問他。

「我還得處理好幾件事。而且，我明天晚上要值班，需要好好睡一下。我在醫院一直沒辦法睡好，值班室的臭小貓總是搞得我很煩。」

我忍不住露出微笑，「你也是？很奇怪，我們居然都沒有把它撕下來。」

「會讓你猜想後面到底有什麼吧，是不是？」他臉上掛著非常詭異的歪嘴斜笑。

「是啊。」

「我給你的手機，你還留在身邊吧？」

「嗯。」

「過沒多久之後，你就會收到簡訊了。」他已經開始走向門廊的門口。

「路易斯？」

他停下腳步，沒有回身，只有微微側頭，屋內的燈光映照出他的身形剪影。

「我不知道我這樣可以撐多久，」我老實承認，「只是——我，嗯，我覺得自己焦頭爛額。」

他點了一下頭，速度非常緩慢。「就像是那位詩人曾經說過的一樣：要是不曾焦頭爛額，又怎麼知道自己有多高？」

「哪個詩人？」這段引言聽起來好熟悉，但我就是想不起來。

「你自己主修文學，查查看就知道了。還有，史提夫？」

「嗯？」

他轉頭，直視我的雙眸。「史提夫，不要忘了我們今晚的聊天內容，日後，你也許會發現派得上用場。」

派得上用場？關於俄文的天馬行空隨想還有某個不知名的科幻小說作家？

「是要怎麼派上用場？」但他人已經不見了。

過了幾分鐘之後，傑森打開門廊的頂燈，一屁股坐在我旁邊的空椅，開心告訴我丹恩上樓睡覺了，讓他老婆大失面子。（他哈哈大笑，「喂，這些一般外科醫生他媽的真是沒用。」）然後我們的老婆們依然在客廳裡聊得起勁，又開了一瓶新的夏多內。

「你朋友離開的時候，給了我這個。」他語氣隨性，把雪茄放入口中。「很有意思，真的是那種堅強又沉默的男人。」

「沒錯。」

「他說你在這裡，可以過來找你。」

「當然好啊。」我的胸口突然一緊，有些事不說出口是不行的。「傑森……」

「嗯。」

「我們講電話的那一晚——」

「嘿，還是忘了吧。」

「可是——」

「就忘了吧，我點到為止，」他以熟練手法點燃雪茄，「說到這個，你的緩刑如何？」

「就像你先前的建議，彎腰翹屁股。」

他暢懷大笑，「很好，就像我之前告訴你的一樣——低頭，擊球，過沒多久之後，這一切都會結束。」

「對了，傑森，我可以問你一件事嗎？」

「好啊。」

「你為什麼要當醫生？」

「答案很簡單，因為我小時候得了癌症，差點死掉。」

我的下巴簡直要掉到胸前了，「癌症？」

「對，急性淋巴性白血病，在我七歲的時候。」

「靠，傑森，我認識你這麼多年，你從來沒提過這件事。」

傑森望著在門廊紗窗外頭飄晃的螢火蟲，「我不是很喜歡講那件事。」

「有那麼慘嗎？」

「是的，」他口氣輕描淡寫，「我差點死掉，化療引發的嗜中性白血球缺乏症。」

我的眼前開始浮現七歲傑森的模樣，並非坐在後院門廊的某張舒適阿迪朗達克椅裡面享受雪茄的他，而是坐在小兒腫瘤科的某處巨大的醫療椅裡面，插了一大排管子，發燒，困惑，被化療毒害，消瘦臉龐緊包著脆弱的頰骨，兩隻小手緊抓椅子的扶把，每一次的提氣都像是最後一次的呼吸，伴隨著淺弱、費力的刺耳聲響。

「你怎麼會進入病患安全委員會？」

「說來話長。」他的語氣已經清楚表態，他不會告訴我的。

「除了我之外，委員會還處理哪些業務？」

他咯咯笑個不停，「哦，可多了，大部分的內容我都不能說，當然，重點是照護品質，但我們也會處理維安問題。說出來你也許不信，我的工作之一是擔任大學醫院維安小組的聯絡窗口。」

「真的嗎？」

「對，我這一生幾乎都脫離不了維安。我爸爸開了一家小型的保全顧問公司，我高中與大學的暑假會在那裡打工。」

「做些什麼？」

「哦，其實什麼事都得要處理，大部分都相當無聊，不像名稱那麼炫，資訊安全、詐騙、監控啊之類的事。」

通往屋內的門開了，南西探頭出來，已經察覺出氣味不正常。當她一瞄到傑森手中的雪茄，還有我身旁菸灰缸裡依然在悶燒的那一根。「兩位，可否捻熄雪茄，拜託好嗎？」她噘起豐滿雙唇，「門廊椅墊沾到這種氣味，根本去不掉啊。」傑森與我低聲道歉，丟掉雪茄，反正這樣也好，威士忌加雪茄，害我嘴裡冒出一股臭味，而且雪茄的尼古丁讓我的心臟跳得跟兔寶寶一樣快。

「她的故事呢？」等到她關上門之後我才問道，「個性頗強勢。」

他語氣淡然，「南西就是這樣。」

「她是律師吧？」

「對，地方檢察官，超強，《哈佛法律評論》啊什麼鬼的，決心要爬到高位，總是喜歡找引人注目的大案，引發媒體轟動的那一種。要是哪天她出來選舉，我覺得也是意料中事。」

「我不喜歡她。」我本來就講話莽撞，加上威士忌的作用，更是慘不忍睹。

「小心！」他笑得暢懷，「你老婆的確喜歡她。」

「對，我知道，」我仰頭凝望夜星，「我已經注意到了。」

16

星期天
八月九日

趁還沒有人起床的時候，我趕緊離開家門。我開車前往醫院，在餐廳買了貝果與大杯咖啡，然後進入空蕩蕩的辦公室，坐在自己的電腦前面，我彎折手指關節，叫出我已經盯了一整個禮拜之久的同一份資料。

好，現在呢？

我來回研究相同的內容，反覆咀嚼我目前蒐集到有關她的線索，找尋可能遺漏的地方。過了幾個小時之後，我被艾伯納西先生的來電打斷思緒，他依然還是沒有學到界線的價值。在接下來的那幾分鐘之中，他一如往常飆髒話，還一度罵我是靠他媽的庸醫。我太累了，根本沒辦法發脾氣，也無法提醒他，這世界上還有比他如廁習慣更重要的事。所以我只是靜靜聆聽等他罵完，然後，告訴他下週一打電話預約掛號看診。他似乎很滿意，掛了電話。但我並沒有告訴他其實我下禮拜的看診時間早已全滿，要是這一招不行，那我就換號碼。

我搓揉痠痛雙眼，看了一下手錶。我又餓又累，許久之前就喝光的大杯咖啡杯放在電腦旁的桌面，我心生挫敗，大手一揚，以手背把它揮落地面。

去你的。

我找不出任何結論，所以我打算走一走，釐清思緒，我朝加護病房走去，心中隱隱掛念薩穆爾森太太，想知道她的狀況。現在是星期天，醫院的走廊，尤其這個區域有許多住院醫生休息室與辦公室，格外空曠安靜。我走到某個轉角，完全沉浸在自己的思緒裡，根本沒注意周邊狀況，直接就撞上了迎面而來的人，對方懷裡的文件散落一地，我們倆人不假思索，立刻蹲身撿拾。

「哦天哪，真是抱歉！」我撿起其中一份文件——某份醫學期刊——然後起身，「你沒事——」

我定住不動，原本要交還東西，伸出的那隻手又滑落身體側邊。

是綺綺。

看來她跟我一樣驚愕。

「史提夫，你在這裡做什麼？」她的臉龐閃過某種詭異、完全扭曲的神情，——也許，是驚慌失措？她眨眨眼，回神，然後指向我手中的期刊。「可否麻煩你……？」

我不發一語，把東西交還給她，我發現那是一本專研心臟的重要科學出版品，名為《循環》，我發現這是別刊，還有植入式去顫器、節律器、併發症、故障等字眼，看來她依然沒有失去對心臟電子設備的興趣。

「謝謝，」她趕緊把那本期刊塞入白袍的胸前口袋，「好，」她的雙手抹了一下衣服下襬，彷彿是在撫平皺痕，但其實也是在恢復鎮定。「你在這裡做什麼？史提夫？」

我小心翼翼回答：「工作。」

「真的嗎？這個週末不需要由你留院照顧病人吧，」她露出竊笑，「你不是應該在家裡陪老婆和女兒？」

我的雙手緊握成拳，「綺綺，媽的妳離她們遠一點！很好，妳在餐廳裡已經表達出妳的重點，妳知道哪裡可以找到我。但是她們與妳我之間無關，也與妳的愚蠢遊戲無關。」

「重點？」她的語氣佯裝無辜，「我不知道你在講什麼。我和我朋友一起出去，她住在你家附近，然後，我們恰巧在某個公眾場所遇見了你，這又有什麼大不了的呢？」

「綺綺，我上禮拜告訴妳了，我不想與妳的瘋狂遊戲有任何瓜葛，我希望妳不要再來煩我了。如果妳真想知道我來這裡做什麼，也不是什麼大秘密，我過來探望薩穆爾森太太。」

「那個差點被你殺死的女人。」她嘆氣，面露失望之色。「太可惜了，我本來真心盼望這次會好玩一點。我向你保證，等到下一個、以及再之後的病人連續死掉之後，你就會發現你對薩穆爾森太太的愧疚感根本不算什麼。」

「隨便，反正離我遠一點，可以嗎？」我迅速邁步離開，以免演技出包，我在她面前話越少就越安全。

綺綺不是在開玩笑。令人驚奇的是，薩穆爾森太太還沒死；更令人驚奇的是。病況正逐漸好轉，而且是大幅度的進步，這樣的康復狀況的確令人嘖嘖稱奇。她不需要透析，而且臟器正逐一恢復正常。加護病房小組正在考慮明天取出她的呼吸管，她還是有活著出院的機會。

我坐在薩穆爾森太太的病床旁邊，釐清思緒，而隔壁病房則一如往常迴盪著仙妮亞的歌聲。對於胰島素幫浦的殺人方式，我已經沒那麼有信心了。我深入研究，才發現想要偷偷進入胰島素幫浦的程式居然牽涉了這麼多的變項與細節。實在太多了，其實，我開始懷疑就連綺綺也沒辦法動手，但我依然認為醫療設備是她最可能使用的手法。

我嘆氣，望著薩穆爾森太太的數位心電圖。她在手術房裡大量失血造成心臟受損，不過，它就與她身體的其他部位一樣，正在逐漸好轉中。

心臟，循環系統的引擎。世世代代的詩人與作家都在探索它的隱喻複雜性。不過，等到你追根究柢之後，它其實只是由肌肉與神經所組成的某個中空袋，讓血液得以暢流人體的脆弱肉質馬達。

我的目光飄向連通薩穆爾森太太心臟監測器的電極片，想到了醫生們讓病弱心臟能夠正常跳動的所有措施：心電圖、強效藥物，還有高科技電子設備。我的腦袋天馬行空，想到了綺綺的心臟研究，突然還有她剛才攜帶的那本醫學期刊——

我的雙手緊抓椅子扶手。

麻省理工學院的工程學位。

心臟實驗室的研究。

專研植入式心造器材安全的醫療期刊。

難怪。

事實明明一直擺在我的眼前。

我衝回辦公室，一屁股坐在電腦桌前面，閉眼，深呼吸，雙手懸在鍵盤上。

然後，我就開始了。

天，感覺真棒，鍵盤彷彿像是我手指的延伸，而我的指尖直接連通到我的腦袋，宛若回到了大學時代，靠著咖啡因與永不耗竭的青春元氣振奮精神，對於周遭的一切完全無視，只看到螢幕微光的飄動影像，盡情浸淫在數位乙太世界之中，而我現在研究植入式去顫器的心情也是如此：國家醫學圖書館的文獻、Google學術搜尋、醫療器材製造商、食品藥物管理局，甚至我在綺綺手中看到的同一本醫療期刊也不放過。

經過一整個下午不斷消化資料之後，我心中幾乎已經非常篤定，損害植入式去顫器是直接致命，而且難以追查元兇的方法——就像是過量的鉀一樣。最新型的植入式去顫器是精密微電腦，具有無線電接受器，可以讓心臟科醫生下載資料，提供測試與校正之用。這套軟體的資安破綻百出，令人啞然失笑，光靠口袋磁鐵之類的簡單物品就可以進行竄改，甚至iPod也不成問題。殺意甚堅的人（就算是殺意沒那麼堅決的人也一樣）可以靠著電腦，以遠端方式輕易駭入植入式去顫器的程式。

為什麼？因為，只要是腦袋正常的植入式去顫器製造商，斷無理由創建一套複雜到足以防治綺綺這種人的維安系統。他們的威脅模式從來沒有預期到世界上會有她這種人。誰會想到居然有人會大費周章，故意干擾埋在另一個人類心臟肌肉裡的醫療電子器材？而且，加密系統很昂貴，持續不斷執行也會耗費器材的寶貴電池壽命。

好，既然沒有複雜的加密演算法，所有的植入式去顫器無線訊號安全性就只剩下兩大關鍵，都是容易克服的元素。首先，植入式去顫器就像其他的消費性電子產品一樣，每一個都有獨特的序號，而且，對植入式去顫器下達指令必須加上序號。不過序號不是什麼秘密，從病患病歷裡就可以輕易取得。其次，植入式去顫器的無線訊號範圍非常有限，想要以無線方式輸入指令，必須要非常靠近病患——也就是半徑一兩公尺之內。

好，既然從病歷取得植入式去顫器的資料如此容易，再加上可能逮到近到足以輸入指令的機會，那麼接下來的問題是：進入它的軟體系統之後，要施行什麼步驟？其中一個方法就是直接關掉。不過，萬一植入式去顫器被關掉的話，並不保證病人一定會斷氣，因為病患的心臟將會自動進入所謂的心室顫動——異常心跳——以免讓他／她瞬間遭受無法恢復的損傷。

所以，我想到了一個同樣簡單，但更致命的指令。

對植入式去顫器下達電擊指令。

心臟科醫生一直是透過植入式去顫器，在嚴密控制的狀況之下以遙控方式將七百伏特的電流對病患心臟直接進行電擊。這樣的電流足以引發心律不整，也包括了心室纖維性顫動，簡稱為VF。遇到這種狀況的時候，心臟就會開始發生無用顫抖，再也無法將血液供應到身體其他部位，要是沒有治療的話，數分鐘之內就會死亡。

心臟科醫生會針對某些病患刻意引發心室纖維性顫動：就是要確保植入式去顫器可以正常運作：如果植入式去顫器沒問題，那麼它就會立刻感應到心室纖維性顫動，電擊心臟，讓它回到正常心律速度。要是植入式去顫器無法運作——那麼就偵測不到心室纖維性顫動，而且／或者無法發出第二波電擊予以阻卻——那麼心臟科醫生就會立刻介入，導正狀況。

只要靠著一連串正確的指令，駭客就可以同步引發心室纖維性顫動，關閉植入式去顫器的應變能力。再加上某種名為緩衝區溢位攻擊的直接性手法，就可以深入系統消除與重設軟體的登入紀錄。如果是在半夜進行，挑選的對象是某名正在熟睡但狀況相當穩定的階段，而且時段正好是護士輪班查房之間，最多可能高達四小時的空檔，病患可能會死了好幾個小時之後才會被人發現。甚至可能是第一波電擊時就會立刻引發心臟病。無論是哪一種狀況，一定是要等到驗屍時才會發現病患死因是植入式去顫器異常而導致心臟病發。

了不起。

我現在明白運作過程了，只差對象。接下來她要攻擊誰？

我往後靠在椅背，靠著按下數千次鍵盤的手指，搓揉拚命打字而僵麻的頸項，瞄了一下窗外，大吃一驚，原來外頭已經天黑了。我想要繼續解密，推測下一步的合理行動，找出對方可能下手的對象，但卻遇到了撞牆期。我的腦袋已經處於後燃狀態數小時之久，亢奮狀態逐漸衰退，我已經感受到自己三十二歲年紀的極限，所以我決定到此為止。明天，我可以與路易斯比對資料，一起研究到底誰會是可能的被害人。

❖ ❖ ❖

我回家的時候莎莉還沒睡，正坐在客廳裡等我。屋內好安靜，當我進去的時候，她把剛才正在閱讀的書放在一旁，雙手交疊胸前，默默坐在沙發另一頭的位置。也不知道為什麼，她看起來……好弱小，垂頭喪氣，滿是無奈。

我們坐在那裡，不發一語，兩人各據沙發兩側，中間相隔了一大段距離。

過了幾分鐘之後，她冷靜開口：「就是這樣開始的吧？」

「開始什麼？」

「你明明知道，離婚。就是這樣開始的吧？或者，至少對我們兩人來說是如此。」

哇，沒想到是這種話題。

「妳是說……妳想要離婚？」

「不是，史提夫……天，你這麼聰明，有時候就是這麼缺乏想像力。沒有，我不想離婚。」她抓了個靠墊，緊緊貼住胸膛。「至少是還沒有。」

她面向我。

「你是不是在外面亂搞？」她問道，「就是因為這樣吧？每個晚上與週末都待在醫院，突然之間對我與小孩完全喪失了興趣，回家的時候都不正常，滿身酒氣，還有神秘的研究計畫……如果你在外面亂搞，現在讓我知道就是了。我們就把這一切談清楚好嗎？史提夫，我不是笨蛋，我知道不對勁。」

我也沒想到她會提到這個，「沒有，我沒有在外面亂搞。」我小心翼翼，特別使用了現在式，換言之，就理論上來說，我並沒有撒謊。

「我不相信。」

「真的，莎莉，我沒有到處亂搞。難道我看起來像是那種在醫院裡只要逮到機會就在撩妹的男人嗎？」

這種輕率的開局完全沒有效果，其實，這反而讓她更生氣。「史提夫，別這樣。」她發火了，挺直身體，把抱枕丟到旁邊。「現在別這樣，不要開玩笑，這事非同小可。如果你到處亂搞，我要知道真相，而且是現在。」

「莎莉，我沒有到處亂搞。」

她噘嘴，搖頭。

「老天，莎莉！我真的沒有。」

「我不相信你。」她從沙發起身，走向窗邊凝望前院。莎莉從來就不是會激動的人，當她生氣的時候，聲調與行為反而會出現一種平和冷靜的假象，我覺得這就是她之所以能夠臨危不亂的方法。

大家現在都不知道，但當初凱蒂早產兩個月，肺部根本還沒有成熟，無法自主呼吸，她差點死掉，真的很嚴重。

當時的我待在新生兒加護病房，坐在她保溫箱的旁邊，身著所有父母都必須穿上的鮮黃色防護衣，我情緒崩潰，軟弱，呆若木雞，完全無法與凱蒂的醫生們進行任何順暢互動。莎莉不是這樣，唯一能夠冷靜聽取新生兒科醫師朗聲唸出我們出生數天，在生死之間掙扎的女兒的殘忍存活率，也只有她而已。已經有了最壞心理準備，而且做出一切決定的人是莎莉。她從來沒有輸過，一次都沒有——這是身為外科醫師的我，打從心裡佩服她的地方。

路易斯上週五告訴我，我的個性比外表強悍。嗯，一百五十五公分、四十五公斤的莎莉比我厲害多了。

反正，莎莉越生氣，表現得就越冷靜。而此時此刻的她，講話的語氣非常非常冷靜。「抱歉，但我不相信你。」

「莎莉，我不知道還能說什麼才好。」

「那就說出你到底在煩什麼，最近到底都跑去哪了。」

「我已經告訴妳了，我待在醫院。」

「但為什麼？」

「我也講了啊，我在做研究。」

「在這寶寶出生前，還有我回去上班之前，」她轉身，張開雙臂。「史提夫，我們得解決這個問題。」

我皺眉問道：「妳確定想要回去上班？現在？」

她又走向沙發，坐在我身邊。「所以問題是這個嗎？我回去工作？我記得你告訴過我沒事的。」

「我不知道，」我聳肩以對，「也許吧。」

「南西說這可能會成為問題，」她嘆氣，「丹恩也對她的工作有意見，就連請了保母也一樣。」

又是她。我大聲咆哮，「南西？」

「過去這幾個禮拜，我們經常見面。」

「就因為這樣，我必須聽從她對我的私人生活的建議？」

她的嘴緊抿成一條細線，「不知你有沒有發現，你最近沒有什麼私人生活。」

「哦，是啦，」我不耐回道，「如果妳想要知道四處打砲是怎麼一回事，去問丹恩吧。」

「這話什麼意思？」

「他尬遍醫院裡的每一個護士，我知道，某天晚上我就親眼看到了。」

她臉色煞白，「我不相信。」

「這是真的。」

「好，就算是吧，這又與我們有什麼關聯？」

「我不喜歡妳對南西講我們的私人生活。」

「我又不在意，你也無權置喙。」

「我當然有權利，那也是我的生活。」

「我必須找人聊一聊，至少，是一個可以真正聊天、話題複雜程度可以超越艾蒙❷的對象，而且你最近一直不在家。」她嘆氣，一臉挫敗。「好，不管你喜不喜歡，我就是要回去上班了。大學的安卓亞已經正式要給我工作，我答應了。我們會在下下星期四到市中心吃晚餐敲定細節。」她握住我的手，「拜託，史提夫，這是我的需要，我已經渴望很久了。南西只是幫助我認清事實而已，但要是沒有你的幫忙，我辦不到。這並不容易，對我們任何一個人來說都一樣。」

「我知道，我只是——需要慢慢適應。」我捏了捏她的手。

她端詳我的臉，「你真的只是在做研究？待在大學裡？」

❷ Elmo，美國兒童電視節目《芝麻街》一角。

「對。」這是真的，至少最近是如此，所以我可以直視她的眼眸，不成問題。「真的。」

「好，還會拖很久嗎？」

「我想應該是不會。」

「很好，」她親吻我的臉頰，「反正，言盡於此。」她起身，打哈欠。「我明天想要早點出發，所以準備上床睡覺了。你吃東西沒有？」我搖搖頭，她一提到食物就害我肚子咕嚕叫個不停，她聽到之後大笑。「抱歉，我沒給你準備食物。」

想也知道，我今晚進家門的時候，她正打算責問我偷吃的事。

「沒關係。」

「冷凍庫裡有披薩。」

「親愛的，謝謝。」

「我明天起來的時候，你應該已經離開了吧？」

「我看這樣吧，我晚點離開，所以可以幫妳搞定小孩，把行李放入車內。」

她露出感激微笑，「謝謝，這樣就太好了。吃完東西以後，記得要關燈。」她上樓，我進入廚房找冷凍披薩。

17

星期一
八月二十日

我走入醫院大門，迫不及待想找路易斯，與他一起討論我對於植入式去顫器的想法。而且，昨晚與莎莉談心，再加上今天早上與凱蒂、安娜貝爾窩在一起，讓她們可以順利驅車前往普羅維登斯，更燃起了我的全新鬥志：越早解決綺綺，我就可以越快讓我生活的其他部分步入正軌。路易斯給我的手機牢牢放在口袋裡，現在已經是我今早拿出來檢查的第十次了吧，就是為了確保電力飽足。我不知道他會什麼時候打給我？心裡又有什麼想法？

就在這時候，我看到了那群人。

擠得滿滿的一群人——有些人肅穆哀傷，某些純粹好奇——都聚集在寬敞大廳的某一側。好幾名警察與大學醫院維安小組人員四處奔忙，還有一名地方新聞記者正在與其中一名警察講話。

我的胃在抽痛。

「怎麼了？」我詢問某名並未在圍觀的醫學院學生，她正拿著自己的智慧型手機在打字。

「你還沒有聽說嗎？他們今早發現有名住院醫生死亡，」她抬頭看我，又悄悄補充了一句：「這裡，就在醫院。」

我已經無法呼吸了。

「怎麼會這樣？」

「他們判斷是自殺。死在某間值班休息室，我聽說有遺書。」

路易斯給我的手機滑落而下，哐啷一聲落地。

不可能，我方寸大亂，單膝跪地，以顫抖雙手撿起那支手機。

然後，正當我起身的時候，我看到了寇利爾醫生，臉色煞白的他壓低了聲音，以懇切語氣對著某個足蹬高跟鞋、身穿完美灰色套裝的女子講話，看起來是安卓亞，莎莉的前老闆，大學醫院的執行長。

我知道。

但我還是開口問了。

我必須如此。

「你知道是誰嗎？」

「那個人，好像是西語名字，我正在查大學醫院網站，看看能不能知道是誰。」

我輕聲呢喃，「路易斯……」警方此時已經從群眾中開道，面無表情的一男一女，兩人都身穿亮黃色外套，背部印有「驗屍人員」字樣，正忙著將某具屍袋放上輪床。圍觀者一陣騷動，有些人還拿起手機在拍影片，我聽到有名女子在啜泣。

「他名叫路易斯。」

❖❖❖

薩穆爾森太太正在熟睡。

不是昏迷，沒有失去意識，也沒有人給她施打鎮靜劑，而是一種貨真價實的深眠狀態。外科加護病房的醫生們已經在今早拔掉了呼吸管。她發出嘶啞喘嗚，但除此之外，倒是沒有任何嚴重狀況，令人大感驚奇。外科加護病房小組已經在討論要把她轉送到其他監控沒那麼嚴格的病房區。

我應該要開心才是，坐在她的病床旁邊，端詳她的睡容。我的狂喜之情應該跟她家人相同，她雖然遇到我在手術房嚴重失誤，差點害她流血致死，但她很有機會撐下去、活著出院，我應該要感到慶幸才是。

不過，我的反應卻是害怕。

也許，應該說是怕得要死吧，我的一生從來沒有這麼恐懼過，那種情緒就像是窩在我肚內的一窩蛇，捲成一團的滑溜身軀不斷蠕動扭曲，彼此穿疊，接連不斷。這種感覺有點類似我雖然想吐，但我知道就算吐出來之後也不可能排出胃裡的噁心感。我雙手冰冷，不斷摩擦生熱，但那股寒意來自體內，所以再怎麼搓揉也無濟於事。我的呼吸急淺，心跳怦怦撞擊胸膛，我努力想要冷靜下來，開始思考這種症狀所隱含的生理學成因：兒茶酚胺，悄悄由我的腎上腺分泌而出，泛流全身，啟動了我們與演化樹其他分支動物表親所共享的戰鬥或逃跑機制，我的原始本能雖然勝出，但恐懼猶存。

看著警方推走路易斯的屍體之後，接下來的這段時間宛若一連串的不安場景持續閃現，就像是你生病的時候，在半昏迷、全身盜汗的狀況下斷斷續續出現高燒引發的惡夢，不過，當你回到現實的時候，就是無法揮去腦中徘徊不去的可怖影像。

一開始的時候是我們部門臨時召開的緊急會議，寇利爾醫生全身晃抖清晰可見，聲音嘶啞顫動，他在會中向教職人員、住院醫生、護士，還有行政人員證實了路易斯死亡的消息，根據最初的線索，很可能是自殺。他告訴驚愕的眾人，我們的例行事務——除了預先排定的手術之外——全部取消，明天再恢復正常的例常工作。

開完會之後，我站在會議室的走廊外頭，茫然，孤獨，對周邊的一切完全無感，就在這時候，綺綺悄悄溜到我背後。「史提夫，我早就警告過你，不准找人幫忙，」她在我耳邊低語，「我說過你要是膽敢這麼做，一定會受到處罰。」

我怒氣沖沖轉身面對她，我們那些哀傷的同事完全沒有注意到異狀，然後，我硬拉她的手肘，把她拖到了遠離主要走廊的某個隱蔽角落。「所以是妳幹的，」我咬牙切齒，「是妳殺了他，那並不是自殺。」

「我可沒這麼說。」她對我露出隱晦微笑，看得我真想抓住她脖子勒死她。

「但為什麼要殺害他？綺綺？路易斯之死與維護病人安全有什麼關係？根本不合理，妳說過妳只在意病患的安全。」

「我是啊，」她耐心解釋，「而他死亡的確與病人安全息息相關。大家都知道住院醫生超時工作，身心疲累，許多都有臨床憂鬱症。其實，醫生與住院醫生的嗑藥與酗酒普及率遠高於一般人。醫生們陷入憂鬱、濫用藥物，雖然不是他們自己造成的問題，但卻會害他們犯下殺死病患的大錯。」她隨手拍去我肩頭上的某根線頭，「哦，史提夫，我相信安全委員會一定對於路易斯的死因有濃厚興趣。他們搞不好還會建議以後要降低住院醫生工時，而且會進行憂鬱症篩檢。可憐的路易斯，」她搖搖頭，假惺惺表示同情。「他過往曾經有嗑藥和酗酒的問題。你知道嗎？」

我露出卡通人物般的驚嚇神情，下巴掉下來，雙眼瞪得好大，正是她所需要的答案。

原來他的秘密檔案裡是這些資料。

她無辜眨眼，「看得出來你不知道。好，我覺得他的內心惡魔終於征服了他。一日毒蟲，終生毒蟲，至少，大家都會這麼說。」

「妳這個賤貨！」我破口大罵，看到她竊笑表情，更讓我怒火中燒，不小心以不規則角度噴出口水星沫，飛到她的鼻子上頭。她對於路易斯生命輕蔑至極的態度害我幾乎爆氣，我的拳頭差點朝她的臉揍下去了。然後，我的腦中又出現了另一個念頭：「妳一開始就有此計畫，對不對？這是妳病患安全的部分之一，無論我有沒有告訴路易斯，妳都會殺了他。」

她的雙眼眨也不眨，繼續盯著我，以冷靜、有條不紊的態度，伸出袖口抹去臉頰上的口水。「重點是你的確告訴他了。難道你覺得我不會發現嗎？你們是打哪時候開始會在醫院之外的地方聚會了？無論你們上星期三在波士頓公園附近酒吧那裡講了什麼，現在都結束了。對，史提夫，我在那裡，我甚至還看到你抓住那個可憐女孩的肩膀。你把她當成了我是嗎？」她咯咯笑個不停，「她的確和我有幾分相似，我當時還真以為她爸爸打算殺了你。」她的聲音變得低沉邪惡，

「史提夫，我早就警告過你，違反規矩就得接受懲處。好，現在我又要給你另一項處罰：我要加快時程，下一個病人會在這禮拜死亡。」

「什麼？」我的怒火瞬間爆發，宛若漏氣的氣球，我結結巴巴。「可是……妳說過下禮拜之前會平安無事。」

「你沒有遵守規則，所以我就改變計畫，看你要不要阻止我嘍，」她聳肩，「到了這種時候，我才不管那麼多，一切看你了。」然後，她一臉冷靜，冰寒目光朝我投射而來，害我頸後寒毛直豎。「給我乖乖一個人，史提夫。千萬不要讓我找到把凱蒂、安娜貝爾與病患安全連結在一起的理由，聽懂我的意思了嗎？」

最後一段話讓我嚇壞了，要是她能夠對路易斯下手，拜託，他接受過許多訓練、軍旅經歷、老是疑神疑鬼、總是提前準備一切，那麼莎莉與女兒們又怎麼可能會安全？聽到她提到凱蒂與安娜貝爾，的確讓我深感不安，嚇壞我了。

之後，我打電話給傑森，我猜（果然沒猜錯）應該可以從他那裡仔細探問路易斯之死的事。我本來以為必須要拗他講出細節，沒想到他卻自己和盤托出，成了一場壓抑、瘋狂的意識流獨白。我猜路易斯之死帶給他的驚恐程度就和我一樣，但只是原因各不相同，到了最後，他還對我講出一堆他不該告訴我的黑色秘辛。

傑森證實路易斯果然有傷痛過往，而且有吸毒史。一開始的時候是某個青少年幫派的老大，將近二十歲的時候進出監獄多次，原因幾乎都是賣毒與吸毒。不過，到了二十歲的某個時候，路易斯翻轉人生：戒毒，加入海軍陸戰隊，取得了高中同等學力文憑，在他們的精銳部隊佔有一席之地。

傑森告訴我，根據資料，路易斯親眼見識過多場戰役，服役表現優異，地點包括了科威特、伊拉克、索馬利亞、阿富汗，應該還有好幾個絕對不會列入正式紀錄裡的地方。他也有創傷後壓力症候群的病史，在他念醫學院之前已經順利治癒。

那份據說是路易斯留下的遺書——先打字之後再整整齊齊摺好放入信封，放在他的身邊——似乎很可信。裡面提到他最近必須努力對抗創傷後壓力症候群復發，以及擔任住院醫生的壓力，為了要紓解，他又開始吸毒，而且吸得很兇。傑森說，那封遺書充滿了自我憎恨與對職業的厭惡，因為他缺乏自制與自律，而且還表示他無力承受自知軟弱不堪的恥辱。

「天，史提夫，」傑森聲音在發抖，「警察說他給自己注射的劑量足以殺死一頭雄壯大象。天哪，他居然在自己的股靜脈插入中央導管。我是說，那種事的確有前例，根據紀錄，至少曾有一名麻醉醫生從股靜脈注入毒品時不慎身亡，不過——天，路易斯？誰會想到呢？我們前幾天晚上明明還在丹恩家裡看到他，天啊，我實在難以承受，他當時看起來明明好好的。」

因為他的確沒有問題。「他用什麼藥？」

「要等到好幾個禮拜之後才能得到最後結果。這件事就別說出去吧？他用了好多種不同的藥，還必須在小藥瓶上面貼標籤才不會搞混，警察發現了麻醉劑與地西泮鎮定劑，某些利多卡因。哦，還有K他命。」

「K他命？」很特殊的選擇，「你是說也可以拿來當作動物鎮靜劑的那種麻醉藥？」

「就是同一種。可以引發幻覺，市場價格很不錯。」

「有沒有人看到或聽說任何狀況？」

「昨晚沒有任何人使用值班休息室。某名住院醫生發現他沒有在早晨巡房，也沒有進入手術房，才發現他的屍體。」

現在，我坐在薩穆爾森太太的身邊，我必須承認這一招雖然殘忍，但的確高明，綺綺編出了一套背景脈絡十分可信的完美劇本：某個有痛苦過往的醫生，無法處理擔任實習醫師的壓力，決定在醫院值班休息室自盡。這個前海軍陸戰隊武裝偵察部隊的成員，卻被她玩弄於股掌之間。

當然，這也引發了各種擾人問題。路易斯受過這麼多的訓練，而且精心謀劃一切，她到底是怎麼制伏他這樣的人？他本來打算要告訴我什麼？而且，最重要的是，如果路易斯沒辦法打敗她——*我又怎麼會有能耐？全憑我一己之力？*

我托住臉，以手指搓揉太陽穴。

*我完了，一切就此結束。*能夠打敗身經百戰的前海軍陸戰隊成員的變態醫學院學生，我怎麼可能壓過她？我現在只能低下頭，等待下一名病患死亡，等到風平浪靜之後，努力修復自己的工作與婚姻，期盼能夠忘記所發生的這一切。

不過，我心底很清楚，要是我袖手旁觀，要是我任由下一名病患死亡，我絕對不可能將其拋諸腦後。

永遠不可能。

隔壁病房傳來了仙妮亞的超歡樂歌詞。

哦哦哦……男人的襯衫，短褲，哦哦哦……

「嗨，米契爾醫生，今晚還好嗎？」有名正準備上晚班的護士進來，低聲向我打招呼。

「嗨，卡蘿，」我喃喃回應，抬頭，把雙手放在大腿上。「還好，妳呢？」

她開始靜靜調整薩穆爾森太太的某些靜脈管線，「哦，應該還可以吧，老樣子。」

卡蘿四十多歲，是外科加護病房前線、傷疤累累的沙場老將，她身材圓潤，有一頭紅色捲髮與下垂胸脯，更具有照顧重症病人二十年經驗所累積的合理實戰之道。「薩穆爾森太太奮戰到底，絕不放棄。」

「對，沒錯。」

「這位女士意志堅強。」

「對，沒錯。」

身為女人最美好的部分……就是出去找樂子……

「卡蘿？」

「嗯？醫生有事嗎？」她心不在焉問我，因為她正忙著檢查呼吸器的設定。

「我一直想問……隔壁那間每晚都有仙妮亞．唐恩的演唱會，到底是怎麼一回事？」

她咯咯笑個不停，「哦，你是說那裡的K先生。他是我們其中一名長期病患，沒有家人。他在這裡已經待了將近四個月。動完手術之後就嚴重中風，而且自此之後就沒有反應。我們不能拿掉他的呼吸器，每次我們想要移動他的時候，血壓就會低到不行，沒有人知道為什麼。所以他就坐在那裡，而醫生與律師們絞盡腦汁，想要找出處理他的方法。」

「好，那仙妮亞．唐恩又是怎麼回事？」

「哦，對了，仙妮亞．唐恩。」她已經處理好呼吸器，現在正在處理那些依然纏在薩穆爾森太太身上、宛若蜘蛛網捕食蒼蠅的那些管線。「好，反正呢，有個護士是仙妮亞的粉絲，所以她就弄來了那個影片，純粹好玩而已，播放給他看。只要那女人出現在螢幕上昂首闊步，K先生就會心情大好，露出微笑，血壓也會隨之升高，屢試不爽，不信你自己看。」

我側頭瞄了一下坐在小間另一面牆邊的K先生，果然，他聚精會神盯著螢幕，雙眼不算完全清澈，但也差不多了，而且他的頭還隨著音樂輕輕搖晃。

「太好了，以後我要開始把仙妮亞．唐恩當成配方藥，開給我的每一個病人。」

她咯咯笑個不停，大表讚賞，同時忙著把尿液倒入桶中，「好，米契爾醫生，我不久之後就會離開這裡了。」

「怎麼會這樣？」

她完成之後，把桶子推到一邊，起身時露出一抹苦笑。「哦，純粹覺得在這裡工作不開心罷了。」她張望四周，壓低聲音。「五月的時候，我照顧某名病患，中重度加護病房的代班工作，後來他死了，醫院說是我犯了錯，害他喪命。」

我突然想起丹恩在他烤肉會那天提到的手術病患，最後死於空氣栓塞。「卡蘿，是不是那名死於中心靜脈導管空氣栓塞的病人？」

她點點頭，「他們說我沒蓋好帽套，但我明明有。我清理好之後，把帽套蓋回去，我之前做過了數千次之多，這次也不例外，但他們就是不信我的話。」她聳肩，一臉無所謂。「我知道真相，其他護士也知道真相。這種事大家都看過上百次了：有病患死亡，醫院就需要代罪羔羊，而我就是。米契爾醫生，記得我的話：一定要有人當代罪羔羊。」

「所以妳現在打算怎麼辦？」

「拿了退休金，去別的地方。醫院的那些大頭會很樂意看我離開。他們甚至還幫在我聖路加醫院找到一份很棒的工作。我猜他們應該是怕我鬧事什麼的。但我腦袋夠靈光，知道這樣搞不會有好處，我很清楚結果，永遠無法反抗體制。」

「唉，不管這個，看到你離開真的很遺憾。」我與卡蘿或是其他護士並不熟，所以，這句話並不是什麼肺腑之言，但似乎現在就是該講出這種客套話。

「米契爾先生，謝謝你。」

她匆匆離開，獨留我與薩穆爾森太太、仙妮亞，以及我自己的思緒共處一室。

好，所以你是布萊德．彼特……我覺得也不怎麼樣……

❖❖❖

一定要有人當代罪羔羊。

我待在家中空蕩蕩的廚房裡，吞下了好幾口走味的披薩，卡蘿的話不斷在我耳內迴響。卡蘿的遭遇似乎證實了路易斯與我的假設：伯納德先生不是綺綺下手的第一個對象。卡蘿與我有許多的共同點：我們都被綺綺設計，只不過，卡蘿狀況的收場似乎比我幸運多了。

我不能就這麼屈服。路易斯的所有努力，他所奮鬥的一切，即將付諸流水。我的腦中浮現他在丹恩家門廊的畫面，手執雪茄，一部分的臉龐被夜色所籠罩，以真誠語氣告訴我，阻止她是正義之舉。

她曾經對我說過，史提夫，我猜你想要阻止我吧。

也許我還是有辦法阻止她，就算沒有路易斯也一樣，我至少得一試，這是我欠他的。

但該如何是好？

我閉上雙眼，任由思緒在內心的幽暗長廊裡漫遊，穿越了我猜測綺綺可能會行經的各種險阻歪道，就是為了想要找出終結這場荒謬劇的最保險、最方便的方式，我立刻找到了簡單的唯一結論。

真的，最簡單的一個，再明顯不過的答案，醜陋又冷酷。

我知道，就心理學層次來說，我正身處某個黑暗之地，也許是我這一生中最幽暗的地方，因為過去這幾個禮拜以來所發生的一切，而把我逼入的內心原始深處的某個黑洞。

我可以殺了她。

直接了當，一勞永逸。何況要是綺綺換作是我的立場，很可能也會這麼做。

畢竟，我是醫生，可以拿到各式各樣的可怕物品。靜脈注射的強效心臟用藥、死鎖呼吸道肌肉的麻醉劑，靠，就算是氰化物也不成問題。

殺了她，就能讓她死亡名單裡的未來受害人保住一命。

殺了她，就能一步到位解決我的所有問題。

是嗎？

我睜開雙眼，目光飄到了桌子的某一邊，安娜貝爾的圍兜掛在椅側，兜面有一群微笑的卡通猴開心端詳我。圍兜後面的廚房牆面上頭釘有我們四人的照片——莎莉、我自己、凱蒂，還有安娜貝爾——地點是社區的兒童遊樂園，時間是初夏，當時我的世界還沒有天旋地轉。

我沒辦法殺她。

我沒辦法殺她，因為這樣一來，我就變成了她。

我不是冷血殺手，我做不出那種事，我不會淪落到和她一樣。我是醫生，我拯救生靈，而不是取他們的性命。而且，我對於謀殺一無所知，更重要的是，我也不知該怎麼全身而退。我想警方就算是隨便辦案也都會翻出我們的性愛影片，到時候就會讓我成為頭號嫌犯。

不行。無論我喜不喜歡，要是我真的想要阻止她，還是得照她的規則玩下去。也就是說，為求一勞永逸，我必須找出她鎖定的目標，得要找尋有植入式去顫器的病人。

所以我把披薩推到旁邊，開了瓶汽水，打開筆電。開啟作業系統的熟悉叮響迴盪在空蕩蕩的廚房。我以遠端方式登入「艾林」系統，迅速瀏覽大學醫院目前的病患名單。我刪除了綺綺目前負責照顧的那些病人，因為他們都沒有植入式去顫器。如此一來，就只剩下還沒有入院的病人。我認為綺綺不可能會以急診室病患作為下手對象，她個性相當謹慎，不可能會採取那種充滿變數的手段。

我進入「艾林」系統臚列大學醫院這週要動常規手術的病患列表，時間點是明天開始，範圍限定在那些將會交由綺綺負責照護的病患，我花了超過一個半小時的時間仔細搜尋，但最後被我找到了舒茲先生。

舒茲先生明早要住院，接受常規性腎結石手術。根據他的病歷，他患有某種名為心肌病的問題，也就是心肌弱化。他先前曾遭逢數次心臟病發作，而且經常出現心室纖維性顫動。舒茲先生運氣很好，他第一次發生心室纖維性顫動的時候，正好窩在賭城的某張高賭注賭桌旁，訓練有素的賭場工作人員將自動體外心臟去顫器啪一聲貼住他的胸膛，救了他一命（這個參雜在病歷臨床專用簡明語言裡的特別小故事，讓我暫停下來，稍微回味了一下，我喜歡醫生在病歷裡加入這樣的資料）。過沒多久之後，他的心臟科醫師為他裝了植入式去顫器。

舒茲先生每天服用的心臟與血壓藥物清單就跟我手臂一樣長，而且他還動過好幾次心臟手術，但卻一直無法治癒這個問題，偶爾還是會出現心室纖維性顫動。

他也動過心臟瓣膜置換手術，所以，現在一定是在服用某種稱之為可邁丁的薄血藥。

現在，我覺得自己也快要心室纖維性顫動發作了，放在電腦鍵盤上的雙手也在微微顫抖，難怪上禮拜綺綺在研讀植入式去顫器，因為她也跟我一樣研究了手術房的排程，我相信她早在許久之前就鎖定舒茲先生為成熟的下手目標。

我深呼吸好幾次，扳手指關節，然後——純粹只是要確定——再次查核這禮拜其他時間，以及下個禮拜的常規手術排程，並沒有任何裝有植入式去顫器的病患，而且也沒有人像舒茲先生一樣病況這麼嚴重。

一定就是舒茲先生了。

好，現在我已經知道了她的手法與目標，我該怎麼阻止她？又該怎麼蒐集足以擊潰她的證據？

快想啊。

她出手的時間想必是夜班，舒茲先生必須是在睡夢中，所以事發當下渾然不覺，也不會呼喊求救。而且，夜班護士的最低人力本來就很吃緊，更能讓綺綺以神不知鬼不覺的方式進出他病房。也不能有任何持續性的心臟監測器裝置在舒茲先生身上——如此一來，監測器會立刻感應到心室纖維性顫動，而且自動發出警告訊號通知護士。

最直接的方式將是在舒茲先生住院期間，我每晚都親自駐守他的病房，不過這樣會露出馬腳，我就無法達成目標。

由於舒茲先生得服用薄血藥還有諸多健康問題，所以治療計畫是動完手術之後，必須要在醫院待整整三晚。在頭兩個夜晚，他會待在心臟科特殊病房，除了會裝設心臟監視器之外，還有專門照護心臟病患的護士持續監控，所以她完全無法突襲——就算是她悄悄潛進他的病房，侵入他的植入式去顫器，監測器都會立刻顯現異狀，向護士發出警訊。

不過，到了第三個晚上，要是一切都能依照治療計畫進行，術後恢復良好，舒茲先生將會被轉送到不同的病房區，監控沒那麼嚴格的地方。再也不需要裝設心臟監測器，或是必須有心臟科護士隨時監看。在護士例常巡房的空檔之間，他必須在自己的病房獨處數個小時之久，完全脆弱無援。

所以，就是星期四之夜，一定是了。也就是兩天之後。我明天得看門診，但我可以掛病號，他們直接取消看診就是了，這樣一來，我就有充足的時間好好準備，因為我現在依然不能進手術室。

我打哈欠，望向牆壁上的時鐘，凌晨兩點，我的思緒依然處於停滯狀態，宛若雙腳在黏泥裡艱難行進一樣。我還沒有完成目標，必須要想辦法設下陷阱，雖然已經有了大幅進展，但現在遇到撞牆期，我需要睡一下，非常需要睡眠。

我闔上筆電，悄悄上樓進入臥房。

我一夜無夢，意外精神飽滿。

18

星期二
八月十一日

我一早打電話請完病假，接下來有一整天的空檔可以準備陷阱。這是艱困任務，不過，到了最後卻發現一切進行得十分順利，真的讓我大呼意外。到了傍晚的時候，我已經研究出所有的細節，準備了所有的必要設備：從某個心臟科網站下載到筆電的某套軟體程式，能夠在我的電腦裡即時擷取植入式去顫器的無線訊號以及顯示心電圖軌跡，還有一個具有夜視功能的頂級遠端網路攝影機，這是我在自家附近的大型連鎖電子用品店找到的配備。

由於植入式去顫器的無線訊號範圍有限，所以綺綺必須進入病房，應該是得要站在他床邊，才能駭入他的軟體，要是她使用的是智慧型手機，更是如此，我猜她應該會使出這一招。這計畫看起來也夠簡單了：在舒茲先生的病房裡偷偷裝好夜視功能遠端網路攝影機，然後自己躲在植入式去顫器無線訊號範圍內的某處，守護他一整夜。網路攝影機與植入式去顫器會各別發出訊號到我的筆電。等到她展開行動的時候，攝影機應該就能拍到她干擾舒茲先生植入式去顫器的畫面，而這套心臟記錄軟體也能夠同步記錄她從手機下達的無線指令，以及她攻擊他心臟所造成可能致死的即時結果。而我會偷偷預先準備急救車，適時電擊舒茲先生的心臟，讓他恢復正常心律。

這樣一來，我就有指控綺綺的證據，而且舒茲先生就可以保命了。直接了當的計畫。

但並非毫無風險。

萬一她害舒茲先生心臟停止，而我卻沒辦法重啟呢？萬一植入性去顫器對於外在指令產生短路反應，金屬發燙之後的熱度煮熟附近的心肌，宛若在冒火烤爐上的牛排？致死性心室纖維性顫動，炭烤心臟，如果最後是這些結果就太糟糕了。

但是我別無選擇，老實說，舒茲先生也是：要是我不出手幫忙，他就死定了。

嗯，好，不算是必死無疑——其實，我只要在他住院期寸步不離就可以保護他的安全，這一點我承認，只是心不甘情不願。但這樣一來就會讓綺綺挑選其他的對象下手，而且，我需要證據。

所以，我必須拿舒茲先生的心臟當賭注，而他與我都必須冒險一試。

19

星期三
八月十二日

我為薩穆爾森太太動刀時出了差錯，安全委員會對我下達了禁制令，但卻沒辦法阻止我在手術室外頭與舒茲先生進行互動。我最擔心的就是必須確保綺綺不知道我接下來要幹什麼，所以我只能刻意保持低調，只有在確定綺綺刷手，進行漫長手術的時候，才會短暫偷瞄一下在準備區的舒茲先生。我覺得最好還是不要向他自我介紹，以免他在綺綺面前提到我們曾經會面。

我從另外一頭觀察醫護人員為舒茲先生進行術前準備，就這狀況看來，他似乎是個百分百的人渣，惡劣的程度甚至讓我又考慮了一下是否要救他的命，沒開玩笑。這傢伙脾氣暴躁，將近一百二十五公斤的肥肉，塞在只有一百六十公分的身軀裡，油嘰嘰的稀疏頭髮染成了黑鞋油的顏色，還使出誇張側梳障眼法，但還是沒辦法蓋住那宛若被烈陽照耀的黃銅表面的曬色頭頂，一片片寬廣的冒汗皮膚清晰可見。肥嘟嘟的鬆垮下巴，一層層的棕色腹部脂肪從病袍下方溢露出來，綿延到病床兩側，而且聽到他的哮喘粗嘎聲音也讓我咬牙切齒。他讓我聯想到了大青蛙，他不該躺在輪床上面，應該要蹲在地上才是。

他與他的妻子（身材同樣碩大肥胖）把醫院員工當成了飯店服務生。當他把自己的勞力士手錶交給妻子保管的時候，深陷在肉裡的那雙眼睛充滿疑心、一直來回盯著醫護的名牌，而且他還一直逼問護士家鄉是哪裡，念的又是什麼學校。他老婆也跟他有同樣的討厭習慣，點頭，詢問相同的問題，根本沒給對方回答的機會，我猜接下來這三天恐怕會很漫長。

不過，他的手術很順利，而且他在醫院度過的第一晚風平浪靜。

20

星期四
八月十三日

第二天也平靜無波。從早上到下午，舒茲先生好端端待在心臟病患區，嘴裡如果不是塞滿食物，不然就是對著手機大吼大叫談生意。而負責監控心律的那台監測器，看起來堅穩如石。我等到確定綺綺不在附近的時候，在白天去看了他好幾次。傍晚時間到了，夜班護士開始上工，我最後瞄了一下他的房間，他躺在床上看電視，心電圖軌跡完好無瑕。

我走回辦公室，準備拿筆電，先前我因為安全理由一直把它鎖在裡面，我經過了能夠俯瞰醫院大門的成排窗戶，隨意張望底下的熙攘人群，我停下腳步，再次確認。

是綺綺。

她信步離開醫院，手臂隨性勾住另一個醫學院學生的手臂，我經常在醫院看到的某名俊帥男子，深色皮膚，及肩黑髮。他不知道說了什麼，引得她哈哈大笑，還把頭擱在他肩上。他摟住她，她挨得更緊了。

我自顧自微笑，穩了：我今晚真的不需要擔心。

我的呼叫器響起，大學醫院總機傳來的訊息在螢幕下方低調閃動。

艾伯納西太太找米契爾醫生。

艾伯納西太太？我盯著號碼，忍不住想到他的奪命連環叩，同一個艾伯納西，好。

哼。

艾伯納西太太。

我不知道還有艾伯納西太太。

有點詭異，這封簡訊讓我驚覺過去這幾天都沒有聽到艾伯納西先生的消息，他這麼久沒聯絡，的確創下了空前紀錄。

我忍不住好奇心，撥打電話，沒有人應答。正打算要掛斷的時候，有人終於接了電話，猶疑不定，薄透如面紙的聲音。

「喂？」

「嗨，我是大學醫院的米契爾醫師，請問是艾伯納西太太？」

「是，」那柔弱的聲音變得堅強，宛若從霧中現形。「是，米契爾醫師，謝謝你。」

「有什麼需要我效勞的地方嗎？」

「這個，我只是想要通知你，雷伊……哎，他幾天前過世了，正在看他最愛的電視節目的時候就倒下去了。他……醫生，抱歉。」

她不再說話，抽吸鼻子，然後又大聲擤鼻涕，正好就對著話筒。

我靜靜等待，過了一會兒之後，她開口：「醫生，你還在線上嗎？」

「對，我還在，艾伯納西太太，是什麼？」

「是哪一齣電視節目嗎？」從語氣聽得出她在起疑，「抱歉，但醫生可以告訴我這究竟是什麼問題嗎？」

「不，不是，艾伯納西太太，我的意思並不是他在看哪一齣電視節目，我是問什麼原因過世？」

「哦，是這樣啊。心臟病，他們是這麼告訴我的，反正，當救護車到達這裡的時候，就……」她的聲音越來越小聲。

「很遺憾。」這幾個字圍繞在我身邊，顯得好空洞，它們的功能只是滿足我填補尷尬空白的自私需求，而不是撫慰她的傷痛。

她的聲音又充滿了堅定感，「完全沒有疼痛，至少，那位急診室的善良年輕醫生是這麼告訴我的。他真是有禮貌的男孩，就和你一樣。總而言之，我們共度了很開心的一段漫長歲月，我與雷伊，開心的漫長歲月。」她的聲音又飄回到乙太世界，我不知道它是否還會出現，過了好一會兒之後，她繼續開口：「他時候到了，上帝帶他歸返天家。好，米契爾醫生，我打電話給你，是因為想要讓你知道雷伊最喜歡的醫生就是你，他真的很欣賞你，遠遠超過了其他醫生。」

我是他最喜歡的醫生？真的假的？

「雷伊很挑醫生。他覺得你是唯一一個……曾經，嗯，真正願意……聆聽的醫生，在乎他所說的話，關心他，其實他大可以去榮民醫院，那裡免費。你知道嗎，我因為這件事跟他鬧了很久，我說去榮民醫院便宜多了。社會安全給付給的並不多。我沒有在抱怨，只是陳述而已。他的藥，加上我的血壓藥與利尿劑，要是開了幾個禮拜的分量，我們就沒辦法買伙食了。」

「反正，我一直叫雷伊不要去看你的門診，因為太花錢了，但他很堅持。所以我們只能盡量省吃儉用。我剛才也說過了，他非常挑醫生。」

大家都說電影就像是剪掉無聊生活片段所剩下的精華。好，如果我的生活是一部去蕪存菁的電影，我想現在應該就是我的電影時刻。我的心中突然閃現恍然大悟的自省，就在這個時候，悲傷與悔恨壓得我喘不過氣來，我這才知道自己犯下了錯，該好好珍惜這個其實一直算是很重感情的老傢伙，而且要在他過世之後重新給他一個正向定位，其實他是脾氣暴躁但可愛的老人。

但我最後只能勉強再次說出「很遺憾」。不過，此時此刻，我其實並不覺得遺憾，而且疏離的程度也遠遠超過大家的想像。因為我只想到自己再也不需要回那個王八蛋的電話，重寫他的藥方，抑或是半夜三點在家裡被他的愚蠢問題吵醒，也不需要在診間露出牽強微笑、雙手緊握成拳，靜靜坐在那裡聽他辱罵。其實，我很慶幸他死了，真的，他是邪惡大壞蛋，他死了，很好。

他最愛的醫生。

隨便啦。

我的滿足快感讓我嚇了一跳。

也讓我羞愧不已。

「反正，」艾伯納西太太繼續說道，「我們會在這星期天舉辦喪禮，不知道您是否可以過來一趟，就看在雷伊的分上吧。我知道你們醫師總是很忙，但這對我來說別具意義，對雷伊也是，我知道他到時候將在天國面露微笑俯視我們。」

也不知道為什麼，我覺得在天堂高處和善凝望我們，並不像是艾伯納西先生現在會幹的事。

「艾伯納西太太，沒問題，」我覺得自己的語氣勉強算是誠懇，「那天我事情很多，但應該還是抽得出空，」我停頓了一會兒，又繼續補充：「這都是為了他。」光是講出這句話就讓我嘴裡多了一股臭氣。

「米契爾先生？是嗎？你真的會來嗎？啊太好了，謝謝，真是謝謝您。」

她語氣輕快，熱情說出殯儀館的名稱與地址，我假裝在聽（嗯嗯……波伊街……好，艾伯納西太太……）

「這對我意義非凡，我真是迫不及待想要與您見面。」

「我也很想要見您一面，艾伯納西太太，那就再見了。」

「醫生，再見，非常感謝。」

我掛了電話，把那張便利貼揉成一團，丟入附近的垃圾桶，帶著我的筆電進入外科加護病房，我想要再最後一次確認薩穆爾森太太沒問題，然後再補眠幾個小時。她狀況不錯，明天要轉出外科加護病房。

我走入外科加護病房，今晚相當平靜，只有一半的床位有病人，所以這裡沒有太多護士。我悄悄進入薩穆爾森太太黑漆漆的房間，她發出輕微鼾聲。我一屁股坐進平常習慣入座的斜躺椅，打開我的筆電，再次檢查心臟監測器與錄影軟體。一切看起來都很好。我心滿意足，目光移開螢幕，凝望薩穆爾森太太，她的臉色很祥和。

我自顧自微笑，至少，現在似乎終於逮到了可以小憩的空檔。

我打哈欠，這才驚覺我真的超累。我需要休息一下，之後得回到舒茲先生的病房，地點在醫院的另一邊。

我把斜躺椅尾後推，閉眼，休息一下就好……

21

星期五
八月十四日

……突然驚醒，惶然無措，心臟狂跳。我立刻把斜躺椅調為坐姿，焦急張望房內，想要知道自己到底在哪裡。濃黑夜色依然緊貼薩穆爾森太太病床上的窗戶，我有一種難以解釋的不祥預感。

我不知道自己昏睡了多久，筆電雖然自動進入了省電模式，僅僅散發出餘熱，但下方的大腿還是在發熱冒汗。

我瞄了一下薩穆爾森太太，依然在睡覺，呼吸從容充滿節律，宛若寧靜海灘的恆定破浪聲響。有人拉起了她玻璃隔牆的窗簾，讓我們可以與外科加護病房的其他區域以及護理站在視覺上有所區隔——這是給予薩穆爾森太太這類病患的專屬隱私，他們是逐漸康復，再也不需要每分鐘緊盯不放的加護級照顧的病人。

其實，這整個場景的寧靜只讓我更加不安。

怎麼了？為什麼我會有這種感覺？

我的呼叫器響了，劃破寂靜，害我嚇得跳起來，是心臟科中重度加護病房的增建區。

舒茲先生的病房就在那裡。

我的腹內立刻多出一顆沉重的鉛球，他們為什麼要呼叫我？我按下手機撥打號碼。

「心臟科中重度加護病房，我是凱倫。」

「凱倫，我是米契爾醫生，回覆呼叫訊息。」

「我來看看是誰要找您。醫生，請等一下，我幫您接通。」接下來是喀一聲的電子音，然後是滾石樂團〈滿足〉的爵士演奏版，接下來的這二十秒成了綿延無盡的等待。

喀，「抱歉，米契爾醫生，但並沒有人呼叫你。」

這種對話繼續下去的後果，將是我萬萬不願樂見。「好，」我的嘴巴與舌頭好乾，講話好困難。「凱倫，既然我正在和妳通話，我想知道舒茲先生還好嗎？」

「誰？」

「舒茲先生。」

「哦，對，我們把他轉到了一般病房，不需要監測器，今晚的事。」

「什麼？」

「醫生，我們今晚病床很滿，需要把他的床位讓給某名急性心肌梗塞病患。你的病人狀況穩定，所以值班的心臟科醫師就授權提前轉房。」

「他轉去哪了？」

這一次，她就省略轉接，直接問道：「莉蒂亞，舒茲先生轉去哪了？三一四號房？西側十館？是嗎？醫生，是三一四號房西側十館。」

恐慌感緊扣我的喉嚨。

舒茲先生目前在醫院一般病房區的私人房，沒有持續的心臟監測器，對於綺綺的襲擊完全沒有招架能力，我的心臟開始重撞胸膛。

「什麼時候？什麼時候把他轉走的？」

「哦，幾個小時之前的事。莉蒂亞呼叫值班實習醫生，還有某個醫學院學生——綁馬尾的高挑美女——她出現在這裡幫忙轉房，還解決了轉房醫囑單，她不是和你一起工作嗎？」

我還沒有時間對這個惱人消息做出任何反應，懸掛廣播系統清晰冷淡的飄渺呼叫，卻吸引了我的注意力。

「急救藍碼，十館。急救藍碼，十館。急救藍碼，十館。」

醫院心肺急救小組被急召到十館。

換句話說，十館一定有病患生命垂危。

也就是舒茲先生被轉送到綺綺直接監管的那一個樓層。

又來了。

拜託不要，上帝求求你，不要，不要再來了。

現在沒時間多想。還得爬七層才能到達十館，我衝向最近的電梯，立刻按下了「往上」鍵，等待，然後繼續等待。

拜託，趕快啊，我以大拇指狂按個不停。

凌晨四點是誰在搭電梯？

電梯門終於開了，我立刻衝進去，戳下「十樓」的按鍵。

門關了，電梯往上衝。

真的只上升了一層樓，就停了。

電梯門緩緩開啟，兩名年輕護士進來，完全無視我的存在，大聲暢談某名同事的八卦，就像是高中女生在學校走廊的行徑一樣。其中一個是大塊頭胖妹，嘴裡還在大嚼奧利奧餅乾，按下了「五樓」的按鍵。

在跟我開什麼玩笑？媽的連爬一層樓梯也不行嗎？

我來回搓弄腳跟，很想要兇狠告訴那個大胖妹，爬一下樓梯也許可以讓她身材苗條一點，但我忍住沒說。

電梯把那對八卦女孩送到五樓之後，就沒有再遇到任何意外，直接爬升到十樓，我衝出電梯門，立刻奔向病房區，找尋三一四號房，我聽到有人在大吼大叫，但是卻沒看到人影。

三一〇、三一一、三一二、三一三……

三一四。

房門是鎖住的。

奇怪。

我推開門，心臟跳升到喉嚨，等待最可怕的狀況到來……

❖❖❖

……我發現舒茲先生睡得好熟，整間病房沉靜得宛若墓穴。

這到底是怎麼回事？

舒茲先生被旋開的房門撞牆聲響驚醒，原本埋在枕頭裡的頭抬了起來，然後瞇眼盯著我，敞開房門的明亮光線灑落在他的病床上，正好映照出他的龐大身軀。

他破口大罵，「在搞什麼啊？」

我沒理他，又把頭縮回來，掃視走廊的其他區域。走廊的另一端有幾名醫護正離開另一名病患的房間，其中一名護士推著一台裝滿藥品與去顫器的急救車，大家的臉上都有怒氣，只是程度不一。

「出了什麼事？」我詢問某名從我身旁經過的護士，指向那一小撮人，大家怒氣沖沖低聲交談，有些在打哈欠，搓揉雙眼。

「假警報，」他回道，「有人呼叫某名病患需要急救，其實並沒有。」

「靠，真的假的。」

他大笑，「靠，真的啊。」

「醫生，你是不是有什麼需要？我今晚負責照顧舒茲先生，他還好吧？」

「好得不得了。」我回答得心不在焉，照理說我應該要鬆一口氣才是，但我卻焦躁不安，心思狂亂，宛若倉鼠在跑滾輪。我是不是對於植入式去顫器有什麼誤解？為什麼綺綺會放過這種可以殺害舒茲先生的機會？這樣的設局太完美了。

完美。

也許，有點太過完美了吧？

我望著心肺急救小組，被假警報呼叫而來的他們，離開了現場。

我想到了綺綺今晚幫舒茲先生轉房的事，還有心臟科樓層的神秘呼叫，但其實卻沒有人找我。

我是不是被耍了？綺綺對我使出調虎離山之計？他從來就不是綺綺的鎖定目標？綺綺是不是想要轉移我的注意力？

「醫生？」護士依然站在那裡，等我回答。

不過，話又說回來，如果舒茲先生不是她的目標，那到底是誰？除了舒茲先生之外，現在醫院的病患數目並不多，而且大家的狀況都不是病弱狀態。

除非——

難道有可能是——

哦，不要。

千萬不要。

不要是她，拜託千萬不要是她。

「嗯，」我吩咐護士，左臂開始刺痛。「準備十二導程心電圖，呼叫心臟科的技師過來，檢查植入式去顫器，不要讓任何人進入他的病房。」

他還沒來得及告訴我大半夜這種時候很難找到心臟科的技師，我已經又立刻循原路回衝。這一次，我不搭電梯，找到了最近的樓梯，折返原處，兩步併作一步。雖然一路往下，但也有七層樓，而且我身體超虛，所以當我從外科加護病房後門進去，經過了兩名嚇得驚呆的護士旁邊時，我氣喘吁吁，緊抓著身體側邊，然後進入薩穆爾森太太的房間……

❖ ❖ ❖

……發現了讓我驚恐的畫面，她在病床上坐直身體，臉色蒼白如鬼，雙手緊抓心口，上氣不接下氣。生命徵候監測器的警告訊號已經失控。橫跨螢幕上的心跳不再是能量飽滿的正常節律尖峰與山谷，變成了歪斜而出的一條微弱波線。

她講不出話來，無法呼吸，她的嘴巴不由自主不斷張合，宛若魚兒被捕獲之後在碼頭上不斷翻跳。她一看到我，就立刻向我伸手，祈求的雙眼暴凸，簡直像是要掉出來一樣。

它們在對我無聲呼喊，拜託，我不想死。她的雙唇是可怖的藍色，瘀青剛出現的那種暗藍。我還來不及做出反應，她突然全身激烈顫抖，弓起背脊與頸項，然後又癱在床上，僵直如木板，眼珠往上翻。

對於從來沒有看過癲癇大發作的人來說，這個場景相當駭人，病患四肢斷斷續續抽搐，而且全身以不正常的姿勢在扭動。即便到了現在——已經看過好幾次癲癇發作，明白她的狀況有其科學成因，腦中的神經細胞出現嚴重短路，而且我也記得現在完全無計可施，只能確保她千萬不要傷到自己，（防止癲癇病患咬掉舌頭的說法根本是鬼扯的都市傳說，我現在絕對不會把任何東西塞入她的嘴，當然更不可能送出我的手指）——但看到她像是被小孩拚命亂搖的軟爛布娃娃，還是讓我心痛不已。

我衝向她的床頭，雙手托住她的頭，幫助她保持氣管暢通，卡蘿與另一名外科加護病房的護士聽到警告聲響，發現薩穆爾森太太生命徵候微弱，幾乎是瞬間加入我的陣容，他們的臉上有震驚，也有嚴肅專業的一面，兩人立刻以熟練的觀察角度評估狀況。

「我去呼叫心肺急救小組。」卡蘿講完之後就不見人影。

癲癇持續了十秒鐘左右，然後，她完全靜止不動，姿態一點也不自然。就在這個時候，病床旁的監測器心跳速率已經降到了零。我檢查她的脈搏，手指在她脖子上緩慢移動，找尋頸動脈，沒有，完全沒有脈搏。

我的心情就像是在狂風天放出的風箏線，但也只能盡量壓抑激動，調整位置，開始做心肺復甦術，對著薩穆爾森太太的胸骨下壓，讓血液可以流動全身。另一名護士冷靜拿了袋瓣罩甦醒球，同時按下某個按鍵，讓薩穆爾森太太底下的床墊立刻軟塌，我推壓胸骨就更容易了。她從我身邊擠過去，走向床頭，將面罩蓋住薩穆爾森太太的臉，態度冷靜，將空氣送入她的肺中。

她開口問道：「發生了什麼狀況？」

我開時描述薩穆爾森太太的離奇症狀，卡蘿與她的兩名護士同事也在此時回來了。過沒多久之後，更多的醫護跟著出現，也包括了心肺急救小組（搞不好是直接從舒茲先生的病房趕過來），今晚領導他們的臨床照護醫生經驗比較老到。大家在薩穆爾森太太身旁奔忙，有條不紊脫去她的病袍，檢查她的靜脈導管，加裝額外的心臟與血壓監測器。麻醉醫師在她的喉嚨裡塞入氣管插管，心臟監測器依然顯現無血壓或脈搏。

我把心肺復甦術的工作交給某名剛進來的成員，向臨床照護醫生蘇西爾轉述狀況，他身材圓胖，個性詼諧，過去這幾個禮拜都是由他照顧薩穆爾森太太。

「相當不尋常的徵狀，」他陷入沉思，「還有其他外顯症候嗎？其他可能引發心血管休克的現象？」

「沒有，完全沒有，」我說道，「她明明很好，沒有理由會突然惡化。」

當然，這是謊言。理由很充分，而且就是綺綺。我現在腦袋轉個不停，拚命思索她可能用以殺害薩穆爾森太太的各種方法，這一定是她幹的，我覺得幾乎是無庸置疑了。

麻醉醫師忙著把袋瓣罩甦醒球連接到氣管插管，同時急忙呼叫他：「蘇西爾？」

「什麼？」

「左側鎖骨下靜脈的中央導管套帽沒有蓋住，你看。」他把它舉高，讓我們看個清楚，邊側露出了一個小縫。「一定是不知道怎麼鬆掉了，完全暴露在空氣之中。」

蘇西爾突然望向我。

他面色驚嚇，「你覺得——」

「對。」我的頸後寒毛直豎，「沒錯，她的狀況完全符合嚴重肺栓塞。」

蘇西爾的臉皺成一團，「這條導管的洞高於胸腔，所以就會一直有正壓空氣進入靜脈，所以血液無法流動，而且每一次的呼吸都會將氣體送入血管。」

我猜錯了。綺綺似乎決定要再次玩空氣栓塞那一招，而不是植入式去顫器。

幹！我怎麼會這麼愚蠢？

「暫停心肺復甦術，」蘇西爾向心肺急救小組下指令，目前正在負責壓胸骨的住院醫生停手。「還是無心律？」

「對。」開口的是其中一名護士，她正盯著心臟監視器。

「好，大家注意了，現在我們除非能夠證明是其他狀況，不然就必須假設她出現空氣栓塞，我們現在把她調整為偏左臥姿，垂頭仰臥式。」

外科加護病房的護士們與心肺急救小組的成員各司其職，大家眼睛眨也不眨一下，首先把薩穆爾森太太翻向左側，然後將她的床頭傾斜，所以可以讓她雙腳朝天，頭部面向地板。我們的想法是，重新調整她身體的位置，就可以將致命空氣集中在心臟頂端，排出肺部。由於她現在幾乎是百分百左側躺臥，所以急救小組也立刻在她背部加綁堅實的護板，等一下以水平姿勢進行心肺復甦術的時候才能夠提供支撐。

「施打一毫克腎上腺素。」蘇西爾說道，「看看能否再多擠壓一下右心室。」

「一毫克腎上腺素。」站在心臟監視器旁的護士重複指令，將藥物注入薩穆爾森太太的某個靜脈導管之中。

蘇西爾點頭，表示滿意，然後掃視全場。「喂，席拉！」某個站在角落的住院醫生動了一下，望向我們。「我需要可攜式超音波掃描機做胸前心臟超音波，可以幫我拿過來嗎？就在護理站。」

「知道了。」她立刻衝出去，不久之後就將超音波機器推進來，某個像是長了輪子的大型帽架，最上方有個大型的影像監視器，也就是放置帽子的地方。

蘇西爾打開了超音波機器，在位於帽架台中間的某個鍵盤按了數個按鈕，拉開一條尾端有塑膠厚片的長線。那是超音波探頭——可以發送與接受超音波的機器零件——貌似吸塵器，可靈活運作清掃難以到達區域的手持部分。

心肺急救小組成員在薩穆爾森太太身邊忙得團團轉，蘇西爾切入他們之間的空檔，他跪在她旁邊，對著她胸口的某個定點噴射類似果凍的大量透明物體（這種濃稠物質有助傳導超音波進出薩穆爾森太太的身體），然後將超音波探頭直接放在那坨果凍上面，一直小心迴避，以免妨礙正在施行心肺復甦術的住院醫生。

他望著影像顯示器那團抖動的灰、白、黑三色影像，發出了哀嘆：「哦靠，你們看到沒有？那是她的肺動脈與右心室，看起來裡面都是空氣，右側都滿了，很可能連氣管、支氣管，以及細支氣管也遭殃，靠。」

病房內一陣騷動，現在的氣氛多了一股微妙的全新能量。

肺栓塞。

與平常的急救截然不同。

蘇西爾盯著晃動的螢幕，將探頭在她胸前來回探索，開始大吼：「艾倫！呼叫值班主治胸腔外科醫生！告訴他我們這裡有個嚴重肺栓塞的病患。」他的語調依然沉穩，但已經聽得出剛剛並沒有的緊張情緒，而且當他說出呼叫的時候，已經聲音嘶啞。靠近病房門口的某名護理站挑染紅髮護士，我知道她是夜班外科護理督導，她向他點頭，立刻衝出去，

「告訴他，」等到她離開之後，蘇西爾的語氣比較平靜。「我們真的需要援手。」他又站起來，雙眼圓睜，這是他第一次真的面色憂心忡忡，他又開了一點腎上腺素，然後與我一起站在床尾。

「好，」他說道，「證明診斷無誤，這是相當嚴重的空氣栓塞，我以前從來沒有見過這種情形。她的心肺區至少有兩百到三百ＣＣ的空氣，難怪她對心肺復甦術沒有反應。在一般狀況下，靠著心肺復甦術就可以把氣泡推入較小的肺部血管，讓它們消失無蹤。不過——靠，體內的空氣也未免太多了，簡直像是有人刻意打進去的一樣。」

我咬住下唇，點點頭，恐懼積累宛若暴風雨前的雷暴雲頂。「所以我們現在該怎麼辦？」

「我們得把她心臟的那些空氣弄出來。」

「該怎麼做？」

「好，既然心肺復甦術無效，標準作業程序就是努力消除空氣。我們可以準備另一個類似Swan-Ganz的右側漂浮中央導管，將它鑽入右側心臟，讓氣體透過那條導管排出。」

「沒時間了。」我們後頭突然有人講話，口氣篤定的南方口音。蘇西爾與我同時轉身，看到了值班的心臟胸腔外科主治醫師，正站在那個紅髮護理督導的旁邊。

真快。不過這也理所當然，我記得他的值班休息室就在這條走廊，其實就是在外科加護病房

的外頭，他剛才一定是躺在床上。

不知道他剛剛是否入睡，但現在完全看不出來。他雙手扠腰，刻意慢條斯理嚼著口香糖，這種自信的態度讓我定了心，相信一定能夠抵抗病房裡逐漸漲升的恐慌潮浪。他那一頭推得又高又平的灰白色平頭整齊俐落，而且他背脊挺直，抬高下巴——完全就是軍人模樣。他曾經在海軍陸戰隊預備隊當過軍官，在阿富汗完成了兩次作戰任務。

我們此刻就是需要這樣的人。

「小伙子，你們這裡有沒有螢光攝影設備，」他拖長語調，「而且要以摸索的方式插入導管太耗時了，她的無心律狀態有多久了？十分鐘？還是十五分鐘？小子，封閉式的心臟按摩有個屁用，她每秒都在耗損神經元，就算你們想辦法把導管插入她的心房，要吸出所有的氣體也太久了，她需要經皮穿心抽吸。」

他沒等我們回應，立刻面向護理督導。「艾倫，我需要心包膜穿刺工具盤，有18G腰椎穿刺針的那一種。」他很客氣，但散發出無懈可擊的絕對權威。他並沒有詢問蘇西爾或是我的意見，完全沒有開放任何的爭辯空間，當下唯一的選擇就是將粗肥巨針插入薩穆爾森太太的心臟，絕無任何退讓。

他是主治，此時此刻，他是資深醫師——更何況面對這種狀況、經驗最老到的就是他了。現在由他作主，蘇西爾當然明白這一點，態度謙卑退到一旁——這種說法是隱喻，也是事實——蘇西爾從頭到尾不發一語。

我鬆了一大口氣。現在我又回到了熟悉的地盤，外科手術的事。親愛的，救人冷刀要上場了，這位心臟胸腔外科醫師可以把她從鬼門關前拉回來，我知道他辦得到。

艾倫立刻帶著心包膜穿刺工具盤回來了。這位醫師一邊打量我，一邊準備器材：手術刀、六英寸長的皮下針頭、空針管、開刀巾，還有碘溶液。

「你是史提夫吧？」

「呃，是的，長官。」雖然我從來沒有當過兵，但是我站得更加挺直。我真的想不起這位外科醫生的名字，要是記得就好了。他居然知道我，我幾乎藏不住自己的驚訝之情。

「我記得我們有次動胸腔外科手術的時候，正好有你一起輪班，你的表現很好，小伙子，這次可以幫我忙吧？」

「沒問題。」

「好，那我們就開始吧。小伙子，動作要跟大野兔一樣快，趕快戴上消毒手套，我們準備從劍突下位置插入。當我抽吸氣體的時候，我需要你幫我穩定操作胸前心臟超音波。」然後，他又面向心肺急救小組：「我們把她恢復為仰姿，快，大家動作快！」

小組其他成員立刻改變薩穆爾森太太原本頭下腳上的姿勢，讓她躺回病床。而我已經沒有時間進行一般在手術房劃開切口之前的嚴謹消毒準備工作。我們遲疑的每一秒，對薩穆爾森太太極度缺氧的瀕死腦部來說是更嚴重的時間損耗。我戴上消毒手套，匆匆將碘潑灑到她的胸膛與上腹部，然後將開刀巾蓋住她的下半身，現在只有一個小口露出了她胸骨底部的肌膚。醫生拿起手術刀，從開刀巾洞口切開一小塊肌膚。切口流出的血顏色暗濁黏滯，顯示缺氧。看起來不是很樂觀。

胸腔外科醫生下令，「暫停心肺復甦術。」正在做心肺復甦術的急救小組的護士停下動作。然後，從薩穆爾森太太床邊的心臟監測器看來，她的心臟也同步停止。

醫生喃喃自語，「還是無心律，」他拿著形狀宛若吸塵器附管的超音波探頭，像是蘇西爾一樣研究她的心臟，但動作快多了。「史提夫，幫我握住不動……就是這裡。」我小心翼翼抓住超音波探頭，以免它發生移位。

醫生拿起針頭，接入那支大型針管，以熟練姿態插入皮膚切口，以面向薩穆爾森太太頭部、四十五度的斜插角度進入皮膚，這是從那裡進入心臟最快，也最保險的方式，他立刻將針頭伸入胸骨下方，推入深度約一半。

有條細長明亮的白線同時出現在超音波影像監測器——那是針尖，外科醫生又繼續推進針頭，現在的速度比較徐緩，動作更加小心翼翼，靠著超音波影像導引，將針頭穿入心臟外層的厚實肌肉組織，他試了兩次之後，才讓針尖找到進入心臟中空部位的正確路徑。他把針尖直接送入右心房——流入的血液會經由此處再進入肺部——然後定住不動。他以大拇指與食指小心翼翼固定針頭，回拉針筒推桿。

我緊咬牙關。

就是這樣。

針筒迅速盈滿空氣。

我語氣興奮，「成功了！」

「小伙子，我們得等一下。」這位外科醫生語氣平淡，繼續把推桿回拉，小心翼翼旋開針筒，將它與針頭分離，將針筒交給我。

「史提夫，動作快一點，趕快把針筒弄好給我，小伙子。」

我們重複同一步驟三次，每一次從薩穆爾森太太心臟裡抽出約六十CC的空氣。到了第五次，當他回拉推桿的時候，裡面已經都是血。他以令人屏息的超快速度，抽出針頭，交給我，雙手放在她的胸骨，開始做心肺復甦術。

這整段過程——從他一開始要求護士準備針頭，到他動手做心肺復甦術——絕對不超過九十秒。

不過，缺氧狀態的九十秒很可能像是九十年那麼漫長。

拜託，薩穆爾森太太。

妳一定可以的。

沉默之手攫奪了整間病房。大家如果不是盯著外科醫生規律推壓薩穆爾森太太的胸腔，不然，就是像我一樣，滿心期待凝望他停止之後的心臟監視器畫面。此時此刻，他的手壓動作讓監測器螢幕出現了一連串波狀曲線，宛若連綿山丘的縱斷面。

「好吧，」過了好幾分鐘之後，他才開口：「我們看看成果如何，我先暫停心肺復甦術。」

病房內每一個人的眼睛都死盯著心臟監視器，就連醫生自己也不例外。

猛壓胸部的一波波力道結束之後，心跳曲線變得一片平坦，彷彿像是用尺畫的一樣直。

令人苦痛煎熬的好幾秒過去了，什麼都沒有，那條線依然像是地平線一樣毫無動靜。

靠！

我挫敗至極，咬牙切齒，我想要放聲尖叫。

幹！

然後，正當外科醫生要繼續做心肺復甦術的時候——

一開始是微弱到不行的光點，幾乎只是那條精準幾何直線的某個細微歪扭，不過，相隔了好幾秒才出現的第二個光點，更大更強勁，接下來的那一個更猛。

然後，就像是水壩洩洪一樣，心跳接二連三出現，篤定，自信，充滿了整個螢幕。

正常心跳的電子訊號。

這些規律散布的丘陵、峰谷是我此生看過最美的景色。

薩穆爾森太太的心臟又開始跳動。

這種感覺筆墨難以形容。

薩穆爾森太太還活著。

一定可以撐下去。

我打敗她了，打敗了綺綺。

病房內的十多名醫護幾乎都同時鬆了一口氣。還有些人露出笑容，有名護士拍了拍另一位同事的背脊。

不過，這位心臟外科醫生似乎沒這麼有信心。他緊盯螢幕足足有三十秒之久，望著她的呼吸節奏逐漸自行恢復正常，雙手已經在她胸膛就位，準備隨時恢復心肺復甦術。

她的心跳速度終於穩定，速率是每分鐘一百二十下。有一點過快，不過，話說回來——我們給了那麼多的腎上腺素，還有她承受了這麼多的艱困關卡，這樣的表現也不能算是糟糕。在我歡欣的同時，也開始思考下一步行動。要是綺綺知道她的詭計無法得逞會作何反應？就此認敗？有沒有辦法可以蒐集到她行兇的證據？

那名外科醫生終於面露滿意之色，把雙手放到了自己身體側邊。

「好，等到她再穩定一點，我們可以退一步思考，重新評估她的狀況，也許可以讓她進入高壓氧中心，把殘餘的空氣排——」他的聲音慢慢消失了。

我好困惑，順著他的目光瞄向心臟監測器。

薩穆爾森太太的心跳變慢了。

每分鐘九十下。

外科醫生瞇眼細看。

每分鐘四十下。

他態度冷靜，又將雙手放到她的胸膛。

每分鐘十下。

心肺急救小組的其他成員不安躁動。

零。

那條心臟幾何直線又回來了。

大家再次亂成一團，外科醫生對她胸膛加壓，要求施打更多的腎上腺素。整個小組加倍努力，病房內的動能更加緊繃專注。

但這次感覺不一樣。

這一次，她似乎是真的走了。

外科醫生也呼應了我心中的判斷，「小伙子，她已經出現了死亡的氣味，」他低聲對我說道，「死亡的氣味。」

但他還是繼續做了十五分鐘，每隔幾分鐘就會停下來檢查她的心跳是否恢復跳動，我們又給她注射了好幾針的腎上腺素。

沒有用。

監測器的那條線依然很固執，維持平直不動，宛若一條橫亙沙漠的公路，薩穆爾森太太的皮膚就與外頭黎明的天色一樣，都是鐵灰色。

終於，醫生搖頭，停手，他持續不斷施做心肺復甦術將近二十分鐘，全身根本沒冒一滴汗。

「好，我們也盡力了，」

他宣布死亡時間。

「好，也不能說我們沒盡力，小伙子，謝謝你。」

所以，就這樣了。

薩穆爾森太太死了。

我輸了。

心臟外科醫生開始脫手套，語氣平靜問道：「家屬在這裡嗎？」

「我們呼叫心肺急救小組的時候，就已經打電話給他們了，」督導艾倫回道，「他們都在等候室。」

啊靠，薩穆爾森太太的家人，我現在要怎麼面對他們？

外科醫生說道：「我來向家屬說明，」他把骯髒手套啪一聲丟入紅色垃圾桶，「但我需要知道病患狀況的人跟我一起過去。是你嗎？」他指了一下蘇西爾，自從薩穆爾森太太動完手術，進入外科加護病房之後，一直是由他在照護。

蘇西爾點點頭，「當然，我會過去。史提夫，你呢？你一開始就認識他們了，要不要一起來？」

我現在萬萬不想與薩穆爾森太太的家人講話。我害他們失望不止一次，而是兩次，我辦不到，只能搖搖頭。

蘇西爾面露詫色，他似乎本來想講些什麼，但只是聳肩，望著那位外科醫生，他的目光從蘇西爾飄向我，然後又回到蘇西爾身上。

「好，小伙子，那我們就過去吧。」

我十分驚愕又挫敗，跌坐在護理站的某張椅子裡，望著他們走出去，準備宣布消息。當通往等候室的自動門開啟的時候，我瞄到了薩穆爾森太太家人的焦急臉龐，他們擠成一團聚在門口，殷殷期盼消息。

門關了。

一秒接著一秒過去。

然後是尖叫——斷斷續續的痛苦吼聲，就連緊密的自動門也幾乎擋不住——朝外科加護病房直刺而來。宛若一把白熱的刀直殺我的腹部，我緊閉雙眼，等待一切結束。

但是並沒有。一開始的尖叫變成了綿長的哀號，中間不斷出現不可置信的哭喊，不可能，但她明明狀況在好轉。我聽出那悲慘哭號的聲音是最小的女兒，果然沒錯，當蘇西爾與心臟外科醫生回到外科加護病房的時候，我趁大門開啟的短暫瞬間瞄了一下門外，他們的其他家人都緊緊圍在她身邊安慰她，她哭得不可抑遏，其他人的面容也滿是哀戚。

「好，」心臟外科醫生語氣平靜，對著大家說話，「本來是有機會可以挽回的，還好牧師已經在那裡了，感謝各位幫忙。」他不再說話，慢慢走向他的值班休息室，鎮定冷靜的姿態一如他現身時的模樣。

蘇西爾卻恰恰相反，極其沮喪不安。他朝另一名病患的病房走去，經過我身邊的時候，不發一語，但我知道他在想什麼。

懦夫。

也許吧。但他並不知道我做了什麼，也不知道我拿薩穆爾森太太的命下賭注——而我輸了，慘敗。我把雙肘放在面前的櫃檯，雙手摀臉。

「米契爾醫生？」

我從指縫隙縫往上張望，是卡蘿。她小心翼翼把我的白袍、筆記型電腦，還有電腦包都放在櫃檯。

「我想這些都是你的東西，你忘在薩穆爾森太太的病房了。」

「謝謝妳，卡蘿。」

「小事。對了，米契爾醫生，如果你還是想與她的家人談話，我們會讓他們在這裡多待一會兒，讓他們能夠向她致意，等一下──你也知道，我們就得送她到樓下去了。」

樓下，就和伯納德先生一樣。

我點點頭，站了起來，打算要從後門離開、遠避薩穆爾森太太的家人。我穿上白袍，心神空茫，把右手放入前胸口袋，卻碰到了某個圓柱體狀的硬物。我皺眉，陷入困惑，通常我並不會把東西放在那些口袋裡。我捏住那東西，取出仔細端詳。

是一管空針筒。

這樣的尺寸與大小，是大學醫院每一層樓衛材室裡隨手可取、相當普遍的針筒，心臟外科醫生剛才為薩穆爾森太太瀕危心臟抽吸氣體的時候，也是使用同一款。

或者，當某人將大量氣體灌注薩穆爾森太太心臟的時候，也可能是使用這一種針筒。

針筒上還貼了一張字條，娟秀流暢的熟悉字體：「小史：謝謝你還是陪我玩了這場遊戲。但你猜錯了，記得，下禮拜四，圓頂堂，發病率與死亡率報告結束之後。」那張紙的最下方還畫了個笑臉。

一陣強烈暈眩感朝我襲來，我沒法站穩，只能靠著護理站櫃檯撐住重心，卡蘿衝了過來，抓住我的手臂。

「你還好嗎？米契爾醫生？也許你應該回來坐下休息。」

她似乎真的很擔心，想必我現在狀況慘斃了。

我以緩慢又痛苦的姿態恢復站姿，那股暈眩感消失了。

「嗯，卡蘿，謝謝，我沒事。」說完之後，我對她露出慘笑，她一臉狐疑。「真的，卡蘿，我只是需要吃點早餐，可能也需要補眠一下。」

她心不甘情不願放開我的手臂，催促我快快回家睡覺。我向她道謝，一心只想到依然握在手中的針筒，完全忘了原本要從後門溜走、避開薩穆爾森太太的計畫。我緩緩拖著腳步，離開卡蘿身邊（她雙手扠腰、望著我往前走，簡直像個不高興的媽媽），走出外科加護病房大門……

……正好遇到薩穆爾森太太的全家人：先生、女兒，以及女婿。他們都在等候室，擁抱彼此，淚流禱告。我立刻轉身，朝另外一頭走去，盼望沒有人會注意到我。

「米契爾醫生！」

太遲了。

我在心裡暗罵髒話，轉身面向薩穆爾森先生，他離開了那一團人，步履堅定朝我而來。

「米契爾醫生……」他以雙手握住我的手，久久不放，凝視著我的臉，而他的眼眶已經淚濕。

「我真不知道要如何感謝你為我們所做的一切。打從一開始，你就是……嗯，很棒，而到了最後，你還在這裡……嗯，大部分的醫師都不會這麼做。」

「我，呃，要是我能為她再多努力一點就好了。」

「你已經盡力了，」他伸出厚實雙手，緊抓我的雙肩。「她時候到了，」他表情嚴肅，「天家召喚了她，當上帝發出呼召的時候，我們也無能為力。」

他露出悲傷但和善的微笑，放開了我的肩膀。

「你知道嗎，你是我見過最好的醫生之一。我看你老是待在這裡，一直注意她的狀況，坐在她床邊，隨時保持警戒狀態。」一滴清淚從他的臉頰滑落而下，留下一道銀亮淚痕。「小伙子，千萬不要改變。你還年輕，誰知道呢，但我希望你可以永遠保持這樣的狀態，不要失去了你的悲憫之心，這是上帝的禮物。無論這世界怎麼待你，千萬不要改變。」

我們的周邊圍繞著其他的家人，還有某個我不曾見過的男人，薩穆爾森先生為我介紹，那位陌生人是他們的牧師，身材瘦長的駝背男子，和善面孔，狀似油膩的稀疏紅髮。男人們與我握手，女眷們擁抱我，其中一個女兒還給了我一張謝卡，還有自家農莊採收的一籃滿滿的新鮮蔬菜。

「我們今天帶這個給你，是為了要表達謝忱，」她開始解釋，「請你務必收下，現在，這對我們來說意義更加重大了。」

我緊抓著卡片與蔬菜，喃喃道謝，然後離開了等候室，留下他們在一起擁抱哭泣，能夠相伴的只有彼此，還有對於薩穆爾森太太的諸多追憶。

一直到幾個小時之後、在我開車回家的途中，我才開始崩潰。當時距離我家剩下幾個街區，那籃蔬菜就放在我的副座，我也沒在想什麼，但突然雙手激烈顫抖，幾乎無法緊抓方向盤，我的心臟怦怦撞擊胸膛，出現激烈耳鳴，胃部激烈翻攪。

我趕緊把車停在路邊，還沒完全停穩的時候，我已經打開駕駛座的車門，探頭出去，吐在街上。某個推著娃娃車的年輕媽媽本來正朝我走來，立刻在人行道停下腳步，盯了我好一會兒，然後乾脆把娃娃車推到路緣，轉向橫越馬路，匆匆離開之前還滿臉憂慮看了我好幾眼。

等到我吐完之後，我猛力關上車門，哀號連連。我以手背擦拭嘴巴，扭開空調，把臉埋在出風口。我盯著依然顫抖不止的雙手，然後望向擱在旁邊座位的蔬菜籃，最後又凝望抖動的雙手。

現在該怎麼辦？

22

星期六
八月十五日

「這是什麼？」我眨眼趕走睡意，朝陽的強烈光線如刀，穿透敞開的前門。「我沒有訂……我的意思是——我沒想到會有東西送過來。」我舌頭打結，講不出話來，腦袋宛如被胡桃鉗鋸齒邊緣夾住的核果，而且我嘴裡的味道就像是未封蓋的水溝一樣臭。

那個魁梧的聯邦快遞員看了一下手錶，扮鬼臉。「隨便啦，老哥，這裡簽名就是了，好嗎？」

我在那塊數位平板上草草簽下名字，他交給我一份長型包裹，隨後衝向停在屋子路緣的急速貨車，開走了。

我皺眉，穿著內褲T恤，站在自家前門，仔細端詳包裹前方的標籤。收件人是我，沒錯。隔日送達的速件，而寄件人地址是……

斯洛伐克，布拉提斯拉瓦？

靠，這什麼啊？

我的胃突然抽緊，因為一股腎上腺素頓時沖光了我殘存的睡意。我緊張兮兮掃視四周，在燦爛陽光下瞇起雙眼，腦內的一陣陣劇烈搏痛立刻被我拋在一旁，究竟為什麼會有人從東歐莫名其妙寄了個包裹給我？

放眼四下，我認識的幾個街坊小孩，在父母監控下騎著速克達，距離我相隔多棟房屋之遠，除此之外並沒有其他人，而且我也沒有看到任何的陌生人車輛停放在我的這條死巷裡。

我態度遲疑，伸出雙手撫摸這個紙盒，使勁咬住下唇，我的胃越來越糾痛。不合理，愚蠢，遊戲結束，我輸了。她玩弄我，玩弄她周遭的每一個人，就像是在下棋一樣。這包裹根本沒什麼，毫無瓜葛，很可能是弄錯了，或者是某種莫名其妙的行銷活動，不然，就是詐騙集團的花樣。

我回到屋內，鎖上門閂，一再確定窗簾真的早已在昨晚放下來之後，才湊近研究。很薄，最多就是幾張紙的厚度，而且跟羽毛一樣輕。我一度想要坐在前門旁的客廳沙發，也就是我昨晚睡覺的地方，但是對面咖啡桌面散落的空啤酒罐、中國菜外帶餐盒，還有剩下一半的威士忌酒瓶所散發出那股令人作嘔的甜味，幾乎讓我快要吐出來了。所以我走進廚房，瞄了一下後頭的窗戶，闔上窗簾。

我把包裹放在餐桌正中央，旁邊是薩穆爾森太太家人送的蔬菜籃，然後，我盯著包裹足足有一分鐘之久。我打算伸手去拿，卻陷入遲疑，雙手頓時縮回來。

靠，你是在等什麼啊？

我撕開，拿出裡面的東西。

一把金屬小鑰匙落在桌上。

我小心翼翼拿起來，定睛一看。一把銀色鑰匙，有五位數字，上頭有「憲法儲蓄銀行」字樣，把手處還有整齊小字刻印的某個地址。

這是某個保險箱的鑰匙。

我檢查信封，想要確定裡面是否還有東西，沒了。

我把它擱在一旁，托腮盯著那鑰匙。

我非常確定綺綺與此無關。怎麼可能呢？遊戲已經結束了，當初她威脅要殺害薩穆爾森太太，果然說到做到。那麼，是路易斯了？來自墳墓的恐怖紀念品？也許這鑰匙是他預先安排好的故障保險計畫，萬一他出了事就可以派上用場。這當然很符合他的風格。但如果這是他給我的東西，為什麼先前不告訴我？而且，他又是怎麼寄的？我是說——布拉提斯拉瓦？他在布拉提斯拉瓦有認識什麼人嗎？

像我這樣的人，曾經做過那樣的工作，當然擁有很多有用的專業人脈，對象都是很有意思的人。

具有能夠搞定我們任務的特殊技能，不會詢問任何問題的人。

這些舊識還是不夠，無法讓他逃過綺綺的毒手。而且，我憑著一把鑰匙就能打開保險箱嗎？我自己從來沒有用過保險箱這種東西，但我覺得不能光拿著鑰匙就直接跑進去——我想一定需要證件之類的東西。他們會不會以為我是路易斯？還是我的名字列在某種清單之中？不過，話又說回來，他為什麼要大費周章把鑰匙寄給我？為什麼不直接寫信叫我去銀行就好？

路易斯。我不禁面色抽搐，一想到他就讓我頭痛得更厲害。他命不該絕，而且，更糟糕的是，他明明應該要有更偉大、更壯烈的結局，萬萬不該是遭人玷污一生傳奇的設局而橫死，宛若他依然屈從於多年前自己奮力脫離洛杉磯東區時打敗的那些心魔，他這樣死去，對他並不公平。

如果鑰匙是路易斯所有，而且他希望我要使用它，想必他一定早就找到了某種方法，找到某種能夠讓計畫奏效的方式。

我硬是吞下了一些咖啡、吐司，還有布洛芬，塞入我脹滿怨氣的胃，洗澡，開車前往憲法儲蓄銀行。它位於市中心的州街，與大學醫院只相隔了幾個街區而已。銀行裡幾乎沒人，寬敞的大理石門廳沉靜陰森，還有重重回音，宛若博物館或是古老的大學圖書館。只有少數幾名客戶正在壓低聲音與行員交談，工作人員的數目根本是客人的兩倍之多，所以我不費吹灰之力就找到了有空的行員。

這種正式嚴肅的氣氛更增添了不安的詭異感。我在家的時候勇敢多了。萬一這一招行不通呢？我可能會惹上大麻煩，路易斯最近才自殺，我覺得銀行、警方，還有他的家人（如果他有的話）一定會對於在他保險箱附近鬼祟打探的人充滿興趣，所以，當我朝行員窗口一步步前進的時候，肚裡的吐司與咖啡也越來越逼近我的口腔。

我走到窗口，行員抬頭看我，年紀將近五十、狀似有書卷氣的嚴肅女子，雙頰枯瘦，半月形眼鏡，炭黑頭髮紮成髮髻。她不禁讓我聯想到我研究所時的圖書館員，但這位氣勢更嚇人。她露出禮貌微笑，但眼中卻沒有笑意，淡藍色雙眸宛若極地洋面，冷若冰霜。

「有什麼我可以效勞的地方嗎？」

我清了清喉嚨，在這個華麗安靜的空間之中，聽起來簡直就像是槍響一樣刺耳，然後，我把鑰匙交給她。「我來這裡，呃，要查看一下我的保險箱。」

「您的證件？」她一手檢查鑰匙，另一手則忙著在她面前的電腦鍵盤輸入資料。

我把駕照推向櫃檯的另一頭，我真希望自己知道幾篇禱文就好了，因為現在就可以隨便挑一篇派上用場。她的頭刻意從電腦螢幕轉向我的駕照，又看著我，最後目光又回到了電腦螢幕。整個過程約十秒吧，感覺宛若有十年之久。

「很好，米契爾先生，」她終於開口說道，「這是您租用保險箱之後第一次過來。」

「嗯？」

「您與別人合租這個保險箱，這次是您第一次過來。」

「哦，嗯，對啊。」我內心鬆了一大口氣。

「麻煩在這裡簽名。」

「啊？」

「簽名，就在這裡。」她指向置在我們之間、位於櫃檯的電子簽名板，然後又透過鏡片上緣打量我。「所以我們可以將您的簽名與檔案留存的那一個進行比對。」

我的簽名？留存檔案的那一個？

我吸了一口氣，遲疑了一會兒，

「米契爾先生，有什麼問題嗎？」

我搖頭，嘛嘴，拿起那支尖筆在螢幕上簽名，按下了輸入鍵。

掃描器發出了簽名不符的滋滋聲響。

我的心都卡在喉嚨裡了，而且我知道自己的額頭已經冒出好幾滴汗珠，爭相滑下我的臉龐。

她的假笑消失，又對著鍵盤裡按了好幾個按鍵，此時她的唇線就與目光中的冰冷淡漠完全相符，還有，她剛才是不是偷瞄了一下在大門口站崗的警衛？

「麻煩你，再試一次。」她隨便朝簽名板揮了一下手，從眼鏡上方盯著我不放。

我屏住呼吸，又試了一次。

這次平板電腦的回應是一聲柔和又友善的叮響。

行員又恢復了客氣笑容。

「很好，米契爾先生，我會請辛西亞陪您進入金庫。」她朝某名年輕普妹揮揮手，從對方立即回應圖書館小姐召喚的速度，還有焦慮的行為看來，顯然是下屬。圖書館小姐把我的鑰匙交給她，又在她耳畔悄悄說了些什麼。那女子點頭，不發一語陪我進入櫃檯旁的金庫，裡面放了一排排的保險箱。她拿出第二把鑰匙，態度熟練，以這兩把鑰匙打開了那個保險櫃，然後把它從格位中抽出來，又把我帶到附近的某間小辦公室，裡面只有一張木桌與幾張金屬椅，

她把保險箱放在桌上，離開的時候關上了門。

當我坐下來打開保險箱的時候，我的早餐已經湧嘔到喉底，刺痛難耐。

我不知道自己到底期望的是哪一個？綺綺犯罪的鐵證？簽了名的自白書？無論是什麼，絕對不可能符合我的期待。

我把手伸入保險箱，拿出了……

……手機。

某支便宜的手機，很可能與路易斯給我的那一支一模一樣。其實，當我在手中反覆把玩的時

候，我注意到那其實就是路易斯給我的手機的孿生兄弟版，顯然，他一直以這支手機傳訊給我。

我把它放在箱子旁邊的桌面，皺眉。我真蠢，我已經完全忘記手機的事了。透過手機發送到基地台的訊號，就可以追蹤到使用者的位置。我想，這兩支手機是路易斯與我之間的唯一直接聯絡管道：雖然是預付卡，但一定留下了通話紀錄，要是警察或是任何人拿到這支手機的話，當然有辦法透過他的簡訊追到我家的地址，這樣就會引發一連串令人不快的質問與尷尬處境，現在，既然我有了兩支手機，這條迴路就被封死了。

雖然並非是我正在苦尋的鐵證，不過，截至目前為止，還算不錯。證實了路易斯為了防範最壞狀況發生，已經事先把手機放在某個安全處所——如有必要，也只有我能夠取得手機的地方——我把手機放入口袋，拿出保險箱裡第二個、也是最後一個物件：一本被摺角的書，書名為《天眼》。封面有一個飄浮巨眼，還有好幾個小人在下方逃竄，我的目光瞄向作者欄。

菲利浦．K．迪克。

我的記憶宛若電影的倒敘畫面，又回到了門廊的那一晚。

我自己一直偏愛科幻小說。

路易斯曾經說過菲利浦．K．迪克是他最愛的作家之一。

不要忘了我們今晚的聊天內容。

這本書裡面是否有重要事件的線索？能夠幫助我的資料？但如果真是如此，又代表了什麼意思？我開始亂翻，立刻注意到書中有多處出現黃筆劃記的文字內容。

有意思了。

我突然心神一振，逼得我趕緊把書闔上，檢查四周，然後才繼續細看那一段特別標示的文字。我是一個人沒錯，但這裡安裝了監控攝影機，高掛在某個角落讓我覺得自己暴露在不安全的環境之中。所以我把書夾在腋下，將保險箱還給了圖書館小姐。她把鑰匙交還給我，露出輕蔑微笑，注意力又回到了她的電腦螢幕。

我停頓了一會兒，怯生生清喉嚨。

「米契爾先生，還有其他事嗎？」她的冰河藍眼眸死盯著我，室內氣溫瞬間陡降華氏二十度。

「呃，我在想——妳提過我和朋友一起合租這個保險箱。」

她挑眉看著我，但沒說話。

「所以，那個人——我是說，我的好友最後一次檢查保險箱是什麼時候的事？」

「你的好友？好友通常會經常聊天才是。」

「沒錯，他正在度假，露營之旅。很偏僻的地方，根本收不到手機訊號。就是那種，呃，可以讓人逃離一切的地方。」

「嗯哼。」她瞇眼嘟嘴，但還是對著鍵盤按下了好幾個按鍵。「你的合租人，舒茲歐沃里先生，最後一次來到這裡的時候是星期天早上。」

舒茲歐沃里先生，假名，不意外。我知道路易斯的性格，所以我相信絕對不可能靠這個保險箱直接追溯到他身上。這裡距離大學醫院不過只相隔幾條街區而已，所以他很可能遇到在醫院值夜班的時候，把它扔進這個保險箱裡面。

「你們星期天有開嗎？」

她盯著我，彷彿把我當成了大白痴。「米契爾先生，許多銀行週日都有營業。」

我喃喃道謝，趕緊離開銀行。

❖　❖　❖

等到我安全返家之後，我關上百葉窗，從樓上主臥的床邊桌拿了另一支手機，將兩支手機都塞進去，再次拉上靠墊的拉鍊。然後，我把《天眼》帶進廚房，坐在餐桌前，在硬是從百葉窗縫隙透入的昏暗光線之中，打開了第一頁。

特別劃記的文字都是數字：有些是阿拉伯數字，還有的是文字。我有條不紊，慢慢閱讀，把每一個被標記的數字寫在橫格筆記本上面，每一個數字都佔了一行。看完之後，我發現頁面一共整齊列出了十一個不同的數字——七個是兩位數裡的其中一個，四個就是單純的一位數。我緊咬筆尖，苦思路易斯為什麼要大費周章，確保我可以看到這十一個特定的號碼。

趕快想啊。

數字適合什麼？也許是地點？另一條線索的地點？依經緯度為基礎的全球衛星定位系統的數字系統通常比較長。不過，我還是打開筆電，想要利用這十一個數字隨意重組，看看能在Google地圖裡發現什麼，不過只找到了太平洋中間的幾個地點而已。

我閉眼，以掌根搓揉眼球。路易斯希望我可以解出這個謎團。

不過是什麼呢？

我又打開書，再次逐一盯著那些數字，一個接著一個，找尋其他的細節。其中六個是文字，五個是真正的數字，有兩個在句子的開端，三個在句尾，還有四個是頁碼——

等一下。

其中有三個數字，而且只有三個，出現在句子的末端——換言之，這三個數字後面都有一個句點。路易斯是否可能意指這些數字的後面必須加上句點？那麼，總共就是十一個數字，而其中三個數字後面含有句點……

或者，換另一種方式思考：靠著三個句點，將數字拆為四組。

我心跳加速。

我小心翼翼複製這些數字，把它們放在同一行，然後把句點放入合適的位置。三個數字，一點；三個數字，一點；三個數字，一點；兩個數字。

對於我這樣的電腦宅男來說，這種數字只有一個意義。

網路協定位址，簡稱網址。

每一台電腦、印表機，或是其他可以與網路連線的機器，抑或是其他的網路，都有一個網址。看來路易斯可能是要導引我進入某個網站。當我在網路瀏覽器視窗裡輸入這些數字與句點的時候，雙手顫抖。

螢幕閃現。

我屏住呼吸。

跳出了登入框，英文，需要密碼。而網頁的其他部分是我不懂的語言，看起來像是東歐語言，當然不是俄文，也許是波蘭文吧。

或是斯洛伐克文。

我大大吐了一口氣，微笑。

這一定是路易斯隨便駭入的某個伺服器，很可能是他拿來儲存數位資料的安全國外網站，不過，會是什麼資料？我興奮得像是一個十四歲男孩，正拚命想辦法突破家用電腦的封鎖功能，瀏覽色情網站。

不過，我現在才發現自己與那個伺服器裡的神秘資料之間，有一組二十字元的密碼相隔，我完全沒有頭緒要怎麼進去。

靠。

路易斯當然不會天真或愚蠢到利用生日、姓名，或是其他容易辨識的方式作為密碼。不可能——我必須假設這組密碼是由隨機的字母、數字，以及符號所組合而成，要是如此，就算靠全世界最快速的電腦，也得花數十年才能破解。

死定了。

我憤恨捶桌。

但就差這麼一點點。

一定還有其他方法可以找出答案。路易斯一直很執著的是——叫什麼來著？*區隔化*。他希望分開儲存重要資訊，一定是把密碼藏在某個地方。問題是，到底在哪裡？我希望這本書也許就已經是線索了，於是在網路找出了《天眼》的大綱。看來是一個很詭異的故事，裡面有交替出現的宇宙，還有對於存在本質的形上學省思。不過，有幾個重點卻讓我覺得格外吸睛。當然，首先是書名，它讓我聯想到某種全知者，然後，還有個負責掌控某間大型公司維安的角色，到了最後才披露出他一直在主角們面前操弄真相，就像是一個隱身的傀儡師。

全知，傀儡師。

我悶哼一聲，對綺綺來說，這樣的形容還頗為貼切。她似乎總是早我們一步，彷彿我們在下棋，每每遇到轉折的時候，她就是能猜到我們的下一個舉動。

綺綺到底是怎麼知道我在薩穆爾森太太手術一結束後，在外科加護病房與她的家人在一起？還有我坐在薩穆爾森太太的病房，然後為了假的急救警報衝出去——

等一下。

薩穆爾森太太過世的那天晚上，綺綺究竟是怎麼知道我離開了薩穆爾森太太的外科加護病房？除了我之外，那裡沒有任何人，只有卡蘿、其他幾名護士，還有警衛。沒有任何人看到她從大門進來，就連警衛也一樣，所以她一定是從外科加護病房的後方入口悄悄鑽進來——也就是醫護人員專用的小門，可以立刻出入外科加護病房，不需要經過主門外的等候室。不過，這也表示我在瘋狂衝向舒茲先生病房的時候，應該會遇到她才是，因為我們使用的是同一道門。

除非，她可以在外科加護病房裡面或周邊之外的地方，看到我衝出薩穆爾森太太的病房。

宛若天眼。

或者，類似我那天在銀行金庫小房間裡看到的那種攝影機。

我在大學醫院裡的許多地方都看過維安攝影機，一樓的大型門廳與等候室，但從來沒有在病患房裡看過。難道外科加護病房裡有對準病床的維安攝影機？如果真是如此，可能有某一台拍到了綺綺行兇的過程，我開始仔細思索，要是真有攝影機，一定是隱藏式設備，我朋友傑森不是曾經提過他與大學維安小組一起工作嗎？我緊咬下唇，拿出手機，從聯絡人清單裡找到傑森的號碼，小心翼翼寫了簡訊，按下傳送鍵。

我把手機放在餐桌上，盯著它不放。我雙手交疊胸前，緊張得不斷跳上跳下。我一直帶在身上的那個可攜式鍵盤側錄器，也就是我駭入綺綺電郵的同一套科技設備，正放在手機的旁邊，所以我就把它拿起來，在手中無聊把玩。

已經過了好幾分鐘之久。

拜託，傑森，拜託啊……

電話發出滋滋聲響，我撲過去，迫不及待閱讀簡訊。

❖ ❖ ❖

我看到的畫面是從上方所拍攝，彷彿是在天花板的某個角落往下看，而且，是廣角鏡頭，所以小房間裡的一切都可以看得清清楚楚。夜晚時分，薩穆爾森太太躺在床上熟睡，我在她旁邊的扶手椅打盹，大腿上還放著筆電。畫面右下角印有時碼，時間是七月的凌晨四點十五分，距離我們開始急救薩穆爾森太太只剩不到十分鐘。

這段影片接下來的內容宛若默片：我看到我下巴挨在胸口，突然抬頭驚醒，瘋狂查看病房，然後，我看到自己回覆呼叫，打電話給護士，急忙衝出門，把自己的白袍與筆電留在椅子上。

我繼續看下去，在椅子裡傾身，死命擠壓扶手，充滿期待……

……長達五分鐘的薩穆爾森太太熟睡畫面。

什麼？

然後，接下來是我腦中完全無法抹消的一連串痛苦事件：薩穆爾森太太突然在病床上坐起來，緊抓胸口，就在這時候，我衝回病房，眾人拚命想要挽救她的生命卻徒勞無功，心臟外科醫師宣布死亡時間。

傑森按下暫停鍵，嘆氣。「史提夫，今天還有什麼需要我效勞的地方嗎？是不是要打開大學醫院最近收治的所有名人與政治人物的個人醫療檔案？要叫我去送死嗎？」我們坐在他家小書房的電腦前面，他往後仰，傳來了椅子的吱嘎聲響，還混雜了從敞開房門口傳入的小孩高頻尖叫聲。

「我還是沒搞懂，」他繼續說道，「你是怎麼知道這套系統？天，安裝人員甚至還搞得像是在修理通風系統，所以外科加護病房的護士完全不會起疑心。」

「傑森我告訴你了，我有——」

「——有預感，對。因為你知道外科加護病房的維安十分重要，對，就是這原因。不過少來了，史提夫，老實說，是誰告訴你的？是不是這個夏天與你共事的醫學院學生？有大——」他瞄向敞開的房門，稍微壓低聲音。「——大奶的那個？她叫什麼名字來著？綺綺？她過去這幾年都在安全委員會處理行政庶務，我猜她一定是不知靠什麼方法知道了外科加護病房的攝影機系統，然後告訴了你。哎，我早就知道消息遲早會走漏。」

他開始爆氣喃喃低語，似乎在對自己說話，他在此時登出了剛才遠端登入、查看攝影機影片檔的大學醫院資安網站帳戶。「我以前就告訴那些資安人員，除非我們有機會可以解釋清楚，否則不該在其他地方繼續安裝。」

其他地方？難道他的意思是還有其他的攝影機？

「也許要是我們再多看一個——」

「不需要，」傑森打斷我，「完全不需要。我看，我已經違反了二十條重要規則吧，全都是牽涉醫療責任與病患隱私議題的規定。」他怒氣沖沖看著我，「好，你到底在找什麼？你覺得那段影片檔會出現什麼？那位可憐女士出現空氣栓塞，就是這麼單純，都是因為中央導管的那個洞。」

「傑森，我……我不確定。我有預感，但我覺得我可能弄錯了。我來找你，是因為我覺得你可以幫助我，我信任你。對不起，真的很抱歉，我不想讓你沾惹任何麻煩。」

我一定看起來超慘，因為傑森的臉色變得柔和多了，還嘆了一口氣。「好，我必須承認，你今天傳訊給我的時候，我的第一反應是撒謊，否認一切，對你回吼當然沒有。但是我腦中的那個資安宅男很好奇你到底是怎麼知道的。而且——你是我的朋友，我不想騙人。」

小孩們在遠方的尖叫突然成了可怕噪音，原來傑森的兒子衝入敞開的書房大門，奔向他父親的大腿。他笑個不停，拚命想要在辦公桌椅裡面維持平衡，傑森摟住了他。

在傑森短暫分心的那個時候，他並未注意到我的手已經繞到他電腦後方，取回我的可攜式鍵盤側錄器，我剛到這裡不久的時候，傑森去拿某些文件，把我一個人留在書房，我就立刻將它偷偷連接到USB埠口，現在我知道自己可以利用他的登入密碼取得那些影片檔，心裡不免有些罪惡感。我把鍵盤側錄器放入口袋，就算綺綺已經竄改了那些影帶，但那些檔案應該還是有用。

傑森撫弄他兒子的頭髮、輕吻他的頭頂之後，注意力又回到我身上。他走過來，伸手放在我肩上，充滿了同情。「不過，史提夫，你必須明白：我們根本絕對不該有這樣的對話內容。你從來沒看過這影帶，我得要想出一個讀取這檔案的合理藉口，以免讓安全委員會那些人抓住我的小尾巴。值此同時，我覺得我們在接下來的這幾個禮拜最好要完全避不見面。」

❖ ❖ ❖

過沒多久之後，我從自家冰箱裡拿了罐啤酒，打開瓶蓋，癱坐在沙發上。我不知道如果我去星巴克求職的話，他們會怎麼看待我的醫學博士履歷？我早該知道沒那麼簡單，要是綺綺在外科加護病房利用監控攝影機追蹤我，那麼她一定會採行預防措施，刪掉所有她出現的畫面。

我從屁股口袋拿出跟了我一整天的《天眼》，隨意翻弄。為什麼路易斯要給我一個已被劫持的東歐伺服器，但是卻不給我存取資料的方法？

我喝了一小口啤酒，再次翻那本書……然後，看到封底的時候愣住不動。

我的心跳——漏拍——不對，是直接跳飛。

封底有一行微小的整齊手寫字跡，實在太小了，所以我一開始的時候並沒有注意到。那是一句俄文，我有點生疏，所以我必須從地下室拿出英俄翻譯對照書，才能翻譯出全句。

要是不曾焦頭爛額，又怎麼知道自己有多高？

這是路易斯在丹恩家門廊那晚對我所說的話。

我立刻輸入Google查詢，找到了作者：艾略特。這一定是線索，可以知道另一個區隔化的資訊，甚至是進入那個網站的密碼。

好，如果這真的是另一條線索，那麼艾略特與撰寫多現實的古怪科幻小說作家之間又有什麼關聯？在接下來的幾個小時當中，我一直在辛苦研究艾略特的大作，想要釐清頭緒，我腦中浮現了好幾部值得研究的作品，《荒原》、《阿爾弗烈德．普魯夫洛克的情歌》、《空心人》、《大教堂謀殺案》。我在這些文本裡找尋線索，但一無所獲，或者，應該說找到了太多線索——問題在於艾略特的作品如此隱晦，充滿了象徵手法，每一行都別有寓意，我當然是無法找到破解網站密碼的方向。

空啤酒罐立刻越堆越高，我的挫敗灰心亦然。無望，媽的這整個狀況就是無望。我完全沒有出路，而且我此時此刻感覺好……孤單。要是有人能傾訴心事就好了，但路易斯已死，而莎莉當然是絕對不可能，她帶凱蒂與安娜貝爾去了普羅維登斯，明天下午才會回來，而傑森在目前是根本不會理我。我也不能告訴丹恩或是大學醫院裡的其他醫生，因為他們只會覺得我瘋了。

我沒有證據，就我所知，我沒有任何選擇。

媽的完全無望。

我開始撕啤酒瓶的標籤，思索是不是要打電話給我爸爸，我甚至已經拿起了手機。不過，我心底的眼又看到了當年父親與那名枯瘦陌生人在書房裡的情景。

史提夫十分歉疚，而且已經答應不會再犯了。

是啊，小男生就是小男生。

我放下手機。

不行，無論接下來會遇到什麼狀況，我都會接下挑戰，就如同這麼多年來，我首次離家之後所面對的一切逆境，我得要靠自己解決這個問題，不管結果如何，都不需要父親的支援。

我繼續喝酒。

❖❖❖

我坐在診間的檢查室，身旁坐的是薩穆爾森太太，我們的對面是艾伯納西先生，他正在懇求我，救救他的靠夭攝護腺。

薩穆爾森太太一聽到這句話，立刻將雙手扠在她的肥腰，對我大叫：靠夭，艾伯納西先生當初在太平洋的重要一役中，為你們這些流鼻涕的小兔崽子殺死了一堆日本鬼子，為什麼你還不解決他那靠夭的攝護腺問題？

她還沒等我回答，立刻走向房間的另一頭，交給他一顆紅色大藥丸，跟核桃一樣大。他塞入嘴巴，整顆吞下去。

我康復了！他開心大叫，我終於康復了！而且還高舉雙手。

他與薩穆爾森太太擁抱，然後熱情親吻，兩人都張嘴，伸舌探索對方的口腔，然後場景轉換，宛若電影裡的融入特效，現在，我與綺綺、薩穆爾森太太，還有陰莖與睪丸中彈的那個小孩，一起坐在醫院餐廳裡。那小孩身穿醫院病袍，一邊吃炒蛋，一邊忙著更換他的腸造口，他對我露出燦笑：「醫生！我還是得用那個袋子！」

綺綺與薩穆爾森太太點頭表示讚許。綺綺露出賊笑，開口問我：「史提夫，要是不曾焦頭爛額，又怎麼知道自己有多高？」

有人狠狠拍我肩膀。我轉頭，是伯納德先生，他身穿醫院病袍，站在某個巨大的點滴架旁邊，有好幾條粗大的輸液管線連接到他的脖子，有根氣管插管從他的嘴裡冒了出來。

他在哭。

他一手握著裝滿澄淨輸液的點滴袋，上頭的標籤寫的是「鉀」，另一手則握著相同的袋子，上頭的標籤是「頭孢菌素」。他把「鉀」袋拋給綺綺，她不費吹灰之力接個正著。

綺綺打開了點滴袋接頭的輸液套，將接頭含在嘴裡，直接吸吮袋內的澄透液體。

伯納德先生交給我那個「頭孢菌素」袋，當我碰觸的那一瞬間，它無聲爆裂，但我嚇了一跳，裡面居然沒有任何液體，伯納德先生的雙手現在已經沒有任何東西，他伸手，扯掉喉嚨裡的呼吸管。當連接管從他嘴裡出來的時候，發出了噁心的呼嚕聲響，而且還有一坨坨黃綠色黏液落在地面。伯納德先生伸手指我，張嘴說話，但我聽到的不是他的聲音，而是綺綺在講話。

操持綺綺聲音的伯納德先生開口：這與病患無關，而是與你有關。我一臉困惑望向綺綺，但她依然在忙著喝靜脈輸液袋。

伯納德／綺綺先生繼續說道：你關注的重點並非是讓病人好轉，對你來說，病患只是達成目的的手段，你只在乎自己。

薩穆爾森太太露出和善玩笑，中槍傷的那個小孩表情平和，一手忙著吃炒蛋，另一手則在更換腸造口。

然後，我驚醒過來。我想要坐起身，但我卻覺得整個房間旋晃得好厲害。我這才隱約發現自己的酒還沒醒。窗外天色漆黑，我又一頭栽進枕頭裡，不消幾秒的時間，我又沉沉睡去。

23

星期天
八月十六日

今天早上著實炎熱，而且潮濕，尤其我還打領帶搭配深色西裝。腐敗牛奶的氣味——某個後座底下有個被丟棄許久的杯子，應該是這樣吧——宛若令人窒息的臭酸毛毯裹住了我。不過，我一直開窗，沒有開空調。豆大的汗珠聚積在我的鼻梁與上唇，然後又在大腿上冒了出來，腋窩也是，它們彼此競逐，從我的側邊蛇行而下，流向了我的屁股。

我覺得這種令人作嘔的暑氣很舒服。也不知道為什麼，帶來了潔淨效果，宛若在一場嚴重宿醉之後進入三溫暖，全身冒汗。這就是我現在的感覺，不過，我今早醒來時那股砰砰作響的滿腦暴動已經舒緩多了，已經降為相對平和的一般騷亂，而待在我空腹內的唯二住客——布洛芬與橘色的開特力——在我早晨前往目的地的順暢車流之中，已經暫時達成了停火協議。

我不太確定自己到底在幹什麼。我的意思是，我知道我要去哪裡，我只是不確定我為什麼要過去。我唯一篤定的是今早醒來之際、有一股強烈衝動劃破了我痛苦疲累的宿醉，那是一種……志業未盡的深沉感覺。所以我現在忙著開車，這件事的動機倒不是基於什麼詳盡的行動計畫，而是某種想要把未完成任務好好收尾的下意識欲望。

我擦去額頭的汗水，無奈嘆氣。我已經決定要在明天早上將一切都告訴寇利爾醫師。伯納德先生、薩穆爾森太太、綺綺，還有路易斯的事。保險箱、網站、那本書。當我在拚命設法解讀路易斯的最後加密訊息的時刻，我不能冒險讓綺綺再次行兇。

講出這樣的故事，我完全沒有絲毫證據，至少，聽起來缺乏真實性，所以要是把這些話告訴寇利爾醫生，那就表示對我至關重要的那一切就完蛋了，過去這十五年的一切努力將會付諸流水。不過，要是換作另一種情形——在我知情的狀況下，看到另一名病人死亡——這樣會讓我更難受，更加痛苦不堪。我唯一的期盼，就是希望這種自我犧牲能夠招來綺綺萬萬不想得到的那種關注，逼她再也無法殺人。就像為了躲避廚房燈光而四處竄爬的蟑螂，她會因為擔心自己被抓到而放棄計畫。這是令人心涼的慰藉，但我已經盡全力了，我覺得這一招應該有用吧。

還有，當然，如果我對寇利爾醫師懺悔的話，我也必須對我生命中的另一個人全然坦白，一切必須交代清楚。

莎莉。

我抓方向盤抓得更緊了，而且下巴緊繃。

我根本連想都不敢想。

我到達殯儀館之後，停好車子，加入一群老人的陣容，拖著腳步，進入某棟指定的素樸建物，仿製的白色殖民時代立面，加上假白色百葉窗與油漆斑駁的羅馬柱。在擁擠的大廳之中，有一塊以黑色絨毛為底、貼上塑膠白色字母的老舊招牌，指引我進入某個有廉價仿木鑲板貼牆、搭配褪色粗毛深紅地毯的房間。一排排的白色折疊椅排得整整齊齊，我找了個靠近後頭的位置坐下，椅身搖搖晃晃，我小心翼翼保持平衡。至於其他的客人，根本沒多瞄我一眼。追思儀式簡短，到位，牧師是一位看起來活力十足、有著天使般容顏的男子，對方的年齡應該是沒比我大多少，大談榮耀、失落，痛苦、承諾、犧牲，以及救贖。我安靜聆聽，但十分專注，雙手交疊在大腿上。

「永生的神是你的居所，」牧師講出結語，「祂永久的臂膀在你以下。」

喪禮結束之後，我耐心站在賓客列隊中等待，準備向家屬致意。終於，輪到我站在她面前，我伸手微笑，自然而然的微笑，感覺好舒暢，我數個月來第一次展現這樣的笑容。

「嗨，艾伯納西太太，我是米契爾醫生。」

艾伯納西太太伸出因關節炎與老化而佈滿節瘤的雙手，溫柔包住了我伸出去的那隻手。感覺好柔軟溫暖，而且充滿智慧。她微笑，露出一口黃色假牙。她向站在她身旁的牧師介紹我，她說我是*雷伊最喜歡的醫生*。

雖然我不知道醫生參加病患葬禮的頻率有多高，但牧師倒是完全沒有流露任何驚訝神色。他緊捏我的手，對我說道：「您真好，還特地過來。」

「這，嗯，真是一場很棒的喪禮，」我彆扭四處張望，「我喜歡最後的引言，永生的神是你的居所的那一段。」

「哦，謝謝，」他露出真誠微笑，「*永生的神是你的居所，祂永久的臂膀在你以下*。這是大家經常忽略的一段經文，但卻是我的最愛之一。出於《申命記》，第三十三章二十七節。」

「對，嗯嗯，真的是……呃，撫慰人心。」

我緩步走向停車場，慢慢咀嚼那一段引言。《申命記》，這個字詞喚起初夏時比較快樂的日子，莎莉與我在廚房裡慶祝，我們回想起許久之前的舊金山之旅，當時我們一起欣賞了歌劇《貓》，莎莉提醒我，唯一讓我有感覺的角色就是申命記，因為它讓我想起艾略特的詩作……

這一段過往宛若冷水潑臉，我的手放在車門，定住不動。

艾略特。

貓。

我在醫院裡的時候老是睡不好，靠，那隻在值班休息室裡的小貓總是讓我心煩意亂。讓人很好奇後頭到底有什麼。你說是吧？

我差點要像傻瓜一樣猛拍額頭，還是忍住了。難道這就是其中的關聯？果真這麼簡單？

我跳上自己的車，吃了二十張左右的超速罰單，一路奔向大學醫院。

❖ ❖ ❖

自從路易斯死了之後，他們已經將值班休息室清理乾淨。垂掛在門外的警方亮黃色封鎖帶已經不見了。他們放入全新的上下鋪床、印有大學醫院標誌的簇新床單，彷彿從來沒有使用過一樣。我知道一定沒人用過——據說所有的住院醫生都怕得要死，沒有人敢睡這間值班休息室了。而這個房間的其他部分也得到了類似程度的修繕：水槽擦得發亮，窗戶也洗過了，先前佈滿灰塵的牆壁也刷得乾乾淨淨。

不過，那張掛在曬衣繩的貓咪海報還在。我直接朝它走過去，站在前面，仔細端詳，那隻小貓也傲慢回瞪我。

這張貓咪海報的表面，就與房內的其他牆面一樣，最近都剛被抹去了灰塵，我從來沒看過它這麼乾淨的模樣。除此之外，完全沒有任何改變。它被那一排排金屬螺絲釘固定於牆面，依然待在過去這幾年當中、令人厭煩的同一個守護位置。

我從口袋裡取出一對乳膠手套，戴好之後，在我從後車廂取出的工具組中找出了合適的螺絲起子，逐一鬆開。花了一些時間，然後，小心翼翼收好每一顆螺絲。

海報後面的那一塊牆面與其他部分看起來幾乎一樣，龜裂，充滿了隙縫。這張海報後方的缺陷成了完美的隱藏之地，它的邊縫與周邊的那些百年水泥的裂隙如此相似，要不是靠著每個縫隙都不放過的專注搜索，我絕對不可能找到它。

我在某個裂縫內找到了一張封存在三明治塑膠袋裡的摺紙，小心翼翼打開，由數字、字母、標點符號所組成的二十字元隨機密碼，整整齊齊列印在紙面。

密碼。

現在我終於懂得路易斯的苦心，區隔化。單一來說，這組密碼毫無意義可言，只有配合伺服器位址的時候才會派上用場，而位址則安全隱藏在好幾個街區之外的保險箱裡面，這樣就兜起來了。

然後，在密碼藏匿處的後方，我又看到了別的東西。

改變一切的東西。

向寇利爾醫生坦承真相的念頭全部消失無蹤，我的心中有了一套全新計畫。

不過，我得先搞定一件事。

❖ ❖ ❖

她們離開普羅維登斯，返家的時間正好是在晚餐之前。莎莉與我花了好幾個小時餵飽安娜貝爾與凱蒂，幫她們洗澡，換好衣服，哄她們上床睡覺。所幸她們兩個都相當累，所以沒怎麼吵鬧就搞定了。

等到女兒們入睡之後，我帶莎莉進入客廳，請她坐在沙發上。我拿了張椅子坐在她對面，握住她的雙手，深呼吸，而她則靜靜等待，好奇又充滿期待。

「莎莉，有件事我得要告訴妳……」

我覺得，她的耐受力已經夠好了，在這種狀況下已經相當不錯。我也沒有任何經驗可以參照，因為我以前從來沒有懺悔過出軌。

她沒說話，只是整個人僵在那裡，她抽出被我緊握的雙手，不發一語起身離開了沙發。莎莉就是這樣：以冷酷的態度面對感情危機。她走到窗口，望向外頭，背對著我，當我講出一切的時候——當然，變態殺人魔的那一部分除外。

「謝謝。」

「為什麼？」

「終於願意對我坦承。」

「莎莉——」

「不要，史提夫，反正就是……別這樣。」她嘆氣，雙臂交疊胸前，盯著地板。「你們兩人之間，真的結束了嗎？」

「對。」

她之後的話語宛若鋸齒刀劃過我的肋骨，「明天早上，我要帶女兒們住在我爸媽家一陣子，我得要好好想一想。」

「我了解。」

「不，不，我覺得你不懂。」她放下手臂，貼在身側，雙手已經緊握成拳。「幾個禮拜前，在餐廳的時候，與艾莉在一起的那個女人，就是她，對嗎？」

我低頭承認，「對。」

「我覺得我有察覺到你們兩人之間怪怪的。凱蒂與安娜貝爾——」她搖搖頭，「你知道嗎，你們兩個所做的事已經夠可惡的了。」

她轉頭面向我，「不過，她要是敢再靠近我的小寶貝，我發誓我一定會殺了她。」

我知道她現在很生氣，不過，看到她臉上的那種表情，不禁讓我開始懷疑，在她內心深處，可能真有此意。

24

星期四
八月二十日

我坐在圓頂堂前排，努力準備接下來必須面對的一切，努力抓住後續計畫的深遠意涵。我依然無法想像自己的生活——本來在夏初的時候如此順遂如常——最後居然發生了這麼多的離奇轉折，我也萬萬沒有想到在思索這一切之後，將會成為我一生中最詭奇的夜晚之一。有一點倒是十分確定：今晚都會結束。狀況會更好，更壞，很難說得準，但這一整個恐怖之夏將會在此晚終結。

這個終局的起點是薩穆爾森太太之死的例常行政結尾：發病率與死亡率報告。通常我們把它簡稱為M and M，這是外科界令人敬重的一大傳統。至於我們部門，則是每個月的第三個星期四的正式會議，於傍晚的時候舉行。一部分是簡報，一部分是品質改善計畫，還有一部分是懺悔，這是讓每一名外科醫生承認自身錯誤的論壇，目的是為了要讓外科醫生社群可以討論、判斷哪裡出了錯，以及盡力避免重蹈覆轍，這些案例是由寇利爾醫生在每個月一堆的併發症案例之中親自挑選而出。

外科手術併發症有諸多肇因。大意失手、運氣不好、無法預知的解剖變異、某名病患的不穩狀況、判斷失誤。而就我這個例子來說，是經驗不足加上特殊手術操作過程。

無論原因為何，到底是誰應該負責，每一位外科醫生都會把併發症當成是自己的守備區。

我盯著演講廳，裡面擠滿了人，發病率與死亡率會議一直很熱門。我們部門的每一個人都到了——教授、住院醫生、醫學院學生——還加上好幾名從其他醫院過來的外科醫生。大家都在聊天，偶爾還爆出短暫笑聲。我瞄到了綺綺，她正拿著手機在打簡訊。她抬頭，把智慧型手機放入白袍的胸前口袋，我們四目相接了一會兒，她對我眨眨眼。我再次面向前方，與我坐在前排的都是住院醫生同事，大家都在啜飲咖啡閒聊，而我保持沉默，專注眼前的工作。

我的手在簇新的漿挺白袍上摩擦，調整領帶，努力忍住嘔意。稍早之前的那種胃部翻攪感又回來了，我希望不要在這些人面前再次重演。

傍晚六點鐘一到，一如往常威儀十足、身穿藍色細紋訂製西裝、搭配紅色搶眼領帶的寇利爾醫生看了一下手錶，在第一排遠處的固定座位起身。他面向聽眾，嚴肅舉手示意大家安靜，他掌心向前，宛若交警做出「停車」手勢一樣。

當寇利爾醫生舉起手來的那一刻，不可思議的寧靜籠罩了整個聽眾席，彷彿所有人都正進入了颱風眼。大家的話講到一半，手機也關了，每個人都引頸期盼。

寇利爾醫生就像每週例會一樣歡迎大家，提醒參與研究計畫的住院醫生與醫學院學生要在會議結束之後，到外頭的走廊立刻接受下一輪的注射，然後，帶引大家為路易斯默哀。

這股沉靜震耳欲聾，這樣的悲戚觸手可及，我想到了待在群眾裡的綺綺，混在這群正常的哀悼者之中，想也知道她一定肅穆低頭，狀似哀痛，我咬牙切齒的聲響之大，連坐在我隔壁的住院醫生都好奇側目。

等到默哀結束之後，寇利爾醫生向總醫師們伸手示意，自己又回座坐好。

我第一個站起來，當我走向講台的時候，有人調暗了光線，廳內超安靜。要不是因為我漿白外套發出了刺耳聲響，隨著我的每一次步伐發出清脆的咻咻噪音，不然我根本等於是走在真空室一樣。然而，雖然大家十分安靜，但卻充滿了一股令人期待的緊繃活力，擠滿會議室的這些人所注入的生氣，他們的焦點都在我身上，還有我等一下的發言。

我走到講台，清了清喉嚨，拿起雷射筆，又清了一次喉嚨，調整電腦鍵盤，再次清喉嚨，調整麥克風，努力在想還有什麼東西可以讓我調整一下，我的胃抽痛得更厲害了。

寇利爾醫生語氣嚴峻，「米契爾醫生，拜託趕快開始吧。」

我最後一次清喉嚨，開了電腦簡報檔案的第一張投影片。

「晚安。我們今晚的第一個案例是腹腔鏡中轉開腹手術的死亡案例，患者進行腎上腺切除術……」

「大聲一點！」群眾裡有個男人尖聲大吼。

我靠向麥克風，「我們今晚的第一個案例是腹腔鏡中轉開腹手術的死亡案例，患者進行腎上腺切除術，引起右腎靜脈與右腎門撕裂傷、心肌梗塞、黴菌敗血症，以及空氣栓塞等併發症。」

我進行到下一張投影片，對於雷射筆投射的亮點不斷左移右晃只能視而不見，在我顫抖之手的導引下，它在螢幕上跳動的姿態宛若嗑了冰毒的青蛙。

「薩穆爾森太太是五十三歲女性，過去的病史只有高膽固醇血症，初始症狀為兩側下肢末段水腫與繼發性高血壓。」

下一張投影片。

在接下來的五分鐘當中，我簡述了薩穆爾森太太過去這幾個禮拜的生命狀況，簡明扼要，不帶任何感情，將她所有的苦痛化為簡報軟體頁面上的一連串發亮標題。

手術。

下一張投影片。

出血。

下一張投影片。

心臟病與黴菌感染。

下一張投影片。

短暫康復。

下一張投影片。

最後一張，她生命的最後可怕時刻。

我放完投影片後放下雷射筆，滿心期盼凝望聽眾。剛才那部分很簡單，現在是問答時間，在接下來的這幾分鐘當中，觀眾的問題將如手榴彈一樣對我拋擲而來，而我的應對方式有可能讓我東山再起——或者是一敗塗地。

寇利爾醫生站起來，稍微旋身，讓自己可以同時面對我與聽眾，然後雙手反剪背後。「我想我們可以暫時擱置空氣栓塞的問題，現在正由病患安全委員會調查中，屬於病患照護的敏感事項。我們就從手術開始檢討，也就是造成這名病患離世的一連串事件之首。米契爾醫生，當你發現病患出血的時候，第一個念頭是什麼？」

我的第一個念頭是：靠，媽的我在搞什麼鬼啊？

我站在講台後方，指甲已經陷入掌心裡面。「第一個念頭是要找到出血來源。」

「米契爾醫生，這當然啊，」他不耐揮動棕色大手，「本來就是如此。不過，面對那麼嚴重的失血，最好的方式是要先控制下腔靜脈的出血，你怎麼可能透過腹腔鏡方式處理？」

「是這樣的，雖然困難，但依然有機會。出現這種血管創傷的時候，可以在受傷部位加壓，然後開始在周邊進行剝離，取得更大的暴露面積，要是有另外一個腹腔鏡通路裝置也能夠幫上忙。」

「為什麼當時沒有這麼做？」

我回想起在那可怕的一日，自己一開始出現的驚恐：望著薩穆爾森太太的鮮血淹沒手術區，拿著腹腔鏡儀器在她的肚內一陣亂找，想要找到出血來源卻苦尋無果。我的胃一陣翻攪，心臟怦怦跳，感覺到喉底出現了一陣膽味。

保持專注。

「寇利爾醫生，我們試過了，但因為創傷嚴重，血流調控馬上失敗，而且也沒有辦法恢復手術區的足夠可視範圍。」

聽眾裡又有人發言，是位充滿學養的女性。「何不考慮把腹內壓增加到二十毫米汞柱？甚至是二十五？也許可以暫時止住傷口。」

「對，」我面向發話的人，我認得，是我們的其中一名資深教員。「我們並沒有嘗試這個方法。」

「為什麼？」

「失血速度很快，而我們的關注焦點是要找出受傷部位。」

「所以，換言之，你當時並沒有想到這一點。」

我稍微遲疑了一會兒，「您說得對，沒有，當時確實沒有想到。」

大家又變得安靜，消化我剛才給出的答案。截至目前為止還不錯。但我知道自己在走鋼索，想要在懺悔與冷酷的法醫式分析之中、努力找出適當的平衡主調。

然後，賴利起身，以清晰平穩的聲音說道：「這是我的病人。」

賴利開始講述讓腫瘤脫離下腔靜脈所牽涉到的各種技術挑戰，還有他誤判靠腹腔鏡執行手術會比較容易。他還說他許多夜晚都輾轉難眠，一直很操心這名病患，擔心病患家屬。他說，要是他能夠重來一次，一定會在一開始就劃下更大的切口，而不會考慮對這名病患使用腹腔鏡。最後，他提到自己應該要更努力監督輔助他動手術的住院醫生，他並沒有提到我的名字。

他坐了下來。

一片沉靜。

寇利爾醫生與其他教授若有所思點頭。室內氣氛從期盼轉為衝突，然後又充滿了同理與反省。每一個人都曾經面臨過相同處境，他們自己也曾經歷經了那種挑戰，自然能夠諒解。我覺得我已經成功跨越了某種起點，宛若某個會員專屬俱樂部的入會儀式。我坦然面對也從中學習自己的失敗，將來可以藉由這次費盡千辛萬苦得來的經驗造福下一名病患。

「謝謝你，米契爾醫生，」寇利爾醫生說道，「下一位請準備。」

另一名總醫師衝向講台，我回到座位，在接下來的那一個小時當中，我才發現我們部門上個月有多名病患出了大事，薩穆爾森太太之死只是其中之一而已。術後出血、感染、中風，甚至在這一連串已經夠驚悚的手術事件之後，還有人不慎在一名病患的體內留下手術紗布。其實，寇利爾醫生在會議正式結束之前的總結時間，再次講出了他電梯井道梗的變體版本。（醫生，你還不如直接把那倒楣女人從醫院頂樓推進敞開的電梯井道，也可以達到相同效果。）

會議結束之後，寇利爾叫大家解散，但同時提醒住院醫生與醫學院的學生有關研究計畫注射的事，工作人員在演講廳外頭的走廊等待大家過去。到了門口的時候，我正好經過賴利身旁，他正在專注聆聽某位住院醫生講話。他已經好幾個禮拜沒理我，我們四目相接，他微微頷首致意，雙唇扭曲成了某種形狀，勉強能讓人聯想起微笑與嘴巴。「謝謝。」我點頭，淡淡回笑了一下。

其他的住院醫生與我開始排隊。今晚沒看到那個賊笑的老傢伙，只有那個年輕人，心煩意亂，不知所措，東翻西找的時候還唸唸有詞。他還一度不慎把某支針筒掉落在地，我幫他撿起來，而其他的醫學院學生（綺綺也入列，我眼角餘光發現她站在隊伍後頭）與其他的住院醫生哈哈大笑翻白眼。

施打時間是平常的兩倍之久，住院醫生與醫學院學生煩心又不爽，排隊的時候一直焦躁不耐。沒有人發現我打完之後又悄悄回到了現在空無一人的演講廳。我悄悄關上廳門，從自己座位下方的包包裡取出自己的筆電，拿到了講台，連接投影機，開了好幾個檔案。我開了螢幕保護程式，是凱蒂與安娜貝爾相擁的照片，然後，我回到座位，仔細檢查了電腦包，確定等一下需要的一切都已經備妥，然後又把包包塞回座位下方。

接下來，我靜靜等待。

我的位置看不到演講廳的大門，只能看到螢幕與前面高台上的講台，但是我可以透過門縫聽到外頭的交談低語，過沒多久之後，越來越小聲，最後已經完全消失。這個演講廳位於醫院的某個最古老區域，距離病患照護的樓層十分遙遠，而且到了傍晚這個時候，馬上就空無一人。

然後，我聽到大門開啟的聲響，女鞋踩踏在大理石地板上的規律喀喀聲響，就在我後方的某張演講廳座椅發出了反抗的吱嘎聲響，因為有某名剛進入的來客一屁股壓了下去。

「史提夫，真厲害，全場聽眾都很驚豔，你的生涯似乎又回到了原來的軌道，」她的雙唇撫貼我的右耳耳垂，呼出的熱氣在戲弄我耳朵的其他部分。「我一直知道你辦得到。」

「我陪薩穆爾森太太的那一晚，妳把我耍得團團轉。」

「差點前功盡棄，我沒想到你會那麼快就回到外科加護病房，」她開始以手指頭輕輕撫弄我的背脊。要是在幾個禮拜之前，她的撫觸一定會電震我的背脊，現在卻讓我起雞皮疙瘩，不過，我並沒有出手阻止她。「我低估你了。」

「妳還是贏了。」

「對，但輸贏不重要，重點是病患的安全。」

「妳以前就告訴我了，但為什麼要搞肺栓塞？」

「為什麼不行？」

「因為大學醫院以前就發生過了，五月的時候。」

「我喜歡你的邏輯。但問題是，我第一次並沒有得到安全委員會的全心關注。」

「什麼意思？」我扭頭看她，她的手也離開了我的脖子。「第一次的時候？」

她露出賊笑，「第一名病人歷經了這場不幸意外之後，委員會說這是一起偶發事件，一切都沒有改變，我認為這種反應很不恰當。」

「所以妳再次搞鬼。對象是薩穆爾森太太，就是為了要強調這個重點。」

「哦，我又不能做出駭入植入式心律去顫器那麼明顯的事。」

我噘嘴，雙手緊握成拳。我想我應該是怒氣盡顯，因為她拍了拍我的手，露出父母溺愛小孩般的笑容。「我收回。畢竟是我引你入洞，而且，老實說，在我決定要以舒茲先生當誘餌之前，我一直考慮要玩這一招。其實，我很佩服你居然能夠自己研究出所有細節，畢竟你沒有什麼心臟病學的基礎。」

她以撩撥姿態將雙臂擱在座位兩旁的椅緣上方，交疊修長的雙腿。她的醫生白短袍沒有扣釦子，露出了她的印花洋裝，現在裙尾邊緣已經上移，露出了一半的裸露大腿。「所以，」她嬌聲說道，「史提夫，你決定還是要玩這場遊戲。你輸了，你還記得我們的規則吧。」

一想到她造成的那些死屍殘狀，不禁讓這樣的嘲弄顯得十分噁心，但我得要讓她繼續再多講個幾分鐘。

「我記得，」我起身，脫去白袍，掛在某張椅子上，走向講台。「綺綺，我有東西要給妳看。」

「我滿心期待。」話雖這麼說，但她的語氣卻完全不是這麼回事。我打開影片，演講廳前方螢幕出現了熟悉的無聲場景。拍攝角度是薩穆爾森太太的上方，她躺在病床上睡覺，我則坐在她身旁的扶手椅打盹，大腿上還放著我的筆記型電腦。我從筆記型電腦上方偷瞄綺綺，她露出心知肚明的微笑，所以我的注意力又回到影片，熟悉的一連串事件開始上演：我醒來，回覆呼叫，匆忙衝出去，薩穆爾森太太繼續熟睡，睡得很沉。

「就這樣？」綺綺懶洋洋開口，「因為要是沒別的——」

她的話戛然而止，因為有另一個人鬼鬼祟祟進入薩穆爾森太太的病房，在這樣逼真高解析影像畫面中，那張面孔顯得很清晰。

綺綺。

我又偷瞄了她一眼。

我終於看到了。

她的冷靜假面出現了某道裂縫，沉著武裝外表有了隙痕，表情閃過一抹游移不定。她的雙臂從兩側椅背收了回來，坐得直挺挺，四肢緊繃，目光警覺，宛若當場被抓到的掠食者。

值此同時，她的平面分身，戴著醫院的乳膠手套，小心翼翼鬆開了薩穆爾森太太床邊的輸液幫浦的中央導管。她回頭瞄了一下，然後從口袋中拿出巨大的針管，將它連接到薩穆爾森太太的中央導管，立刻按下推桿，又回頭查看動靜，拔開針筒，拉回推桿，再次連接中央導管，再次按下推桿。她重複這個動作三次之多，然後，把某張字條黏在針筒，再偷偷將它塞入我的白袍口袋，悄悄溜走了。影片結束，螢幕轉為一片漆黑。

「你是從哪裡弄來這個的？」她語氣平靜，「是在跟我開什麼玩笑嗎？」

我的回應是直接點開下一段影片，塞滿了演講廳前方的螢幕，同樣是鳥瞰鏡頭，場景是另外一間病房，螢幕中央有個病人躺在病床上。

伯納德先生。

綺綺進入房間，對他展現疲憊但溫暖的笑容，他醒來了。他們交談了一會兒，只看得到他們的嘴巴在無聲嚅動。綺綺微笑，點頭，從白袍口袋裡取出裝有澄清液體的大型塑膠針筒。她指了一下，然後又指向掛在他床邊的靜脈注射架，被一坨管線包圍的全靜脈營養輸液袋，他說了一些話，她哈哈大笑，拍了拍他的肩膀，請他安心，然後，她戴好乳膠手套，將那支針筒插入連接伯納德先生右鎖骨下方的導管，推入注射溶液。

伯納德先生因痛苦而面部猙獰，喃喃自語，不斷搓揉那條輸液管下方的右胸，她坐在床邊，輕輕撫摸他的前額，看得出她的嘴巴做出了「噓」的唇形。他閉上雙眼，她繼續搓揉他的手臂。他的身體劇烈抽搐了好幾次，然後，靜止不動。綺綺小心翼翼，她的手從他的前臂移開，開始摸他的腕部，手指輕觸撓骨動脈，

自顧自點點頭。她手上出現了第二支針筒，連接的針頭又細又長。她拿酒精棉片擦拭全靜脈營養輸液袋下方的橡膠帽，將針頭插入，然後把針筒內的液體注入濃稠的奶白色輸液之中。她最後一次檢查伯納德先生的脈搏，然後冷靜按下他床邊牆壁上的鮮紅色緊急按鈕。

就在這時候，螢幕保護程式再次出現了我的兩個女兒，我凝視綺綺。「妳也知道後來發生了什麼事。我還可以給妳看第一個死於空氣栓塞病患的畫面，五月的事了。不過，我想我已經表達

出我的重點。」

綺綺的手撐著下巴，眼神空茫，盯著我後方螢幕上的女兒照片。「你是從哪裡弄來那份影片？」

「伯納德先生的那一個？從大學醫院的某個伺服器。」我從講台後方走出來，看了一下手錶，雙手反剪在後，在走道裡緩緩踱步，宛若在演講廳裡發表學術演講一樣。「妳因為曾經在安全委員會工作，所以知道外科加護病房攝影機的事。而妳有所不知的是，去年春天，大學醫院維安系統已經悄悄把它們安裝在所有的病房。」

我想起自己是怎麼獲知這條情報，還有為了拿到這些影片是如何取得大學醫院加密伺服器的密碼：側錄傑森的電腦，心中不禁湧起一股罪惡感。我小心翼翼掩蓋自己的數位軌跡，所以要是有人想要追查是誰違反規定——想必在今晚過後，他們一定會採取這樣的行動——不可能會追到傑森的頭上。

「為什麼在你之前都沒有人看過這些影片？」

「他們幹嘛要看？醫院裡天天死人。伯納德先生之死，跟其他人相比，呃，也不算特別凶險，當然不會引發安全部門的懷疑。」

「可是——薩穆爾森太太呢？她的影片又是怎麼一回事？」

「啊，對，薩穆爾森太太，她的部分就得要感謝路易斯了。」

「路易斯？」

「外科加護病房的監視系統運用加密的無線網路，將影像傳輸到大學醫院伺服器。路易斯生前曾偷偷進入這套無線網路，下載了原始檔案的備份。」

路易斯這一招真精采。影片的路由器就安裝在值班休息室的貓咪海報後面，旁邊是裝有電腦密碼的食物塑膠密封袋。它有充足電源，而且還可以遠端連接網路。「妳與路易斯的差異就是妳把變造過的版本放入大學醫院的伺服器，而路易斯則是把原始未剪接的版本存放在某個被劫持的海外伺服器。」這筆必須靠二十個字元的密碼才能進入的東歐網站的批次資料十分龐大：所有攝影機錄下的二十四小時、毫不間斷的畫面，足足有十天之久。不過，一切都列有日期與時間，所以找出薩穆爾森太太的相關畫面並不算太困難。

她哈哈大笑。這不知是不是出於我的想像，我覺得她現在似乎已經少了一點自信，這是在短短數分鐘之前完全不可想像的事。

「史提夫，不重要，你永遠不會把那些影片給別人看。」

「為什麼？」

「我還有我們的性愛影片，記得嗎？看得出跟你在打砲的那個人——」她講出那種格外鄙俗的話，而且還特別強調，聽來出奇刺耳。「根本不是你的妻子。」

「綺綺，我已經把我們的事告訴莎莉了。」

在接下來的那幾秒之中，她端詳我的表情，笑容弧線也只不過下彎了那麼一點點而已。我傾盡全力緊盯她不放，這是一種痛苦的歷程，有點像是拚命想要直射陽光。「為什麼？」

「因為這是應該的。」因為我虧欠她太多了，而且我知道要是不這麼做的話，我們兩人之間永遠會有疙瘩。

她的嘴唇圈成一個毫不在乎的圓形，佯裝驚訝。我覺得我從來不曾看過她真正猝不及防的模樣。我冷靜回視她，拚命保持表情冷靜，我很慶幸天花板冷氣出風口正好在我的頭頂上方，不會讓我的額頭整片汗濕。

然後，她仰頭大笑，悠長而宏亮的笑聲。

「表現得真好，史提夫，真厲害。你把一切推到了極致，害我嚇得眨眼。不過，你知道嗎，你應該是真的看不出來吧？難道你不知道我們有多麼相像嗎？」她搖搖頭，語氣中多了一點惋惜之意。「史提夫，難怪我一直覺得你這麼有魅力，我們一定能夠成為優秀團隊。」

這段話讓我們之間凝凍了一會兒。然後，她撫平裙子，刻意撥開臉上的撩人髮絲，又恢復了談判姿態。「所以，你想要什麼？」

「什麼？」

「史提夫！」她大聲咆哮，「不要侮辱我們兩人的智慧。如果要你封口，你想要什麼？我賭你不敢說出去。」

「綺綺，我是說真的。」

「那你的工作呢？要是寇利爾發現我們之間的事，他會作何感想？史提夫，你的前途就完蛋了。」

「我願意冒險一試。」

「你撒謊。」但她的語氣現在沒那麼篤定了。

我瞄手錶。

現在，隨時可能會發作，我現在只需要再拖延她一下就沒問題了。

「好，那麼我再給妳看一段影片。」我走回講台，我兩個女兒的照片消失了，現在的影像，已經完全瓦解了綺綺的撲克臉，宛若沙砌城堡被漲潮推蝕得一乾二淨。她驚呼一聲，不可置信盯著螢幕，現在投影出的畫面是住院醫生的值班休息室。夜晚，透過夜視攝影機，房內的一切都是黑白灰的色澤。不過一切都很清楚，上下床鋪，洗手台，搖搖晃晃的床邊桌，上頭放了電話。

一切都在，但那張小貓海報不見了。

路易斯躺在上下床的下層，動也不動。門開了。有人謹慎探頭入內。雖然她戴了口罩遮住了嘴巴與下半部的臉，但依然可以從那纖細的身形與飄逸的深色長髮看得出是綺綺。在夜視攝影機的微光之中，她的雙眼散發出詭異光亮，宛若車頭燈照向貓咪時所出現的畫面。她的口罩有根透明塑膠細管，連接了扣在腰部黑色皮帶上的某個小盒子。她暫時站在門口，動也不動，全身緊繃，彷彿隨時要逃走一樣，但是路易斯完全沒有任何反應。

我按下暫停鍵，「首先，我覺得不合理，妳怎麼可能有辦法殺死路易斯？我的意思是，他這麼壯，而且應該是受過以各種方式徒手殺人的專業訓練。但也不知道怎麼回事，妳居然有辦法進入那個鎖住的房間。但我所認識的那個路易斯，不論是否入睡，只要一發現門打開就會立刻站起來。除非，妳已經在進入之前使出陰招害他喪失了行為能力。」

我拿起雷射筆，在螢幕上標示出緊貼她口鼻處的口罩輪廓。「也許是麻醉氣體吧？笑氣怎麼樣？無色，幾乎無味，散播快速。」我把雷射筆指向牆上的通風柵口，它的位置幾乎正對著路易斯的臉。「我回去檢查過那個通風口，妳可以找到不同的地點，把醫療級笑氣灌入這間值班休息室，它會引發輕微的麻醉與解離效應。當然，倒不是讓他昏迷不醒，但奪走他的戰力也綽綽有餘，害他失去判斷力，不堪一擊。要是驗屍的最後結果查出他體內的氮含量，想必也知道會是這樣的結果，也就完美吻合濫用藥物的編造故事版本。」

我繼續播放影片。綺綺小心翼翼爬到路易斯身上，以閃電般的速度，將某支針筒刺入他的大腿。他四肢亂舞，但是動作卻出奇緩慢笨拙，她靈巧閃開，讓他根本搆不著。

我再次按下影片的暫停鍵，「傑森曾經告訴過我，他們在路易斯體內發現了K他命，那是一種不尋常的藥物，所以我一直不明白究竟是為什麼。等到我看到這一段之後，就完全兜起來了。K他命是麻醉品，通常都是靠靜脈注射，但要是對付那些不肯讓你近身的病患，比方說，那些必須接受縫針的尖叫小孩，也可以改為肌肉注射，也難怪K他命是好用的動物鎮靜劑。笑氣可以讓妳接近路易斯、將K他命注射到他體內，然後，藥效發作，他就只能坐以待斃。而且，它就和笑氣一樣，也是毒蟲經常使用的毒品。」

影片繼續，路易斯跳起來，他的頭撞到了上方床鋪的鐵欄杆，搖搖晃晃走到休息室中間，倒地。他虛弱無力扭身好幾分鐘之久，就是無法站起來，宛若挨了太多拳、腦袋受傷的拳擊手拚命想從墊子上爬起來一樣，而綺綺則靠在牆上冷眼旁觀。

我按下快轉，終於出現路易斯躺著動也不動的畫面，他雙眼圓睜，下巴鬆弛，我又放慢速度，讓它以正常速度播放。綺綺把某個打開的行李袋丟到他旁邊的地板，把他翻身，將他的手術褲與內褲脫至腳踝處。

原本就已經戴了手套的雙手，此時又多戴了一雙消毒手套，做施打前的消毒準備，在他的左側下體覆蓋開刀巾，這時候的路易斯躺著不動，昏沉不起。

即便到了現在，當我再次看著綺綺不費吹灰之力，將十五公分長的導管插入路易斯左側股靜脈的時候，還是忍不住大感讚佩，她的動作看起來居然如此從容。這是許多初級外科醫生都很難嫻熟的技巧，更不要說是醫學院的學生了。等到導管固定之後，她從行李袋裡取出好幾罐藥瓶，一個接著一個，打入導管。路易斯胸膛的起伏速度逐漸變緩，然後，完全停止。她迅速檢查所有的主要脈搏，動作一氣呵成：腕部的撓骨動脈、右側下體的股動脈，最後是頸動脈，她的手指在那裡停留了好一會兒，然後自顧自點頭，將某個信封與好幾個藥瓶丟在他附近的地板上，抓起行李袋離去。這整個過程，從她脫他褲子到離開，恐怕只有十五分鐘而已。

在這十五分鐘當中，路易斯．馬丁尼茲——這位前海軍陸戰隊隊員曾在全世界某些險惡至極的街頭身經百戰的倖存者——在最不可能的地方遇難，而且兇手是最不可能的人。

「怎麼可能？」綺綺對著凱蒂與安娜貝爾發出嘶啞呼喊，而她們的笑顏已經在螢幕上消失，現在成了值班休息室。

「路易斯……」我關掉電腦，再次看手錶，我沒想到藥效得等這麼久，而且我已經快要擠不出話題了。

我離開講台後方，「他在那張貓咪海報後面安裝了攝影機，鏡頭正好從某隻貓眼穿透而出，串流影像送到了與外科加護病房影像資料的同一個海外伺服器。」

綺綺起身……

……然後搖搖晃晃，但也只是稍微不穩而已。

她伸手扶住某張椅子的椅背，穩定身體重心，臉龐閃過一抹困惑。

終於，等了好久才藥效發作。

「綺綺，結束了。」

她哈哈大笑，但虛弱無力，同時專注皺眉。「為——為什麼會這麼說？」

「K他命，已經開始發揮藥效。」

她已經低垂的眼瞼，突然睜開。原本抓著椅背的手舉高扶肩，因為驚愕與終於恍然大悟，雙眼圓睜，放大的瞳孔宛若貼在蛋白色鞏膜的巨黑色蛋黃。

「對，綺綺，」我拿出一支裝滿了澄清溶液、與醫療研究計畫相同的針筒，上面貼有「〇〇一三四」的標籤，「能拿到K他命的也不是只有妳而已。妳還記得今晚走廊上的研究員不小心把針筒掉在地上，我幫他撿起來嗎？原諒我偷了妳的點子，綺綺——但我利用這個機會偷換了妳的針筒——妳本來應該要在今晚接受的研究計畫注射針劑——被我換成了另一支，裡面是一百五十毫克的K他命，足以讓一般人在十分鐘之內昏迷。」我把那支針筒放在講台，指了一下我的手錶。「他為妳打針，已經是將近十五分鐘之前的事了，不過，妳也不是一般人吧？對嗎？」

她的雙手緊抓前方的椅子，「我……我會否認一切。」她臉色蒼白，額頭出現了糾結的溝紋。

我差點開始同情她了，但畢竟不是真正的同情。「想也知道。但是，過沒多久之後，妳就會開始寄送十多封電郵，全都是寄給我，向我懺悔一切。裡面會包括這些影片的備份，還有妳解釋自己有多麼愧疚，決定說明一切、最後決定在此自殺的心路歷程。」我朝會議廳大手一揮，指向圓頂堂周邊那些過世外科醫生肅穆俯視我們的相片。「位於美國外科界的其中一間搖籃，非常戲劇化，媒體一定很著迷。」

「我會告訴他們是你搞的鬼。」

「我覺得妳很難有機會了。等到K他命讓妳昏迷之後，我會給妳好好來一管這個。」我舉起另一支還蓋著針帽的針筒。「速眠安，某種地西泮鎮定劑，會造成失憶。不過我想妳八成也知道了，畢竟妳是耀眼的醫學院學生。」我把針筒放入我褲子的右口袋，「我想妳之後最多只會記得自己進入走廊打針的那一段。」

她搖搖晃晃離開了後排座椅，癱坐在演講廳前面的地板，與我相隔了只有一兩公尺左右，她身體微顫，呼吸困難。

「我為什麼要……自白？沒有人會……相信……任何一段話。」

「哦，我想大家都會信的。女人自殺未遂通常是在喊人來救她。這是基礎的精神病學，所以女性才會吞藥與割腕，讓別人有充足的時間可以救回她們的命。拿手槍對準太陽穴、決心要讓腦漿噴得到處都是的人才算是死意甚堅。」我搖搖頭，淡然一笑。「而且——妳在跟我開什麼玩笑？妳明明有一大堆問題，他們會派一堆精神病學家研究妳好幾年之久。」

「可是……你和我的……那一段影片，」她上氣不接下氣，眼瞼已經呈現半閉狀態。「我會……他們……你……是我的戀人……告訴他們……你也牽涉其中。」

「對哦，那一段影片。」我走過去，從她白袍口袋裡取出了她的智慧型手機。「剛才，我已經刪除了妳存在伺服器上的備份，等到我銷毀原始檔案之後，」我拿著手機來回搖晃，「警方——還有寇利爾醫生——絕對不知道我和妳曾經有過任何關係。妳去坐牢，我繼續過我原本的生活。」我蹲在她身邊，這樣才能直視她的雙眼。「妳覺得我為什麼還會今晚過來？找妳談判？拖延時間？我得要偷妳的手機，才能徹底了結。」我又挨近了一點，「而且，我想要看看當妳發現被我擊敗時的表情，妳這個變態婊子！」

接下來那一切的發生速度驚人。

當她跳上來襲擊我的時候，我連嚇一跳的時間都沒有，雖然她已經被注射了K他命，但她的動作卻宛若貓咪一樣靜悄悄，迅速又優雅。

為了今晚，我已經擬定了計畫，做足了鉅細靡遺的準備，但是我卻沒有料到會遭到襲擊。畢竟，她現在應該被K他命搞得恍恍惚惚才對，早就癱趴在地上奄奄一息，就像是路易斯先前的狀況一樣，但是K他命似乎沒有發揮作用。

她的動作一氣呵成，逼我失去平衡，我們兩人踉蹌往後摔倒。講台翻覆，我的電腦與編號○○一三四的針筒也一樣。她的智慧型手機摔在地上，發出哐啷聲響。綺綺最後壓住我，以她的膝蓋壓住我的胸膛。我拚命大口吸氣，但卻只有宛若蘆葦哨音般的微弱氣量，宛若我透過吸管在吸氣一樣。

然後，我躺在地上，她跨坐在我身上，以她的健壯長腿扣住我的雙臂，我激烈扭身，但完全沒有用，我動彈不得。雖然對她注射了K他命，但她比她的外表更強壯，看來她的跆拳道黑道實力在此徹底派上用場。

我靠。

我一定是算錯了K他命的劑量，或者時間抓得太倉促。這種狀況就是會遇到這種問題，鎮定劑並不精確，那並不像是你在電影或電視裡所演的一樣。除非是靠氣體麻醉機或是靠靜脈注射，不然絕無可能讓人立刻昏迷。我怎麼會這麼蠢？

她低頭對我狂笑，現在的她看起來真的是瘋子。

「哦哦，」她說道，「可憐的史提夫，我還清醒得很，」被她的強健雙腿扣住，我奮力反抗也還是無能為力。「現在……我要殺了你。」她咬字不清，而且語氣變得有些緩慢不定而飄忽，但是她的雙手可以運用自如，而我的手卻無力壓貼身體兩側，她將威脅轉為行動也絕非難事，她的大腿繼續施力夾緊我的雙臂，把我的右手推擠到褲子口袋的外側。

我隔著褲子的布料，已經摸到了剛才放入口袋裡的那管速眠安針劑。

「然後……」她舔弄雙唇，馬尾已經散開，髮絲貼在臉龐。她仰頭，把頭髮甩向右肩後方，露出了左側的頸項。「我要殺了莎莉……凱蒂……還有安娜貝爾，」她以手指背部撫摸我的臉頰，「你覺得怎麼樣？」

不可以！我扭動得更厲害。她的左腿依然箝制住我的右臂，但是在掙扎的過程當中，我好不容易脫離了她的控制，右手伸入褲子口袋，但並沒有被她發現，我緊握針筒不放。

「然後，」她上氣不接下氣，「我發誓，史提夫……我會反咬你……把一切都怪罪到你身上。」

我小心翼翼，只能憑著先前已經操作過一千次的經驗手感，在口袋裡取下了皮下注射針筒的針頭蓋。

「難道你覺得……我沒辦法……應付一堆精神病學家嗎？」

在她胸鎖乳突肌的頂端，我已經可以看到她內頸動脈的搏動。就在那一點的後面，那塊肌肉的下方，正好是內頸靜脈的位置，要是我能夠把速眠安注入那條靜脈，那麼她就會在十五秒內昏迷。

「我一定會……讓他們……任由我擺布。」

她的右手伸入白袍的右側口袋，重心瞬間偏移。

我就是需要這一刻。

我緊抓針筒，身體突然扭向左側，害她失去了平衡，正好讓我從口袋裡抽出右手，閃開她的大腿，將針頭刺向她的脖子，

在那麼一瞬間，我以為可以大功告成。

針筒劃出完美弧狀行進路線，針頭瞄準的位置就是她內頸靜脈的正中央。

但它卻到不了目的地。

就在針頭距離皮膚只剩下幾公分的時候，她的左手抓住了我的右腕，啪一聲貼在大理石地面。那股力道的衝擊宛若長矛刺穿我的手臂。我倒抽一口氣，鬆開針筒，它滾到一旁的地面，我已經搆不到了。

她斜眼看我，神情瘋狂，我瞄到她右手裡有一道金屬冷光，正要下彎插入我的喉嚨。不過，就在那一刻，我還能夠從她的左手中扭開我的右手，及時抓住她的右腕，雖然緩解了她的攻勢，但卻沒有辦法完全阻止她右手之中那把鋒利巨大手術刀的衝力。

還不夠。手術刀的尖端刺穿了我左下巴底下裸露而出的皮膚，深入柔軟肌肉之內。我感受到

有一股溫熱的血——我的血，這次不是別人的血了——從我的脖子緩緩滴落而下，我隱約閃過一個念頭，不知是否會在衣領上留下污漬。值此同時，她的左手也與右手合體，以雙倍之力對抗我的單手。時間突然變得緩慢，那支手術刀成了我全部世界的焦點。

所以我就是以這種方式劃下人生句點，真諷刺。

死於手術刀之下。

很奇怪，當我拚命阻擋綺綺對我割喉的時候，我依然很冷靜，沒有痛苦，很可能是因為我體內腎上腺素大爆發。好，真的，現在有什麼好怕的？甚至也不需要奮力一戰了吧？也許我就該乖乖當感恩節火雞任由她殺剮。

反正，我的前途毀了，婚姻可能也是。現在的我躺在全球最悠久、最負盛名的其中一間教學醫院的地板上，遭到某個瘋狂殺人魔醫學院學生襲擊。我的重點是，如果要死得其所，那麼也就是這樣了吧？

我只盼望，如果她要斬我的脖子，那麼最好就是現在做個了斷，就在這裡，演講廳的冰硬大理石地板。要是只搞了一半，殺得慘烈，卻僅僅暫時阻斷了通往我腦部的血流，只會害我中風而已，讓我成為喪失心智能力的三十二歲的殘廢植物人，躺在某個安養之家。那真的是慘斃了，我不想淪落到這種下場。因為，畢竟要是我成了流著口水的腦死殭屍，我還在乎什麼呢？也只有莎莉與兩個女兒而已。

莎莉。

凱蒂。

安娜貝爾。

不行。

不能在此刻結束，不可以就這麼劃下句點。她說她解決我之後，接下來就要殺死她們，我絕對不能坐視不管。

所以我死命扭住她的手腕，奮力企圖改變手術刀的致死路徑。

但沒有用。雖然有K他命，不過，她太強壯了，而且她是兩隻手對付我的單手，機械效益佔了上風。手術刀繼續無情逼近我脖子的重要血管，我馬上就要死在這裡的冰冷大理石地板之上。

伯納德先生、薩穆爾森太太、傑瑞．賈西亞──我馬上就來了。

我閉眼，等待大限時刻到來。

「放開他，妳這個臭婊子！」

我睜眼，不敢相信眼前的畫面。驚奇的神蹟，莎莉出現在我的右側，手裡拿著那支速眠安針筒，她把它猛力插入綺綺的左頸，就在我先前瞄準的位置，按下了推桿。

綺綺咬牙切齒，從喉底發出咆哮，開始對付莎莉，懷有身孕的莎莉──比綺綺矮了至少二十公分，少了二十多公斤的莎莉──綺綺伸出左臂惡狠攻擊，反手打她，使勁撤下自己脖子的針筒，丟到一旁。莎莉大叫，倒在我們旁邊的地上，緊緊摀住了臉，呻吟連連。

現在我的眼前只看得到一片怒火。

我又恢復了力氣，趁著綺綺短暫分心的空檔，左臂掙脫了她大腿的壓制，以雙手推開她揮舞手術刀的右手，而且還能夠把它慢慢推回去，總算讓它抽離了我頸部的表層組織。但她立刻換到了左手，因為她毆打莎莉，把那支針筒丟到右側之後，左手已經騰空。

現在，卡在兩股打死不退的蠻力之間的手術刀，在我們的手裡面劇烈震晃，距離我頭部的重要血管只有幾公分的距離而已。我們躺在地上面對面，四肢糾纏在一起，手術刀對準了我的喉嚨，我們宛若在跳什麼古怪的舞蹈一樣。這樣的僵持感覺持續了好幾個小時之久，但最多也不過只有五秒而已，我的手臂肌肉開始抽筋，就被制伏了。

手術刀又悄悄溜到了我的頸項。

然後，終於，K他命發揮作用，局勢開始翻轉。

綺綺剛剛朝我撲來的時候，她的雙臂堅如鋼鐵，現在卻慢慢失去了威力。我一邊哀號，一邊使勁，逐漸將手術刀的刀尖回壓到她面前。

突然之間，彷彿電力突然被關掉一樣，綺綺的雙臂完全軟癱。

手術刀哐啷一聲落地，大理石表面毫無損傷。

她整個人癱在我身上，沉甸甸，動也不動。

感謝上帝。

我推開她，滾到一旁，不斷氣喘又呻吟，大片汗珠淌流而下。我爬向依然躺在地上、緊抓自己臉頰不放的莎莉。我溫柔移開她的雙手，檢查她的傷勢，除了右頰冒出了一道恐怖的紫色毆痕之外，似乎還算安好。頰骨無損，鼻子也安然無恙。她全身顫抖，激烈喘息，她緊抓著我不放，彷彿把我當成了海嘯中的救生圈，我們就這麼一起坐在地上，擁住彼此長達數分鐘之久，直到她的晃顫終於停止。

「妳在這裡做什麼？」我貼住她的髮絲低語，抱著她前後搖晃。「妳應該要待在妳爸媽家啊。」

「我和安卓亞一起吃晚餐，討論工作的事，還記得嗎？我們很早就結束了，我就在附近，我知道你有會議，我想要……我不知道。聊一聊，把話講清楚。你沒接手機。」她指向綺綺奄奄一息的身軀，「史提夫，這怎麼回事？我是說，我知道她就是……那女人。但我看到她攻擊你，而且還聽到她揚言要殺你，還有我，我們的兩個女兒，殺光我們全家人。我的腦袋，我不知道……突然理智斷線。我只想到要保護女兒，其他完全沒多想。所以我抓了針筒……」她全身顫抖，「不過她為什麼會講到精神科醫師？還有警察？她為什麼要殺死你？」

「親愛的，說來話長，真的很抱歉，對於這一切我感到無比抱歉。」

她深呼吸，「好，我們最好趁她醒來之前趕緊打電話報警。」

綺綺癱倒在我們旁邊的地板上，她雙眼迷濛，嘴唇微張，脖子的針扎處有些許鮮血滴流而下。我有點意外，本來以為出血會更嚴重，因為像這種內頸靜脈的中心靜脈通常會流更多的血。雖然她直視著我們，但顯然是完全看不到我們，令人有些不安，彷彿她隨時可能會跳起來、死掐我的喉嚨。我緊盯著她，目光不敢移動，伸手撫摸自己的脖子。我的指尖濕黏染紅，但只有一點點，就像是刮鬍子時的頸部輕微出血。我迅速掃視四周，發現自己的血並沒有濺到地板或是綺綺的身上。

「不要。」

「不要？是說不要報警？」

「對。」

「史提夫，你瘋了嗎？」

「我的意思是，還不行，我們必須先離開這裡，之後再報警。」

「你到底在說什麼？」

「莎莉，妳要相信我的判斷，別擔心。我們就算把她永遠鎖在這裡，也不會有人知道我們與此事有關。」她看我的神情儼然是把我當成了瘋子，我真的不能怪她。「拜託，莎莉，我現在沒時間解釋一切。不過，妳試想一下，要是這件事情爆發之後，我們會遇到什麼問題？萬一傳開之後，妳能夠想像嗎？對我們工作的影響？我們的女兒呢？我們的生活再也無法恢復原貌，我甚至最後可能得坐牢，妳要為凱蒂與安娜貝爾著想。」

行了，我成功說服了她。提到凱蒂與安娜貝爾的最後一段，從她的表情就可以判斷得出來。

「所以……我們該怎麼辦？」她的語氣雖然仍有懷疑，但已經充滿興趣。

「我已經打點好一切，事前都計畫好了，但我們時間不多。」

我起身，痛得臉色抽搐，肋骨與四肢都在對我大聲抗議。「先把那些通道的門鎖起來，然後，把這個房門旁邊的椅子放在門把下方。」

莎莉一跛一跛走向那些通道，我趁此時從電腦包裡拿了一雙乳膠手套，橡膠止血帶、酒精棉片，還有一支裝了皮下注射針頭的針筒。我戴上手套，把止血帶綁在綺綺的左臂，在前肘窩找到了貴要靜脈，就在二頭肌與前臂曲肌之間的手肘前部。那是一條粗肥又豐沛的血管，宛若一條懶洋洋窩在在皮膚表層下方的藍蟲，我用手指輕拍了好幾下，讓它可以更加浮凸。

「你在幹什麼？」莎莉已經鎖好了所有的通道門，在我後頭盯著我。

我拿酒精棉片擦拭靜脈上的肌膚，將針筒刺了進去。「再幫她多打一點藥，大半都是麻醉藥物，我要讓大家以為她是因為畏罪而企圖自殺。」我把針筒塞入她的右手，鬆開止血帶，然後站了起來。涓細的血流從她的脖子緩緩流出，到達左臂，然後是地面。我又找到了另一支針筒，莎莉剛才刺入她脖子的那一個，就躺在不遠處，我把它丟在綺綺的手邊。

「這樣就沒問題了，應該是大功告成。」

「警方不會覺得奇怪嗎？她對自己注射的部位是脖子？」

「不會，靜脈注射的毒蟲總是施打那地方。」

「難道他們——我不知道——懷疑指紋？或是DNA還是其他的東西？」

「妳看太多警匪電視影集了。完全沒有任何蛛絲馬跡顯示我們牽涉其中，我們只需要緊閉嘴巴，假裝自己從來沒出現在這裡就是了。而且，所有的證據都指向她是獨立犯案。」

綺綺凝望著我，不只是在看，而是緊盯不放。

「為什麼……不乾脆……殺了我？」她上氣不接下氣，眼皮亂翻了好幾下，閉上。她呼吸緩慢，但並沒有停止，我碰觸她頸動脈的脈搏，微弱但穩定。

我低聲說道：「因為這不是高尚行為。」

我拿起她的智慧型手機，關掉電源，而且——純粹為了保險起見——拔了電池。

莎莉問道：「現在你要幹什麼？」

「我不希望在我丟掉的時候被他手機裡的導航系統追蹤到位置。」我把手機與電池放入我的口袋。

「綺綺與警方難道不會懷疑它的去向？」

「當然，不過最後的已知地點是在大學這裡，而大學腹地遼闊，掉了支小小的手機也無從找起。」

我小心翼翼把手術刀、編號〇〇一三四的針筒，還有我的筆電放入講台旁的電腦包。然後，牽住莎莉的手。我們從演講廳後頭投影室的某扇舊門溜了出去，穿過了如迷宮般的一連串小道，到達靠近圓頂堂入口的主廊，我帶著莎莉躲入我先前站立的某個隱蔽地點。

「她的電郵帳號發送的自動懺悔信約在五分鐘前寄出，」我低聲說話，同時看了一下手錶。「所以大學警衛應該……對，現在就到了。」

好幾名大學醫院警衛衝破圓頂堂的前門，衝入了那個小房間。

她深呼吸，面向我。「你知道這並不表示我會放過你吧？雖然她想要殺光我們一家人，但我真的還是對你很火大。」

我忍住笑意，「我明白。」

25

星期五
八月二十一日

這女人被封為「醫學院學生殺人魔」的新聞立刻席捲全國，我趁這個時候開車前往我們家附近的垃圾場，把車停在兩個大學生的貨卡旁邊，他們正忙著把一張破爛沙發從車後的平板搬下來，四周充斥著重型機械的噪音與海鷗鳴叫。

我走到停車場邊緣，這裡有一道與大垃圾場為界的安全護欄，我把王八機、綺綺的手機，還有手術刀，全部丟入底下最靠近我的那坨垃圾堆。先前我已經把電池取出來，送到了回收中心，我們畢竟還是該有環保責任感。

我看著推土機開始推動那一坨夾帶了手機與手術刀的垃圾堆，它距離我越來越遠，進入了垃圾場的中心。垃圾巨山吞沒了那坨小丘，全部不見了，就像是手裡的一把沙，灑落在廣袤無垠的沙漠紋狀沙丘。

終曲

現在是早上六點四十五分，我坐在教學醫院的餐廳裡，雙手捧著濃烈的咖啡。早晨尖峰時段已經開始，護士、實驗室技術人員，還有醫生在取餐處川流不息，進進出出。

我不耐盯著手錶。初級住院醫生遲到了，我們必須討論病患狀況之後，我才能夠上樓進入手術室，接下來一整天都必須與寇利爾醫生一起開刀，這是他今天對我提出的私人要求。他似乎是想要利用我們共同待在手術時的時間，對我明年在大學醫院準備展開的教職先進行一些提點。我緩緩吹散咖啡表面的熱騰蒸氣，啜飲了一小口，我的未來似乎已經步入正軌，我不僅是滿意，更是鬆了一大口氣——這泰半得歸功於我那晚在發病率與死亡率會議的表現。

我的手機發出提醒聲響，是莎莉傳來的簡訊。

可不可以今晚回家的時候買些嬰兒濕紙巾？還有——星期六早上要做婚姻諮詢，媽媽會來照顧女兒。

我露出苦笑，婚姻諮詢。當初她說不會放過我的時候，真的不是在開玩笑。我痛恨諮詢，但絕對還是比離婚好。

我再次看了一下手錶，我現在火氣越來越大，真的動怒了，立刻發了封不爽簡訊傳給那個初級住院醫生。他回我，他正忙著趕過來，我憤然悶哼一聲。

他連路易斯的一半都比不上。

我的目光落在對面牆上的某台大型平板電視，有線電視新聞網正在播出昨天有關「醫學院學生殺人魔」案件的精華報導。「醫學院學生殺人魔」？我搖搖頭，如果你問我的話，我覺得這種綽號多多少少會造成混淆。當然，醫學與殺人犯都是M開頭，的確有押頭韻的效果。不過，對於那些完全不知情的觀眾來說，就很難判斷兇手到底是不是醫學院學生，就像是綺綺一樣，或者是剛好相反，兇手殺害了多名醫學院學生。反正，這個封號夠響亮，而且，「死亡醫生」這封號已經另有其人了。

檢察官南西站在法官前面進行陳述，她很漂亮，但身著保守灰色正式褲裝的她依然氣勢懾人，有點像是希拉蕊．柯林頓與內衣女模的綜合體。想也知道她會精心打扮上陣，畢竟這是一生難得一見的大案。

攝影機突然切到被告席。

監牢並沒有讓她身形消瘦。

其實，身穿亮橘色連身衣，手腕被上銬、雙手安分放在大腿的她，體型似乎遠遠超過了她兩旁那些臉色嚴峻的辯護律師，或是站在她背後的武裝制服警衛。她的馬尾不見了，一頭棕色長髮已經剪短，髮型樸素但依然漂亮，鮑伯頭襯托出她沉靜的面容，這種髮型讓她看起來老多了。她目光平和，望著前方，背脊挺直，下巴抬高，完全看不出任何一絲情緒起伏。

她轉身，直視鏡頭，我也不知道為什麼，就是覺得她看著我。

而且只盯著我不放。
她露出了微笑。

Storytella 114

住院醫生

Seven Lies

住院醫生 / 凱利.帕森斯作 ; 吳宗璘譯. -- 初版. -- 臺北市 : 春天出版國際文化有限公司, 2021.06
面； 公分. -- (Storytella ; 114)
譯自 : Doing Harm
ISBN 978-957-741-337-6(平裝)

874.57 110005790

ISBN 978-957-741-337-6
Printed in Taiwan

作　者　凱利・帕森斯
譯　者　吳宗璘
總編輯　莊宜勳
主　編　鍾靈

出版者　春天出版國際文化有限公司
地　址　台北市大安區忠孝東路四段303號4樓之1
電　話　02-7733-4070
傳　眞　02-7733-4069
E－mail　frank.spring@msa.hinet.net
網　址　http://www.bookspring.com.tw
部落格　http://blog.pixnet.net/bookspring
郵政帳號　19705538
戶　名　春天出版國際文化有限公司
法律顧問　蕭顯忠律師事務所
出版日期　二〇二一年六月初版
　　　　　二〇二一年八月初版七刷

定　價　450元

總經銷　楨德圖書事業有限公司
地　址　新北市新店區中興路二段196號8樓
電　話　02-8919-3186
傳　眞　02-8914-5524
香港總代理　一代匯集
地　址　九龍旺角塘尾道64號 龍駒企業大廈10 B&D室
電　話　852-2783-8102
傳　眞　852-2396-0050